# Ekstrakt
## z kwiatu orchidei

Weronika
Wierzchowska

# Ekstrakt
# z kwiatu orchidei

Prószyński i S-ka

Projekt okładki
Agencja Interaktywna Studio Kreacji
www.studio-kreacji.pl

Zdjęcie na okładce
© Nina Masic / Trevillion Images

Redaktor prowadzący
Michał Nalewski

Redakcja
Roman Homet

Korekta
Katarzyna Kusojć
Bożena Maliszewska

Łamanie
Ewa Wójcik

ISBN 978-83-8069-032-5

Warszawa 2015

Wydawca
Prószyński Media Sp. z o.o.
ul. Rzymowskiego 28, 02–697 Warszawa
www.proszynski.pl

Druk i oprawa
Drukarnia POZKAL Spółka z o.o.
88-100 Inowrocław, ul. Cegielna 10-12

# Rozdział 1.

## DOROTA.
## Nie lubię poniedziałków

Jedna z łopat mieszadła wykrzywiła się i tarła teflonowym ramieniem o stalowe wnętrze homogenizatora. Dorota zmarszczyła brwi w grymasie niezadowolenia, po czym kilkoma kliknięciami na panelu sterowania urządzenia najpierw zwolniła, a potem zatrzymała mieszanie. Przeklęła bezgłośnie i pogroziła zbiornikowi pięścią. Awaria! W poniedziałek o ósmej dwadzieścia rano!

Energicznie zamknęła klapę homogenizatora, zeskoczyła z trzech stalowych schodków i na koniec wyłączyła także grzanie wsadu przyciskiem zatrzymującym cały proces. Dziewczyny ponaglane telefonami Większej Szefowej ruszyły galopem zaraz po przekroczeniu progu fabryki. Nie zdążyły nawet wypalić po papierosie i wypić kawy. Dlatego marudziły, od samego rana grając Dorocie na nerwach. Nie było jednak wyjścia, do południa należało wyprodukować dwieście kilogramów kremu. Pracownice musiały zatem zakasać rękawy i zamiast

5

przejść cały rytuał rozpoczynający dzień, zabrać się ostro do roboty.

Dorota niezbyt dobrze czuła się jako kierowniczka produkcji, ale z drugiej strony musiała kontrolować tylko sześć dziewczyn. To nie było takie straszne, jak wydawało się trzy miesiące temu, gdy zaczęła pracę w firmie. Sama nie stała nad nimi z założonymi rękami, ale również wbijała się w fartuch, czepek, zakładała rękawice i miotała się w naważalni przy workach i beczkach z surowcami.

Dziś panowały minorowe nastroje, nie było zwyczajowych śmiechów z byle komentarza ani opowieści o życiu, czyli najczęściej facetach i dzieciach. Choć wszystkie trzy pomagające przy homogenizatorze podwładne były młodsze od Doroty, zachowywały się tak, jakby wiedziały i przeżyły znacznie więcej niż kierowniczka. Każda z nich szczególnie mocno została doświadczona sercowo. Najbardziej Aldona, dwudziestodwuletnia rozwódka z pięcioletnim synem. Miała wadę zgryzu, przez co nieco seplieniła, w zamian Stwórca podarował jej zgrabne, długie nogi, które eksponowała przy każdej okazji jako swój największy skarb. Nawet na produkcję zakładała króciutkie szorty lub minispódniczkę.

– Psysły pierse chłopy – oświadczyła, wyraźnie podniecona, Dorocie, przechodzącej śluzą ze Strefy Białej do szatni w Strefie Szarej. – A sefowej jesce nie ma.

– Żadnej? – upewniła się Dorota.

– Zadnej – przytaknęła Aldona.

Stella Beauty Corporation była niewielką rodzinną firmą, którą założyły dwie siostry. Cały zakład produkcyjny znajdował się w jednym wiekowym budynku, fabryczce, pamiętającej czasy dziewiętnastowiecznej rewolucji przemysłowej. Fabrykant, który ją zbudował, wybrał sobie za siedzibę jedno z miasteczek leżących wokół Warszawy. Od jego czasów mieścinka zamieniła się w liczące ponad dziesięć tysięcy mieszkańców przemysłowe miasto. Budynek fabryczny, stojący nieco na uboczu w otoczeniu starego parku, z czasem stał się zbyt mało nowoczesny jak na potrzeby nowoczesnego przemysłu. Został opuszczony i stopniowo popadał w ruinę do końca dwa tysiące trzynastego roku, kiedy siostry wygrały przetarg i odkupiły go od gminy. Od tamtej pory minęło kilka miesięcy, budynek został wyremontowany i przystosowany do kosmetycznej produkcji, a siostry zabrały się do podboju rynku.

Starszą, Beatę Mazur, dziewczyny nazywały Większą Szefową, a młodszą, Anetę, Mniejszą Szefową. Nie miało to nic wspólnego ze wzrostem, bo to Aneta była wyższa, a Beata niska i przysadzista, ale z ich temperamentem i sposobem rządzenia. To starszej zdarzało się ryknąć na całe gardło, aż dygotały szyby, i wydać polecenie w taki sposób, że dziewczyny wypalały papierosy jednym zaciągnięciem i w podskokach wracały do pracy. Aneta była stonowana i spokojniejsza, często się uśmiechała i nie przykładała wagi do tego, co dzieje się na produkcji. Ponieważ nie podnosiła głosu i się nie gorączkowała, traktowano ją jako mniej ważną.

– Gdzie ich wprowadziłyście? – Dorota szybko zdjęła fartuch produkcyjny i włożyła drugi, używany w laboratorium i do chodzenia po Strefie Szarej. Pozbyła się również czepka i rękawic, na koniec zmieniła buty.

– Dwóch w konferencyjnej i dwóch w kuchni – odparła Aldona.

– Umówiły wszystkich na tę samą godzinę – westchnęła Dorota.

Szefowe potrafiły zachowywać się zaskakująco niefrasobliwie. Dziś mieli przyjść na rozmowy mężczyźni starający się o stanowisko pracownika produkcji. Okazało się bowiem, że w firmie jednak potrzebny jest chłop. Czasem boleśnie brakowało kogoś silnego i radzącego sobie z maszynami.

– Moze zamiezają zrobić im casting? – zastanawiała się na głos Aldona. – Prężenie torsów, siłowanie na rękę, zmiana spodni na cas...

– Chciałabyś, co? – Dorota uśmiechnęła się do podwładnej.

Co prawda, natychmiast po załadowaniu homogenizatora zostawiły ją samą i pognały zajarać oraz napompować się kawą, w nosie mając zarówno kierowniczkę, jak i to, co się dzieje w urządzeniu, ale nie potrafiła się na nie długo gniewać. To były tylko pracownice fizyczne i nie można oczekiwać od nich nie wiadomo jakiego zaangażowania.

– A właściwie dlaczego podzieliłyście ich na dwie grupy?

– Ilona ich psyjmowała. – Aldona wzruszyła ramionami. – Dwóch elegantów w marynarach dała do konferencyjnej, a dwóch obdrapańców do kuchni.

„Wstępna selekcja została zatem zrobiona – pomyślała Dorota. – Trzeba zadzwonić do Mniejszej Szefowej, bo to ona miała ich przesłuchać. Pewnie zapomniała i jeszcze śpi".

Aneta nie należała do osób przesadnie zorganizowanych. Dorocie kojarzyła się z wiecznie zadumaną i smutną mimozą albo z królową elfów, żywcem wyciągniętą z ekranizacji Tolkiena. Poruszała się wolno i z dostojeństwem, uśmiechała łagodnie i nie żałowała pracownikom pochwał. Zwykle przesiadywała w laboratorium, kręcąc w dwóch małych homogenizatorach eksperymentalne kremy i serum. Nosiła wielkie okulary, a pod pachą targała zwykle kilka zeszytów i notatników, które potem gdzieś odkładała, by natychmiast o tym zapomnieć. Poszukiwania notatek zwykle ją nieco ożywiały i wyrywały na chwilę ze świata marzeń i badań nad kosmetykami. Umówione spotkania pewnie zanotowała sobie w jednym z zeszytów, który leżał teraz pod stertą papierów na jej biurku, lub zapisała w ulubionym notebooku.

Kiedy Dorota doszła do głównego holu, okazało się, że nie musi już nigdzie dzwonić. Siostry Mazur wparowały do fabryki i obie ostro wzięły się za rządzenie. Beata gadała głośno do telefonu, jednocześnie gestykulując zamaszyście. Ręką uzbrojoną w kilka błyszczących i brzęczących bransoletek wskazywała coś władczo dziewczynom. Dwie z nich widocznie zrozumiały, o co chodzi, bo rzuciły się pędem do kanciapy na rupiecie, skąd przyniosły mopy. Aneta tymczasem własnoręcznie otworzyła rolowane wrota magazynu i złapała za paleciak. Przed budynkiem stał bowiem duży samochód transportowy, którym przyjechały zamówione opakowania i surowce. Aldona z Iwoną rzuciły się, by jej pomóc, i chwilę szamotały się z Mniejszą Szefową, walcząc z nią o władzę nad paleciakiem. Nie mogły pozwolić, by ktoś na jej stanowisku zajmował się rozładunkiem towaru!

Najstarsza z pracownic, pani Krysia, z niewiadomego powodu, być może, by popisać się inicjatywą przed szefowymi, postanowiła usunąć paprochy walające się przy wejściu i uruchomiła przemysłowy odkurzacz, który ryknął, potęgując chaos falą decybeli. Beata zareagowała, wrzeszcząc do telefonu na całe gardło i szarpiąc się w nerwach za złote wisiory, których chyba z osiem majtało się jej na szyi.

Mariola, dziewczyna z pękiem blond dredów zawiązanych w supeł na głowie, wybuchnęła śmiechem, widząc daremne próby Aldony i Iwony we wspólnym powożeniu paleciakiem. Zdecydowała się jednak im pomóc i włączyła stojący w kącie elektryczny widlak z ramionami do podnoszenia ładunku. Ruszyła nim pełną parą, straciła równowagę na mokrej podłodze, którą dwie koleżanki zdążyły zwilżyć mopami, wykonując migowy rozkaz Beaty, i wyrżnęła jak długa, puszczając ramię sterowe urządzenia. Dwaj eleganci w marynarkach, którzy akurat wyszli z sali konferencyjnej, wywabieni na zewnątrz hałasem, odskoczyli na bok w ostatniej chwili. Widlak przejechał między nimi i staranował z impetem piramidę blaszanych beczek po surowcach, czekających na zabranie przez śmieciarzy. Składowisko rozsypało się jak domek z kart, spadając na podłogę z niebywałym hukiem i brzękiem. Widlak pokonał przeszkodę i wbił się widłami w ścianę.

Mariola siedziała na podłodze, trzymając się za rękę i wyjąc z bólu, Ilona z Aldoną wrzeszczały na siebie

– A pan? – spytała siłacza.

– A ja, królowo, przywiozłem wam sześć palet z opakowaniami – odparł, susząc zęby. – Tu jest wuzetka, proszę mi na niej przybić pieczątkę, złociutka.

Z gardła Beaty wyrwał się głuchy warkot. Opanowała się jednak i kazała kierowcy poczekać, a chudzielca odprawiła, obiecując, że jeszcze do niego zadzwoni.

– Ale nie ma pani mojego numeru – protestował nieśmiało.

– Dobrze, dobrze. – Beata pokiwała głową, wskazując mu drzwi. – Zadzwonię, proszę się nie martwić.

– Może któryś z tych dwóch, z którymi rozmawia Aneta, się nada? – wtrąciła Dorota.

– Nie, oni w innej sprawie. Jeden jest z firmy, dla której kręcimy dzisiejszy krem, a drugi to przedstawiciel handlowy, oferujący urządzenia przemysłowe – odparła Beata, wyraźnie myśląc o czym innym. – Czekaj, a sprawdziłaś, czy Aneta zamówiła wszystkie składniki?

– Tak – odparła Dorota, czując kiełkujący niepokój. – Mieliśmy wszystko oprócz substancji aktywnych. Te [mia]ły przyjść w zeszły piątek, a najpóźniej dzisiaj. Mia[łam] nadzieję, że przyjechały z tym transportem.

[Be]ata wyprostowała wuzetkę, czyli dokument wyda[nia ma]gazynowego, przekazany przez kierowcę.

[– Co] to miało być? – spytała Dorotę.

[– Ami]dy, chyba pod nazwą SK-influx, i ekstrakt [o]rchidei.

[– A niech to] cholera, tę moją siostrzyczkę – wycedziła [ro]biąc się czerwona. – Przyjechały tylko [opakowan]ki. Ale co w nie załadujemy, jeśli nie

i próbowały wyrwać sobie nawzajem rękojeść paleciaka, pani Krysia zawzięcie odkurzała, jakby była to najważniejsza czynność na świecie, a pozostałe dziewczyny uciekały z piskiem przed toczącymi się po całym holu beczkami. Beata, czerwona jak burak, próbowała rykiem wytłumaczyć coś komuś przez telefon, Aneta zaś, dygając wdzięcznie, przepraszała dwóch gości w marynarkach. Dorota stała w przejściu do Strefy Szarej, nie wierząc własnym oczom. Wszystko to wydarzyło się w ciągu piętnastu sekund, nie zdążyła nawet podjąć decyzji, w które miejsce się udać. Wreszcie wyręczyła ją Beata.

– Krem się kręci? – spytała rzeczowo, wyłączając telefon.

– Nie. Mieszadło się skrzywiło po tym, jak Anecie wypadła do homogenizatora warząchew – odparła Dorota, czując rosnący strach. – Musiałam zatrzymać, bo mocno trze o metal i do masy leci zarówno teflon, jak i stal.

Beata potrafiła być impulsywna, a nawet agresywna. Chociaż sięgała Dorocie najwyżej do brody, często spoglądała na nią z wyższością. Miała ciągle czerwoną i spoconą twarz, jej oczy, mocno podkreślone kredką, błyszczały emocjami. Starsza z sióstr Mazur skończyła czterdziestkę, ale nosiła się niczym młoda blachara. Wyraźnie odpowiadała jej estetyka discopolowa, żywiołowa, pełna błysku, taniej biżuterii i jaskrawych barw. Malowała się, nie żałując intensywnych kosmetyków, mimo nadwagi nosiła obcisłe kiecki i obwieszała się tonami błyszczących świecidełek.

Stojąca przed nią Dorota zdawała się jej przeciwieństwem. Od dziecka należała do dużych dziewczyn, już w podstawówce była najwyższa w klasie. Rosła nieustannie i szybko, by w końcu osiągnąć imponujący wzrost stu osiemdziesięciu siedmiu centymetrów. Była szatynką z krótkim, niedbale zawiązanym kucykiem, o odcieniu powszechnie zwanym mysim, a do tego o jasnej, wręcz bladej cerze. Nie malowała się, nie farbowała włosów ani nie używała biżuterii. Nosiła wyłącznie czarne golfy lub rozwleczone swetry, a w upały T-shirty. Nigdy nie ubierała się w sukienkę ani nie chodziła w butach na obcasie. Wyglądałaby w nich jak żyrafa.

– Trzeba spuścić surowce i rozkręcić łopatę – powiedziała do dyszącej Beaty. – Niestety załadowaliśmy obie fazy, wodną i olejową. Zdążyły się już nawet trochę podgrzać.

– Kurwa, złamałam rękę! – wyła Mariola.

Dziewczyny skupiły się wokół niej, oprócz Ilony z Aldoną, które nadal sprzeczały się o prawo do przeprowadzenia rozładunku. O dziwo, Beata się uspokoiła, a przynajmniej przestała wyglądać jak wulkan, który za chwilę wybuchnie.

– Dawać tych dwóch z kuchni! – rozkazała przechodzącej Ewie, mocno otyłej blondynie, która nieustannie coś jadła. Teraz wracała właśnie z kuchni i też coś żuła. Widocznie w zamieszaniu zrobiła sobie przerwę na szybkie, nadprogramowe śniadanie.

Już po chwili z kuchni wyszło dwóch mężczyzn. Obaj wyglądali na pracowników fizycznych. Mieli na sobie znoszone, niemarkowe ciuchy, do tego byli nie do końca domyci i nieogoleni. Obaj najpierw podali dłonie Beacie, potem Dorocie. Pierwszy był wysoki i żylasty,

drugi krępy i straszliwie silny. Dorota była zdumiona twardością i rozmiarami jego dłoni, czuła, że mógłby zgnieść jej rękę na miazgę bez większego wysiłku. Tak czy inaczej, obaj nadawaliby się do pracy w Stella Beauty Corporation.

– Panowie w sprawie pracy? – spytała Beata i zaczęła mówić, nie czekając na odpowiedź. – Potrzebujemy kogoś od zaraz, właściwie od tej chwili. Będzie zajmował się pracami pomocniczymi, załadunkiem, rozładunkiem, mechaniką i takimi tam. Na początek naprawi nam mieszadło w homogenizatorze. Praca na jedną zmianę, umowa-zlecenie, stawka dwanaście złotych za godzinę. Nawet w Warszawie nikt nie da wam lepszych warunków. Tu, w okolicy, nie ma mowy, by fizyczny dostał więcej niż dziesięć złotych za godzinę. To jak, zgoda?

Wyciągnęła rękę do żylastego. Ten uśmiechnął się z zażenowaniem i pokręcił głową.

– Trochę za szybko. Nie mogę przed pierwsz[...] pracuję jeszcze jako stróż na parkingu. Poza[...] trzecią grupę inwalidzką, trochę słabo[...] i nie wolno mi dźwigać. Załadun[...] elektrycznym wózkiem – pow[...] woli cedząc słowa. Tuż ob[...] powożąca ryczącym p[...] mężczyznę. – W d[...] się chorą mat[...] drugi dzień. [...] wtedy fuchy i j[...]

Beata niecierp[...] muchę.

możemy zrobić kremu, bo nie ma wszystkich składników? Ta małpa znów zapomniała je zamówić!

Zmięła kartę w kulkę i cisnęła przez cały hol. Wokół dziewczyny z łomotem turlały beczki, by poustawiać je z powrotem w jedną piramidę. Pani Krysia skończyła odkurzać i złapała widlak, by wyciągnąć go ze ściany. Przekręciła dźwignię na wsteczny i pociągnęła podnośnik do siebie. Wyjechał, ale na widłach został solidny fragment budynku. Pustaki zachybotały się i z potwornym hukiem runęły na podłogę, sypiąc wokół pokruszoną zaprawę i wzbijając tumany pyłu.

Dorota aż zasłoniła oczy ze zgrozy. Beata krzyknęła wściekle i zacisnęła pięści, nie wiedząc komu pierwszemu ma się rzucić do gardła. Pani Krysia spokojnie wyłączyła widlak i pokręciła głową, patrząc na rumowisko, w które zamieniła się część fabryki.

– Już idę po odkurzacz – oznajmiła.

Dziewczęta zbiegły się na miejsce katastrofy, nawet Ilona z Aldoną przestały się kłócić. Patrzyły na kupę pustaków i czarny otwór w ścianie. Dorota zerknęła na zegar ścienny. Była ósma trzydzieści. Dzień nawet dobrze się jeszcze nie zaczął.

# Rozdział 2.
## ANETA.
## CZYM SOBIE NA TO WSZYSTKO ZASŁUŻYŁAM?

Słońce strzeliło snopami światła, wyglądając zza chmur. Park na tyłach budynku zamigotał tysiącami pożółkłych liści, które barwnymi chmurami ozdabiały korony starych jesionów, topól i kasztanowców. Każde z wiekowych drzew pamiętało początki fabryki zbudowanej przez żydowskiego przemysłowca. Wzniesiono ją z czerwonej cegły w miejscu folwarku spalonego podczas powstania styczniowego. Kto wie, może niektóre z rosnących tu drzew przed stu pięćdziesięciu laty osobiście posadził Jakub Rosenfeld? Założył park, bo lubił odpoczywać na świeżym powietrzu i często spacerował wśród drzew w przerwach w pracy.

Aneta, trzydziestosiedmioletnia zgrabna i zadbana kobieta, patrzyła na nie z zachwytem, aż wreszcie otworzyła okno na całą szerokość i odetchnęła głęboko. Uciekłaby z chęcią między drzewa, zagrzebała się w liściach i nie wyszła z nich przed końcem dnia. Stare jesiony ochroniłyby ją przed gniewem Beaty, odcięły od zgiełku i harmidru. Szkoda, że nie mogła sobie pozwolić na taką ucieczkę lub choćby na chwilę oddechu. Jakub z pewnością miał spokojniejsze warunki do pracy. Że też nie urodziła się półtora wieku temu i nie mogła być jego wspólniczką! Komponowałaby receptury, ubrana w taką samą suknię, jaką ma Maria Skłodowska-Curie na starych fotografiach. Notowałaby eksperymenty w pięknym kajecie oprawionym w skórę, eleganckim piórem maczanym w kałamarzu z kości słoniowej. Wszystko robiłaby w ciszy i bez pośpiechu, a gdyby zapragnęła, spacerowałaby wśród drzew, by uporządkować myśli i złapać ulotną wenę. W myślach rozmawiałaby z muzami, w milczeniu chłonąc przyrodę i jej piękno. Kompozycje kosmetyczne wychodziłyby jej naturalne i zdrowe. Nie musiałaby wysłuchiwać trucia Beaty o konieczności zaniżania kosztów, oszczędzania na surowcach, o szukaniu dużych klientów i walkach o zamówienia. Skupienie, cisza, zapach roślinnych naparów i ekstraktów, dużo czasu i brak presji. Jednym słowem: zupełnie inna kultura pracy. Nie miałaby nic wspólnego z piekłem, które szalało za drzwiami laboratorium.

Stała i wdychała chłodny, wrześniowy wiatr, a promienie słońca, migające między złotymi liśćmi, muskały jej skórę delikatnymi, ciepłymi pociągnięciami. Czuła, jak opuszcza ją napięcie, jak zło i brud gniewu odparowują i znikają. Sportowy samochód Beaty zabuksował kołami na żwirze parkingu i odjechał, rycząc wściekle, niemal tak samo jak siedząca za jego kierownicą kobieta.

Od razu zrobiło się przyjemniej. Aneta odetchnęła powoli przez nos, wyprostowała ręce i opuszkami palców wskazujących dotknęła kciuków, przyjmując postawę do ćwiczeń jogi. Chłonęła energię, czuła, jak przepływa przez jej ciało, oczyszczając je ze stresu. Zen. Nirwana. Yin-yang. Tai chi...

– Aaa! – rozległ się piskliwy wrzask, dobiegający gdzieś z holu.

Brzmiała w nim czysta, skoncentrowana groza i rodząca się histeria. Aneta wypuściła resztki powietrza z płuc, kończąc krótką, relaksacyjną sesję. Teraz znów była oazą spokoju. Niech tajfun szaleństwa i chaosu szaleje wokół niej do woli. Była ponad tym wszystkim. Zamknęła starannie okno i odwróciła się do drzwi, które otworzyły się gwałtownie. Do środka wpadła Dorota.

Aneta za każdym razem, gdy się widziały, odczuwała zdumienie z powodu wyglądu swojej pracownicy. Bidula była wielka, kanciasta i trochę niezgrabna. Anecie od razu robiło się jej szkoda. Musiała mieć problemy nie tylko z doborem butów, ubrania, ale również w kontaktach z facetami. Wiadomo, że większość z nich źle się czuła przy kobietach wyższych od siebie. Wysokie dziewczyny wzbudzały w mężczyznach lęk i wyzwalały kompleksy. Niejeden bał się narażenia na śmieszność, bo co powiedzieliby kumple, gdyby zobaczyli go z dziewczyną wyższą o pół głowy?

– Gdzie wybyła moja wspaniała siostrzyczka? – spytała, zanim wielka dziewczyna zdążyła się odezwać.

– Pojechała do hurtowni przy Płaskiej, ponoć mają tam jeszcze kanister SK-influxu – odpowiedziała po chwili wahania Dorota. – Ale z ekstraktem będzie gorzej. Nikt znajomy tego nie ma, a na zamówienie trzeba czekać do trzech tygodni. Szkoda, że nie powiedziałaś, by ci przypomnieć...

– Ups! – Aneta krótko skomentowała swoje roztargnienie.

– O Jezu! Jeeezuuu! – rozległo się w holu, tym razem innym głosem.

Aneta uniosła pytająco brwi.

– Powiesz wreszcie, co tam się wyprawia?

– Znalazłyśmy ukryte pomieszczenie – powiedziała Dorota łamiącym się z emocji głosem. – Wlazłam tam pierwsza, zakazałam dziewczynom do tego się zbliżać, ale oczywiście nie posłuchały. Proszę ze mną, musisz to zobaczyć.

– Ukryte pomieszczenie? – Aneta się ożywiła. – Coś takiego! Przecież budynek dopiero był remontowany. Pruli ściany, by położyć nową instalację elektryczną i hydrauliczną. Jakim cudem przegapili pomieszczenie?

– Jest na ścianie od frontu, gdzie budowlańcy nie robili nic poza tynkowaniem i malowaniem – powiedziała Dorota, prowadząc szefową przez rumowisko.

Hol nie został jeszcze uprzątnięty po katastrofie budowlanej, choć pani Krysia pracowicie odkurzyła podłogę wokół leżących pustaków. Zebrały się wszystkie pracownice oprócz Marioli, którą Beata zabrała ze sobą, by po drodze podwieźć ją do lekarza. Pięć kobiet stało z przejętymi minami, słuchając chaotycznych relacji Ilony i Aldony, które odważyły się wleźć do dziury wbrew poleceniom kierowniczki. Obie dziewczyny były blade i roztrzęsione. Dorota zignorowała je, zabrała podaną przez Ewę latarkę i jako pierwsza weszła do ziejącej w ścianie dziury.

– Tu musiały być drzwi – powiedziała, zatrzymując się w wyrwie. – Widlak nie przebiłby ściany ze starej, czerwonej cegły. Jest zbyt solidna. Trafił jednak we fragment, który został zrobiony znacznie później niż reszta budynku z pustaków, połączonych jakąś gównianą zaprawą. Niebywały przypadek, że wjechał dokładnie...

– Wpuścisz mnie wreszcie? – przerwała jej łagodnie Aneta.

Weszły obie do ciemnej jaskini. Snop światła z latarki wymierzył najpierw w sufit, zjechał na lampę w kształcie stożka, pokrytą szarą warstwą kurzu, i natrafił na stojącą przy ścianie półkę. Mebel był pusty, tak samo jak następne regały. Cokolwiek na nich stało – książki czy skoroszyty z dokumentami – zostało zabrane dawno temu. Promień światła kierowany przez Dorotę błądził po ścianach, zatrzymując się na chwilę na ściennym kalendarzu z półnagą dziewczyną w niemodnej fryzurze i mocnym makijażu, trzymającą mydło.

– Tysiąc dziewięćset dziewięćdziesiąty siódmy rok – przeczytała Dorota.

– Tak, wtedy zamknięto mydlarnię, która tu była – przytaknęła Aneta. – Ale co w tym przerażającego?

– To.

Dorota skierowała światło latarki na biurko, za którym siedziała postać, lekko przechylona w bok. Jej ręce spoczywały na stole, a głowa była opuszczona, oparta brodą o pierś. Trup nie był czystym szkieletem, lecz zasuszoną, poczerniałą mumią. Najprawdopodobniej mumią kobiety. Miała długie włosy i okrywała ją ciemna garsonka.

Aneta nie wrzasnęła, nawet nie odetchnęła głośniej.

– Dobrze, że znaleźliśmy ją pod nieobecność Beaty – powiedziała, wyciągając z kieszeni spodni komórkę.

– Moja siostra z pewnością kazałaby niczego nie ruszać i zamurować z powrotem. Bałaby się, że policja zatrzyma nam produkcję lub sanepid dowie się, że w budynku, w którym wytwarza się kosmetyki, był trup.

– Pewnie trzeba będzie przeprowadzić dezynfekcję – zauważyła Dorota. – Gdy już ją zabiorą, oczywiście.

– To żaden problem. Kupimy środki używane w szpitalach do dezynfekcji sal operacyjnych – powiedziała szefowa, wybierając numer alarmowy. – Mniejsza z naszymi kłopotami, ciekawe, kim była ta kobieta i co tu zaszło. Pewnie od lat ktoś jej szuka. Może mąż, dzieci? Nie wiedzą, co się stało z ukochaną osobą, może ciągle żyją nadzieją, że się odnajdzie?

– To straszne – przyznała Dorota.

Stały przez parę chwil, patrząc na ciało. Rzeczywiście wyglądało przerażająco, nic dziwnego, że dziewczyny darły się jak opętane na jego widok. Aneta się zamyśliła. Zastanawiało ją, co za straszliwy dramat widziały te stare mury. Jakie niezwykłe historie mogłyby opowiedzieć? Zarówno z czasów fabrykanta Jakuba, potem z okresu wojny, gdy kierownictwo produkcji przejął jakiś folksdojcz, potem z ponurej epoki PRL-u, gdy znajdowała się tu spółdzielnia pracy, i na koniec z krótkiego okresu po przełomie w roku tysiąc dziewięćset osiemdziesiątym dziewiątym, gdy działała tu prywatna mydlarnia.

– Niczego nie wolno dotykać – powiedziała.

– Oprócz nieboszczki niczego tu nie ma – zauważyła Dorota. – Nic nie zginie.

– Dobra, wychodzimy. Zagoń wszystkie pracownice do jakiejś roboty. Ach, pewnie pakujące towar nie mają co robić! Niech czyszczą i pucują, fabryka ma lśnić!

– Rozkaz! – Dorota zasalutowała i wyszła, by wykonać polecenie.

Przed wyjściem wręczyła szefowej latarkę. Ta zamyśliła się, patrząc na zwłoki. Kim byłaś, biedna kobieto? Dlaczego zrobiono ci tak straszną rzecz?

Nagle przypomniała sobie o telefonie i zadzwoniła na policję. Trup nie budził w niej grozy ani nawet obrzydzenia. Czuła wyłącznie ciekawość. Przez myśli przebiegło jej kilka hipotez dotyczących tego, co tu się stało, łącznie z mordem na tle zawiedzionej miłości i samobójstwem bizneswoman, która po plajcie postanowiła zostać na tonącym okręcie, jak przystało na dobrego kapitana. Zanim zgłosił się dyspozytor, Aneta rzuciła pożegnalne spojrzenie nieboszczce i wyszła na zewnątrz.

– Aneta Mazur-Krypin, firma Stella – powiedziała. – Chciałam zgłosić znalezienie zwłok na terenie zakładu.

Rozmawiając z policjantem, dotarła do kuchni, gdzie spokojnie włączyła czajnik, a potem zalała sobie zieloną herbatę. W przeciwieństwie do siostry dbała o prawidłowe żywienie, uważała, że to właśnie odpowiednia dieta jest podstawą dobrego samopoczucia i zdrowego wyglądu, a nie tony pudru, błyszczyku, podkładu, szminki i diabli wiedzą czego jeszcze, których Beata zużywała

22

w hurtowych ilościach. Mimo że były siostrami, zawsze zasadniczo się różniły.

Usiadła, by wysączyć herbatę. Z głębi budynku dobiegały głosy ciągle podekscytowanych pracownic. Z pewnością poinformują o dzisiejszym odkryciu wszystkie znajome i rodzinę, a potem będą o tym plotkowały całymi tygodniami. Aneta nagle poczuła potrzebę, by też komuś o tym powiedzieć. Sięgnęła po telefon i wybrała numer Piotra.

Powstrzymała się jednak w połowie gestu. Z pewnością nie zechce rozmawiać, bo jest zajęty. Zirytuje się, że zawraca mu głowę duperelami, i rozłączy się w pół słowa. Obojgu zrobi się przykro i tyle będzie z rozmowy.

Jej mąż od prawie roku mieszkał w Londynie, gdzie pracował na kontrakcie jako informatyk w firmie ubezpieczeniowej. Od jedenastu miesięcy widzieli się zaledwie dwa razy, nie licząc wieczornych rozmów przez Skype'a. Za każdym razem mieli sobie coraz mniej do powiedzenia. Co u mamy? Jak w firmie? Co dziś jadłeś na obiad? – te same pytania i odpowiedzi, na które żadne już nie czekało. Zdawało się, że odległość między Londynem a Warszawą zwiększała się z każdym dniem. Może Wyspy Brytyjskie dryfowały, zabierając jej męża? A może to tylko ich miłość wypalała się coraz bardziej i nie potrafiła przetrwać przedłużającej się rozłąki?

Przeklinała ten jego kontrakt, choć w głębi duszy zdawała sobie sprawę, że propozycję objęcia intratnej posady w głównej siedzibie firmy, dla której pracował w Polsce, potraktował jako pretekst, by się ulotnić. Zwyczajnie od niej uciekł, udając, że chodzi o coś zupełnie innego, że wyłącznie korzysta z życiowej możliwości rozwoju kariery. Jeszcze zanim wyjechał, znikał w biurze na całe dni, zarywał popołudnia i wieczory, a nawet weekendy. Zarzynał się, pracując od świtu do zmierzchu, byle dołożyć parę złotych do firmy żony, poświęcał się dla niej, dla jej szczęścia i marzeń. Aneta nie była jednak głupia, wiedziała, że Piotr oszukuje sam siebie.

Ich małżeństwo było po prostu niewypałem. Początkowy żar już dawno wygasł, a kiedy młodzieńcza miłość ostygła, okazało się, że tak naprawdę nic ich nie łączy. Żyją w innych światach, są innymi galaktykami. On, pogrążony w świecie techniki i komputerów, najlepiej czujący się w cyfrowych rzeczywistościach, i ona, rozmarzona i zadumana, kochająca spokój i przyrodę. Oprócz wspólnego oglądania seriali, i to w milczeniu, nic ich już nie łączyło. Co się dziwić, że Piotr wolał przesiadywać w pracy, wśród podobnych mu technokratycznych geeków i komputerowych dziwaków. Z nimi czuł się u siebie, w domu natomiast musiał słuchać o problemach żony, do której oprócz sentymentu nie czuł już chyba zupełnie nic.

Gdyby choć mieli dziecko! Ale przez siedem lat małżeństwa i sześć leczenia niepłodności w publicznych i prywatnych klinikach nic z tego nie wyszło. *In vitro* nie udało się aż pięć razy, wreszcie sama się poddała. Ale czy właściwie to był dobry pomysł? Ratować małżeństwo przez urodzenie dziecka? Czy nie zrobiliby tylko mu krzywdy, gdyby ich rodzina i tak się rozpadła?

Starała się o tym nie myśleć, ale wiedziała, że ich małżeństwo powoli się kończy. Oboje udawali, że nie dzieje się nic złego, że wszystko jest po staremu. Może byli tchórzami, może wzajemnie nie chcieli się skrzywdzić? Zostawili sercowe sprawy sobie samym, pozwolili, by wszystko odbyło się naturalnie, bez gwałtownych oświadczeń, bez kaleczenia się i oskarżania. Ich miłość umarła śmiercią naturalną i tak też stanie się z ich małżeństwem. Za trzy miesiące Piotr zapewne nie przyjedzie na Wigilię, bo i po co? Wykpi się obowiązkami albo niewygodami podróży w świątecznym okresie, wśród tabunów Polaków krążących po Europie. Przecież w tym samym czasie mógłby w spokoju dokończyć zaległe prace. Następnym krokiem będzie przerwa w dopływie gotówki, ale z tym pewnie wstrzyma się do chwili, gdy Stella odnotuje solidne zyski. Potem przedłuży kontrakt, nawet nie pytając Anety o opinię, a na koniec złoży pozew o rozwód.

Wiedziała, że właśnie to było pierwszym krokiem do końca ich związku, a wyjazd Piotra tylko go przypieczętuje.

Rozmyślając nad walącym się w gruzy małżeństwem, dopiła herbatę i wróciła do laboratorium. Odruchowo sięgnęła po ulubionego notebooka w etui imitującym skórzaną oprawę książki, ale okazało się, że urządzenia nie ma na biurku. Potrzebowała komputera, by sprawdzić ostatnie zapiski i wyniki eksperymentów. Poza tym miała w nim część dokumentacji związaną z kontrolą jakości firmy – raporty produkcyjne, wyniki oznaczeń jakościowych wszystkich wyprodukowanych partii, testy starzeniowe, stabilności, wyniki badań mikrobiologicznych i diabli wiedzą co jeszcze. Beata zabiłaby ją, gdyby to zginęło. Wcześniej kilka razy prosiła Anetę, by pracowała na komputerze stacjonarnym, przy okazji pełniącym funkcję firmowego serwera, lub chociaż systematycznie przegrywała na niego dane ze swojego notebooka. Oczywiście Aneta nigdy o tym nie pamiętała.

Z pewnością położyła go pod swoimi notatnikami, w których robiła ręczne zapiski i notowała surowe dane z pomiarów. Znajdzie się, wystarczy dobrze poszukać.

Zdążyła przetrząsnąć własne biurko i jeden z regałów z papierami, gdy przyjechała policja. To było dwóch mundurowych z pobliskiego posterunku, którzy przybyli potwierdzić zgłoszenie. Kiedy zobaczyli trupa, natychmiast zgłosili do centrali, że potrzebni są chłopcy z wydziału dochodzeniowo-śledczego.

– Dochodzeniówka może być nawet za dwie godziny – powiedział ten przystojniejszy i z dwiema gwiazdkami na pagonach. – Musimy tu zostać do czasu ich przybycia i zatrzymać podejrzanych oraz świadków.

– Chyba o jednych i drugich będzie dość trudno – zauważyła Aneta. – Tę kobietę zabito prawie dwadzieścia lat temu.

– My decydujemy, czy są podejrzani – oświadczył groźnie mniej urodziwy gliniarz, ponury typ z nosem krzywo zrośniętym po złamaniu. – Skąd pani właściwie wie, że stało się to akurat dwadzieścia lat temu?

– Wnioskuję z kalendarza, który tam wisi – odparła zaskoczona postawą policjanta Aneta. – Co pan właściwie sugeruje? Że mogę być winna tej zbrodni? Kiedy do niej doszło, miałam dwadzieścia lat. Faktycznie mogłam to zrobić. Mogłam otruć tę kobietę, potem przynieść tu pół tony pustaków, kilka worków cementu i górę piasku. Zamurować drzwi, otynkować i pomalować ścianę, a potem zniknąć na dwadzieścia lat, by po tym czasie dla zmyły zgłosić odnalezienie zwłok.

– Proszę sobie nie żartować z władzy! – ostrzegł groźnym tonem nadęty gliniarz.

– Daj spokój, Władek. – Przystojniak ujął go pod ramię i odciągnął na bok. – Zabieraj radiowóz i jedź na posterunek, ja zostanę tu do czasu przybycia ekipy.

Złamany nos po chwili wahania trzasnął drzwiami radiowozu i odjechał bez słowa pożegnania. Jego kompan odetchnął z ulgą i uśmiechnął się do Anety. Miał niezwykle miły uśmiech, a na jego policzkach uwidoczniły się także urocze dołeczki. Dzięki temu wyglądał chłopięco i wesoło, jak rozbrykany urwis, aż chciałoby się poczochrać go po czuprynie.

– Aspirant Jacek Stachowicz. – Uścisnął jej dłoń, a potem poprosił o dowód osobisty.

Spisując dane, wyraził grzecznie chęć usłyszenia o tym, co się wydarzyło, jak właściwie znaleźli zmarłą i dlaczego dopiero teraz. Aneta zaprosiła go do kuchni i zaparzyła mu kawę. Zgodnie z życzeniem policjanta opowiedziała mu wszystko od początku. O tym, jak męczyła się w dużej kosmetycznej firmie, w której była głównym technologiem, czyli specjalistą od opracowywania sposobów produkcji mas kosmetycznych. Harowała tam po dwanaście godzin dziennie, choć nie płacono jej za nadgodziny, wysłuchiwała ciągłych pretensji szefa, dla którego zawsze było za wolno i zbyt kosztownie, znosiła humory jego żony, upierdliwej, skąpej baby,

27

kierującej działem zamówień i księgowością. Od nieustannej presji, awantur i nacisków dostała wrzodów żołądka i cierpiała na bezsenność. Wreszcie posłuchała rad swojej siostry, kosmetolożki i współwłaścicielki salonu piękności. Beata zwinęła niezbyt dochodowy interes, Aneta zaś zwolniła się z pracy. Obie wzięły kredyty i założyły spółkę. Najpierw wzięły udział w przetargu na starą, zdewastowaną fabrykę, która kilkanaście lat wcześniej przeszła na własność gminy i od tamtej pory stała nieużywana, popadając w ruinę. Wygrały go, bo jedynie one złożyły ofertę. Potem wpompowały ponad sto tysięcy złotych w remont budynku, najwięcej w wymianę dachu, bo stary po prostu się zarwał. Reszta kasy poszła na zakup dwóch homogenizatorów, dozownika, etykieciarki i taśm transmisyjnych. Po czterech miesiącach działalności powoli wychodziły na prostą. Zyski na razie wystarczały na pensje pracowników i spłaty rat, ale zapowiadało się, że będzie lepiej.

Policjant słuchał uważnie zwierzeń Anety, choć na razie zupełnie nie dotyczyły znalezienia ukrytego pokoju, a problemów biznesowych firmy Stella. Okazało się jednak, że jest wspaniałym, uważnym i cierpliwym słuchaczem. Zadawał nawet pytania i wyraził zainteresowanie produktami firmy.

– Nie mamy w tej chwili gotowych produktów, bo wszystko wyjechało do klienta, ale jeśli przejdziemy do laboratorium, dam panu próbki moich ostatnich kompozycji. Projektuję serum ujędrniające na szyję i dekolt, można nim również pielęgnować piersi – powiedziała, wstając od stołu, przy którym pracownice zwykle jadły śniadanie. – Da pan żonie, z pewnością się ucieszy. To dobry produkt, z peptydami i koenzymem Q10.

– Nie mam żony – odparł z uśmiechem. – Poza tym nie mogę przyjmować prezentów, jestem na służbie.

Aneta poczuła przyjemne ciepło rozchodzące się w piersi. Był wolny i uczciwy! Do tego przystojny i sympatyczny, a sądząc po łagodnym usposobieniu, jest chyba dobrym człowiekiem. Potrząsnęła głową, by pozbyć się głupich myśli. Co się z nią dzieje? Ulega urokowi pierwszego przystojniaka, który się do niej odezwał? A właściwie pierwszego, który naprawdę jej słucha.

To chyba efekt przedłużającej się samotności. Musi dziś zadzwonić do Piotra i porozmawiać. Albo zająć się pracą, skupić wyłącznie na niej, nie myśleć o głupotach!

Mimo to uśmiechnęła się do aspiranta Stachowicza i zaprosiła go do laboratorium, by pokazać mu swoje ostatnie kremy.

# Rozdział 3.
## BEATA.
## SZELMOSTWA PCHŁY SZACHRAJKI

Beata zatrzymała wóz przed podniesionymi drzwiami magazynu i wyskoczyła z samochodu jak wystrzelona z procy. Ktoś śmiał zająć jej miejsce parkingowe, najbliższe wejścia, a zatem najbardziej uprzywilejowane. Zagotowałaby się ze złości, gdyby nie zaskoczenie i niepokój, które obudziły się w niej na widok samochodu. Było to bowiem auto policyjne. Stało się coś złego? Okradli ich? Korpulentna kobieta pognała żwawo do środka, zapominając o kanistrze z ceramidami w bagażniku.

W holu ciągle leżała nieuprzątnięta kupa pustaków, a z dziury w ścianie wychodził właśnie facet trzymający lustrzankę, zaopatrzoną w pierścieniową lampę błyskową do robienia bezcieniowych fotografii. Aneta gaworzyła sobie z umundurowanym gliniarzem, trzepocząc rzęsami i zerkając na rozmówcę jakoś łakomie, jak na smaczne ciacho. Na widok Beaty spoważniała i przedstawiła ją sztywno. Policjant uśmiechnął się i trzasnął obcasami, twierdząc, że miło mu poznać osobę, o której słyszał tyle dobrego. Powiedział, że podziwia przedsiębiorczość i odwagę Beaty. Ta spiorunowała tylko siostrę wzrokiem, karcąc ją w ten sposób za paplanie głupot byle gliniarzowi. Zamiast odpowiedzieć policjantowi na komplementy, zażądała wyjaśnień.

– Co robią ci ludzie w naszej firmie? – spytała, wskazując ubranych po cywilnemu funkcjonariuszy wychodzących z dziury w ścianie.

– Pracują – odparł aspirant Stachowicz.

Okazało się, że przystojniak jest dzielnicowym, a przyjechał osobiście, by obejrzeć znalezione ciało, bo coś takiego nie zdarza się w miasteczku zbyt często. Ponoć dzisiejszy trup był pierwszym od ośmiu lat, kiedy to jakaś biedna kobieta zarżnęła nożem męża pijaka.

– Ale kogo właściwie u nas znaleźliście? – Beata irytowała się coraz bardziej, bo zamiast powiedzieć jej, co zaszło, Aneta z gliniarzem szczebiotali do siebie androny jak para nastolatków.

– To się jeszcze okaże – wyjaśnił dzielnicowy. – Powiadomię panie, kiedy tylko będzie to możliwe. Pewnie przez jakiś czas sprawa dla dobra śledztwa pozostanie utajniona, ale z pewnością będą panie pierwszymi osobami, które poznają tożsamość nieboszczyka.

Beata niecierpliwie machnęła ręką i pognała na produkcję. Zanim dotarła do Strefy Białej, spotkane po drodze Ewa z panią Krysią opowiedziały jej wszystko ze szczegółami. Większa Szefowa zacisnęła zęby ze złości, ale nic nie powiedziała. Brakowało tylko tego, by policja kazała im zatrzymać produkcję! To byłby straszliwy cios. Nie mogą sobie pozwolić na opóźnienie, towar musi dotrzeć do klienta najpóźniej w środę.

Wcisnęła czepek na głowę, zarzuciła fartuch, ukrywając pod nim bransolety i naszyjniki. Nie włożyła rękawic. Powinna zdjąć całą biżuterię, łącznie z kolczykami i czterema ulubionymi pierścionkami, takie były wymogi systemu GMP, zapewniającego pełne bezpieczeństwo i jakość produktu, ale nie miała dziś czasu na przestrzeganie procedur. Co prawda kolczyki mogły wpaść do masy kosmetycznej, a pierścionki sprzyjały rozwojowi bakterii, które trudno było zlikwidować płynem dezynfekującym, niechętnie docierającym do skóry pod metalem. Beata była tego świadoma, ale dziś nie miała cierpliwości do procedur. Musiała zobaczyć, co się dzieje z produkcją. Jeśli dziewczyny nie opanowały homogenizatora, trzeba przenieść masę do drugiego i mimo wszystko nastawiać krem.

Czas! Gonił ją cenny czas! Czuła jego oddech na plecach.

Wpadła do Strefy Białej i stanęła jak wryta. Dorota wisiała, uczepiona oburącz długiej stalowej rury, wystającej z homogenizatora. Zgięła nogi w kolanach i podrygiwała rytmicznie. Ilona, Aldona i Madzia, blondynka o wiecznie podkrążonych oczach, nadających jej wygląd zmęczonej życiem i niewyspanej, stały tyłem do wejścia i dopingowały kierowniczkę, chórem nadając jej tempo podrygiwania.

– I raz! I raz! I raz! – skandowały.

Umilkły, gdy Beata podeszła, łypiąc na nie spod groźnie zmarszczonych brwi. Dorota nie przerwała jednak zwisu, nie widziała też szefowej, bo była zwrócona do niej plecami.

– I jak? Wygięło się? – spytała Dorota. – Niech która sprawdzi!

Aldona wskoczyła po schodkach przy homogenizatorze i zajrzała do wnętrza.

– To działa! Jesce trochę i puści!

– A nie mówiłam? – triumfalnie oświadczyła Dorota. – Choć jako pierwszy sformułował to Archimedes: dajcie mi punkt podparcia, a podniosę ziemię!

– Co robicie? – spytała Beata, stając przed wiszącą kierowniczką.

Dorota puściła rurę, wystraszona widokiem szefowej, ale nie zdążyła w pełni wyprostować nóg. Straciła równowagę i usiadła na podłodze.

– Założyłam dźwignię na ramię mieszadła – wyjaśniła z poziomu podłogi. – Próbuję je wyprostować. Brakuje mi jednak ciężaru, choć uwiesiłam się na końcu rury. Wiadomo, czym dźwignia dłuższa, tym większa energia jest przekazywana na jej koniec...

Beata miała wybuchowy i impulsywny charakter, ale nie była szalejącą, bezrozumną furią. Wbrew tandetnemu wyglądowi, typowemu dla idiotek, miała łeb na karku. Choć ukończyła tylko zawodówkę fryzjerską, potem technikum wieczorowe i na koniec studium kosmetyczne, a nie politechnikę jak jej siostra i jak Dorota, potrafiła błyskawicznie kojarzyć i wyciągać wnioski. Choć nie zawsze rozumiała, o czym gadają te obydwie wykształcone kobiety, to właśnie ona była mózgiem firmy. Potrafiła bowiem zawsze znaleźć wyjście z sytuacji.

33

– Potrzebujesz większego ciężaru? – upewniła się.

Złapała za stołek przeznaczony dla operatorki dozownika i postawiła go obok homogenizatora. Wlazła na niego i chwyciła rurę, a potem odepchnęła podparcie. Zawisła na dźwigni, majtając w powietrzu krótkimi nóżkami. Dorota poderwała się z podłogi i podskoczyła wysoko. Z racji wzrostu od dzieciństwa grała w koszykówkę i miała dobrze przećwiczony wyskok. Bez wysiłku złapała rurę i zamajtała obok szefowej.

– I raz! – zarządziła Ilona. – Bujać się! I raz! I raz!

Na to wszystko drzwi się otworzyły i do Strefy Białej weszła Aneta w towarzystwie aspiranta Stachowicza. Chociaż oboje ubrani byli w fartuchy i obowiązkowe czepki, gliniarz nadal prezentował się przystojnie. Widocznie każdy rodzaj uniformu dobrze na nim leżał. Aneta oprowadzała go po firmie, co z chęcią robiła z każdym, przed kim chciała się popisać. Na widok tego, co ujrzeli, zabrakło jej jednak słów. Stachowicz również wyglądał na zaskoczonego. Nie spodziewał się, że produkcja kremów wymaga czegoś takiego.

– Posło! Udało się! – zameldowała Aldona, ciągle pochylona nad otworem wsadowym maszyny.

Beata i Dorota puściły rurę. Tym razem obie wylądowały bez katastrofy. Beata poprawiła czepek i fryzurę, przejechała również dłonią po twarzy, by skontrolować stabilność sztucznych rzęs. Lubiła zawsze wyglądać odpowiednio, czyli jak prawdziwa dama. W jej mniemaniu każda dama musiała zawsze mieć nienaganny makijaż, ukrywający wszelkie niedoskonałości cery oraz podkreślający walory twarzy. To dlatego jej strój powinien podkreślać atrakcyjność sylwetki. Jako że uważała się za w pełni atrakcyjną, w każdym calu, zawsze nosiła obcisłe stroje. Tak zresztą najbardziej podobała się Frankowi, z którym tworzyła małżeństwo już od piętnastu lat. Policjant nie zrobił na niej wrażenia swoją chłopięcą urodą. Był zbyt delikatny i wycacany. Prawdziwy chłop musi być silny i dorodny. Jej Franek prowadził małą firmę budowlaną i miał krzepę jak byk. Do tego wielkie brzuszysko i szeroki kark. Prawdziwy twardziel, mężczyzna w każdym calu. O, właśnie! Musi do niego zadzwonić, by przyjechał obejrzeć tę dziurę w ścianie i coś z nią zrobił.

Dorota kazała zmykać Aldonie i sama zajęła jej miejsce obserwacyjne. Chwilę kontemplowała kręcące się mieszadło.

– Działa! – radośnie zameldowała szefowej. – Włączam grzanie i jedziemy z tym kremem!

Beata z godnością ruszyła do wyjścia, ignorując siostrę i policjanta. Przy okazji musi zapamiętać, by dać Anecie burę. Trzeba potrząsnąć tą dziewczyną, bo dzieje się z nią coś złego. Zapomina o obowiązkach, za to ma czas na flirty z policjantami. Oszalała czy co? W jej wieku? A co z mężem? W rodzinie Mazurów nigdy nie było rozwodu. I nie będzie! Już ona tego dopilnuje. Dobre imię rodziny jest najważniejsze. Nie można zatem dopuścić do skandalu.

Beata miała wpływy w lokalnych urzędach, była na ty z burmistrzem i wszystkimi członkami rady samorządowej. Na obiedzie przyjmowała proboszcza i wójta sąsiedniej gminy, znała starostę powiatu, bywała nawet u niego na grillu. Ciężko pracowała na renomę bizneswoman, osoby wpływowej, mającej liczne kontakty z przedstawicielami władzy. Swój status i wizerunek osiągnęła nakładem ogromnego wysiłku i nie pozwoli ich zniszczyć przez wybryki młodszej siostry.

– Dorota, kiedy dopilnujesz homogenizacji, proszę przyjść do mojego gabinetu! – rozkazała przed wyjściem.

– Ty też, Aneto! Mam nadzieję, że do tego czasu pan dzielnicowy wróci już do swoich obowiązków.

Stachowicz ukłonił się jej grzecznie, widać było, że z trudem hamuje się przed zasalutowaniem. Beata uśmiechnęła się do siebie. Gliniarz nie był głupi, od razu zorientował się, kto tu rządzi. Może trzeba było potraktować go łaskawiej? Dobrze byłoby dodać do swojej sieci kontaktów dzielnicowego. Co ma wisieć, nie utonie! Na razie dobrze, że się jej boi, potem łatwiej będzie go ugłaskać i urobić.

Funkcję gabinetu pełniła sala zwana konferencyjną. Jej podstawowym wyposażeniem był duży stół, przy którym miały odbywać się zebrania rosnącej z czasem kadry kierowniczej, szkolenia personelu, podpisywanie umów z klientami oraz podejmowanie co ważniejszych gości. Na razie rozkładała się tu z laptopem i nieodłącznym smartfonem Beata. Zastanawiała się, które pomieszczenie przerobić na gabinet, bo coraz bardziej potrzebowała własnej sali tronowej, z której mogłaby sprawować rządy. Wszystkie jednak były już do czegoś przeznaczone. Najładniejsze, jasne pomieszczenie, z oknami wychodzącymi na park, zajęła Aneta, urządziwszy tam laboratorium i swój własny gabinet. Poza tym najwięcej miejsca zajmowała produkcja, ze swoimi strefami zgodnymi z wymogami GMP, oraz magazyny. Zgodnie z polityką jakości konieczny był osobny na surowce, osobny na opakowania, kolejny na produkty gotowe, do tego kwarantanna. Ładne pomieszczenie, które wpadło jej w oko, Aneta zaanektowała na przechowalnię próbek, gdzie w wielkich regałach miały być składowane zarówno próbki z eksperymentów, jak i z produkcji. Na gabinet prezesowej nie było miejsca.

Może zająć odkryte dziś pomieszczenie? Przecież podobno było gabinetem. Tylko że znaleziono w nim zamurowane zwłoki jakiejś kobiety, może prezesowej mydlarni, która splajtowała. Nie był to dobry znak i urządzanie się w takim miejscu dobrze nie wróżyło. Beata, co prawda, nie należała do osób przesądnych, ale na wszelki wypadek jeden z jej wisiorów ozdabiały krzyż egipski, młot Thora, podkówka, srebrna koniczynka i chiński symbol yin-yang. Przezorny zawsze ubezpieczony!

Chyba żeby sprowadzić do tego pomieszczenia wróżkę, niech sprawdzi co i jak. Jest taka jedna w Grodzisku, Beata kiedyś u niej była i kobieta zrobiła na niej dobre wrażenie. Potem poprosi się proboszcza o kontakt do jakiegoś egzorcysty, a może by zaoszczędzić, da się księdzu Adamowi ofiarę i niech ten gabinet po prostu poświęci. Franek jej go pięknie wyremontuje, wybije okno, by wpadało nieco naturalnego światła, i gotowe. Okno prowadziłoby na front, miałaby z niego widok na wszystko. Kto przyjeżdża, kto wchodzi i wychodzi, czy choćby na jak długo pracownice wychodzą na papierosa. Same plusy!

Zrobiła sobie kawę, włączyła komputer i zaczęła wykonywać najpilniejsze telefony. Musiała się dowiedzieć, czy etykietki będą wydrukowane na czas, umówić transport do klienta, zamówić tekturę na opakowania zbiorcze i zadzwonić do kilku firm, by pomęczyć je ofertą współpracy. Trzeba było ciągle poszerzać działalność, docierać do nowych rynków i organizować kolejne zamówienia. Beata załatwia zlecenia, a Aneta z Dorotą produkują towar. Więc interes się kręci. Na razie powoli, ale stopniowo powinien zacząć nabierać tempa.

Policja wreszcie zabrała zwłoki i pojechała w siną dal. Przyszedł kolejny facet szukający roboty, ponoć przysłany z urzędu pracy. Skąd wiedzieli, że Stella szuka pracownika? Czyżby Aneta dała u nich ogłoszenie? Tak czy inaczej, musiała odprawić chętnego, bo czuć od niego było gorzałę. Co z tego, że z wykształcenia był mechanikiem, ponoć z doświadczeniem? Skoro na rozmowę kwalifikacyjną przyszedł zawiany, to co będzie dalej?

Wreszcie zjawiły się Dorota z Anetą. Obie były roześmiane i w dobrych humorach, chyba żartowały po drodze do gabinetu. Beata zmierzyła je surowym spojrzeniem.

Roztrzepana siostrzyczka budziła w niej czasem mordercze instynkty. Kroczyła przez życie niczym księżna pani, spoglądając na wszystkich z góry. Człowiek czuł się przy Anecie jak ostatni prostaczek, niegodny, by opromieniła go łaska jaśnie pani. Potrafiła być tak nadęta i ważna, że miało się ochotę kopnąć ją w sztywną dupę. Wiecznie się obnosiła ze swoim wykształceniem i wiedzą, jakby była laureatką Nagrody Nobla, a nie zwykłym inżynierem, i to od czego, na litość boską! Od maści.

Od podstawówki była prymuską, zawsze pierwsza – świadectwo z czerwonym paskiem, ulubienica nauczycieli, przewodnicząca klasowa i gwiazda apeli oraz wszelkich sztywnych uroczystości. To samo w liceum, matura z wyróżnieniem i potem stypendium naukowe na studiach. Z każdym sukcesem, wyróżnieniem i każdą przeczytaną, nudną książką jej duma rosła, a nos zadzierał się coraz wyżej. To na Beacie zawsze spoczywał obowiązek użerania się z całym syfem tego świata, nadstawiania się, by chronić zdolną gówniarę. To ona zasłaniała ją przed szalejącym w pijackim amoku ojcem, dopóki ten sukinsyn nie padł na wylew po kolejnej alkoholowej orgii. To ona zasuwała jak wół, by umożliwić gwiazdeczce studia i wspomagać ją finansowo, choć z pensji fryzjerki nie było łatwo cokolwiek odłożyć. Aneta mogła cieszyć się życiem i bujać w naukowych obłokach, przecież siostra wszystkim się zajmie i dopilnuje porządku.

Miała czasem ochotę jej wygarnąć, szczególnie gdy Aneta rżnęła księżniczkę i w sporach z wyższością sypała naukowym żargonem. Potrafiła zapędzić Beatę w kozi róg niezrozumiałym bełkotem, pełnym chemicznych pojęć i nazw, podpierając się swoim tytułem naukowym. Choć z drugiej strony ufała starszej siostrze, więc zazwyczaj i tak pozwalała jej postawić na swoim. Ale ile wcześniej jej napsuła krwi, to szkoda gadać.

Choćby nie wiem jak irytowała ją przemądrzała gwiazdeczka, Beata nie potrafiła pohamować wobec niej matczynych instynktów. Nawet teraz miała ochotę wstać zza komputera i poprawić rozchełstaną pod szyją bluzkę Anety. Może dlatego, że zawsze zastępowała jej matkę, zapracowaną, smutną kobietę, która harowała dzień i noc, by wyżywić rodzinę. Nawet teraz, po latach, nie wyzbyła się dawnych przyzwyczajeń i uczuć. Szybko więc opanowała irytację na widok roześmianej siostry i odpowiedziała nieznacznym uśmiechem.

Przeniosła spojrzenie na Dorotę. To Aneta wyszukała im tę pracownicę, korzystając z kontaktów z czasów studiów. „Żyrafa" robiła doktorat na polibudzie, w zakładzie chemii kosmetycznej, a sytuacja życiowa ułożyła się jej na tyle paskudnie, że musiała odłożyć zabawę z nauką i poszukać na gwałt roboty. Potrzebowała więcej niż stypendium, by przeżyć, i profesor skierował ją do swojej dawnej ulubionej studentki, wiedząc, że ta właśnie założyła firmę i szuka kogoś na stanowisko szefa produkcji. Ponoć Dorotę rzucił chłop, zostawiając ją zupełnie na lodzie. Wróciła do mamusi, która utrzymywała się z renty. Siłą rzeczy, w pogoni za chlebem, pani naukowiec musiała zakasać rękawy i wziąć się do ciężkiej roboty. No cóż, taki los.

Beata lubiła „Żyrafę", dziewczyna była taka niezgrabna i pozbawiona uroku, że aż budziła litość. Mimo że sporo młodsza od Beaty, bo o ponad dziesięć lat, doświadczyła tego i owego w życiu. To budziło respekt i sympatię. Znalazła się w przykrym położeniu i potrzebowała wsparcia, czy raczej szansy, a to dodatkowo rozczulało starszą z sióstr Mazur. Poza tym okazała się zdolna i rzutka, dobrze radziła sobie z robotą i szybko stała się najbardziej zaufaną pracownicą. Beata i Aneta zaczynały traktować ją jak swoją własną siostrę.

– Siadajcie, sikorki. – Wskazała im miejsca za stołem.

– Nie ma co się szczerzyć, mamy kłopoty.

– To nic nowego – zauważyła Aneta, siadając i zakładając nogę na nogę.

– Właściwie codzienność – dodała Dorota. – Aha! Czy kazać dziewczynom uprzątnąć pustaki z holu, czy czekamy na pozwolenie policji?

– Zadzwonię do Franka, by przysłał chłopaków. Niech zabiorą gruz i przy okazji obejrzą pomieszczenie. Zaklepuję je na gabinet! – oznajmiła Beata. – Tylko nie wiem, czy chłopaki znajdą czas, żeby dziś się tym zająć. Franek od tygodnia robi remont u radnej Baczewskiej, wiecie, przewodniczącej rady gminy. Powiedziałam mu, że to priorytet, ma dać jej upust i w ogóle zadowolić tę babę. Kto wie, dziewczyny, kiedy nam się przyda wsparcie w gminie…

– Skoro uważasz, że to ważne. – Aneta wzruszyła ramionami.

Beata czuła, że irytacja wraca. Jasne, jaśnie pani ma głęboko w nosie takie sprawy. Jest ponad to, nie obchodzi jej, że czasem trzeba się zeszmacić, dać łapówkę, podarować temu czy owemu prezent, że wszędzie liczą się układy i układziki. Bez nich nie zdobyłyby ani jednego zlecenia i dawno poszły z torbami. To jednak brudy, od których jest Beata, gwiazdeczka bowiem nie chce o nich nawet słyszeć.

– Szefowo, masa będzie gotowa za jakieś trzy godziny – oznajmiła Dorota w ciszy, która zapadła. – Co z SK-influxem i ekstraktem?

41

– Ceramidy są jeszcze w bagażniku beemki – powiedziała Beata. – I tak dodaje się je na końcu, na zimno, prawda?

– Jasne. Możemy je wlać nawet po kompozycji zapachowej. Ale co z ekstraktem z kwiatów orchidei?

– Spytaj moją siostrę, to ona miała go zamówić – burknęła Beata.

Aneta uśmiechnęła się do niej przepraszająco i rozłożyła ręce.

– Byłam przekonana, że wysłałam zamówienie. Zabijcie mnie, ale nie mam pojęcia, dlaczego tak się nie stało – powiedziała. – Jest mi naprawdę głupio, to idiotyczny błąd. Wybaczcie, dziewczyny. To był ostatni raz, przysięgam!

– Twoje przeprosiny nie zmieniają faktu, że nie mamy jednego ze składników – powiedziała Beata. – Przypominam wam, że to pierwsze próbne zamówienie od dużego klienta. Udało mi się dostać to zlecenie, choć musiałam stawać na głowie. Trzy miesiące zabiegów, setki telefonów, godziny namawiania, wręczania prezentów i łażenia od drzwi do drzwi. Wreszcie mamy zlecenie od potentata, i to jakiego! Pierwiosnek, dostawca Biedronki! Obiecałam, że produkt będzie najwyższej jakości i dostarczony w terminie. I tak też się stanie. Nie wiem jak, ale do środy chcę widzieć w magazynie dziesięć tysięcy słoiczków kremu z orchideą. Transport do klienta zamówiony jest na czwartek rano. Nie wiem, jak to zrobicie, i mnie to nie obchodzi.

– Nie irytuj się, Beata – zaproponowała łagodnie Aneta. – Musimy po prostu popytać, czy ktoś nie ma

42

tego ekstraktu w magazynie. Jest tyle hurtowni i firm. Z pewnością ktoś nam to odsprzeda.

– Zadzwoniłam już chyba wszędzie, nawet do tych zdzir z Derminium – powiedziała zimno Beata. – Nikt tego nie ma. Nikt nie zamawia i nie przechowuje niepotrzebnych surowców, same dobrze o tym wiecie. Chodzi o okres trwałości, szczególnie roślinnych wyciągów. Jest zbyt krótki, by ryzykować trzymanie takiego towaru miesiącami w magazynie.

Beata patrzyła na nie wyczekująco. Napawała się zmieszaniem Anety i zakłopotaną miną Doroty. Ta ostatnia też była trochę winna. Mogła sprawdzić roztrzepaną szefową, zadbać o to, czy ma wszystkie materiały do produkcji.

– Wiecie, że jeśli nie wyrobimy się z zamówieniem, nie dość, że nie zarobimy ani grosza, to jeszcze zapłacimy karę umowną. Ale to nie wszystko! Stracimy klienta, a jest szansa, że mielibyśmy od niego systematyczne zamówienia – dobijała współpracowniczki. – Nie możemy sobie na to pozwolić. Zrozumcie, zamówienie z Biedronki to jak chwycić pana Boga za nogi. Nie możemy więc teraz puścić! Ten krem musi powstać.

Obie kobiety milczały. Beata sięgnęła po kartki leżące obok laptopa i postukała w nie palcem.

– Jest jedno wyjście. Powiedzcie mi, ile dodajemy tego ekstraktu – zażądała.

– Pół procenta – odparła Dorota, znająca recepturę na pamięć.

– Czyli na pięćset kilogramów masy musimy wlać dwa i pół litra ekstraktu, tak? To bardzo mało, niemal niezauważalnie – powiedziała, cedząc słowa i wpatrując się w kartki. – Ten składnik nie jest związany z fizycznymi własnościami kremu, nie zmienia jego gęstości czy lepkości, nie ma zatem wpływu na odczucia, wrażenie po posmarowaniu się, mam rację? Czyli jeśli go nie dodamy, krem i tak będzie wyglądał i zachowywał się tak samo?

– Wiem, do czego zmierzasz, i się nie zgadzam – powiedziała zaskakująco ostro Aneta. – Nie ma mowy, byśmy sprzedali klientowi krem bez składnika.

– Ale tego składnika i tak jest tam tyle, co kot napłakał – zauważyła Beata. – Jego obecność nie ma najmniejszego znaczenia!

– Jak to nie ma? Widziałaś etykietę? Napisane jest jak byk, ekskluzywny krem zawierający ekstrakt z kwiatów orchidei – Aneta się uniosła. – Mamy sprzedawać krem z orchideą bez orchidei?

– Przecież to tylko zabieg marketingowy, slogan reklamowy. Nie wmówisz mi, że dodatek dwóch kropel wyciągu z pieprzonego kwiatka ma jakiekolwiek znaczenie! – Beata rzuciła kartki i grzmotnęła wierzchem dłoni w blat, aż stół zadudnił od zderzenia pierścieni z drewnem. – Jaki wpływ na skórę może mieć taka odrobina? Wszystkie te substancje aktywne i ich cudowne działanie to wymysł cwaniaków od marketingu. Dwie krople jakiegoś kwiatka, szczypta kwasu hialuronowego i głupie baby sypią groszem jak opętane, wierząc, że dostają eliksir młodości.

– Ale przecież samo określenie „substancja aktywna” znaczy, że dany składnik ma potwierdzone działanie biologiczne – wtrąciła Dorota. – Nawet w nieznacznej ilości.

Są związki, które działają w mikrogramach na organizm i dobrze wchłaniają się przez skórę. Te nieznaczne dodatki to nie tylko marketing, one naprawdę działają.

– Co działa? Co takiego wspaniałego jest w tych cholernych storczykach? – Beata zaczerwieniła się ze złości. Zrozumiała, że ma przeciw sobie obie współpracownice.

– Polifenole i wielocukry mające działanie przeciwwolnorodnikowe i antyutleniające, znaczy spowalniające proces starzenia... – odparła bez zastanowienia Dorota.

– Polifenole, polisrole! – warknęła Beata i wstała gwałtownie, przewracając krzesło. – Nie wierzę w nie i tyle. Jest ich za mało i nikt mnie nie przekona, że ta odrobinka jest tak kluczowa dla kremu. Macie zrobić go bez ekstraktu i koniec! Nie ma innego wyjścia, inaczej pójdziemy z torbami.

– Przyłapią nas na oszustwie i dopiero będzie – mruknęła Aneta.

– Wpisz w kartę szarżową, że ekstrakt został dodany. Weź numer partii z próbki laboratoryjnej i gotowe. W papierach będzie wszystko się zgadzało! – oświadczyła Beata, nerwowo krążąc po pokoju. – A jak się zgadza w papierach, reszta nie ma znaczenia. Nikt się nie kapnie, że coś jest nie tak. Bo i jak mieliby to sprawdzić, hę?

Chemiczki spojrzały na siebie porozumiewawczo. Nie były zachwycone nową polityką firmy, którą właśnie wprowadzała Beata.

– Można wykryć brak składnika – nieśmiało powiedziała Dorota. – Wystarczy zrobić analizę chromatograficzną kremu i porównać widmo z wzorcem zawierającym ekstrakt. Widać będzie, że go nie ma.

– Aj tam! – Beata machnęła ręką ze złością. – Jaką analizę, dziewczyno? Ich działy kontroli jakości najdokładniej sprawdzają opakowanie. Czy słoiczek jest czysty, czy etykieta jest równo naklejona i nadrukowana, czy widoczny jest numer serii i data przydatności. Masę oglądają jedynie z grubsza, zwyczajnie się nią smarują i tyle. Czasem najwyżej sprawdzą, czy pH zgadza się z podaną specyfikacją. Żadnych innych badań się nie robi. Kto tam słyszał o chromatografii, nie bądź naiwna! Za długo siedziałaś na uczelni, otoczona naukowcami, w przemyśle pracują tylko głupie dziunie...

Dorotę zatkało. Zatrzepotała rzęsami, nie wiedząc, co powiedzieć na tak wstrząsający obraz pracy działów kontroli jakości.

– A niby skąd o tym wiesz? – spytała niepewnie Aneta.

– Wiesz, ile godzin przegadałam z babkami z korporacji, dla których robimy kremy? Ile im postawiłam obiadów i kolacji? Po kilku kielichach języki się rozwiązują. Najpierw się narzeka na szefów i płace, potem rozluźnia atmosferę opowieściami o dzieciach, a na koniec wyciąga wszelkie informacje, jakie się tylko da – odparła Beata.

– Ja wiem nawet, jak wygląda kontrola dostawy w Pierwiosnku. Rozcinają każdą paletę i biorą po dwa pudełka zbiorcze zawsze z górnej warstwy. Nigdy ze środka czy z dołu, bo to za dużo roboty. Wystarczy zatem pamiętać, by górna warstwa na paletach była absolutnie bez zarzutu, i każda dostawa przejdzie przez kontrolę bez najmniejszej uwagi!

– Mimo wszystko jestem na nie – powiedziała twardo Aneta. – Wiem, to moja wina. Ja zawaliłam, ale nie wypuszczę sfałszowanego kremu, nie ma mowy. Nie mogłabym spojrzeć sobie w lustrze w oczy. Przyznaj zresztą sama, jakby to wyglądało. Pierwsza próbna partia dla nowego klienta i już niedorobiona? O nie, nie tak planowałyśmy wizerunek tej firmy. To miało być miejsce z klasą, różniące się od korporacyjnego chłamu.

Siostry zaczęły się kłócić o wizję biznesu, sposoby zarządzania i metody rozwiązywania problemów, aż Dorota wyłączyła się i przestała słuchać. Nerwowo zerknęła na zegar wiszący na ścianie. Dochodziła trzynasta, jeszcze dwie godziny chaotycznej walki o przetrwanie i do domu. Ale nie śpieszyło jej się do domu. Już wolała zostać po godzinach i dopilnować kremu, który zaczęły robić z opóźnieniem. W sumie to ciekawsza opcja na spędzenie popołudnia niż siedzenie w chałupie i wysłuchiwanie mądrości oraz rad mamusi.

– Wiesz, jak nazwałabym politykę firmy, którą proponujesz? Oszustwa Pchły Szachrajki! – zawołała z uniesieniem zawsze spokojna Aneta. – I się na nią nie zgadzam!

Dorota aż poruszyła się niespokojnie, bo nigdy nie widziała opanowanej szefowej w takim stanie. Nie mogła jednak powstrzymać uśmiechu. Pchła z bajki Brzechwy rzeczywiście robiła przekręty podobne do proponowanego przez Beatę. Zamiast dodać do wielkanocnego ciasta rodzynek, zastąpiła je nutami żołnierskiego marsza.

– Wiem! – huknęła głośno Dorota, oszołomiona pomysłem, który właśnie przyszedł jej do głowy. – Przecież możemy zastosować zamiennik. Zamiast używać ekstraktu wyprodukowanego przez niemieckich chemików, zastosujemy własny. Chodzi o polifenole i wielocukry z płatków orchidei. Trzeba kupić kwiaty, wpakować je do gara, zalać alkoholem i pogotować. Potem odparować alkohol, a z suchej pozostałości zrobić roztwór mianowany...

– Czekaj, to za dużo zachodu. Tak się robi standaryzowane ekstrakty, nam wystarczy prostszy. – Aneta aż złapała Dorotę za ramiona z podniecenia i radości. – Wystarczy, że przeprowadzimy macerację kwiatów w roztworze glikolu z wodą i coś takiego dodamy do kremu! Trzeba tylko zdobyć kwiaty.

– A skąd się bierze kwiaty? Z hurtowni, w tym wypadku z giełdy kwiatowej – powiedziała Beata, która natychmiast ochłonęła. – Czynna jest codziennie od czwartej rano. Jutro wyślemy tam Dorotę, ja nie mogę jechać, bo rankiem muszę wyprawić chłopców do szkoły, a później mam spotkanie. Długo zajmie wam zrobienie tego ekstraktu?

– Trzy godziny mieszania na gorąco powinny wystarczyć – powiedziała Aneta. – Zatem jutro do południa powinnyśmy mieć brakujący surowiec. Myślę, że zdążymy z produkcją do czwartku.

– Do środy – przypomniała Beata. – W czwartek towar wyjeżdża. A teraz wynocha mi stąd, bo muszę zrobić jeszcze kilka telefonów.

– Uf – odetchnęła z ulgą Dorota.

Obie chemiczki wstały i skierowały się do drzwi. Aneta uśmiechnęła się do siostry, ale ta tylko pokręciła głową.

– I nie można było tak od razu? – rzuciła za wychodzącymi. – Co ja z wami mam...

48

Kiedy drzwi się zamknęły, Beata zadzwoniła w pierwszej kolejności do matki. Musiała jej przypomnieć, że dziś po szkole chłopcy mają zajęcia karate. Inaczej staruszka zdenerwuje się, że długo nie wracają. Mieszkanie z matką miało czasem swoje dobre strony, miał kto dopilnować synów Beaty, ośmioletniego Andrzeja i jedenastoletniego Bartka. Oczywiście nie brakowało także minusów, babcia zaczynała niedomagać i za kilka lat sama będzie wymagała opieki. Całe szczęście, że była kobietą łagodną i cichą, która nie wtrącała się w życie Beaty i w prowadzenie domu. Tego energiczna bizneswoman by nie zniosła.

Potem zadzwoniła do Franka. Musiała mu powiedzieć o zdemolowanej fabryce i czekającym go kolejnym remoncie. Mąż odebrał po dłuższej chwili, był zasapany i zirytowany. Widocznie przeszkodziła mu w pracy, choć w tle zamiast ryku wierteł lub szumu betoniarki słyszała muzykę jazzową, której podobno nie cierpiał. Nieco ją to zaskoczyło, ale nie zdążyła zapytać, co tam się wyprawia, bo obsztorcował ją za zawracanie głowy i się rozłączył.

W sumie to właśnie lubiła w swoim dzikim brutalu. Czasem był uległy i grzeczny, ale potrafił zachować się jak prawdziwy mężczyzna, zdobywca, pan i władca. Nie to co ten galaretowaty informatyk Anety, Piotrek. Każdy jednak miał to, na co sobie zasłużył.

## Rozdział 4.

# DOROTA.
# Odyseja kwiatowej wróżki

Ranek zapowiadał pogodny dzień, niebo było bezchmurne, a powietrze rześkie, przyjemnie chłodne. Wyjścia z domu zrobią się przykre za miesiąc, gdy jesień rozkręci się na dobre. Na razie pobrzmiewały w niej jeszcze ostatnie nuty lata, zdarzało się nawet, że pogoda nieśmiało zahaczała o upał. Aż by się chciało włożyć sandały i pójść do lasu lub chociaż powłóczyć się po parku. Niestety, Dorota od dwóch lat nie miała sandałów, bo nie mogła znaleźć żadnych atrakcyjnych w jej rozmiarze. Od zawsze miała kłopoty z dobraniem obuwia, w dodatku jeśli już trafiła na buty o odpowiednich gabarytach, często były na obcasach. Dorota z kolei wystrzegała się obcasów, wręcz unikała ich jak ognia. Nie chciała dodawać sobie kolejnych centymetrów, nawet bez tego normalni faceci się jej bali.

Kiedyś, jako naiwna studentka, uważała swój wzrost za atut. Długie nogi, szczupła figura, pociągła twarz i smukłe, gotyckie dłonie. Włosy farbowała na blond, miała zapuszczone co najmniej do ramion i zawsze modnie uczesane. Czasem ubierała się wręcz wyzywająco. Miała urodę modelki, dziewczyny z okładek kolorowych pism. Takie jak ona błyszczały na wybiegach i porażały uśmiechami z billboardów. Dorocie jednak nie marzyła się kariera modelki. Wolała naukę, choć ta ostatecznie okazała się bardziej wymagająca i mniej intratna.

Szybko okazało się, że przyjaciółki ze studiów, mimo mniej imponującej prezencji, cieszyły się większym powodzeniem u chłopców. Dorota zorientowała się, że onieśmiela ich swoim wyglądem i wzrostem, koledzy czuli się przy niej niepewnie. Nawet ci najprzystojniejsi woleli zwykłe dziewczyny, uważając ją za kobietę nie do zdobycia, przeznaczoną dla gogusiów z wyższych sfer. Większość zresztą traktowała ją jako zajętą, bo przecież taka dziewczyna nie może opędzić się od adoratorów, więc z pewnością już dawno wybrała sobie spośród nich najbogatszego i najbardziej wpływowego. Rzeczywistość była jednak zupełnie inna. Do Doroty cholewki smalili najwięksi popaprańcy, napakowani dresiarze o szerokich karkach, wioskowi biznesmeni w garniturach z bazarów, kurduplowaci przedstawiciele handlowi i pryszczaci agenci ubezpieczeniowi. Na ulicy zaczepiali ją robotnicy wymieniający pękniętą rurę, kierowcy starych opli, jeszcze częściej golfów i wszelkiego rodzaju niebieskie ptaki wystające na rogach i w bramach. Jednym słowem: obrali ją sobie za cel wszelkiego rodzaju durnie, a normalni, porządni chłopcy zwyczajnie się jej bali.

Wreszcie na jakiejś imprezie poznała przystojniaka z AWF-u. Janek grał w siatkówkę w akademickiej reprezentacji, poza tym uprawiał lekkoatletykę i – co najważniejsze – był od niej wyższy. Razem wyglądali jak para antycznych bóstw, jak Apollo i Wenus. Mogliby służyć za modeli dla starożytnego rzeźbiarza, a ich marmurowe wizerunki z miejsca trafiłyby na piedestały w świątyniach. Dorota była bardzo dumna z Jasia i na zabój w nim zakochana. Chodziła na wszystkie mecze i omal nie została maskotką drużyny. Zamieszkali razem i wytrzymali ze sobą aż trzy tygodnie bez najmniejszej sprzeczki. Potem, pewnego wieczora, Janek wrócił do domu zawiany. Zrobił awanturę i trzasnął ją w twarz. Właściwie bez powodu. Następnego dnia przepraszał za swoje zachowanie na kolanach i ze łzami w oczach. Tydzień później sytuacja się powtórzyła, ale nie skończyło się na jednym policzku. Doszło do szarpaniny, targania za włosy i wyzywania od najgorszych. Dorota jeszcze tej samej nocy wróciła do akademika. Po związku pozostała jej utrzymująca się kilka dni śliwa pod okiem.

Kolejny był Marek z SGH, przyszły bankowiec, pochodzący z rodziny inteligencji katolickiej. Jego ojciec miał tytuł profesora ekonomii i pisał felietony do znanej prawicowej gazety, matka zaś była rozmodloną gospodynią domową. Ich syn ujął Dorotę niezwykłą kulturą osobistą, inteligencją i grzecznością. Był sporo od niej niższy, ale potrafił ją rozbawić, szczególnie że cechowała go spora dawka autoironii. Nigdy nie okazywał gniewu czy choćby uniesienia, nie podnosił głosu, a każdy spór obracał w żarty. Nie nalegał na zbliżenie, co miało mieć związek z jego religijnością i uczciwością, zarówno wobec niej, jak i wobec Boga.

Oświadczył się jej w czasie obiadu w obecności obojga rodziców. Zawahała się, co zostało przyjęte za zgodę. Ojciec niczym biblijny patriarcha łaskawie pobłogosławił ich związek i powierzył opiece boskiej. Przy okazji określił precyzyjnie okres narzeczeństwa i wyznaczył kościół, do którego mieli chodzić na nauki przedmałżeńskie.

Niecałe dwa dni później jedna z przyjaciółek Doroty oznajmiła jej z przejęciem, że widziała jej faceta wychodzącego nad ranem z gejowskiego klubu w towarzystwie dwóch młodzieńców i zawianego w pestkę *drag queen*. Zapytany o to Marek z rozbrajającą szczerością przyznał, że woli chłopców, a jej potrzebował jedynie dla przykrywki. Musiał utrzymać swoje upodobania w tajemnicy, by nie skrzywdzić rodziny i zapobiec wydziedziczeniu. Zaproponował nawet Dorocie związek pozorowany, obiecując jej pełną swobodę, utrzymanie i życie w godnych warunkach, byle zachowała wszystko w tajemnicy i została jego żoną.

Nawet nie zdążyła się wyprowadzić z akademika, nie musiała więc do niego wracać.

Wspominając swoich chłopców, włożyła dżinsy i czarne martensy, z miną pokerzysty wysłuchując uwag stojącej nad nią mamy. Rodzicielka cierpiała na chore stawy, szczególnie doskwierały jej biodra. Poruszała się z trudem, opierając na dwóch laskach. Nie miała jeszcze sześćdziesiątki i mogłaby normalnie pracować, ale przez stan zdrowia została uziemiona. Cierpiała bardziej przez bezczynność niż przez ból. Kilka lat temu jej mąż zmarł na serce, a dzieci dorosły. Pustkę zapełniała, oglądając telenowele i żyjąc życiem swoich pociech. Starszy brat i siostra Doroty wynieśli się, i to daleko. Brat mieszkał w Irlandii i tylko czasem dawał znak życia, a siostra przeprowadziła się na drugi koniec Polski i wpadała jedynie na ważniejsze święta. Pozostała najmłodsza córka, która w dodatku cztery miesiące wcześniej wyprowadziła się od narzeczonego i wróciła, by szukać schronienia w rodzinnym domu.

– Dziewczyno, jak ty wyglądasz? – mówiła mama, stojąc nad nią w korytarzu. – Nie mogę odżałować twoich pięknych włosów, wyglądałaś tak zjawiskowo w blond lokach. Musiałaś się zrobić na jakąś G.I. Jane?* Czemu ubierasz się jak chłopczyca i nie stosujesz makijażu? Wyglądasz okropnie w tym koszmarnym swetrze, wyciągnęłaś go z szafy ojca? Powinnam dawno wywalić jego szmaty, ale jakoś nie mogę się zebrać. Nie stój tak, zrób coś z sobą. Zacznij znów o siebie dbać, bo zostaniesz starą panną. Żaden chłop się za tobą nie obejrzy.

– Ale ja nie chcę, by się za mną oglądali. Mam ich dość, rozumiesz? – Dorota zagotowała się w jednej chwili. – Będę się ubierała tak, jak mi wygodnie, a nie tak jak podoba się mojej mamusi!

– Nie podnoś na mnie głosu, gówniaro – wycedziła mama. Dziewczyna spostrzegła, że jej usta zaczęły dygotać. Zaraz wybuchnie płaczem i będzie chlipała, że dzieci nienawidzą własnej matki i modlą się, by umarła. W dwie sekundy z agresora potrafiła przeistoczyć się w ofiarę i wpędzić Dorotę w poczucie winy. Zepsuje jej

---

* Nawiązanie do postaci kobiety komandosa, granej w filmie pod tym tytułem przez Demi Moore. Aktorka do roli zgoliła głowę na łyso.

humor na resztę dnia, spowoduje, że poczuje się podle, jak ostatni niewdzięcznik i zdrajca. W tej kobiecie drzemał potwór, pasożyt, który żerował na umysłach i życiu własnych dzieci. Nie wiadomo, co takiego w niej było, ale potrafiła kilkoma zdaniami doprowadzić Dorotę do szału. Grała jej na nerwach jak prawdziwy wirtuoz, zresztą nie tylko jej, to samo musiał znosić tata i dwoje rodzeństwa. – Nie możesz ciągle zadręczać się wspomnieniami o Albercie, bo oszalejesz – dodała już normalnym głosem, widząc pokorną postawę córki, która skuliła ramiona. – Musisz przestać o nim myśleć i znów zacząć dbać o siebie. Mówię to dla twojego dobra. Jesteś taką piękną dziewczyną, a ubierasz się jak Kopciuszek. I te włosy, na litość boską, chociaż je zafarbuj!

– Idę – powiedziała Dorota, stojąc w drzwiach. – Nie mogę się spóźnić, bo czeka mnie dziś kupa roboty.

– O której wrócisz? Nie będziesz siedziała do późna jak wczoraj? Nie pozwól zbytnio się wykorzystywać! Mam wrażenie, że te kobiety nie liczą się z tobą!

– Wrócę później, może dopiero wieczorem – powiedziała Dorota, uśmiechając się w duchu. Nawet jeśli nie będzie musiała zostać, by dorobić kremu lub pomóc w konfekcji, czyli dozowaniu go do słoiczków, chyba posiedzi w firmie dla świętego spokoju. Byle nie wracać zbyt wcześnie do domu.

– Przyjdź o ludzkiej porze, bo robię dziś pierogi. Najlepsze są gorące, prosto z wody! – dodała mama, choć Dorota już zbiegała ze schodów.

Nie cierpiała rozgotowanych pierogów, szczególnie ruskich, które uwielbiała mama. Rodzicielki to zupełnie

nie obchodziło, nie przyjmowała do wiadomości, że komuś mogą nie smakować dania jej kuchni. Uważała się za świetną kucharkę, choć kotlety zawsze przesmażała na wiór, kluchy rozgotowywała, wytwarzała sosy o konsystencji kleju, a w jej zupach śmietana zawsze ścinała się w paskudne krupy.

– *Master chef* – mruknęła pod nosem Dorota, wychodząc z bloku.

Odetchnęła głęboko, wyrzucając z głowy obraz matki i całą złość na nią. Nie miało sensu dręczenie się od samego rana. Choć z drugiej strony mama przypomniała jej Alberta, niech go piekło pochłonie. Samo wspomnienie tego sukinsyna powodowało, że serce ściskało się jej z żalu.

Idąc na przystanek i czekając na busa, zamiast cieszyć się złotą jesienią, rozmyślała o swoim ostatnim partnerze. Ponure myśli powoli wpędzały ją w zły humor. Ledwie zapomniany koszmar powracał we wspomnieniach za każdym razem równie intensywnie i boleśnie. Alberta poznała tuż przed obroną na jakiejś domówce. Starszy o dwa lata absolwent SGH, robiący podyplomowe studia, od razu jej zaimponował. Wysoki, z niewielką łysiną i w okularach, sprawiał wrażenie o wiele poważniejszego i doświadczonego od wszystkich swoich kumpli razem wziętych. Otaczała go aura tajemniczości i życiowej mądrości. Okazało się, że wychował się w sierocińcu i by ukończyć studia, musiał naprawdę ciężko pracować. Mimo że sprawiał wrażenie osoby nieco melancholijnej, optymistycznie patrzył na świat i śmiało stawiał czoła nieprzychylnemu losowi.

Jego przeszywające, uważne spojrzenia już od pierwszej chwili sprawiały, że przechodziły ją ciarki. Czuła, że przyglądając się, nie patrzy na jej długie nogi, nie podziwia jej urody, a zagląda do wnętrza, bada jej uczucia i odkrywa najgłębsze myśli. Kiedy zaczęli rozmawiać, okazało się, że dogadują się tak, jakby znali się od wieków, jakby zostali dla siebie stworzeni, a na skutek jakiegoś splotu okoliczności ich życiowe drogi mijały się i zawracały, by spotkać się właśnie tej nocy. Dorota od pierwszego wejrzenia zakochała się w młodym ekonomiście.

Albert spędzał całe dni i wieczory na dyżurach w biurowcu firmy handlującej aparaturą medyczną i informacją naukową. Jako początkujący analityk finansowy na stażu w dziale marketingu dostawał za to marne grosze, ale nigdy nie narzekał. To był dopiero pierwszy krok do wielkiej kariery, na początek czekało go wspinanie się po szczeblach w polskiej filii amerykańskiej firmy, a potem podbój wielkich korporacji w dalekim świecie. Z czasem planował zrobić doktorat z ekonomii lub gospodarki na jakiejś renomowanej akademii i zdobyć pracę w administracji jakiegoś naprawdę liczącego się przedsiębiorstwa. Zarabiać krocie jako manager wyższego szczebla i jednocześnie kontynuować naukową karierę. Z czasem sięgnie po stołek w zarządzie jakiejś korporacji, a może skupi się na polityce i sięgnie po fotel ministra lub premiera? Tak czy inaczej, wszystko zamierzał osiągnąć przed pięćdziesiątką i całą swoją aktywność podporządkował temu planowi – karierze.

Dorota zrozumiała, że nowy chłopak jest osobą bardzo ambitną i rzutką, o wielkiej sile przebicia. Od

dziecka musiał o wszystko walczyć, wszystko, co osiągnął, zawdzięczał pracy, często w drakońskich warunkach. Od swojej wybranki wymagał, by wspierała go
w dążeniach, podpierała go w chwilach, gdy traci siły
lub gdy przychodzi zwątpienie. W zamian ofiarował
miłość i wierność, bez limitów i ograniczeń, na zawsze
i do końca.

Dorota uległa jego czarowi, mądrości i oddaniu. Potrafił okazać zaangażowanie i troskę, zgadywał jej pragnie-
nia i starał się, jak mógł, by uczynić ją szczęśliwą. Nigdy
wcześniej nie była taka szczęśliwa. Z radością ofiarowała
mu swoje wsparcie. Zamieszkali razem i przez pierwszy
rok żyli, poświęcając się pielęgnowaniu swoich uczuć.
Dorota wiele dni i nocy spędziła sama, czekając na powrót zmęczonego kochanka. Kiedy wracał, wysłuchiwała
z troską jego problemów i wspierała go radami. Długie
godziny poświęcali na planowanie tego, co powinien
zrobić, jak rozmawiać z klientami, szefostwem, jak traktować kolegów, z kim się zaprzyjaźnić, a od kogo trzymać
z daleka.

Potem Albert jako najlepszy ze stażystów dostał umowę o pracę i został młodszym specjalistą w dziale marketingu i pozyskiwania klienta. To był pierwszy etap jego
drogi, od tego czasu każda wolna chwila poświęcona
była planowaniu, jak należy postępować, by kariera na-
brała tempa. Całe ich życie zostało podporządkowane
i ukierunkowane na wspieranie Alberta. Dorota coraz
rzadziej zaglądała na uczelnię, musiała spowolnić prace nad własnym doktoratem, by móc poświęcać więcej
czasu opiece nad ukochanym. Musiała być na każde

jego zawołanie, dbać o jego stroje i dobre odżywianie, nieustannie wysłuchiwać wszystkiego o życiu biura i planować dalsze kroki. W pewnym momencie śledziła managera, któremu podlegał, by znaleźć na niego haki. Potem, gdy okazało się, że ten po pracy odreagowuje, tęgo popijając i włócząc się po burdelach, musiała najpierw przygotować szantażujące listy, a gdy te nie pomogły, donieść na nieszczęśnika do zarządu. Udało się, już po pół roku nastąpiła restrukturyzacja działu i Albert został samodzielnym specjalistą z własną pulą klientów i dystryktem obejmującym kilkanaście szpitali i drugie tyle instytutów oraz firm do obsługi.

Którejś bezsennej nocy, leżąc i wpatrując się w sufit, Dorota oprzytomniała. Nagle zrozumiała, że uwikłała się w związek z człowiekiem nie do końca normalnym. Albert był zupełnie pozbawiony moralności, a etyka stanowiła dla niego puste pojęcie. Liczył się tylko on i jego życie, nic ponadto. Zrozumiała, że jest narzędziem w jego rękach, że stopniowo całe jej życie zostało przeszczepione i wbudowane w sieć planów i intryg Alberta. On jej nie kochał, bo nie był zdolny do uczuć wyższych. Zdolny był za to do wszystkiego. Ze zgrozą uświadomiła sobie, że jej kochanek jest psychopatą.

Nie pozwolił jej się wyprowadzić. Nie chciał nawet słyszeć o tym, że Dorota musi odpocząć, zrobić sobie przerwę od szpitala i wrócić do własnej kariery, do własnego życia. Zorientowała się, że nie ma jej kto pomóc. Przez okres trwania ich związku zupełnie straciła kontakt z przyjaciółmi, a właściwie wskutek zabiegów Alberta wszyscy byli na nią poobrażani lub wrogo nastawieni.

Całe ich finanse, wszystkie pieniądze znajdowały się pod jego kuratelą, tak samo jak wspólnie kupiony samochód i wynajęte mieszkanie. Zabrał jej nawet dokumenty i kontrolował telefon. Musiała się tłumaczyć, do kogo dzwoniła i o czym rozmawiała, czytał także jej pocztę elektroniczną, ponieważ bezczelnie włamał się do jej skrzynki. Na koniec oświadczył, że wie o niej wszystko i zniszczy ją, jeśli go opuści. Że zbyt wiele dla niego znaczy i jest mu zbyt potrzebna, by pozwolił jej odejść. Jeśli będzie trzeba, po prostu ją zabije.

Dorota wiedziała, że Albert nie żartuje. On nigdy nie żartował, gdy chodziło o jego karierę, i gotów był na wszystko, by ją chronić i dalej się rozwijać. A ona wiedziała o nim bardzo dużo niewygodnych rzeczy. Wiedziała, że podkładał świnie kolegom, podkradał im klientów, donosił na kumpli, a nawet kopiował i kradł ich dokumentacje, znała wszystkie sposoby, jakich używał do dyskredytowania konkurentów, do pięcia się w hierarchii. Podczas jednej z dramatycznych rozmów obiecała, że zachowa wszystko dla siebie, że nikomu nie wyda jego sekretów. Z zimną obojętnością, bez podnoszenia głosu, zaczął jej grozić. Obiecał, że dopilnuje, by coś złego spotkało jej najbliższych, że postara się, by ona sama wylądowała na bruku lub skończyła jako ostatnia kurwa, zdechła gdzieś w samotności, biedna i opuszczona przez wszystkich. Zaczął wmawiać jej, że bez niego jest nikim, że sama i tak sobie nie poradzi. Niczego przecież nie umie, do tego jest brzydką żyrafą, niegodną żadnych uczuć.

Tak jak gwałtownie go pokochała, tak równie szybko znienawidziła. Najgorsze, że zaczęła się go panicznie bać, nie potrafiła postawić mu się i wyjść, trzasnąwszy drzwiami. Była przekonana, że na to nie pozwoli i z zimną krwią poderżnie jej gardło lub spełni inne swoje groźby. Znalazła się w potrzasku. W pułapce przygotowanej przez inteligentnego psychopatę. Siedziała w domu, ze strachem czekając na jego powrót, potem wysłuchiwała opowieści o szpitalu i tak jak zwykle pomagała mu planować kolejne posunięcia. Tymczasem szukała drogi ucieczki. Skończyło się awanturą, gdy sprawdził historię przeglądania w jej komputerze i odkrył, że odwiedzała strony poradni dla ofiar przemocy i dla kobiet maltretowanych. Od tamtej pory wysłuchiwała, jaką to jest beznadziejnie głupią idiotką i że do niczego się nie nadaje.

To było straszniejsze niż bicie przez Janka i cyniczne wykorzystywanie przez Marka razem wzięte. Przeżyła prawdziwy horror, który ciągnął się kolejnymi miesiącami. Z dbającej o siebie, atrakcyjnej dziewczyny zmieniła się w szarą, smutną kobietę. Przestała o siebie dbać, zaczęła wierzyć, że naprawdę jest nic niewarta. Albert opanował ją zupełnie i pokonał, tworząc z niej swoją służącą i pomocnicę w podłych intrygach.

Nagle, pewnego słonecznego dnia, wczesną wiosną, obudziła się z przekonaniem, że dłużej nie wytrzyma. Spakowała się, napisała do niego list i opuściła mieszkanie. W liście zagroziła, że jeżeli kiedykolwiek się do niej zbliży lub choć raz zadzwoni, lub wyśle SMS-a, natychmiast uda się na policję i złoży zawiadomienie o wielomiesięcznym dręczeniu i groźbach karalnych. Ujawni również wszystkie jego szalbierstwa i intrygi, natychmiast gdy odkryje, że podjął jakiekolwiek działania przeciw niej lub jej rodzinie.

Zamieszkała u mamy. Przez pierwszych kilka dni nie wychodziła z domu, tylko przez okno obserwowała okolicę. Wreszcie, poganiana przez rodzicielkę, pojechała na uczelnię, gdzie od swojego promotora dowiedziała się o firmie Stella, szukającej szefa produkcji. I tak wylądowała w królestwie sióstr Mazur.

Albert już od pięciu miesięcy nie dawał znaku życia. Ani razu nie próbował jej niepokoić, jakby przestraszył się gróźb z listu. Mimo to Dorota żyła w strachu aż do chwili, gdy jakiś miesiąc temu od spotkanej na ulicy asystentki z firmy Alberta dowiedziała się, że jej kochanek zwolnił się z pracy i wyjechał do Anglii, gdzie ponoć otrzymał stanowisko *junior managera* w firmie telekomunikacyjnej. Dopiero wtedy Dorota odetchnęła z ulgą. Prześladujący ją upiór wyjechał i wyglądało na to, że już nigdy nie wróci.

Znów przeszła we wspomnieniach horror swojego związku. Z trudem wróciła do siebie, zanim przekroczyła drzwi firmy. Przywitała się ze stojącymi przed wejściem dziewczętami, które paliły namiętnie i zaciągały się głęboko, jakby był to ich ostatni papieros. Ponoć wczoraj Beata stwierdziła, że przerwy na dymka są zbyt częste i cierpi na tym produkcja, postanowiła je zatem ograniczyć. Zagroziła, że czas przeznaczony na palenie zacznie odliczać od pensji. Na razie dziewczyny delektowały się papierosami, plotkując od rana.

Dorota nie miała nastroju na żarty i plotki, weszła więc do laboratorium, gdzie naprzeciw biurka Anety stało jej własne. Włączyła komputer, uzupełniła wczorajszą kartę szarżową i przygotowała kolejną. Musiały nakręcić pół tony kremu. Liczyła na to, że uda się zrobić to jeszcze dzisiaj. Zawołała Aldonę, krzycząc na całe gardło. Już wcześniej odkryła, że to działa lepiej niż chodzenie, szukanie pracownicy, a potem grzeczne wydawanie jej polecenia. Dziewczyny żwawiej reagowały, gdy się na nie wydarło, wtedy też poważniej traktowały polecenia. Oczywiście Dorota była zbyt łagodna, by krzyczeć na nie w gniewie czy je zastraszać. Jedynie wzywała je wrzaskiem, a polecenia wydawała już normalnym tonem i w formie prośby, z góry grzecznie dziękując za wykonanie zadania.

Aldona śmierdziała papierochami i tanimi perfumami, aż w oczy szczypało. Dorota ciągle jeszcze przyzwyczajała się do tego, że dziewczyny z produkcji pochodziły z innego świata niż ona. Dotychczas na uczelni pracowała wśród ludzi wykształconych, naukowców i studentów wykazujących pewien poziom kultury. W Stelli natomiast miała do czynienia z pracownicami produkcyjnymi, osobami prostymi i w większości posiadającymi jedynie wykształcenie podstawowe.

Dziewczyny nie były głupie, ale nikt w dzieciństwie nie poświęcił im uwagi i nie zostały odpowiednio wyedukowane. Były niemal książkowymi przedstawicielkami czegoś, co kiedyś nazywano klasą robotniczą. Proste i nieokrzesane, potrafiły z lekkością i swobodą używać rynsztokowego języka, za to nie bały się ciężkiej, fizycznej roboty. Szczere i bezkompromisowe, zazwyczaj waliły prosto z mostu to, co im chodziło po głowach.

Brakowało im obycia i grzeczności, nie grzeszyły finezją, za to zasadniczo można było na nich polegać, pod warunkiem że się je przypilnowało i zagnało do roboty.

Dorota nie mogła się zdecydować, czy lubi swoje podwładne. Czasem miała ochotę potrząsnąć tymi dziewuchami, wszystkimi naraz i każdą z osobna. Szczególnie gdy ich zachowanie było irytujące. Na przykład jak teraz, gdy Aldona pojawiła się na wezwanie i stanęła w drzwiach, opierając się o framugę i przyjmując pozę prostytutki pod latarnią. Żuła gumę i bezczelnym, pozbawionym śladów jakiejkolwiek skromności spojrzeniem gapiła się wyzywająco na kierowniczkę. Zamiast grzecznie się zameldować, mlasnęła i zrobiła balona z gumy. Dorota opanowała chęć wydarcia się na nią, przypominając sobie, z kim ma do czynienia. To przecież głupiutka gąska, która dała sobie zrobić dzieciaka w wieku siedemnastu lat i od tamtej pory pracowała fizycznie. Nikt jej niczego nie nauczył, a zwłaszcza odpowiedniego zachowania. Poza tym i tak sprawiała wrażenie najinteligentniejszej i najsprytniejszej z dziewcząt: może za rok lub dwa awansuje na brygadzistkę? Westchnęła zatem i podyktowała jej listę zadań – przygotować drugi homogenizator do produkcji, przepłukać go wodą destylowaną i zdezynfekować. Potem spuścić roztwór alkoholu po dezynfekcji i wpompować do urządzenia wodę w ilości według karty szarżowej. Włączyć grzanie i zacząć odważać składniki według rozpiski. Niczego jednak nie dodawać do homogenizatora bez Doroty!

Ledwie wydelegowała Aldonę do wykonania zadań, a do laboratorium wpadła zdyszana Aneta. Mniejsza

Szefowa wyglądała na podenerwowaną. Zwykle stoicko spokojna, tym razem w locie bąknęła tylko coś na powitanie i zaczęła przetrząsać biurko. Otwierała energicznie szuflady i wywalała z nich wszystko na blat.

– Co się stało? – spytała ostrożnie Dorota.

– Nie mogę znaleźć notebooka – oznajmiła ze zgrozą Aneta. – Tylko spokojnie, on musi gdzieś tu być. Przetrząsnęłam całą chałupę i samochód, tam go nie ma. Na sto procent znajduje się zatem w tym pomieszczeniu. Dam sobie głowę uciąć, że w piątek kładłam go na biurku. Nie rzucił ci się przypadkiem w oczy?

– Ostatnio nie, ale skoro tu jest, to się znajdzie. Nikt go przecież nie wyniósł – powiedziała lekkim tonem Dorota. – A co z kwiatami?

– Z czym? Ach, z orchideą! No tak, masz tu kluczyki i dowód rejestracyjny. Zaraz dam ci gotówkę. Pojedziesz na giełdę i kupisz ich tyle, ile się da, ale bez szaleństw, bo Beata nas zamorduje. – Rzuciła jej kluczyki i dokumenty wozu.

– Ale ja słabo prowadzę – jęknęła Dorota. – Prawko zrobiłam pięć lat temu i od tamtej pory za kółkiem siedziałam raptem kilka razy. Albert zawsze sam prowadził, mnie nigdy nie pozwalał.

– To miło z jego strony, widocznie jest grzecznym facetem, skoro wszędzie cię woził. Mój Piotrek nigdy nie był tak szarmancki, często to ja robiłam za kierowcę, szczególnie gdy zabalował z kumplami z pracy lub wracaliśmy od znajomych z zakrapianych imprez.

– Tak, Albert wszystkim wydawał się bardzo grzeczny... – mruknęła Dorota, znów popadając w ponure zamyślenie. Koszmar zaczynał do niej wracać.

– Nie dumaj teraz, tylko pędź po kwiatki, ja muszę znaleźć notebooka. Mam w nim wszystko, także notatki z ostatnich testów, a lada dzień będę musiała wysłać sprawozdanie do klienta. – Aneta w zamyśleniu drapała się po głowie, burząc fryzurę. – Przygotuję glikol z wodą, będzie czekał na orchidee. Produkcji też dopilnuję. Jedź już!

Dorota złapała kluczyki, wetknęła plik banknotów do kieszeni i popędziła na parking. Wsiadła do wozu Mniejszej Szefowej, leciwego subaru o ogromnych rozmiarach. Zdawało się jej, że samochód kombi jest długi jak autobus. Poczuła falę paniki. Przecież nie da się czymś takim manewrować! Nie uda się jej nawet wyjechać z parkingu!

Zgasł jej przy cofaniu i drugi raz przy ruszaniu, dopiero po paru minutach udało się jej opanować pedały i przejąć nad nimi pełną kontrolę. Wielka kobyła o niezgrabnym wyglądzie okazała się zaskakująco żwawa i łatwa w prowadzeniu. Dorota uśmiechnęła się mimowolnie, gdy po wyjechaniu na dwupasmówkę lekkim naciśnięciem gazu rozpędziła potwora tak, że bez wysiłku wyprzedził kilka wlokących się samochodów. Aż zrobiło się jej gorąco z emocji, w myślach dała sobie naganę za niepotrzebną brawurę i zwolniła, by resztę trasy pokonać grzecznie i z rozwagą.

Na giełdę dotarła przed dziewiątą, kiedy ruch handlarzy już znacznie osłabł. Największy rwetes panował tu ponoć przed świtem, kiedy zjeżdżali dostawcy obsługujący kwiaciarnie. Opłaciła bilet dla kupującego, by wjechać na teren giełdy, i wybrała sobie wygodne do zaparkowania miejsce na niemal pustym, wielkim placu. Tu i ówdzie walały się liście i płatki spadłe z przeładowywanych kwiatów. Znaczyło to, że dobrze trafiła. Weszła do wielkiego hangaru, w którym o tej godzinie krzątali się głównie handlarze sprzątający stoiska.

W nos uderzyła ją feeria zapachów – mieszanina aromatów kwiatowych, ciętych łodyg, wilgoci, orientalnych kadzideł i spalonego oleju z *fast fooda*, oferującego handlującym parszywą karmę. Stoiska były boksami z drutu lub namalowanymi bezpośrednio na podłodze prostokątami z numerem. Kwiaty stały w koszach i w skrzynkach, w doniczkach i wazonach. Piętrzyły się całymi piramidami i mieniły pełną paletą barw i kształtów. Nie brakowało tu też wszelkiego rodzaju ozdób i sprzętu przeznaczonego dla kwiaciarń. Błyszczały więc szpule ze wstęgami i wstążkami, szeleściła ozdobna, błyszcząca folia, lśniły sztuczne kwiatki i mnóstwo tandetnych doniczek i figurek.

W hangarze kręciła się niewielka liczba klientów. Większość krzątających się ludzi stanowili pracownicy stoisk, zajmujący się głównie sprzątaniem i przenoszeniem w tę i we w tę towaru. Dorota zakręciła się na pięcie, oszołomiona barwami i zapachami, a potem zanurzyła w plątaninie uliczek. Szła ostrożnie, rozglądając się w poszukiwaniu charakterystycznych kwiatów, wszędzie jednak tkwiło tak wiele roślin, że musiała zacząć pytać.

– Ma pani orchidee? Czy ma pani storczyki? – spytała kręcącą odmownie głową szczupłą kobietę.

– Przecież orchidea i storczyk to jedno i to samo – burknęła ta w odpowiedzi.

– A wie pani, kto może mieć? – dopytywała się Dorota.

Znów przeczące kręcenie głową.

Chodziła tak od stoiska do stoiska. Handlarze byli już zmęczeni, wielu musiało przyjechać tu o drugiej lub trzeciej nad ranem, wielu mieszkało daleko od giełdy i po prostu miało za sobą nieprzespaną noc. Nikt nie miał cierpliwości do wielkiej dziewczyny, pytającej o dość rzadkie kwiaty. Nie sprawiała wrażenia kogoś z branży, kto mógłby wziąć większą ilość towaru, ale dziwaczki, która kupi jedną doniczkę. Szkoda było na nią czasu.

– Mam jeszcze kilka – powiedział jeden z handlarzy. – Białe, piękne i dorodne. A do tego tanio, po dwadzieścia złotych za sztukę!

Dorota miała ochotę go ucałować, ale po chwili zdębiała, widząc, co proponuje jej sprzedawca. To były doniczki z sadzonkami, jeszcze niekwitnącymi. Roślinki wyglądały na małe i niepozorne, jakieś takie rachityczne. Jej mina chyba sporo mówiła, bo handlarz zaczął mętnie tłumaczyć, że lada dzień pięknie zakwitną.

– Szkoda, że nie przyszła pani wcześniej – wtrąciła kobieta z sąsiedniego stoiska. – Miałam tego sporo i przez dwa tygodnie nie znalazł się chętny. Cały towar poszedł na zmarnowanie, cholery przekwitły. To przez mojego starego, to on kupował cebulki, cymbał jeden! – Handlarka była krępą, niską kobietą ubraną w kieckę z szerokim dekoltem. Podparła się pod boki i uśmiechnęła szeroko. – Wcisnęli mu kilkanaście skrzyń cebulek, mówiąc, że dostanie z nich całą paletę storczyków o różnych barwach. Na szczęście posadziliśmy tylko część. Kiedy

68

zakwitły, okazało się, że wszystkie są czarne. Czarne jak smoła, wyobraża to sobie pani? Wiedziałam, że nikt tego nie kupi. Chyba żeby akurat gdzieś w pobliżu kręcili horror. Trzeba było oszczędzić sobie zachodu i nawet ich tu nie przywozić, ale rzucić od razu na kompost, zamiast tracić czas i energię. Tak to jest, gdy powierzy się odpowiedzialne zadanie chłopu. Mówię pani, co ja mam z tym starym! Wiecznie szuka okazji i wielkich interesów, a zawsze wychodzimy na nich jak Zabłocki na mydle.

Dorota uśmiechnęła się do sprzedawczyni. Polubiła ją w jednej chwili. Kobiecina wyglądała i zachowywała się jak archetypowa, wzorcowa handlarka z bazarów. Pyskata i gadatliwa, mówiąca głośno i rozpychająca się łokciami. Sprzeda wszystko, i to z szerokim, szczerym uśmiechem, bez mrugnięcia okiem zachwalając pod niebiosa największą tandetę. Przed wiekami przekupki takie jak ona królowały na targowiskach, gdzie stworzyły sobie najdoskonalsze warunki do działalności. Poza strojem właściwie niczym nie różniła się od swoich poprzedniczek.

– Co się stało z tymi kwiatkami? – spytała Dorota, przechodząc do boksu kwiaciarki.

– Mój syn zabrał je razem z resztą przekwitłych na straty – odparła. – Taki los biednych handlarzy, co się nie sprzeda, możemy sobie wsadzić głęboko w… Ech, jednym słowem, to nas bije po kieszeni. Ale może panienka wybierze sobie u mnie coś innego, oferuję dziś specjalne upusty dla pięknych dziewcząt!

– Da pani spokój, mam prawie trzydzieści lat – bąknęła Dorota. – Jaka ze mnie dziewczyna? Ale powiem pani, że z chęcią wzięłabym te przekwitłe orchidee, nawet w mrocznym kolorze. Mam dziś specjalny upust dla pokrzywdzonych przez los szklarniarzy i kwiaciarzy.

– Wzięłaby panienka zwiędłe storczyki? Ale z nich sypały się już płatki, okropny widok.

– Ile pani tego ma i za ile mi sprzeda? – spytała rzeczowo Dorota.

Chwilę jeszcze się przekomarzały, ale kiedy handlarka zorientowała się, że wysoka jak wieża klientka nie żartuje, natychmiast sięgnęła po telefon. Zadzwoniła do syna, którego nazywała Artusiem, i kazała mu natychmiast wracać z odpadami. Potem usadziła Dorotę na stołeczku i przyniosła dla obu gorące napoje z budy z *fast foodem*. Musiały poczekać na zwiędłe orchidee. Zajęły się zatem negocjowaniem ceny za bezużyteczne kwiatki, poszło im szybko i sprawnie, przypieczętowały zatem umowę toastem z herbaty w plastikowych kubkach. Potem handlarka, która przedstawiła się jako Jadzia Barańska, szefowa plantacji kwiatów Pinky Rose, zasypała Dorotę opowieściami z życia giełdy kwiatowej i wciągnęła w rozmowę o życiu i pracy. Nie wiadomo kiedy wyciągnęła z dziewczyny, czym się zajmuje i po co jej zwiędłe orchidee. Była zachwycona, gdy dowiedziała się, że zostaną użyte do produkcji ekskluzywnego kremu.

Kolejna godzina upłynęła im niepostrzeżenie na wspólnym obsługiwaniu klientów. Dorota zaangażowała się w to z własnej inicjatywy. Zachwalała towar i poszczególne kwiatki, jakby sama je uprawiała. Sprawiało jej to szczerą i autentyczną radość, dobrze się bawiła, przerzucając się z Jadzią żartami. Okazało się, że razem tworzą doskonale dogadujący się duet. Po zainkasowaniu kolejnej porcji gotówki za sprzedanie właścicielowi kwiaciarni większej liczby roślin, niż początkowo zamierzał kupić, handlarka zaproponowała jej pracę, oczywiście gdyby nie poszczęściło się jej w kosmetycznym biznesie.

Wreszcie zjawił się Artuś. Okazało się, że synalek to nieogolony facet w wytartej, skórzanej kurtce i wyświechtanych dżinsach, w dodatku noszący długie włosy spięte w kucyk. Po matce odziedziczył szeroki, ujmujący uśmiech, którym jednak nie obdarzył Doroty, a swoją rodzicielkę. Na klientkę jedynie zerknął podejrzliwie i spytał, do którego samochodu ma przepakować towar. Dorota stwierdziła, że jest całkiem przystojny i pewnie sympatyczny. Szkoda, że trochę od niej niższy, a poza tym to tylko handlarz kwiatami na giełdzie, czyli prosty chłopek. Nie dogadaliby się. Zresztą ona przecież ostatecznie skończyła z facetami. Na zawsze i nieodwołalnie.

Jadzia zamknęła boks i cała trójka udała się do samochodu, by obejrzeć kwiaty. Wyglądały rzeczywiście fatalnie, płatki sypały się z nich całymi garściami. Dorota wzięła kilka i obejrzała z bliska, potem powąchała. Nie znała się na kwiatach i właściwie nawet nie wiedziała, jak wygląda orchidea, ale zaufała kobiecie i jej synowi. Oczywiście jeśli chodzi o produkcję ekstraktu, ich stan nie miał znaczenia, nawet lepiej nadałyby się wysuszone. Zmarszczyła jednak brwi, udając niezdecydowanie, lecz w środku aż szalała z zachwytu. Cała furgonetka orchidei! Mogły z tego zrobić całą beczkę ekstraktu! Beacie zbieleje oko, szczególnie gdy pozna cenę. Wyjdzie jakieś sto razy taniej niż kupno gotowego, standaryzowanego ekstraktu z Niemiec.

– Jak mówiłam, mam dziś promocję dla pięknych dziewcząt – przypomniała pani Barańska. – Za cztery stówy wszystko jest twoje.

– A ja przypominam, że nie jestem piękna, dziewczyną też już trudno mnie nazwać – odparła z uśmiechem Dorota. – Biorę za pięćset z dowozem. Transport potrzebuję na już.

– Zgoda!

– Och, nie wiem – bąknął Artur Barański. – O jedenastej miałem być na uczelni. Spóźnię się.

– Nie poświęcisz się dla tego pięknego dziewczęcia? – Matka szturchnęła go łokciem w bok.

Dorota poczuła, że się rumieni. Handlarz z kucykiem uśmiechnął się do niej blado, z wyraźnym zażenowaniem. Matka, jak to matka, potrafiła bardzo łatwo zawstydzić syna.

– Jedziemy, ale szybko – zdecydował.

Kwota została zapłacona i do firmy Stella wyruszył konwój dwóch samochodów. Dorota pilotowała transport, co chwila zerkając w lusterko. Widziała w nim Artura, który nawet ze dwa razy jej pomachał, dając znak, że się pilnuje i nie zginie z jej kwiatami. Musiała przyznać, że trochę ją zaintrygował. Ciekawe, po co wybierał się na uczelnię? Studiował gdzieś? A może dorabiał jako pracownik fizyczny? Spodziewała się raczej tego drugiego.

Na miejscu wyskoczyła z samochodu i pognała do fabryki, by krzykiem wezwać dziewczyny do pomocy. Akurat wróciły z papierosa i nie zdążyły się jeszcze przebrać w ciuchy obowiązujące w Strefie Białej, pojawiły się więc migiem, wszystkie sześć. Okazało się, że do pracy przyszła nawet poszkodowana we wczorajszym wypadku Mariola, trzymająca kontuzjowaną rękę na temblaku. Połowa załogi była zatrudniona na umowę-zlecenie i nie przysługiwały jej urlopy oraz zwolnienia lekarskie. Jeśli chciała dostać pensję, musiała swoje odpracować.

Dziewczyny obejrzały sobie handlarza, a potem chichocząc i rzucając mu mniej lub bardziej zalotne spojrzenia, zabrały się do rozładowywania furgonetki. Dorota przyglądała się Arturowi z ukosa. Nie sprawiał wrażenia zawstydzonego czy zmieszanego tak licznym damskim towarzystwem. Chyba nawet dobrze się bawił. Na koniec uścisnął jej rękę i uśmiechnął się, tym razem szeroko. Dorota spostrzegła, że dłoń ma gładką, a nie chropowatą jak ludzie ciężkiej roboty. Uścisk miał delikatny, ale stanowczy.

– Polecamy się na przyszłość – powiedział. – Specjalizujemy się w różach i okresowo w tulipanach. Może z nich też robi się kremy?

– Poszukam na nie receptur – odpowiedziała bez zastanowienia, zaskoczona absurdalnym brzmieniem własnych słów.

– Myślę, że promocja dla pięknych dziewcząt będzie zawsze dla pani dostępna – powiedział i uśmiechnął się bezczelnie.

Na koniec dał jej jeszcze wizytówkę, trzasnął drzwiami i odjechał. Dorota patrzyła za oddalającą się furgonetką ze zmarszczonymi brwiami. A potem parsknęła śmiechem.

Przynajmniej odzyskała humor.

# Rozdział 5.
## ANETA.
## STUDIUM W SZKARŁACIE

Aneta otworzyła szeroko okno i odetchnęła pełną piersią. Wrześniowe słońce ogrzewało jej skórę, a przyjemnie rześki wiatr jednocześnie ją chłodził. Patrzyła spod półprzymkniętych powiek na złocący się w promieniach park i próbowała się uspokoić. Ostatnim razem taka kuracja zadziałała szybko i skutecznie. Wyprostowała ręce, koncentrując się na swoim wnętrzu, próbowała wyobrazić sobie strumienie kosmicznej energii, spływającej na nią z wiatrem i słońcem i przepływającej przez ciało. Zen. Nirwana. Kurwa mać!

Nic z tego, nie mogła się skupić. Z impetem zatrzasnęła okno. Dziś panował tu za duży rejwach, poza tym odchodziła od zmysłów na myśl o zagubionym notebooku. Razem z nim znikło tyle dokumentów, że strach pomyśleć. Części z nich, szczególnie dokumentacji jakościowej, nie da się odtworzyć. Och, jaką była idiotką, że uparła się, by robić wszystkie certyfikaty wyłącznie w postaci cyfrowej! Nie zrobiła cholernych kopii, więc wyparowały razem z komputerem. Miała ochotę walić głową w mur. Przecież bez tych dokumentów nie przejdą żadnego audytu z firm, dla których robiły masy kosmetyczne. Beata ją zabije i będzie miała rację.

Podeszła do gara stojącego na elektrycznej kuchence i zamieszała intensywnie parującą zawartość. W jej nos wdarły się drażniące śluzówkę opary gorącego glikolu, połączone z kwiatowymi aromatami. Szkoda, że nie pomyślały, by nad laboratoryjnym blatem zamontować choćby kuchenny wyciąg. Wyrzucałby intensywne zapachy na zewnątrz. No tak, to ona nie przewidziała, że będą gotowały tu ekstrakty, znów więc mogła mieć pretensje wyłącznie do siebie.

Do laboratorium wpadła ubrana w biały fartuch Dorota i ciężko usiadła na swoim krześle. Sapnęła i przewróciła oczami. Aneta domyśliła się, że dziewczyna użerała się właśnie z pracownicami i chwilowo miała ich dość. Nic dziwnego: po powrocie z wyprawy kwiatowej zagoniła je wszystkie do skubania płatków. Zadanie było proste: zebrać kwiatki do jednego wora, zielone łodygi razem z cebulkami do drugiego, a potem wynieść ten ostatni do śmietnika. Kiedy poszła na produkcję, by sprawdzić, co zrobiły podczas jej nieobecności, okazało się, że wprawdzie wykonały polecenie, ale opacznie. Starannie poukładały łodygi w pudłach, a kwiaty zebrały do jednego wora i wyniosły go do śmietnika. Dorota po powrocie mało nie powyrywała sobie wszystkich włosów z głowy.

Aneta nawet nie próbowała upilnować dziewczyn, sama nie mogła się upilnować. Na nic zdały się notatki i karteczki przyczepiane wszędzie, gdzie się dało. Zbyt wiele myśli naraz przychodziło jej do głowy, zbyt wiele pomysłów i wspaniałych rozwiązań. Jej umysł działał wielotorowo, przez co niezmiernie często zdarzało się, że to i owo mu się wymykało i uciekało w zapomnienie.

Dziś musiała wreszcie zakończyć poszukiwania notebooka i skupić się na pracy, ale zguba nie dawała jej spokoju. Zamiast więc zabrać się za odsączenie gorącego roztworu z płatków orchidei, poszła do kuchni, by zrobić sobie uspokajającą zieloną herbatę. Ledwie wyszła z gabinetu, zerkając przez ramię za siebie, bo jej uwagę przyciągnęła gra świateł w liściach starodrzewu za oknem, wpakowała się wprost w kupę pustaków, leżących ciągle w holu. Potknęła się i wpadła kolanami w rumowisko, upuszczając jednocześnie ulubiony kubek. Ceramiczne naczynie brzęknęło na podłodze i rozpadło się na dwie części. Aneta zaklęła wściekle.

– Proszę pozwolić, pomogę pani wstać. – Ku jej zdumieniu i zgrozie tuż obok pojawił się nie wiadomo skąd dzielnicowy Stachowicz. – Nic się pani nie stało?

– Chyba nie, dziękuję. – Skorzystała z pomocnego ramienia i wstała. Otrzepała spodnie, przy okazji odkrywając, że na jednym kolanie się rozdarły. Oba kolana oczywiście bolały, ale to nie było tak dotkliwie, jak wstyd przed przystojnym gliniarzem. Weźmie ją za kompletną idiotkę.

– Nie zamykacie drzwi, nie macie też nikogo na recepcji – stwierdził. – Każdy tu może wejść i nikt tego nie zauważy. Powinny to panie zmienić, bo okradną was w biały dzień. W nocy zresztą też może się to stać. Nie widzę tu żadnej instalacji alarmowej.

– Ach tak, miałam się tym zająć, ale jakoś wyleciało mi z głowy – przyznała Aneta. – Zapraszam do kuchni na herbatę. Więc uważa pan, że ktoś mógłby tu tak po prostu wejść i coś ukraść?

– Oczywiście! Nie wyobraża sobie pani, jak bezczelni potrafią być złodzieje. Mieliśmy kiedyś przypadek, że jak gdyby nigdy nic weszli na teren pewnej firmy, spakowali cały sprzęt komputerowy do samochodu i odjechali. Pracownicy ich nie zatrzymywali, myśląc, że to fachowcy z serwisu, a sam główny dyrektor przytrzymał im drzwi i jeszcze podziękował za obsługę.

– Sprzęt komputerowy? – jęknęła pobladła Aneta.

– Najłatwiej go zwinąć i upłynnić. Elektronika jest zawsze w cenie. Z cięższych rzeczy, które u pań widzę, z pewnością ukradliby te błyszczące maszyny z produkcji. Są ze stali kwasoodpornej, niezmiernie cennej na skupie złomu – mówił z uśmiechem aspirant. – Ale jeśli chodzi o szybką, bezczelną kradzież, na pierwszym miejscu są zdecydowanie komputery. Oczywiście kusi też szatnia i zostawione w niej rzeczy, ale to dla drobniejszych złodziejaszków. Laptopy to jednak podstawa!

– Matko Boska – szepnęła Aneta, łapiąc się za głowę.

– Coś się stało?

– Możliwe, że zostałyśmy okradzione – powiedziała ze zgrozą. – Nie mogę znaleźć komputera z ważnymi danymi. Zostawiłam go w laboratorium. Wczoraj działy się tu dantejskie sceny, ludzie wchodzili i wychodzili, było piekielne zamieszanie. Coś okropnego.

– Och, to przykre. Musicie panie koniecznie popracować nad zabezpieczeniami, radzę zainstalować system otwierania drzwi na kartę magnetyczną. Poza tym założyć monitoring, system alarmowy, może nawet zatrudnić kogoś na stróżówkę.

– To dodatkowe koszty, Beata nie będzie zachwycona – mruknęła Aneta. – A tak przy okazji, skoro już pan tu jest, czy mogę zgłosić kradzież?

– Nie mam przy sobie formularzy. Obawiam się, że będzie pani musiała pofatygować się na komendę – powiedział, rozkładając ręce.

Gdzieś w głębi fabryczki rozległ się wściekły wrzask.

– To pewnie moja siostra – uspokajająco powiedziała Aneta. – Rozmawia przez telefon albo ma coś do powiedzenia dziewczętom.

– Zupełnie jakbym słyszał dowódcę kompanii, gdy byłem w wojsku – stwierdził Stachowicz. – Mogę liczyć na obiecaną herbatę czy przychodzę nie w porę? Właściwie to wpadłem mimochodem, przejeżdżając w okolicy. Chciałem tylko paniom powiedzieć, że pomieszczenia jeszcze nie można ruszać. Musi pozostać zaklejone taśmami, dopóki dochodzeniówka nie skończy pracy. Obawiam się, że to może potrwać jeszcze kilka dni.

– Nie wygląda to specjalnie ładnie – stwierdziła Aneta, zerkając na ziejącą czernią dziurę w ścianie, niedbale oklejoną niebiesko-białą taśmą policyjną. Całe szczęście było na niej napisane „Policja", a nie „Miejsce tajemniczej zbrodni", ale i tak nie robiło to dobrego wrażenia. Gdyby przyjechał dziś któryś z kontrahentów, by podpisać umowę na wytwarzanie kosmetyków lub obejrzeć fabrykę, z pewnością nie byłby zachwycony.

Zaprowadziła policjanta do kuchni i usadziła go za stołem. Patrzył w milczeniu, jak się krząta, uśmiechając się niczym zadowolony z życia, dobrze najedzony kocur. Anecie zrobiło się dziwnie przyjemnie, poza tym powoli się uspokajała. Obecność aspiranta Stachowicza wywierała na nią niezwykle dobry wpływ, właściwie bez skupiania się i wprowadzania w trans mogła z całą pewnością powiedzieć, że gliniarz promieniuje pozytywną energią. Mogłaby tak krzątać się pod jego łagodnym spojrzeniem choćby godzinami. Po raz pierwszy od miesięcy czuła się podziwiana i adorowana. Wreszcie jakiś facet patrzył na nią łakomie i z niekłamaną przyjemnością.

Och, i przyjechał tu specjalnie, by z nią porozmawiać i na nią popatrzeć. Przecież mógł przekazać wiadomość telefonicznie, ewidentnie skorzystał z pretekstu. To zaczynało być ekscytujące.

Przez chwilę pomyślała o Piotrze, ale zaraz odsunęła go w myślach na dalszy plan. Nie czyniła sobie wymówek, miała prawo cieszyć się rozmową z innym mężczyzną, nie było w tym nic złego. Zresztą kto wie, co Piotr wyprawia w Londynie? Czy nie ma tam kochanki? Może właśnie dlatego coraz rzadziej się odzywa?

– Jest jeszcze coś, co mogę przekazać pani, ale w zaufaniu, prosząc o dyskrecję – odezwał się policjant konfidencjonalnym tonem. – O ile to panią ciekawi, rzecz jasna. Chodzi o ciało znalezione w tajnym pokoju.

Spojrzała na niego, podnosząc brwi z zaskoczenia. Oczywiście, że była ciekawa, nawet bardzo. Nocą miała koszmar, że ktoś zamurowuje ją w jakimś ciemnym lochu. Wczorajsze znalezisko wbrew pozorom zrobiło na niej spore wrażenie.

– Mam przyjaciela w dochodzeniówce – mówiąc to, Stachowicz obniżył głos. – Dopytywałem go o tę sprawę, bo ciekawi mnie jako miejscowego dzielnicowego. Muszę wiedzieć, co się wyprawia na moim terenie, nawet jeśli stało się to siedemnaście lat temu. Okazało się, że co nieco już ustalono. Nie ma jeszcze wyników sekcji, ale znaleziona kobieta została prawdopodobnie zamordowana, wskazuje na to choćby fakt, że ciało ukryto. I to niezwykle pomysłowo i z dużą fatygą. Osobiście stawiam na otrucie lub uduszenie, bo nie ma śladów krwi ani widocznych ran. Ofiara to najprawdopodobniej Bożena Lubelska, jedna z dwojga udziałowców spółki, która działała tu przed wami. Zgłoszono jej zaginięcie jako jedynej osoby powiązanej z mydlarnią. Trzeba potwierdzić badaniami DNA, ale to niemal na pewno ona. Spółka została rozwiązana w maju tysiąc dziewięćset dziewięćdziesiątego siódmego roku. Wtedy też wyjechał do Stanów wspólnik pani Lubelskiej. Ona sama do sierpnia pilnowała spraw związanych z upadłością, upłynnieniem majątku ruchomego i tym podobnych rzeczy. Zrobiła to, zanim pojawił się komornik, który mógł opieczętować wyłącznie pusty budynek. Nie udało się zająć pieniędzy ze sprzedaży sprzętu, znikły bez śladu. Znikła również pani Lubelska. Nie wiadomo dokładnie kiedy, bo jej mąż zgłosił zaginięcie dopiero w grudniu. Dziś śledztwo zostanie wznowione, dochodzeniówka szuka pana Lubelskiego.

– Czyli jest podejrzany? – upewniła się Aneta. – Mąż zamurowanej. Miał motyw i okazję. Zabił kobietę, która chciała się z nim rozwieść, ukradł jej pieniądze, a ciało ukrył. Dopiero po kilku miesiącach zgłosił jej zaginięcie, kiedy fabryka stała pusta i opieczętowana.

– Zagadka wydaje się prosta, ale pojawia się kilka pytań – odrzekł Stachowicz. – Dlaczego nikt jej tu nie szukał? Czemu zabójca zamurował ciało, czemu go gdzieś nie wyniósł i nie zakopał? Co za absurdalny sposób na ukrycie zwłok! Choć z drugiej strony zaskakująco skuteczny, morderca wybrał najlepsze pomieszczenie, nikt go nie znalazł. Niewiele brakowało, a przez kolejnych kilkanaście lat nic by się nie wydało. Do kolejnego remontu pewnie nie tknięto by tej ściany. Ale proszę zwrócić uwagę, ile wysiłku kosztowało takie ukrycie zwłok! Przywieziono tu materiały budowlane, nie wystarczyło samo ułożenie pustaków w drzwiach, ścianę starannie otynkowano, a potem pomalowano na całej długości, by wyglądała jednolicie. Kupa roboty, zupełnie niepotrzebnej. Sto razy prościej było zakopać ofiarę, choćby w parku na tyłach fabryczki.

– Rzeczywiście to dziwne – przyznała Aneta.

Jej myśli oderwały się od przyziemnych problemów związanych z zaginionym laptopem i powędrowały kilkanaście lat wstecz. Wyobraziła sobie opuszczoną fabrykę, z której przed przybyciem komornika gorączkowo zabrano wszystko co cenne. Pewnie właścicielka chodziła po pustych pomieszczeniach, wspominając czasy prosperity i żegnając się z budynkiem, który był świadkiem jej wzlotów i bolesnego upadku. To w tych ścianach rodziły się wielkie nadzieje, te podłogi uświęcał pot pracowników, harujących dla dobra firmy.

Mydlarnia mogła wiele znaczyć dla pani Bożeny, może tak jak Aneta zainwestowała w nią cały majątek i życie osobiste? Może również jej małżeństwo przechodziło przez to kryzys lub rozpad? Z pewnością praca na własny rachunek, po dwanaście godzin na dobę, nie służyła pielęgnowaniu związku. Wspólnik opuścił ją w potrzebie i uciekł do Ameryki. Pewnie została ze wszystkimi długami, niezapłaconymi rachunkami i kłopotami. Może Bożena próbowała uratować, co się dało, w rozpaczy podejmując próbę oszukania urzędu skarbowego i upłynnienia majątku na lewo?

Może przyjechała tu któregoś wieczora, by odebrać należność za maszyny i meble? Oczywiście przyjęła pieniądze w gotówce, wszystko musiało obyć się bez przelewów bankowych, by po transakcji nie pozostał żaden ślad. Usiadła przy swoim biurku po raz ostatni, przed nią leżała walizka pełna pieniędzy. O czym myślała? Co planowała?

Chciała spłacić długi i zacząć interes od nowa czy wręcz przeciwnie, postanowiła zrobić to, co jej wspólnik, czyli uciec jak najdalej? Czy miała wszystko przygotowane, czy była roztrzepana jak Aneta? Czekał na nią bilet, a może umówiła się z wierzycielem? Tak czy inaczej, jej plany nie wypaliły, ktoś nie pozwolił na ich realizację, zabił Bożenę i ją zamurował.

Mąż? To bardzo prawdopodobne. Może doszło do małżeńskiej kłótni? Przyszedł tu za nią, od słowa do słowa robiło się coraz bardziej nieprzyjemnie, aż rzucili się sobie do gardeł. A może rozmawiali spokojnie, przy herbacie, jak Aneta z aspirantem Stachowiczem, i do akcji weszła trucizna? Co czuła Bożena? Czy stało się to w gniewie i płonęła nienawiścią, a może dominował żal, gdy poczuła słabość od trucizny? Bała się, krzyczała, walczyła, płakała, klęła? W głowie Anety zakotłowały się setki obrazów i wizji.

– Dobrze się pani czuje? – usłyszała dobiegający z oddali głos dzielnicowego.

– Och, proszę wybaczyć – bąknęła, zmieszana. – Mam taką durną przypadłość, zdarza mi się odpłynąć w marzenia. To przez zbyt bujną wyobraźnię i nadmiernie rozwiniętą empatię. W połączeniu z galopadą pomysłów dają wybuchową mieszankę. Od razu sobie wszystko wyobrażam, wcielam się w bohaterów, nawet przeżywam to samo co oni. Nie przeszkadza mi nawet, że są wyimaginowani.

– O, to ciekawe! – stwierdził entuzjastycznie Stachowicz. – Może sprawdziłaby się pani jako śledczy lub detektyw? A może choć jako biegły psycholog, wie pani, specjalista, który tworzy rys psychologiczny przestępcy? Rozgryza jego sposób myślenia, odgaduje motywy i schemat postępowania. To pomaga przewidzieć dalsze kroki bandyty, czasem odnaleźć jego ślady lub dowody winy.

– Oho, to coś dla mnie. – Anecie zaświeciły się oczy. – Ale z drugiej strony chyba bym się bała. Jestem zbyt wrażliwa. Niech pan sobie wyobrazi, że przyśnił mi się ten zamurowany pokój, a nawet nie myślałam o nim przed snem. Gdybym tak stale musiała wcielać się w różnych wariatów, szybko sama bym oszalała.

– Spokojnie, nie proponuję pani pracy w policji, nie mam takich uprawnień. – Gliniarz się uśmiechnął.

– Z drugiej strony bardzo ciekawi mnie ten dziwny przypadek. Nie wolno mi o nim opowiadać, ale ufam pani. Wydaje mi się pani osobą, której można powierzyć tajemnicę. Co powiedziałaby pani na wspólną pracę nad tą sprawą po godzinach? Hobbystycznie, rzecz jasna. Zdobywałbym dane o postępach w śledztwie od kumpla z dochodzeniówki, a potem razem byśmy gdybali, co można z tym zrobić. Może wpadniemy na coś, o czym chłopaki z wydziału dochodzeniowo-śledczego nawet nie pomyślą?

Aneta zrobiła wielkie oczy. Przystojniak zaproponował jej coś tak zaskakującego, że ją zatkało. Czyżby w ten sposób wyglądał podryw w wykonaniu gliniarza?

Rozwiążmy razem zagadkę zamurowanego trupa, mała! Może przy okazji kolacji opracujemy wspólnie profil mordercy? Omówimy dziś przy kawie sposoby popełniania różnych zbrodni? Co robisz wieczorem, bo chciałem zaprosić cię na małą obdukcję zwłok? Pójdziemy na romantyczny spacer na miejsce krwawego mordu czy wolisz, bym poczytał ci raport z przesłuchania gwałciciela?

Och, przyjaźń z oficerem wydziału kryminalnego z pewnością byłaby ciekawa! Do tego także intrygująca. Oczywiście wyłącznie jako wyzwanie intelektualne, jako rozrywka myślowa, ćwiczenie umysłu, nic więcej. Ach, zresztą nie musiała tłumaczyć się sobie samej! Zrobi to, bo pociąga ją zarówno tajemnica Bożeny, jak i przystojny policjant. Niech się dzieje co chce!

# Rozdział 6.
## BEATA.
## Kiedy mówię sobie dość

Beata z impetem otworzyła drzwi i wpadła do kuchni. Dwa kroki za nią, niczym groteskowo wyciągnięty cień, dreptała nieco wystraszona Dorota. Większa Szefowa stwierdziła, że muszą napić się kawy na uspokojenie i przedyskutować nowy problem razem z Anetą. Co za dzień, ledwie zajechała do firmy po porannym spotkaniu w Pierwiosnku, a tu od razu zwaliły się na nią kolejne kłopoty.

Spojrzała w przelocie na postacie siedzące przy stoliku, pochylone nad kubkami z herbatą. Zrobiła dwa kolejne kroki, zanim dotarło do niej, co widzi. Aneta nie pochylała się nad kubkiem, lecz gapiła się na wpatrzonego w nią gogusia w niebieskim mundurze. Beata stanęła jak wryta i wzięła się pod boki. Gniew znów zasnuł jej wzrok falą krwawej czerwieni. To jej na łeb zwalają się wszystkie kłopoty, musi od rana użerać się z klientami i wiecznie niezorganizowaną produkcją, a jej siostra zamiast zająć się pracą, grucha sobie z jakimś przystojniakiem! Zapomniała już, że ma męża, który haruje jak wół w Anglii, by ona mogła opieprzać się w swoim laboratorium?

– Co to ma znaczyć? – wycedziła, czując, jak jej policzki ogarniają ognie wściekłości.

– Składam panu dzielnicowemu zawiadomienie o przestępstwie, a dokładnie o kradzieży – powiedziała nieco spłoszona Aneta.

Policjant odsunął się razem z krzesłem, hałasując straszliwie i o mało przy tym nie przewracając się na plecy. W jego ręku pojawił się notatnik, drugą dłonią obmacywał mundur, szukając długopisu. Dorota wyciągnęła swój z kieszeni fartucha i podała mu, nie zastanawiając się, co robi.

– Jakiej kradzieży? – spytała ostro Beata.

– Mojego notebooka – odparła jej siostra. – Zginął na amen. Nie ma go zupełnie nigdzie. Nie mamy w firmie monitoringu, a za dnia nie zamykamy drzwi. Wchodzą tu i wychodzą tacy różni. Wczoraj zostawiłam go na wierzchu w laboratorium, widocznie ktoś go wziął.

– Ach, tak? – mruknęła Beata. – Zaraz, zaraz, mówisz o swoim laptopie, w którym masz pół firmowej dokumentacji, otwarte projekty i certyfikaty jakości? Nie! Nie wierzę! Dorota, trzymaj mnie! Trzymaj, bo ją uduszę!

Dorota posłusznie chwyciła od tyłu Beatę za ramiona i pociągnęła w tył. W samą porę, bo krępa kobieta ruszyła do przodu niczym szarżujący nosorożec. Aneta poderwała się od stolika i stanęła za policjantem. Większa Szefowa zatrzymała się, przewróciwszy jej krzesło. Huk łomoczącego o podłogę mebla przywołał ją do przytomności. Oklapła w jednej chwili. Uścisk Doroty od razu zelżał. Całe szczęście, że „Żyrafa" była całkiem silna, inaczej Aneta mogłaby zostać uduszona. W dodatku w obecności policjanta, teraz pobladłego i wyraźnie zmieszanego.

– Proszę panie o spokój – powiedział słabo. – Usiądźmy i spiszmy zeznania. Proszę mi powiedzieć, kto wczoraj wchodził do pomieszczenia z komputerem.

– Do laboratorium? – odezwała się Dorota. – Ja, Aneta i Beata. Poza tym kilka razy Aldona, Mariola i Ilona. Dziewczyny na okrągło mają jakieś pytania i problemy. Wczoraj Mariola przyszła donieść, że Aldona namawiała dziewczyny do wolniejszej pracy, by trzeba było zostać po godzinach i w ten sposób sobie dorobić, potem Ilona przyszła donieść na Mariolę, że ta namawia dziewczyny do niezwracania uwagi na zdefektowane słoiczki i puszczanie odrzutów, by szybciej wyrobić normę i pójść wcześniej do domu. Potem Ilona spięła się z Aldoną o to, kto sprawniej operuje paleciakiem, i kolejno najpierw jedna, a potem druga przyszły naskarżyć na siebie nawzajem, oskarżając się o przemoc, kłótliwość oraz nieumiejętność pracy w zespole.

– O matko – jęknął gliniarz. – One tak zawsze?

– Nie, nie codziennie. Zresztą różnie bywa. Zależy, w którym punkcie cyklu akurat są i jakie mają humory. Wie pan, chodzi o hormony. Dziś już były najlepszymi przyjaciółkami – odparła lekceważąco Dorota. – Wracając do rzeczy, to do laboratorium wchodzili jeszcze gość z Pierwiosnka i reprezentant handlowy od aparatury procesowej. Po firmie kręciło się ponadto dwóch typów, jeden chudzielec poszukujący pracy i kierowca, który przywiózł opakowania.

Beata zacisnęła na chwilę powieki i potarła się oburącz po rozgrzanej do czerwoności twarzy. Potrzebowała chwili spokoju, musiała się zrestartować. Dłużej tego nie wytrzyma.

– Proszę zostawić numer telefonu, podamy panu nazwiska i kontakty do tych jegomościów – zwróciła się lodowato do dzielnicowego. – A teraz proszę już iść, nie możemy dłużej pana zatrzymywać. Ktoś pełniący tak wysoką funkcję jak pan z pewnością ma masę spraw na głowie i obowiązków służbowych. My poniekąd też, za to nas, w przeciwieństwie do pana, nie utrzymuje budżetówka i nikt nam nie płaci za podrywanie żonatych petentów w godzinach pracy. Nam też nikt nie da emerytury po przepracowaniu kilkunastu lat, musimy ciężko pracować na swoje aż do starości. Proszę zatem sobie iść i nigdy więcej się do nas nie fatygować, w potrzebie same się stawimy na posterunku. Żegnam.

Dzielnicowy wstał i groźnie zmarszczył czoło. Starł się wzrokiem z Beatą. O dziwo, od ich kontaktu wzrokowego nie powstało wyładowanie elektryczne, ale niewiele do tego brakowało. Mężczyzna zasalutował sztywno i wyszedł bez słowa. Beata zamknęła za nim drzwi i włączyła czajnik. Kiedy brała kubki, ręce jej dygotały. Aneta wbiła się w kąt kuchni i udawała, że jej nie ma. Próbowała stopić się z cieniem w jedno. Dorota usiadła przy stoliku i założyła nogę na nogę, chyba zbytnio nie przejmując się awanturą. Musiała nadal być z siebie zadowolona po zdobyciu orchidei.

– Zanim was zamorduję, powiedzcie, do kurwy nędzy, skąd się obie urwałyście?! – niespodziewanie ryknęła Beata, waląc kubkiem w blat. – Z choinki? A może obie jesteście niepełnosprawne umysłowo albo macie po pięć lat i nie potraficie jeszcze pisać i liczyć?

Dorota, przerażona, poderwała się od stolika i wcisnęła w drugi kąt kuchni.

– Jak Boga kocham, nie zgubiłam tego komputera. Ktoś go ukradł! – Aneta walnęła się pięścią w pierś.

– Komputer to jedno, niezamówienie na czas orchidei to drugie, flirtowanie z policjantem to trzecie. – Beata wyliczała na palcach. – Trzy rzeczy, za które powinnam cię udusić. Dziś dochodzi jeszcze jedna. Czy sprawdziłaś, czy wystarczy wszystkich składników do kremu z orchideą? A może kierowniczka produkcji to zrobiła? – huknęła do Doroty, aż ta zadygotała ze strachu. – Ach, obie to zrobiłyście. To dlaczego dziś, kiedy zostały do wyprodukowania jeszcze dwie nastawy kremu, okazuje się, że nie ma podstawowego składnika fazy olejowej?

– Niemożliwe. Którego? – szczerze zdziwiła się Aneta.

– Beczka z olejem sojowym jest pusta – mruknęła Dorota.

– Nie, to wykluczone! W programie magazynowym mam jeszcze kilkadziesiąt kilo! – zarzekała się Aneta.

– Widocznie któraś z was nie odpisała wszystkich rozchodów przy wcześniejszych kremach – wycedziła Beata. – W programie jest olej, ale fizycznie dawno go nie ma. Zawiniłyście wyłącznie wy obie. Nawet jeśli umknęło coś w komputerze, miałyście sprawdzić, czy w magazynie wszystko się zgadza! Nie zrobiłyście tego. Krem ma być gotowy jeszcze dziś, w nocy ma ostygnąć, a jutro będzie cały dzień dozowany do słoiczków. Nie ma kolejnego składnika, ale mnie to już nie obchodzi. Macie zrobić ten krem, ja wychodzę.

Beata ruszyła do wyjścia, zapominając o niezaparzonej nawet kawie. Obie jej współpracowniczki tkwiły w bezruchu, rozstawione po kątach. Żadna nie zaoponowała, nie próbowała też dyskutować, właściwie obie wstrzymały oddechy, czekając na wyjście wściekłej szefowej.

– Jadę załatwić parę spraw – powiedziała w drzwiach Beata, już nieco spokojniej. – Pogonię Franka, by przysłał tu jeszcze dziś chłopaków. Mają uprzątnąć ten gruz z holu i zająć się moim nowym gabinetem.

– Policja nie pozwoliła... – odezwała się niemrawo Aneta.

– Policja może sobie wydawać pozwolenia we własnych domach – ucięła Beata. – Ten budynek jest naszą własnością, a pokój ma być moim gabinetem. Jak się to policji nie podoba, to niech mnie w dupę pocałuje.

Zamknęła za sobą drzwi kuchni i pomaszerowała do wyjścia z budynku. Usiadła w samochodzie i zastygła z rękami na kierownicy. Czekała, aż przestaną jej dygotać, a gniew wyparuje. Nie powinna prowadzić pod wpływem wściekłości, bo jeszcze może kogoś zabić.

Ochłonęła po paru minutach, ale kiedy ruszyła, silnik bmw ryknął wściekle, a koła zabuksowały na tłuczniu, którym wysypany był parking. Bardziej z przyzwyczajenia niż uśpionego gniewu wystartowała z kopyta i pomknęła przed siebie. Powinna pojechać do firmy produkującej opakowania i dogadać z właścicielem cenę za butelki na produkt, który czekał w kolejce do wytwarzania – żel do higieny intymnej zamówiony przez Derminium. Następne obiecujące zlecenie, wywalczone przez Beatę na drodze licznych zabiegów dyplomatycznych. Nie była jednak w humorze do gadania o pojemnikach i dozownikach, nakrętkach i korkach.

Kiedy zdecydowały się z siostrą na wejście w biznes kosmetyczny, Beacie wydawało się, że będzie to praca związana z pięknem i delikatnością, coś lekkiego tematycznie i wdzięcznego. Że obie będą bujać w oparach kwiatowych ekstraktów i ekskluzywnych kompozycji zapachowych, że zadaniem Beaty będą rozmowy z klientkami-damami, głównie o pielęgnacji urody i doborze kosmetyków. Aneta zajmie się tym, co najlepiej jej wychodzi, czyli projektowaniem kompozycji i sposobem ich wytwarzania, a Beata ich sprzedażą. Zupełnie nie zdawała sobie sprawy, jak ciężka i niewdzięczna jest harówa związana z produkcją. Kto by się spodziewał, że będzie to jeden ciąg kłopotów, nieustający strumień problemów, który nigdy się nie wyczerpywał, za to stale przybierał na sile?

Zamiast piękna i rozmów o pielęgnacji urody, zamiast wzniosłych poszukiwań eliksiru młodości i najwspanialszych zapachów co dzień walczyły ze sprawami obrzydliwie przyziemnymi. Awarie i konserwacja sprzętu, wiecznie rozrabiające pracownice, zamówienia surowców i opakowań, organizowanie zleceń i klientów. Orka na ugorze, jednym słowem.

W dodatku okazało się, że siostry mają nieco odmienną wizję prowadzenia firmy. Anecie marzyło się stworzenie własnego, oryginalnego kosmetyku i wypuszczenie go na rynek pod marką własną jako firma Stella Beauty Corporation. Beata nie miała nic przeciwko temu, ale wymagało to ogromnych nakładów finansowych i wcześniejszego stworzenia całej struktury dystrybucji, inwestycji w reklamę, zatrudnienia przedstawicieli handlowych, jednym słowem: zbudowania ogromnego zaplecza i sieci sprzedaży. Na razie musiały skupić się na działalności usługowej dla innych, znacznie większych firm. Stella działała jako podwykonawca, produkowała masy kosmetyczne i pakowała je, naklejając etykiety wynajmujących ją firm. Aneta opracowywała technologie kosmetyczne na zamówienie i w sposób, który zupełnie jej nie satysfakcjonował. Przy układaniu receptury musiała brać pod uwagę przede wszystkim motyw finansowy, koszty surowców, a nie ich działanie i jakość. Chodziło o to, by wytworzyć tanie kremy, nadające się do sprzedaży w dyskontach, stosując ubogie zamienniki ekskluzywnych składników. Obie wolałyby robić kosmetyki z wyższych półek, stosując naturalne produkty, ale twarda rzeczywistość zmuszała je do czegoś zupełnie odmiennego. Brnęły więc w tanią produkcję masową, ciułając każdy grosz, by pospłacać kredyty, odłożyć na nowsze, lepsze maszyny, a potem stopniowo, krok po kroku, rozbudowywać firmę.

Beata stwierdziła właśnie, że nie daje rady. Poddaje się. Pas.

Pędząc po peryferiach miasteczka, wspominała z rozrzewnieniem swoje studio urody, w którym zatrudniała jedną fryzjerkę, kosmetyczkę i jedną masażystkę. Miała kabinę solarną, kilka fajnych urządzeń do liftingowania podstarzałych klientek, łącznie z laserem, i właściwie tyle. Co prawda nie przelewało się jej i zakładzik nie rokował na jakikolwiek rozwój w przyszłości, ale przynajmniej mogła całymi dniami gadać z klientkami o pięknie i nie musiała użerać się z producentami opakowań czy zabiegać o łaskę jakiegoś zasranego Pierwiosnka lub nadętego Derminium.

Zamiast skierować się do fabryki opakowań, zatrzymała się w rynku i weszła do budy z kebabem. W liczącym może dziesięć tysięcy mieszkańców podwarszawskim miasteczku kebabów było co najmniej kilkanaście, zupełnie jakby oferowano tam najlepsze dania na świecie, a nie tanią podróbę tureckiego przysmaku. Polacy niezwykle upodobali sobie *fast foody* i nawet w biednej mieścinie, gdzie panowało tragiczne bezrobocie, budy miały się bardzo dobrze. Opychając się podwójnym kebabem z ostrym sosem, Beata zastanawiała się, czy nie lepiej było pójść w małą gastronomię. Sprzedać Stellę, otworzyć ze trzy takie zakładziki w różnych częściach miasta, a po roku kolejne trzy, by w kilka lat stworzyć ogólnopolską sieć. Aneta opracowałaby smaczne i lekkie dania, coś dla zabieganych pań dbających o linię, ale niemających czasu na szykowanie dietetycznych potraw z wyszukanych składników. I coś dla gospodyń domowych, które wybierają się na miasto na zakupy, coś poprawiającego urodę. I jakieś danie dla nastolatek, dla pryszczatych podlotków, od którego polepsza się cera i rosną cycki...

Aż uśmiechnęła się do siebie. Pomysł *fast foodów* dla kobiet wydawał się zabawny. Od dawki niezdrowego, ale całkiem zjadliwego żarcia jej humor znacznie się poprawił. Żeby podkreślić pozytywną zmianę nastroju, utrwaliła go, wypijając słodką kawę z bitą śmietaną. Takie miała upodobanie, zwalczała nerwy i złe humory, obżerając się słodkościami i tłustościami. Uzależniła się od węglowodanów i tłuszczów zwierzęcych, tak pogardzanych i znienawidzonych przez dietetyczki. To właśnie tej słabości zawdzięczała pulchną sylwetkę, pełną tak lubianych przez Franka krągłości i miękkości.

Na myśl o mężu zrobiło się jej jeszcze przyjemniej, przy okazji przypomniała sobie, że miała go nacisnąć, by przysłał chłopaków do uprzątnięcia gruzowiska. Wsiadła więc do samochodu i skierowała się do siedziby firmy, czyli do magazynku przy składzie budowlanym, gdzie urzędował Franek, korzystając z gościnności swojego kumpla, prowadzącego sklep z materiałami budowlanymi. Po drodze jednak zmieniła kierunek, przypomniawszy sobie, że o tej godzinie z pewnością jest na którejś z trzech obsługiwanych właśnie budów. Najbliżej miała do domu przewodniczącej rady gminy, pani Baczewskiej. Ten remont z pewnością zbliżał się już ku końcowi, zresztą i tak trwał zdecydowanie za długo. Franek powinien więc osobiście doglądać wykończeniówki, słynął z tego, że ostatnie, najdokładniejsze prace wykonywał osobiście. Wolał to robić własnoręcznie, by chłopaki nie spieprzyły czegoś na zakończenie.

Mogła do niego zadzwonić, ale nagle przyszła jej ochota, by zobaczyć go i pogadać choć przez chwilę.

Oboje byli tak zapracowani, że widywali się właściwie wieczorami, gdy wykończeni harówą, padali na wyro i oglądali telewizję. W weekendy Franek ruszał do klientów, by skończyć najpilniejsze roboty, zdarzało się, że zarywał nawet niedziele. Beata zostawała wtedy z dziećmi i mamą. Nie miała przez to okazji, by porządnie wygadać się mężowi, wspólnie ponarzekać czy posnuć plany. Na wakacjach nie byli od czterech lat, seks uprawiali z doskoku i coraz rzadziej. Zdarzało się, że mijały długie tygodnie, zanim przyszła im ochota i okazja na zbliżenie. Praca zdominowała ich życie i powoli oboje wykańczała.

Zanim dotarła do willowej dzielnicy położonej w malowniczym lasku, nabuzowana cukrem i mięsem, zdecydowała, że wyciągnie Franka z roboty i zrobią dziś sobie wolne. Może skoczą do kina, a potem na obiad do restauracji? Oboje wyłączą telefony, zapomną o obowiązkach i znów spędzą czas razem, poświęcając go wyłącznie sobie. Zanim bmw wtoczyło się wolno w wąskie uliczki, między ogrodzonymi wysokimi płotami posesjami, doszła do wniosku, że zbyt długo z tym zwlekała. Powinni częściej urywać się i spędzać czas ze sobą, bo jak tak dalej pójdzie, oddalą się za bardzo. Już teraz głównym tematem ich rozmów były dzieci i pieniądze. Jeśli nic się nie zmieni, za rok lub dwa nie będą już mieli sobie nic do powiedzenia.

Zatrzymała się przed otwartą bramą willi pani Baczewskiej, piętrowego budynku z czasów PRL-u. Radna była wdową po działaczu partyjnym, dużo od niej zresztą starszym, wieloletnim dyrektorze stacji hodowli roślin. Nic dziwnego, że mieszkała w rejonie zasiedlonym dawniej przez lokalną socjetę: partyjniaków, prywaciarzy, cinkciarzy i wszelkiego rodzaju dusigroszy oraz sprzedawczyków. Tutejsza zabudowa pełna była peerelowskiego przepychu i blichtru, typowego dla zamierzchłej już epoki. Beata nie interesowała się jednak architekturą ani budownictwem, skupiła się bowiem na szybkim poprawieniu urody. Wyciągnęła z torebki puderniczkę oraz przybory do makijażu i przeglądając się w samochodowym lusterku, szybko pociągnęła nałożone rankiem barwy. Efekt ją zadowolił, choć zarówno Aneta, jak i Dorota uważałyby go za przesadzony i wiejsko-odpustowy. Ale co one tam wiedziały, dwie szare myszy, inteligentki z bożej łaski.

Zostawiła samochód przed bramą, bo stwierdziła, że szkoda odpalać silnik po to, by przejechać trzydzieści metrów. Uśmiechnęła się, widząc zaparkowaną przed wejściem do willi furgonetkę z logo FrankBud, czyli znak, że Franek był w środku. Nacisnęła przycisk dzwonka i czekała parę chwil, ale nikt nie otwierał. Zadzwoniła więc dłużej, a potem zapukała. Wreszcie przyłożyła ucho do drzwi. Z wnętrza dobiegała głośna, jazzowa muzyka. Trąbka Milesa Davisa zawodziła płaczliwie, wręcz jeżdżąc po nerwach i wdzierając się w głąb czaszki. Franek nie cierpiał takiego smędzenia, tak jak jego chłopaki wolał poczciwe disco polo, pełne wesołych rytmów i żartobliwych tekstów, przy których można było się pośmiać, a ręce same rwały się do pracy. Beata zdziwiła się, dlaczego zatem od dwóch miesięcy pracował przy jazzie, bo przecież dzwoniąc do niego, już kilka razy słyszała tę muzykę dobiegającą w tle.

Zaintrygowana, nacisnęła klamkę i przekonawszy się, że drzwi nie są zamknięte na klucz, weszła do środka. W sieni i przedpokoju nie widać było śladów trwającego remontu, podłoga lśniła czystością, leżał nawet dywanik niezadeptany buciorami budowlańców. Na wieszaku, obok płaszcza pani Baczewskiej, wisiała nieco już znoszona kurtka Franka. Beata pomyślała, że chyba nadeszła pora, by kupić mu nową, bardziej elegancką. Szkoda, że nie przepadał za skórami, które co sobota korzystnie można było nabyć na bazarze.

– Halo, dzień dobry! – powiedziała, ale nikt jej nie odpowiedział.

Trąbka Davisa widocznie ją zagłuszała. Wzruszyła zatem ramionami i weszła po schodach na górę, skąd dobiegała muzyka. Franek pewnie kończył robotę w łazience. Korytarz na piętrze również jednak nie nosił śladów toczących się tu prac. Nie widać było typowego dla robót brudu, rozciągniętych folii i czekających na użycie materiałów budowlanych oraz narzędzi. Beata poczuła ukłucie niepokoju, dziwne zmieszanie i kiełkujące błyskawicznie podejrzenie. Tym razem nie próbowała nikogo wołać, ale stąpając ostrożnie, podeszła do drzwi sypialni, z której rozbrzmiewał jazz. Pchnęła je i oddech zamarł jej w piersiach ze zgrozy.

Franek leżał na brzuchu w wielkim łożu z iście empirowym baldachimem. Pani Baczewska w przeźroczystej, czarnej halce siedziała mu okrakiem na plecach i masowała go dłońmi śliskimi od olejku. Mąż Beaty jęczał i mruczał z zadowolenia niczym stary kocur. Radna była od niego sporo starsza, kilka lat temu minęła jej pięćdziesiątka. Urodę miała też diametralnie inną od żony Franka: była chuda i kanciasta, widoczne pod halką piersi miała mizerne i smętnie przywiędłe. Przez to Beata jeszcze bardziej nie mogła uwierzyć w to, co widzi. Gdyby ktoś opowiedział jej, że mąż ma romans z radną, nigdy by nie uwierzyła. To było przecież absurdalne, bo co niby widziałby w starej, suchej babie?

W pierwszej chwili czuła, że krew odpływa jej z twarzy, a skórę drażni dziwne mrowienie. Chwilę później krew powróciła, ale już była wrząca. Policzki Beaty zapłonęły ogniami wściekłości. Po tylu latach udanego małżeństwa, w doli i niedoli, po wspólnych przeżyciach, dwójce dzieci, wysłuchiwaniu, jaką jest wspaniałą i piękną żoną, ten zdrajca i kłamca znajduje sobie starą babę i spędza u niej całe dni. Zwyczajnie, w najbanalniejszy z możliwych sposobów, zdradza ją z jakąś spróchniałą wywłoką!

Złapała za miniwieżę, stojącą na nocnym stoliku, i uniosła ją nad głową, wyrywając przy tym kable, którymi podpięte były kolumny. Muzyka urwała się w pół nuty niczym hejnał z wieży mariackiej. Beata miała cisnąć urządzeniem w panią Baczewską, ale stwierdziła, że bardziej należy się Frankowi. Zawahała się, szczególnie że oboje kochanków spojrzeli na nią i na ich twarzach pojawiły się grymasy osłupienia, płynnie przechodzące w zgrozę.

Beata zamarła więc z miniwieżą uniesioną nad głową, trąbka Davisa zamilkła, Baczewska zasłoniła twarz dłońmi w ataku wstydu, a Franek poruszał ustami w niemej prośbie lub w szoku. Scena trwała, jakby czas się zatrzymał. Wreszcie Beata odstawiła urządzenie na miejsce, odwróciła się i wyszła. Zbiegła po schodach i pognała biegiem do samochodu.

– Beata! – krzyczał przez okno obnażony do połowy Franek. – To nie tak!

– A jak, sukinsynu? – rzuciła przez ramię.

– Zatrzymaj się, musimy porozmawiać!

Przyspieszyła jeszcze bardziej, trzasnęła drzwiami i ruszyła pełnym gazem. Gnała wąskimi uliczkami, niemal nic nie widząc przez załzawione oczy. Strumienie łez spływały jej po policzkach wraz z makijażem. Otarła je rękawem i zatrzymała z piskiem opon. Spojrzała w lusterko. Patrzyła na nią wykrzywiona w płaczliwym grymasie wiedźma o gębie umazanej barwnymi smarami.

Po raz pierwszy od lat spojrzała na siebie z innej perspektywy. Nie jako żona Franka, któremu podobają się pulchne, mocno umalowane babeczki, ale jako Beata Mazur, dojrzała kobieta i zdolna bizneswoman. To, co ujrzała, wcale się jej nie spodobało.

# Rozdział 7.
## DOROTA.
## POWRÓT dEMONA

Dorota podniosła pokrywę gara i zajrzała do środka, marszcząc brwi. Przez noc ekstrakt z kwiatów orchidei wystygł i teraz nadeszła pora, by wlać go do czekającego w dwóch homogenizatorach kremu. Wkręcić ekstrakt, modląc się, by nie utworzyły się grudy, chwilę pomieszać, sprawdzić, czy pH i założona gęstość są zgodne ze specyfikacją, i wreszcie zacząć dozowanie. Dziewczyny już rozkręciły dozowniki i właśnie skrupulatnie je dezynfekowały, szykując sprzęt do napełniania słoiczków. Dziś miały za zadanie wyprodukować ich dwa i pół tysiąca, musiały się zatem uwijać. Chyba czuły presję czasu, bo na razie się nie kłóciły ani nie pokładały ze śmiechu. Naprawdę wzięły się za robotę.

Dorota chwyciła gar i przelała z niego płyn do białego wiaderka, stojącego na półprzemysłowej wadze. Wczoraj, gdy razem z Anetą odsączały roztwór, nie zwróciły uwagi na intensywność jego barwy, a zachwycały się pozostałymi na filtracyjnym płótnie płatkami, które zamieniły się w cieniutkie, przezroczyste bibułki. Glikol z wodą na gorąco wypłukał z nich wszystkie cenne składniki, została sama nierozpuszczalna materia. Polifenole i wielocukry znalazły się w ekstrakcie, i o to właśnie chodziło. Dopiero po przelaniu płynu do białego wiadra Dorota odkryła, że wypłukał się również barwnik z czarnych płatków i roztwór jest intensywnie ciemnobrunatny.

– Jasny gwint! – stwierdziła, czując pełznący niepokój.

– Co jest, sefowo? – spytała Aldona. – Tseba pomóc? Daj, ja to wleję.

Wzięła wiadro i ruszyła z nim do homogenizatora. Dorota jednak przechwyciła je po drodze i sama zabrała się za dozowanie surowca. Włączyła szybkie mieszanie, a potem starannie, powolnym strumykiem zaczęła wlewać niemal czarną ciecz do mlecznobiałego, lśniącego kremu. Składnik wkręcał się bardzo ładnie, krem przyjmował go chętnie, a mknące łopaty mieszadła wbijały orchideę do kosmetyku niemal pieszczotliwie. Dzięki delikatnemu dozowaniu nie powstały żadne grudy, ale Dorota i tak nie odetchnęła. Patrzyła na masę z rosnącą grozą, nie mogąc wykrztusić nawet słowa.

Krem z lśniącego i oślepiająco białego stał się matową masą o wyraźnie żółtawo-brązowej dominancie.

– Oho, nie wygląda to ładnie – zauważyła Aldona, która uwiesiła się homogenizatora z drugiej strony.

Dorota złapała za zlewkę, zdezynfekowała ją szybko i zanurzyła w masie, biorąc próbkę. Potem na łeb na szyję pognała do laboratorium. Zapomniała zdjąć czepek i fartuch przeznaczone do Strefy Białej, łamiąc tym samym procedurę, ale teraz miała to w nosie. Postawiła zlewkę przed Anetą, która ze skupieniem akurat rozmawiała przez telefon.

– Cholera, gdzie, u diabła, wcięło Beatę? – mruknęła, rozłączając się. – Wczoraj nie odbierała moich telefonów i dziś też nie daje znaku życia. Będę musiała zadzwonić do Franka, a nie cierpię tego gbura i troglodyty.

– Może się pochorowała? Albo telefon jej wysiadł.

– Dorota niecierpliwie machnęła ręką. – Spójrz lepiej na to. Tak wygląda nasz krem po dodaniu ekstraktu własnej produkcji.

Aneta wsadziła nos do zlewki. Potem poderwała się od biurka i łyżką wyjęła trochę przyniesionej masy na szalkę Petriego. To samo zrobiła z laboratoryjną próbką, odłożoną wczoraj przed dodaniem ekstraktu. Położyła obie na białej kartce, robiąc sobie tło do porównania odcieni, i dopiero wtedy syknęła ze zgrozy.

– Zmienił barwę. I trochę konsystencję – stwierdziła.

– A było tak piękne!

– No – mruknęła Dorota. – Beata nas naprawdę zabije.

Spojrzały na siebie porozumiewawczo. Wczoraj połączyła je popełniona wspólnie zbrodnia. Po awanturze w wykonaniu Większej Szefowej, gdy zostały same z problemem pustej beczki po oleju sojowym, zamknęły się w laboratorium i długo dyskutowały, co robić. Obie były idealistkami, uważającymi się za osoby uczciwe i rzetelne, a jedynym rozwiązaniem, jakie przychodziło im do głowy, było znalezienie zamiennika brakującego surowca.

Krem musiał powstać, a sprowadzenie tak szybko oleju sojowego nie wchodziło w grę. Musiałyby czekać co najmniej dzień na dostawę, na co nie mogły sobie pozwolić. Tak oto zostały postawione pod ścianą, znalazły się w sytuacji bez wyjścia. One, dumne panie inżynier o nieposzlakowanych opiniach, musiały zniżyć się do fałszerstwa.

Prawdopodobnie Beata była świadoma, że nie mają innego wyjścia, i dlatego zostawiła je same z tą decyzją. Skoro ona na co dzień mocowała się z najmroczniejszą i najniewdzięczniejszą częścią działalności firmy, więc Aneta i Dorota musiały też wreszcie wziąć trochę brudu na siebie. Tak też się stało. W zamkniętym laboratorium, patrząc sobie w oczy, podjęły najstraszniejszą decyzję – dodadzą innego oleju niż zadeklarowany w dokumentach i wypisany na etykiecie. Obie zdecydowały się skalać honor naukowców, choć nie przyszło im to łatwo. Ani jednej, ani drugiej. Aneta ryzykowała reputacją i twarzą, marką firmy Stella, a Dorota, naturalnie uczciwa osoba, musiała pokonać wewnętrzne bariery i zdradzić to, w co wierzy.

Stało się jednak. Obie pojechały do najbliższego dyskontu i kupiły kilka trzylitrowych baniaków oleju wybornego. Potem wróciły do firmy i razem wlały tani rzepakowy olej spożywczy do masy czekającej na homogenizację. Potem w nerwach czekały na powstanie emulsji i jej schłodzenie, by pobrać próbki.

Wszystko wyszło zaskakująco pięknie. Krem powstał idealny, doskonale się rozprowadzał, sprawiał wrażenie lekkiego i przyjemnie nawilżającego. Taki właśnie miał być krem na dzień do pielęgnacji skóry normalnej i mieszanej. Obie starały się więc zapomnieć o fałszerstwie i przejść nad nim do porządku dziennego, ale los ukarał je szybciej, niż się spodziewały.

– Dlaczego nie pomyślałam, że barwnik z czarnych kwiatów jest zbyt intensywny? – Dorota rwała włosy z głowy, pochylona nad szalkami z kremem. – Jaką jestem cholerną idiotką!

– To nie twoja wina. Ja też powinnam na to wpaść – ucięła Aneta. – Wiesz, co ci powiem? Ten krem jest chyba przeklęty. No zobacz, spróbuj się nim posmarować. Wyczuwasz złą energię? Karma tego produktu jest czarna jak kwiaty orchidei. Ten krem powstał w dzień, gdy znaleźliśmy zwłoki, może to dlatego? Choć, hm, w moim odczuciu jest właściwie całkiem przyjemny.

Dorota pokiwała głową. Rzeczywiście, choć stracił blask, wcierał się w skórę naprawdę dobrze i zostawiał przyjemne uczucie lekkości i nawilżenia. Oprócz wierzchu dłoni posmarowała sobie także przegub, a potem wtarła próbkę w policzki i brodę. Na twarzy też wydawał się niezwykle dobry, zaskakująco miły.

– Kurczę, jest naprawdę niezły – stwierdziła. – Co mieliśmy wpisane w specyfikację produktu? Barwa biała? Trzeba zadzwonić do Pierwiosnka i prosić, by zgodzili się na zmianę. Powiemy zgodnie z prawdą, że użyliśmy mocniejszego ekstraktu, co nie zmienia kremu, oprócz dodania lekkiego zabarwienia. Wpiszemy w specyfikację, że teraz powinien być jasnożółty, choć nie, to raczej écru.

– Zadzwonię, choć tym zwykle zajmuje się Beata. Lepiej jednak nie będę jej wkurzać, zresztą i tak nie mogę namierzyć siostrzyczki – westchnęła Aneta. – Mam nadzieję, że Pierwiosnek pójdzie nam na rękę. Może lale z kontroli jakości dadzą się przekonać, że zabarwienie wywołane przez roślinne barwniki nie wpływa na jakość kremu? Bo jeśli nie, to obie jesteśmy martwe.

Dorota z powagą pokiwała głową.

– Muszą się zgodzić, inaczej w ogóle nie dostarczymy kremu. Nie da się już go naprawić – powiedziała. – Czekamy na zgodę czy zaczynamy dozowanie?

– Nie możemy czekać. Ruszamy – zdecydowała Aneta.

Dorota przekrzywiła zawadiacko biały czepek i bojowym krokiem ruszyła z powrotem na produkcję. Dziewczyny zmontowały już sprzęt, w koszach lśniły równiutko poustawiane słoiczki, taśma transportowa kręciła się z szumem, rozgrzewała się zgrzewarka do zamykania słoiczków sreberkami, grzała się nawet drukarka do znakowania opakowań. Wszystko czekało zwarte i gotowe do boju.

– Zrobimy sobie przerwę na drugie śniadanie? – spytała gruba Ewa, wbrew przepisom żując gumę w Strefie Białej.

– E tam, śniadanie. Chodźmy na szybkiego papierosa – zaproponowała Ilona. – Trzeba się dotlenić przed robotą. Nie, dziewczyny?

– Nie – ucięła stanowczo Dorota, sama zaskoczona groźnym brzmieniem własnego głosu. – Pierwsza przerwa, gdy będzie gotowe pół tysiąca słoiczków. Nie wcześniej. *Howgh!* Powiedziałam!

– Buuu – wyraziła dezaprobatę Aldona, ale posłusznie złapała gruby wąż i podpięła go pod króciec spustowy homogenizatora.

Po chwili membranowa pompa, napędzana sprężonym powietrzem, zaczęła tłoczyć krem do dozownika. Pracownice zasiadły na stanowiskach i machina produkcyjna ruszyła pełną parą. Dorota z przyjemnością patrzyła, jak napełniają się pierwsze słoiczki. Krem może nie wyglądał pięknie, nie błyszczał i nie porażał bielą, ale nie wyglądał też tragicznie. Wtłoczony przez maszynę, sprawiał całkiem przyzwoite wrażenie. Dorota doszła do wniosku, że Pierwiosnek z pewnością go zaakceptuje. Powinna zatem być z siebie zadowolona, ale ciągle dręczył ją wstyd. Świadomość tego, że masa jest sfałszowana, nieustannie wywoływała wyrzuty sumienia. Dodały innego oleju i same zrobiły ekstrakt, zupełnie co innego wpisały w karty szarżowe i wcześniej zadeklarowały klientowi. Najgorsze, że INCI* wypisane na etykiecie nie będzie zgadzało się z faktycznym. Aż poczuła, że robi się jej gorąco, a w piersi zaczyna coś uciskać. Ni to strach, ni złe przeczucia.

Na szczęście nie miała zbyt wiele czasu na rozterki, bo musiała wziąć się do roboty i razem z Aldoną ręcznie wydobyć i w wiaderkach przenieść do dozownika resztki kremu, których nie mogła zassać pompa. Potem doglądała etykietowania i pakowania słoiczków, sprawdzała, czy etykieta przyklejała się równo, czy słoiczki są porządnie zakręcone, a numer serii i data przydatności nadrukowane wyraźnie i prosto. Wreszcie zliczała pudełka zbiorcze

---

* INCI (International Nomenclature of Cosmetic Ingredients) – nazewnictwo składu każdego produktu kosmetycznego według prawa UE. Informacja ta musi znajdować się na opakowaniu produktu lub na ulotce dołączonej do kosmetyku, jeśli opakowanie jest za małe.

ustawiane na paletach. Jednym słowem: cały dzień harowała na produkcji.

Praca była męcząca fizycznie i psychicznie. Dorota musiała cały czas być skupiona i uważna, by się nie pomylić. Dziewczęta jej tego nie ułatwiały, bo rychło początkowe spięcie znikło i zaczęły się zwyczajowe spory i śmiechy, obrażanie się na siebie nawzajem i radosne ploty. Kiedy rozgadały się wszystkie naraz, produkcja potrafiła gwałtownie zwolnić lub całkiem się zatrzymać. Taśma, na której jechały słoiczki, nagle robiła się pusta i pakująca kartony pani Krysia zostawała bez zajęcia. A to Madzia z pracującą jedną ręką Mariolą, która zatrudniona na umowę, przyszła do pracy mimo kontuzji, by nie stracić dniówki, pokładały się ze śmiechu przy dozowniku, a to Aldona wymknęła się z Iloną na papieroska i nie miał kto zakręcać słoiczków. Dorota musiała przerywać zliczanie i wypełnianie papierów i gonić je do roboty. Wykańczało ją to chyba bardziej, niż gdyby cały dzień machała łopatą.

Musiały wszystkie zostać trzy godziny dłużej, przy czym dołączyła do nich także Aneta, która zabrała się za ustawianie palet przy wrotach magazynowych, tak by towar był gotowy do zabrania. Widok Mniejszej Szefowej, manewrującej w pocie czoła paleciakiem, zrobił wrażenie na dziewczynach, ale tym razem na szczęście żadna nie próbowała się z nią szarpać, by ją wyręczyć w robocie. Dzięki temu nie doszło do żadnej katastrofy. Dzień zakończył się więc pełnym zwycięstwem. Dwa i pół tysiąca słoiczków z kremem na dzień stało w równo poustawianych pudełkach i czekało na wywózkę.

Dorota wyszła z firmy, powłócząc nogami. Bolały ją wszystkie gnaty, a w głowie huczało jak w fabryce. Kiedy zmrużyła oczy, widziała niekończący się strumień słoiczków jadących na taśmie, słyszała też nieustanny szum maszyn i trzask pompujących krem dozowników. Najchętniej od razu po dotarciu do domu położyłaby się spać. Niestety będzie musiała zjeść obiad przygotowany przez mamusię, oczywiście odgrzewany lub całkiem zimny, bo przecież spóźniła się ponad trzy godziny. Z jednej strony powinna być wdzięczna, że matce się chce i gotuje specjalnie dla niej swoje fatalne dania, przecież robi to z miłości. Z drugiej strony, gdy pomyślała, że będzie musiała zjadać usmażonego na wiór kurczaka, wcześniej wygotowanego w rosole, lub coś równie paskudnego, robiło się jej niedobrze. Nawet nie wolno jej powiedzieć słowa krytyki, bo mamusia zaraz zaleje się łzami, oskarżając ją o niewdzięczność. Kolacja skończy się awanturą i płaczem.

Będzie więc siedziała przy stole, grzebiąc widelcem w spalonym mięsie lub kleistym sosie, i wysłuchiwała mądrości, narzekań i opowieści z życia klatki schodowej. W tle będzie jazgotał wiecznie włączony telewizor z jakąś telenowelą lub programem kulinarnym. No właśnie! Skoro mama tak namiętnie ogląda te programy, dlaczego chociaż raz nie posłucha rad dawanych przez kucharzy i nie ugotuje czegoś naprawdę smacznego? Naogląda się tej papki przez cały dzień, a potem i tak koncertowo schrzani każde danie. Wrr!

Dorota wstrząsnęła się ze złości, chociaż od domu dzieliło ją jeszcze kilka przystanków. Coś musiało być nie tak nie tylko z mamą, ale także z nią samą. Była urodzoną ofiarą, która przyciągała różnego rodzaju oprawców. Całe życie znęcali się nad nią najróżniejsi popaprańcy, socjopaci, brutale i psychopaci, z rodzicielką na czele. Działała jak magnes na wariatów, na sadystów i im podobnych. To ta karma, o której wspomina czasem Aneta? Przeznaczenie, a może klątwa? Ale co komu zrobiła złego? Nie przypominała sobie, by kiedykolwiek skrzywdziła jakieś stworzenie.

Wczłapała się krok po kroku na piętro, jakoś bez entuzjazmu wspinając się przez odrapaną klatkę schodową do rodzinnego domu. Ciągnęła ją do niego wyłącznie wizja wanny z gorącą wodą, a potem wygodnego łóżka. Przekręciła klucz w drzwiach i stanęła w przedpokoju, zaskoczona. Mama miała gościa! W kącie stały męskie buty, a na wieszaku wisiała filcowa marynarka, markowa i zdecydowanie niemałomiasteczkowa. Nikt się tak nie ubierał w tym grajdołku, któż zatem nawiedził mamusię? Czyżby brat przyjechał z Irlandii? Tak bez ostrzeżenia?

Zrzuciła kurtkę i z ciekawością pomaszerowała do pokoju. Zatrzymała się w drzwiach i zamknęła, a potem otworzyła oczy. Wydawało się jej, że ma omamy z przepracowania i zmęczenia lub po prostu śni. Przy stole, w pokoju gościnnym, czyli największym w mieszkaniu, siedział jej prywatny demon i koszmar w jednym, oprawca i życiowa porażka – Albert. Rozpierał się wygodnie, z nogą założoną na nogę, i popijał herbatę z jej ulubionego kubeczka. Naprzeciwko siedziała rozpromieniona mama, podsuwająca mu z szerokim uśmiechem półmisek przypalonego sernika. Na widok stojącej w drzwiach

Doroty jej kat poprawił okulary i uśmiechnął się nieśmiało, chyba w zamierzeniu przepraszająco.

– Och, jesteś wreszcie! – powiedziała z naganą mama. – Nie stój tak, pan dyrektor Antosiewicz przyjechał do nas prosto z lotniska i czeka na ciebie już dwie godziny. Przywitaj się, proszę, jak należy i bez robienia scen, jeśli łaska.

– Ale, mamo, dlaczego w ogóle wpuściłaś go do domu? – z trudem wycedziła Dorota.

– Przyniósł piękny bukiet. – Kobieta wskazała w odpowiedzi wazon pełen czerwonych róż. – Poza tym dość mocno przesadzałaś w opowieściach o panu Albercie. Wyobrażałam go sobie jako Bóg wie jakiego brutala i potwora, a to przemiły młody człowiek.

„Bo oczywiście nie słuchałaś, co mówię – pomyślała Dorota, ale nie zdołała przecisnąć słów przez gardło. – On jest przemiły, ale jest też potworem".

Zamiast coś powiedzieć, cofnęła się o krok. Czuła, że ogarnia ją panika, miała ochotę uciec do swojego pokoju, zastawić czymś drzwi i schować się pod łóżkiem. Widząc, co się z nią dzieje, Albert wstał i wyciągnął rękę.

– Dora, proszę cię, porozmawiajmy. Daj mi szansę. Przysięgam, że nie będę naciskał ani próbował cię do czegoś zmuszać. Chcę cię tylko przeprosić, błagać o przebaczenie – mówił z twarzą wykrzywioną w żałosnym grymasie.

– Nie histeryzuj, dziewczyno. Wysłuchaj tego chłopca, nie skreślaj go przez głupie humory – dodała mama. – Jestem pewna, że możecie dojść do porozumienia i utworzyć szczęśliwy związek.

– Może pani zostawić nas samych? – spytał łagodnym, przymilnym tonem Albert. – A może przejdziemy do innego pokoju?

Dorota skinęła głową. Zupełnie zesztywniała, wręcz skamieniała z przerażenia i szoku. Nadal wszystko, co się działo, wydawało się jej koszmarnym snem. Była przekonana, że uwolniła się od tego sukinsyna. Skąd się tu wziął? Przecież ledwie kilka miesięcy temu wyjechał do pracy w Anglii.

Ujął ją pod ramię i zaprowadził do jej pokoju, bo mama nie kwapiła się z opuszczeniem salonu. Zresztą nie miała gdzie się udać, chyba że do kuchni lub łazienki. Poza tym w życiu nie zrezygnowałaby z takiej sceny, jakby żywcem wyciągniętej z telenoweli. Powrót odrzuconego kochanka jej córki! Nie mogła uronić ani słowa.

Dorota zamknęła drzwi i oparła się o nie plecami. Albertowi wskazała krzesło stojące przed biurkiem, przy którym uczyła się jako nastolatka. Kiedy zajmowała ten pokój razem ze starszą siostrą, wydawał się zupełnie przestronny, obie miały w nim swoje miejsce i sobie nie przeszkadzały. Teraz, gdy była w nim razem z Albertem, czuła się, jakby tkwili w malutkiej celi. Nie mogła nawet drgnąć, by nie wejść w bezpośrednią bliskość swojego demona.

– Czego chcesz? – zdołała wykrztusić, bo powoli do siebie dochodziła.

– Tego, co mówiłem: przebaczenia. Niczego więcej – powiedział, nie siadając. Minę miał nietęgą, opuszczał wzrok i kulił się, jakby to on był ofiarą, a nie ona. – Miałem dużo czasu na przemyślenia, na rozważania o swoim życiu i postępowaniu. Wiele przez ten czas zrozumiałem, wiele do mnie dotarło. Wiem, że byłem dla ciebie ciężarem, że przytłaczałem cię swoim życiem i obowiązkami, uwikłałem cię w moje zawodowe sprawy. Zupełnie nie dbałem o to, co czujesz, o to, czym dla ciebie jest takie życie. To było okropne, bezduszne i na wskroś egoistyczne. Zobacz, Dora, ja to dostrzegam! Dostrzegam, jak wielkim byłem sukinsynem.

– Byłem? – mruknęła.

– Tak, to już czas przeszły. Zmieniłem się, Dorotko. Bez ciebie całe moje życie okazało się pustą, czarną dziurą. Kiedy cię zabrakło, zrozumiałem, że robienie kariery dla samego siebie zupełnie nie ma sensu. Że tak naprawdę nigdy nie liczyło się moje ego, że wszystko to robiłem dla nas. Dla ciebie i dla mnie. Rozumiesz? Bez ciebie nie istnieję, nie ma zdolnego managera, przebojowego karierowicza, pnącego się po szczeblach korporacyjnej kariery. Jest tylko samotny, smutny człowiek. Porzucony i przybity.

Dorota pokręciła głową. Nie była głupia, zdawała sobie sprawę, że Albert próbuje nią manipulować. Choć z drugiej strony zawsze chciała od niego usłyszeć właśnie takie wyznanie. Przez wszystkie spędzone wspólnie miesiące i lata liczyła, że jest tak, jak teraz mówi, że liczy się szczęście ich obojga. Coś chwyciło ją za serce. Spojrzała mu głęboko w oczy. Patrzył na nią z bólem i prośbą.

– Wybacz mi. – Upadł na kolana. – Wybacz mi albo na miejscu zabij. Bez ciebie i tak życie nie ma sensu.

Przekrzywiła głowę, przyglądając mu się z mieszaniną lęku, zwątpienia i nadziei. Nagle jednak zamrugała, jakby zbudziła się z długiego snu. O nie! Nie była idiotką! To psychopata, nie mogła o tym zapomnieć! Wszystko, co robi, robi na zimno i bez emocji. On nic do niej nie czuje, bo nie potrafi odczuwać ani tęsknoty, ani miłości. Oprócz tej do siebie. Tę scenę również sobie precyzyjnie przygotował i odgrywał ją jak aktor na scenie.

– I co sobie wyobrażasz? Że rzucę wszystko i wyjadę z tobą do Anglii, by tam, już zupełnie odcięta od świata, służyć ci jako pokojówka, dziwka i poduszka do bicia? – spytała coraz bardziej drżącym głosem.

– Nie mów tak, Dora. Przecież wiem, że naprawdę tak nie myślisz – powiedział, zbliżając się do niej na kolanach. – Wiem, że oprócz przykrości, które ci wyrządziłem, pamiętasz też miłe chwile. Nasze wyprawy w góry, nocne wędrówki, by ujrzeć wschód słońca nad wierzchołkami, wspólne planowanie i marzenia…

– Daruj sobie – powiedziała, otwierając drzwi. – Dobrze, wybaczam ci, że zmarnowałeś mi szmat życia i niemal wpędziłeś w chorobę psychiczną. Możesz odejść z przekonaniem, że jesteś rozgrzeszony. A teraz wyjdź stąd i nigdy nie wracaj.

– Jeszcze czego! – rozległ się z przedpokoju głos mamy. – Proszę się nie zrażać, panie Albercie. Ja z nią porozmawiam. Wszystko się jeszcze między wami ułoży.

Albert wstał, poprawił spodnie na kolanach i ze spuszczoną głową i w postawie zbitego psa wyszedł z pokoju. Ubrał się szybko, pocałował mamę w rękę i skierował się do drzwi. Rodzicielka Doroty wyszła za nim na korytarz i chwilę jeszcze rozmawiali na klatce schodowej. Dorota zamknęła się w pokoju i usiadła na łóżku. Kolana jej się trzęsły, tak samo ręce. Co za koszmarny dzień! Potwór wrócił i jak go znała, nie zamierzał szybko zrezygnować. Skoro pofatygował się po nią aż z Londynu, z pewnością zrobi wszystko, by ją odzyskać. Nie może przecież pozwolić, by tak dobrze ułożona suka chodziła sobie samopas i robiła, co chciała. Nie po to poświęcił tyle czasu na jej tresurę.

– Dlaczego go pogoniłaś, głupia? – Drzwi się otworzyły, oczywiście wcześniej nie rozległo się żadne pukanie, i do pokoju wpadła mama. – Dziewczyno, ktoś musi tobą potrząsnąć. Myślisz, że łatwo dziś złapać taką partię? Inteligentny, przystojny, dyrektor w międzynarodowej firmie, pracujący na Zachodzie! I odrzucasz go tylko z powodu dawnych sprzeczek, że kilka razy nakrzyczał na ciebie po ciężkim dniu w pracy? A wiesz, ile razy ojciec się na mnie wydzierał, by odreagować, że dostał opieprz w robocie? I co, zostawiłam go? Nie byłoby was na świecie, ciebie i rodzeństwa, gdybym zachowywała się tak jak ty dzisiaj.

– Mamo, to nie tak. Nic nie rozumiesz – jęknęła Dorota, rzucając się twarzą w poduszkę.

– Pewnie! Oczywiście, że nic nie rozumiem! – Matka się oburzyła. – Za stara jestem, by zrozumieć gówniarskie zachowania. Dziewczyno, lada dzień skończysz trzydzieści lat! Ja w twoim wieku miałam już dwójkę dzieci i myślałam o trzecim! A ty co? Robisz fochy z powodu kilku kłótni, zamiast ułaskawić go i rozkochać w sobie na zabój. A może czekasz na kolejnego chętnego? Kogo chcesz upolować na tym zadupiu? Mechanika samochodowego, ślusarza z fabryki drutu, może urzędnika z powiatu? Do nóg ci się rzuca prawdziwy manager, a ty się dąsasz i wyrzucasz go za drzwi?

– Och, mamo, zlituj się. Daj mi spokój. Jestem dziś taka zmęczona…

– A ja nie byłam zmęczona, niańcząc trójkę dzieci i harując od świtu do zmierzchu? Wracałam sto razy bardziej zmęczona niż ty dzisiaj i jeszcze musiałam ugotować obiad i obrobić trzy zasrane tyłki… – Mama aż się zapowietrzyła z przejęcia. Usiadła ciężko na łóżku, tuż obok leżącej ciągle z głową w poduszce Doroty. Nagle pogłaskała ją czule po włosach i przemówiła łagodniejszym tonem: – Nie martw się, już mamusia zadba o twoje szczęście. Umówiłam go jutro na kolację. Ugotuję coś naprawdę smacznego i zostawię was we dwoje, a sama pójdę do ciotki Jadźki. Pogadacie sobie na spokojnie, bez emocji. I może coś z tego wyjdzie. Musi wyjść!

Dorota zadrżała z oburzenia, ale nic nie powiedziała. Zdawała sobie sprawę, że to bezcelowe. To jakby przemawiać do obrazu lub do ściany. Mama i tak nie będzie jej słuchała. Zrozumiała, że znalazła się w pułapce. Demon wrócił i na początek opętał jej rodzicielkę i wdarł się do mieszkania. Nie da jej spokoju, szczególnie że już udało mu się ją osaczyć. Dopadnie ją i pożre.

# Rozdział 8.
## ANETA.
## KŁopoty w rodzinie

Trzeci dzień bez Beaty zapowiadał się najspokojniej ze wszystkich. Wczoraj szczęśliwie odjechał transport kremu z orchideą, odbyło się mycie, sprzątanie i przestawianie sprzętu, by przygotować go do kolejnej produkcji. Aneta wraz z Dorotą uwijały się jak w ukropie, próbując nie dopuścić do wybuchu chaosu, jaki szalał w czasie wytwarzania zakończonej właśnie partii kremu. Sprawdziły skrupulatnie wszystkie surowce potrzebne do wyprodukowania żelu do higieny intymnej, odebrały przysłane plastikowe buteleczki i pompki do nich, a potem dwie godziny je oglądały i badały. Dorota na koniec skontrolowała nawet stację uzdatniania wody, by się upewnić, że rankiem nie dojdzie do żadnej niespodzianki.

Nie doszło. Dziewczyny sprawnie zabrały się za robotę. Aneta odetchnęła z ulgą i usiadła za biurkiem, nad stosem notatników i zeszytów. Miała teraz czas, by spróbować odtworzyć zagubioną wraz z notebookiem dokumentację lub chociaż jej część. Pogodziła się już ze stratą setek plików z zapisami eksperymentów, odeszły w niebyt razem z komputerem. Musiała teraz się skupić i zacząć odtwarzać zgubione certyfikaty. Zapowiadało się na iście syzyfową pracę. Szybko doszła do wniosku, że z zapisków na papierze nie da się odtworzyć wszystkiego i choćby pękła, część danych będzie musiała wymyślić. Doszło do tego, że znów posunie się do fałszerstwa. Oby tylko nie weszło jej to w krew!

Przez własną głupotę i niezgułowatość musi kalać się czymś tak ohydnym. Jaki wstyd! W dodatku za to, że tak nisko upadła, mogła winić wyłącznie siebie. To ona nie dopilnowała zamówień surowców i zgubiła notebooka. Nikt inny. Pora to zmienić! Od dziś koniec z bujaniem w obłokach i gapieniem się na grę świateł w koronach drzew za oknem. Powinna wrócić na ziemię!

Nagle rozległ się dzwonek do drzwi. Wstała więc od zeszytów i ruszyła, by otworzyć. Może to oczekiwana dostawa etykietek na żel intymny? Choć spodziewała się jej dopiero jutro. Faktycznie za drzwiami nie stał kurier z przesyłką, ale młody mężczyzna o jasnym, przeszywającym spojrzeniu, trzymający pod pachą teczkę. Przedstawił się jako Grzegorz Grygiel, człowiek z ogłoszenia, do którego ponoć dzwoniła Beata Mazur. Aneta ucieszyła się w duchu. Choć siostra stanowczo jej oświadczyła, że bierze sobie wolne i przez jakiś czas gówno ją obchodzi dosłownie wszystko, mimo to zadbała, by przysłać jej poszukiwanego od dawna pracownika.

– Proszę, to moje CV – powiedział mężczyzna, wręczając jej teczkę. – Pani Mazur powiedziała, że mogę zacząć choćby dziś. Jestem zatem gotów podjąć pracę nawet w tej chwili.

– Ach, tak? A jakie ma pan kwalifikacje? – spytała Aneta, uważnie go obserwując.

Zerknęła do CV i szybko policzyła, że pan Grzegorz ma trzydzieści jeden lat. Bardzo dobry wiek na pracownika produkcji, gdzie wymagana była sprawność fizyczna. Ubranie miał czyste i schludne: uprasowane spodnie i niepognieciona bluza z kapturem, do tego sportowe buty. Włosy krótkie i nieprzetłuszczone. Do tego był ogolony, a kiedy podawał jej teczkę, zwróciła uwagę, że paznokcie miał czyste i równo przycięte. To ważne w tej branży. Skoro dbał o siebie, będzie też pilnował czystości na produkcji i przestrzegał procedur związanych z higieną. Najgorsze, co mogła zrobić, to wpuścić do Strefy Białej syfiarza, który prędzej czy później zakaziłby masę kosmetyczną i aparaturę bakteriami i grzybami. To mogłoby doprowadzić firmę nawet do bankructwa.

– Przez trzy lata pracowałem w Pierwiosnku – powiedział. – Jako pomocnik brygadzisty. Ostatnie dwa lata robiłem w magazynie hurtowni aptekarskiej, ale złożyłem wypowiedzenie. Doszło do konfliktu z kierownikiem i byłem zmuszony szukać czegoś innego. Pani Mazur sama mnie znalazła i zaproponowała, bym przyszedł i porozmawiał z jej siostrą.

– To ja. – Aneta się uśmiechnęła. – Proszę, niech pan wejdzie.

Zabrała go do kuchni, gdzie zrobiła herbatę, a potem dokładnie przesłuchała kandydata. Musiała sprawdzić, jakim człowiekiem jest pan Grygiel, czy nie ciągnie się za nim zła energia, czy nie jest wampirem energetycznym lub nie ma czarnej aury. Nie była kopnięta na punkcie ezoteryki, ale czasem się nią podpierała i nie widziała w tym nic niestosownego. Zdawała sobie sprawę, że większość naukowców by ją wyśmiała, a koledzy z politechniki pukaliby się w czoło. Kłóciło się to z jej ścisłym wykształceniem i zawodem inżyniera. Miała to jednak w nosie, wierzyła w bioenergoterapię, karty tarota, numerologię i ezoterykę. Pasowały do jej charakteru i postawy życiowej.

Słuchała więc opowieści Grzegorza o pracy na produkcji w Pierwiosnku, starając się ocenić, z kim właściwie ma do czynienia. Podając mu kubek z herbatą, musnęła jego dłoń, przymykając przy tym oczy i koncentrując się na przepływie energii. Nie wyczuła chłodu ani tego, by wysysał ciepło. Nie był więc wampirem, nie wytwarzał też negatywnej aury. Trochę się przechwalał, twierdził, że gdyby nie on, właściwie żaden krem z Pierwiosnka nie nadawałby się do użycia. To jednak mogła mu wybaczyć, możliwe, że po prostu przechwalał się w szale rozmowy kwalifikacyjnej, by wyjść na fachowca, wręcz mistrza w swojej dziedzinie. Chyba miała rację, bo gdy doszło do ustalania wynagrodzenia, dość bezczelnie się targował, by podbić stawkę. Wreszcie zgodziła się dać mu o jedną trzecią więcej, niż dostawały dziewczyny. Zresztą spadnie na niego większość prac fizycznych i odpracuje swoje w pocie czoła.

Grzesiek, bo tak kazał się do siebie zwracać, nalegał, by mógł rozpocząć pracę jak najszybciej. Oprowadziła go więc po fabryce, pokazując każde pomieszczenie oprócz opieczętowanej ciągle dziury. Ubrała go w jeden z fartuchów Doroty, jak się okazało, nieco za długi, i wprowadziła do Strefy Białej. Przedstawiła go kierowniczce produkcji i oddała w jej ręce. Dorota sprawiała wrażenie zaskoczonej i zmieszanej, widocznie nigdy nie kierowała mężczyznami. Szybko jednak znalazła się w sytuacji i grzecznie poprosiła nowego pracownika, by pomógł Aldonie przestawić beczkę z betainą, a potem zabrał się za odważanie detergentu.

Aneta odetchnęła i wróciła do laboratorium, by znów usiąść nad notatkami. Ryła w nich przez godzinę, przerzucając zeszyty i skoroszyty z kupy na kupę. Starała się systematycznie odtworzyć wszystkie wyprodukowane i wysłane klientom serie i bazując na laboratoryjnych zapiskach, sfabrykować kolejne certyfikaty. Po kolejnej godzinie bezowocnej walki z chaosem poddała się z rozpaczą. Miała ochotę się rozpłakać. Ukryła twarz w dłoniach i zaczęła cicho zawodzić.

– Czy coś się pani stało? – Usłyszała męski, znajomy głos.

Wrzasnęła z przerażenia i podskoczyła na krześle. W panice machnęła rękami, zwalając na podłogę piramidę zeszytów. Do laboratorium niezauważenie wszedł znajomy mężczyzna, ale w pierwszej chwili nie zdołała go rozpoznać.

– Znów drzwi wejściowe były otwarte. Ostrzegałem, że ktoś może niepostrzeżenie wejść – powiedział przybysz i uśmiechnął się z sympatią.

Dopiero wtedy go poznała. To był dzielnicowy Stachowicz we własnej osobie, dziś nieumundurowanej. Nie spodziewała się, że uniform aż tak zmienia człowieka. W cywilnych ciuchach pan Jacek wydawał się znacznie niższy i jakiś taki niepozorny, mniej poważny i niebudzący najmniejszego respektu. W golfie i marynarce, do tego w dżinsach, wyglądał może na dziennikarza czy faceta prowadzącego program śniadaniowy w TV, z pewnością nie gliniarza. Jego uśmiech zdawał się teraz jeszcze łagodniejszy. Przez chwilę Aneta zastanawiała się, czy odmieniony mężczyzna podoba się jej, czy nie. W mundurze budził respekt i był znacznie przystojniejszy, teraz sprawiał wrażenie łagodnego, modnie ubranego geja. Dziwne.

– To chyba moja wina – bąknęła. – Przyjmowałam nowego pracownika i zapomniałam zamknąć.

Stachowicz ze smutkiem pokręcił głową, jakby przyłapał na drobnym wykroczeniu niepoprawną recydywistkę. Potem zmienił temat i wyjaśnił, że dziś ma wolne i akurat przechodził w pobliżu, postanowił więc zajrzeć.

– Chce pan kontynuować nasze wspólne śledztwo? – spytała. – Obawiam się, że nie mam czasu, jestem zawalona robotą.

Uklęknął i pomógł jej zbierać zeszyty z podłogi. Zaofiarował swoją pomoc, podkreślił przy tym, że jego propozycja jest zupełnie bezinteresowna, na miarę jego umiejętności i możliwości. Może poświęcić kilka godzin na bezpłatną pracę w firmie, pod warunkiem że Aneta umówi się z nim na kawę. Zatrzepotała z zaskoczenia rzęsami i omal nie spłonęła rumieńcem. Nikt nie podrywał jej od czasów studenckich, gdy poznała Piotra.

– Echem – chrząknęła, zamiast odpowiedzieć, a potem zanurkowała pod biurko, udając, że zamierza sięgnąć po jeden ze skoroszytów, a tak naprawdę by ukryć zażenowanie i zyskać chwilę na zastanowienie. – Wiem!

Poderwała się i trzasnęła głową w blat, aż zadudniło.

– Na litość boską, proszę uważać! Zrobi sobie pani krzywdę. – Policjant wyciągnął ją spod biurka i nieco oszołomioną posadził na krześle.

– Może poświęci pan ten czas i pomoże mi odnaleźć skradziony notebook? To niezmiernie ważne. Jeśli uda się go odzyskać, mogę iść z panem na kawę nawet sto razy.

Stachowicz zgodził się bez wahania, ale postawił kolejny warunek. Aneta miała przestać się zwracać do niego per pan i przejść na ty. Zgodziła się, oczywiście, uścisnęli więc sobie dłonie, podając imiona.

Dzielnicowy zaczął poszukiwania ogromnie profesjonalnie, od przesłuchania. Aneta musiała mu zrelacjonować tamten fatalny dzień minuta po minucie. Oboje ustalili, że Dorota jest poza podejrzeniami, tak samo wszystkie wchodzące do laboratorium dziewczyny z produkcji. Żadna z nich nie pokusiłaby się o kradzież komputera. Jak dotąd z produkcji nie zginęło zupełnie nic, więc wśród załogi nie ma złodziejek. Poza tym nie miałaby jak go wynieść, musiałaby przenieść go przez hol do szatni i schować zdobycz w swoich rzeczach. Wokół kręciły się wszystkie pracownice, więc złodziejka zostałaby zauważona przez koleżanki.

Jacek się wahał, nie był przekonany o niewinności dziewcząt tak głęboko jak Aneta. Opowiedział nawet, że w fabryce drutu poszukiwano złodzieja, obrabiającego ubrania i rzeczy pracowników zostawione w szatni. Wreszcie przyłapano na kradzieży niepozornego starego stróża, który pracował w firmie ponad trzydzieści lat. Złodziejem mógł więc być każdy, nawet pozornie porządny człowiek, którego do takiego czynu pchnęła potrzeba, desperacja lub po prostu okazja łatwego zarobku.

– Z chciwości ludzie robią naprawdę paskudne rzeczy, proszę mi wierzyć – mówił Stachowicz. – Niektórych zmuszają do łajdactwa okoliczności, bieda lub to, że wpadli w długi i rozpaczliwie szukają ratunku. Nawet człowiek uczciwy od lat, który uważał się za porządną osobę, pod wpływem pewnych czynników jest zdolny do popełnienia przestępstwa.

Aneta zagryzła wargę i poruszyła się niespokojnie. Przez chwilę miała wrażenie, że dzielnicowy mówi o niej i Dorocie. Że dowiedział się o ich łajdactwach, o tym, że sfałszowały krem. Stwierdziła, że sumienie już nigdy nie da jej spokoju.

Jacek otworzył jeden ze skoroszytów i zrobił tabelę. Wpisał w nią wszystkich podejrzanych. W drugiej rubryce notował, kim jest dana osoba, w kolejnej – jak długo przebywała w laboratorium, w ostatniej zamierzał stawiać ptaszki, plusy i minusy, znaki zapytania lub wykrzykniki. Minus oznaczał całkowite wykluczenie z grona podejrzanych i dostała go Aneta oraz Dorota, znaki zapytania dostały dziewczyny z produkcji, ale po kolejnych zapewnieniach Mniejszej Szefowej, że są poza podejrzeniami, dopisał do nich minusy. Chudzielec szukający pracy i kierowca tira dostali po plusie łamanym przez minus, ale gdy Aneta przyznała, że żaden z nich nie zbliżył się nawet do laboratorium, podsumowanie ich udziału w aferze zmieniło się w minusy.

– Została nam Beata i dwóch kontrahentów – podsumował policjant. – Czy twoja siostra mogła mieć jakiś motyw?

– Nie, ależ skąd! – Aneta się oburzyła.

– Może ukryła komputer, by dać ci nauczkę? By skłonić do poważniejszego traktowania swoich obowiązków? – zapytał Jacek. – Sama narzekałaś, że zostawiła ci całą firmę na głowie i wyjechała, że nigdy nie spodziewałabyś się po niej takiego zachowania.

Aneta pokręciła głową, ale w jej sercu zakiełkowało podejrzenie. Beata byłaby zdolna do czegoś takiego. Przecież zostawiła ją i Dorotę z problemem brakującego oleju sojowego chyba wyłącznie po to, by dać im nauczkę i zmusić, by z własnej inicjatywy zdecydowały się na fałszerstwo. Może rzeczywiście daje właśnie siostrze lekcję, próbuje ją zmienić w odpowiedzialną i pilną pracownicę?

– Postaw przy niej plus łamany na minus i jeszcze znak zapytania – powiedziała wreszcie.

– Zostało nam tych dwóch panów. – Jacek postukał długopisem w ostatnie nazwiska. – Kierownik działu planowania strategicznego z Pierwiosnka, niejaki Roman Musiał, lat trzydzieści sześć, oraz przedstawiciel handlowy Stalmechu, Andrzej Górnicki, lat około czterdziestu. Obaj spędzili w laboratorium jakieś trzydzieści minut, w tym co najmniej kilka zupełnie bez obecności innych osób.

– Ale byli tam razem.

– Znają się?

– Oczywiście. W tej branży wszyscy dobrze się znają, rynek jest mały i przejrzysty. Większość z nas jest nawet na ty, przynajmniej ci, którzy bywają na targach i dorocznym zlocie przemysłu kosmetycznego. Ja, szczerze mówiąc, jeszcze się nie orientuję w tym towarzystwie, to działka Beaty. Wiem jednak, że Andrzej ze Stalmechu bywa we wszystkich firmach zajmujących się produkcją, jest handlowcem, a także serwisantem oraz doradcą technicznym. Roman z kolei zajmuje się organizowaniem nowych produktów, dogadywaniem szczegółów ich wytwarzania przez podwykonawców, a także kontrolą nad działem produkcji w Pierwiosnku, od lat zna zatem Andrzeja.

– Czyli mogli się dogadać i wspólnie ukraść tego laptopa – stwierdził Jacek. – Może nawet celowo przyszli we dwóch, by w razie czego jeden odwracał uwagę lub cię zagadywał?

– Litości! Przecież nie połasiliby się na notebooka wartego najwyżej półtora tysiąca złotych! – prychnęła Aneta.

– A czy mogli połasić się na zawartość dysku, na dokumenty, które tam miałaś?

– Ale po co mieliby to robić? Stella i tak działa na zamówienie Pierwiosnka. Jesteśmy ich podwykonawcą, przekierowują na nas produkcję, z którą sami nie potrafią się wyrobić. Na razie zrobiliśmy dla nich trzy kremy. Ostatnio próbną partię z orchideą, która być może trafi na półki do Biedronki. Jeśli się przyjmie na rynku. Sama zaprojektowałam ten produkt, został przebadany dermatologicznie na koszt Pierwiosnka, dostali całą jego dokumentację i technologię. Nie potrzebują dodatkowych danych ani żadnych tajnych zapisków, bo i po co, skoro produkcja i tak będzie prowadzona i rozwijana u nas.

– Miałaś w komputerze jakieś tajne projekty, będące w fazie rozwoju? – drążył Stachowicz.

Aneta zamyśliła się i po chwili pokiwała głową.

– Mnóstwo przepisów na najróżniejsze produkty, całą masę eksperymentów wraz z wynikami, a do tego zapiski z dopiero rozpoczętych prób na kolejne produkty dla Pierwiosnka. Kilka różnych, między innymi serum ujędrniające na noc, maseczkę z kuracją odmładzającą z kwasem hialuronowym i kosmetyk dla nastolatek z problemami cery... – wyliczała. – Ale te dane i tak prędzej czy później trafiłyby do Pierwiosnka. Ich kradzież nie ma sensu. Postaw przy obu tych panach minusy, szkoda na nich czasu.

– Jak sobie życzysz – przytaknął Jacek i wykonał prośbę Anety, ale od siebie dodał przy obu nazwiskach po znaku zapytania. – Możemy zatem podsumować. Jedyną podejrzaną osobą, w dodatku mającą motyw, jest twoja siostra. – Postukał długopisem w jej nazwisko. – Proponuję, byście po prostu porozmawiały lub...

– Lub?

– Skoro wyjechała, możemy pociągnąć sprawę dalej i przeprowadzić nielegalne przeszukanie w jej domu. Chyba nie będzie to wielką zbrodnią, jeśli przetrząśnie pani rzeczy własnej siostry?

Aneta zrobiła wielkie oczy. Jak to przeszukanie? Szpiegować i rewidować własną siostrę? To obrzydliwe! Co za pomysł!

Choć z drugiej strony wszystko wskazywało na to, że Beatka wycięła jej numer stulecia. Coś nieprawdopodobnego, ale możliwe. Starsza siostrzyczka od miesięcy żyła w coraz większym stresie, wszystkie najgorsze sprawy związane ze Stellą były na jej głowie. Aneta zamiast ją wspierać, dłubała sobie w laboratorium, siedziała tam jak u pana Boga za piecem i miała wszystko w nosie. Na koniec zaczęła zaniedbywać nawet proste obowiązki, przez co niemal doszło do katastrofy z orchideą w roli głównej. Beata mogła wpaść na pomysł, by dać jej kilka lekcji. Jej niespodziewany wyjazd na wczasy mógł być częścią szerszego planu. Oj, nieładnie, siostrzyczko! Ale źle trafiłaś, tak się nie pogrywa i nie manipuluje się w ten sposób panią inżynier, osobą inteligentną i błyskotliwą.

– Zgoda! – powiedziała zdecydowanie jak nigdy dotąd. – Pojedziemy do niej natychmiast. O tej porze dzieci są w szkole, a Franek w robocie. Została tylko mama. Wpadnę pod pretekstem odwiedzin i pożyczenia samochodu Beaty, bo przejeżdżając, widziałam, że stoi pod domem, widocznie siostrzyczka wybrała się w podróż pociągiem. Mama z pewnością pozwoli mi wziąć kluczyki. Może przy okazji uda się ją zagadać i przeszukać mieszkanie?

– Jedziemy od razu? Jesteś pewna, że chcesz to zrobić?

– Jak najbardziej. Nie pozwolę się tresować i ćwiczyć jak małpa w cyrku. Pokażę Beacie, że mam swoje życie i zawodowe sprawy pod pełną kontrolą. Idziemy, póki czas!

Jacek uśmiechnął się, patrząc na nią uważnie. Poczuła się podziwiana i adorowana, to było niemal zupełnie zapomniane doznanie. Oboje ruszyli do wyjścia jednocześnie i niemal otarli się w drzwiach, zanim Jacek się zatrzymał, by ją przepuścić. Poczuła zapach jego wody kolońskiej, mocny i ostry, jak przystało na gliniarza i prawdziwego mężczyznę. Już nie wydawał się jej mały i misiowaty, przywykła, że nie ma munduru. Nawet bez niego był smakowicie wyglądającym przystojniakiem.

W holu spotkali dziewczyny wychodzące akurat z produkcji na przerwę śniadaniową. Aldona fachowym okiem oceniła policjanta, uśmiechając się przy tym ze znawstwem. Aneta poczuła się nieswojo, gdy dziewczęta wymieniały między sobą porozumiewawcze spojrzenia, a Mariola z Ewą zaczęły nawet szeptać i chichotać. Mniejsza Szefowa doskonale zdawała sobie sprawę, że dziewczyny dobrze wiedziały, co się kroi. Trudno było inaczej interpretować kolejne odwiedziny policjanta, tym razem wystrojonego jak do teatru lub na pokaz mody. To na kilometr śmierdziało romansem.

Poczuła, że się rumieni. Wstyd wypełzł skądś i uczepił się jej jak rzep psiego ogona. Niedobrze, że pracownice ocenią ją jako niewierną żonę, która pod nieobecność zapracowanego męża już nawet nie flirtuje z mundurowym przystojniakiem, ale wychodzi z nim prawdopodobnie na schadzkę. Niby nic nie powinno ich to obchodzić, ale z drugiej strony już nie da się powstrzymać plotek. Dziewczęta żywiły się tego typu aferami i z pewnością będą o tym dyskutowały przez najbliższe dni.

– Dorota, wychodzę z panem aspirantem w sprawie zgłoszonej kradzieży komputera – powiedziała do opuszczającej właśnie produkcję kierowniczki. – Wrócę za jakąś godzinę. Teraz ty tu dowodzisz.

Dorota skinęła tylko głową i spojrzała z ciekawością na policjanta w cywilu. Nawet ona zdawała się

128

zaaferowana. Och, nie można dziś mieć nawet odrobiny prywatności, każdy wciska nos w życie innych ludzi. To przez rozpowszechnione ostatnimi laty programy typu *reality show*, wszechobecne kamery i modę na rejestrowanie wszystkiego i wrzucanie do Internetu. Ludzie przywykli do tego, że obserwują życie innych, że nie ma już nic do ukrycia. Wszystko jest serialem!

– Jasne – powiedziała Dorota. – Dzięki za Grześka. Dzięki niemu mocno przyspieszyłyśmy, przestawianie beczek i naważanie surowców idzie znacznie sprawniej. Z dziewczynami nie dawałyśmy rady z dwustukilowymi bekami, a teraz to co innego. Daj mi jeszcze ze dwóch chłopów i zrobimy tonę żelu w jeden dzień.

– Każdemu dziś potrzeba chłopa – odparła Aneta. – Ale ci nie rosną na drzewach, nie da się ich też wylicytować na Allegro. Na razie ten jeden będzie musiał ci wystarczyć.

– Moze pozycy nam pani swojego, sefowo? – spytała Aldona, zerkając na Stachowicza. – Myślę, ze by się nadał.

– A ty co, awansowałaś na kadrową? – zrugała ją natychmiast Dorota. – Na śniadanie jest równo piętnaście minut. Zamierzasz zmarnować ten czas na żarciki w holu?

„Uf, Dorota nie była przeciwko mnie, wręcz przeciwnie" – pomyślała z ulgą Aneta. Żartowała sobie nawet, choć ostatnimi dniami chodziła jakaś struta i przybita. Na pytania, czy ma jakieś problemy, odpowiadała, że nie, ale trudno było w to uwierzyć, gdy się ją obserwowało. Czyżby Grzegorz w dwie godziny tak się jej spodobał, że zapomniała o rozterkach? Nie byłoby w tym nic złego, może nawet wręcz przeciwnie, choć z drugiej strony Aneta słyszała gdzieś, że pracujące razem pary mogą stwarzać problemy, szczególnie przy konfliktach personalnych między pracownikami. Po prostu jedno może wciągać drugie w spory i odwracać uwagę od roboty.

Ech, na razie nie ma się czym przejmować. Przecież ten chłopak pracował raptem od dwóch godzin, a Dorocie humor mógł się poprawić z zupełnie innego powodu.

Jacek wyszedł z fabryki, Aneta zaś zajrzała jeszcze do szatni, by włożyć ulubione buty z zielonej skórki i zarzucić płaszczyk. Kiedy otworzyła swoją szafkę, jej uwagę przyciągnęły stojące w kącie dwie walizki i podróżna torba. Torbę od razu poznała jako należącą do Doroty, bo niedawno ta przyniosła w niej ciuchy, których chciała się pozbyć, i przekazała je siostrze Ilony, ponoć również wysokiej dziewczynie.

Anetę coś tknęło. Poczuła tchnienie złej energii, jakiś ledwie uchwytny mrok emanował z tych walizek. Nigdy nie lekceważyła przeczuć, natychmiast więc wróciła do holu i zajrzała do kuchni, by poprosić Dorotę na chwilę. Przeszły do szatni.

– Gdzieś wyjeżdżasz? A może tylko się wyprowadzasz, o ile to nie tajemnica, rzecz jasna? – spytała wprost. – Wybacz, że pytam, ale po tym, co nam ostatnio odstawiła Beata, wolę się upewnić. Nie zostawisz mnie samej i nie znikniesz bez słowa?

– Spokojnie, nie zostawię cię na pastwę losu – odparła nieco zażenowana Dorota. – Zwyczajnie wyprowadziłam się dziś od mamy. Ach, właśnie, gdyby tu wydzwaniała, nie masz o niczym pojęcia, dobra?

– Uciekasz z domu? Nie jesteś za duża na takie akcje?

– Aneta zmarszczyła brwi. – Dobra, nie odpowiadaj. To nie moja sprawa. W razie czego o niczym nie wiem, nic nie widziałam i nic nie słyszałam.

– Dzięki. – Dorota uśmiechnęła się nieśmiało. Odwróciła się, by wyjść z szatni, ale zatrzymała się i spojrzała na szefową przez ramię. – Właściwie masz rację, uciekłam z domu jak gówniara. Ale nie mogłam już wytrzymać. Mama stała się nieznośna, poza tym sprowadza do mieszkania mojego byłego, a potem oboje dręczą mnie długimi rozmowami. To wariat, pasożyt, który się przyssał i nie chce się odczepić. Jedno i drugie na zmianę i razem próbują zrobić mi pranie mózgu, zamienić w zombie. Dziś w nocy nie mogłam zmrużyć oka, doszłam do wniosku, że muszę zwiać, inaczej zamienią mnie w bezwolną marionetkę. Wolę już spać pod mostem, niż znosić to choćby jeden dzień dłużej.

– Nie masz gdzie spać?

– Nie przejmuj się, coś znajdę. Najwyżej przenocuję w motelu przy szosie, a jutro zabiorę się za szukanie czegoś do wynajęcia. Dzisiaj nie miałam czasu, sama wiesz, ile jest roboty. – Dorota wyglądała na coraz bardziej zmieszaną. – Chyba że nie miałabyś nic przeciwko temu, bym przespała się dziś tutaj?

– Gdzie, w laboratorium czy w kuchni? A może w magazynie? Daj spokój, dziewczyno, zamieszkasz u mnie, i to tak długo, jak będzie trzeba. Nie chcę słyszeć żadnych protestów. Pogadamy, jak wrócę. Teraz muszę lecieć i załatwić sprawę z tym policjantem. Jest szansa, że uda się odnaleźć zaginionego notebooka, jesteśmy na tropie. Pa!

– Pa! – Dorota machnęła jej na pożegnanie i wróciła do kuchni.

Jacek czekał przy jej samochodzie. Okazało się, że do Stelli przyszedł piechotą. Przyznał, że lubi spacery, a jeszcze bardziej bieganie. Nie wypadało mu jednak, by przylatywał zdyszany i spocony, więc skorzystał z okazji i chociaż trochę się przespacerował. Brakowało mu ruchu i sportu, bał się, że za biurkiem w komisariacie całkiem zardzewieje albo, co gorsza, zapasie się i zmieni w grubego, nieruchawego gliniarza. Przyszedł zatem z drugiego końca miasteczka, co zajęło mu prawie godzinę.

Aneta była pełna podziwu, bo jej samej nigdy nie przyszło do głowy, by biegać dla przyjemności. W ogóle wysiłek fizyczny wydawał się jej czymś niezrozumiałym. Od zawsze wolała książki i rozmyślania, eksperymentowanie w laboratorium i ewentualnie podziwianie przyrody. To ostatnie najczęściej przez okno, bo na wycieczki nie miała zbytnio czasu. Nie przepadała nawet za oglądaniem sportu w telewizji. Nie mogła patrzeć, jak ci biedacy strasznie się męczą, pocą, przepychają, walczą jak szaleni o mały, złoty krążek, a później dyszą, zlani potem. Lubiła niektórych sportowców, na przykład Justynę Kowalczyk, mistrzynię w biegach narciarskich, ale nie dlatego, że podziwiała jej osiągnięcia sportowe, tylko dlatego, że była to pracowita, pełna zapału i niezwykłej pasji dziewczyna.

Gdy powiedziała o tym Jackowi, ten wzruszył ramionami i spojrzał na nią z ukosa. No cóż, na tej płaszczyźnie nie znaleźli wspólnego języka. Może jednak nie byli dla siebie stworzeni?

Wsiedli do wozu Anety i pojechali do domu jej siostry. Beata mieszkała w parterowej willi, zbudowanej przez Franka na działce należącej do jego już nieżyjących rodziców. Oboje wysiedli z auta i ruszyli do drzwi.

– Spotkaliśmy się przypadkiem i postanowiłeś, by jeszcze raz obejrzeć miejsce znalezienia ciała. W drodze do firmy zajrzeliśmy do mamy, bo muszę zabrać coś z samochodu Beaty. – Aneta na poczekaniu wymyślała plan. – Mama z pewnością zaproponuje nam herbatę i ciasteczka, jak ma w zwyczaju. Wezmę kluczyki i pójdę przeszukać wóz, a ty zostaniesz ze staruszką. Będziesz popijał herbatkę i zabawiał ją rozmową. Musisz się postarać, tak by dobrze się jej gadało i nie interesowała się, co robię tak długo. W tym czasie przetrząsnę bmw. Jeśli nie znajdę komputera w samochodzie, przekradnę się na górę, do gabinetu siostry, który dzieli z Frankiem. Trzymają tam papiery firmy budowlanej mojego szwagra i dokumenty Stelli. Może notebook gdzieś tam jest, sprawdzę.

– Wszystko jasne. O mnie się nie martw. Potrafię gadać z kobietami jak mało kto. Tak naprawdę cała sztuka polega na słuchaniu. Trzeba być uważnym, podsuwać pytania pomocnicze, a jak się taka babka rozgada, nie sposób jej uciszyć. Mogę ją zmusić, by trajkotała godzinami i opowiedziała mi największe tajemnice – powiedział z uśmiechem.

Tym razem Aneta spojrzała na niego z ukosa. Ach, więc to w taki sposób rozmawiał z kobietami! Z nią oczywiście też. Pytania pomocnicze, dobre sobie!

Wcisnęła przycisk dzwonka i trzymała go długo, by mama usłyszała i oderwała się od telewizji. Mimo to stali przed drzwiami chyba z minutę, zanim ze środka dobiegły ich odgłosy szurania człapiącej w sieni osoby. Wreszcie drzwi się otworzyły i stanął w nich Franek. Mąż Beaty ubrany był w brudne dresowe spodnie i przepoconą białą koszulkę na ramiączkach. Wykrzywił się, z trudem skupiając wzrok na Anecie i jej towarzyszu. Chwiał się na nogach, przytrzymując się framugi.

– Jesteś zawiany, a nie ma jeszcze jedenastej – zauważyła zimno Aneta. Głęboko pogardzała pijakami, pamiętając, ile bólu sprawił rodzinie jej ojciec, cierpiący na alkoholizm. – Wystarczy, że Beata wyjechała na parę dni, byś poszedł w tango?

– Cooo? Przysłała cię, by mnie kontrolować? – wybełkotał. – O ja pierdolę, co to za wredne babsko. Nasyła na mnie siostrę. Ja wiem, o co wam chodzi. – Pochylił się, mierząc w nią palcem. – Ja wiem! Kazała ci sprawdzić, czy nie sprowadziłem do domu Heni!

– Jakiej Heni?

– Wejdźcie i sami sprawdźcie. No już. Chodź tu, do cholery, i zobacz. Nie ma nikogo, jestem sam, zupełnie sam!

Wyciągnął rękę i wielkim łapskiem budowlańca złapał Anetę za ramię. Pociągnął ją do siebie, stracił równowagę i poleciał w tył. Potknął się o próg i runął na plecy. Nie puścił Anety, która z krzykiem wierzgnęła w powietrzu nogami i wylądowała na szwagrze. Stachowicz skoczył ku nim i wyszarpnął uwięzioną rękę kobiety z uścisku draba, a potem pomógł jej wstać.

– Co ty wyprawiasz, do diabła?! – wydarła się na Franka. – Oszalałeś czy co? Gdzie jest mama, gdzie chłopcy?

– Odeszli, wszyscy odeszli. – Szwagier, leżący na wznak, załkał. Zasłonił twarz dłońmi, ale po chwili się opanował. – Chociaż nie, teściowa jest na górze. Teraz mi się przypomniało. Marudziła od rana, miauczała mi nad głową, to zamknąłem ją na piętrze. Pewnie się modli.

– A dzieci gdzie? W szkole?

– A gdzie mają być? – mruknął wielkolud, nie wstając z miejsca. – Sam ich tam zawiozłem. Od czterech dni zajmuję się nimi, jak przystało na samotnego ojca, którego porzuciła niewierna małżonka.

– Niewierna? Jak to niewierna? Beata ma romans? – zapytała zdziwiona Aneta.

– Ma romans? Z kim?! – ryknął Franek i poderwał się na równe nogi. A przynajmniej próbował, bo udało mu się jedynie unieść na kolana, zatoczyć i usiąść ciężko na podłodze. – Już ja jej dam, kurwie! Zdradza mnie, tak?!

– Nic o tym nie wiem. – Aneta z niecierpliwością odepchnęła jego ręce. – Sam nazwałeś ją niewierną, cymbale!

– Tak? Może. Porzuciła mnie i znikła, zamiast dać szansę, pozwolić się wytłumaczyć.

– A co właściwie zmalowałeś? Dlaczego się wściekła tak bardzo, że musiała wyjechać? – dociekała Aneta.

– A co cię to, kurwa, obchodzi?! Pilnuj swojego nosa, chuda wiedźmo! Przyłazisz tu, by mnie kontrolować, a sama szlajasz się z jakimś wyperfumowanym gogusiem. Piotrek o nim wie? Akurat, ten blady komputerowiec nie widzi dalej niż do monitora. Od dawna się puszczasz, wścibska pipo?

– Proszę się hamować – wtrącił się po raz pierwszy Stachowicz. – Proszę uważać na słowa. Bo będę musiał interweniować.

– Cooo?! Grozisz mi w moim własnym domu, przy-dupasie?!

Franek ryknął gniewnie i znów się poderwał. Wście-kłość trochę go otrzeźwiła i przywróciła częściową wła-dzę nad ciałem. Udało mu się odepchnąć Anetę i złapać Jacka za klapy marynarki. Naparł na niego całą swoją ma-są i pchnął w tył. Stoczyli się ze schodków wejściowych i wylądowali na trawniku. Franek znalazł się na górze, przygniótł policjanta, a po chwili usiadł na nim okra-kiem.

– Grozisz mi i szpiegujesz we własnym domu, gnojku? – wycedził i zamachnął się do zadania ciosu.

Aneta uwiesiła się na jego ramieniu, w ostatniej chwili zatrzymując rękę. Akurat w tym momencie ok-no na piętrze się otworzyło i wychyliła się przez nie najstarsza pani Mazur.

– Trzymajcie go! Od rana tak rozrabia! – zakomende-rowała. – Już dzwonię na policję.

– Policję na mnie wzywacie, kurwy? – zadudnił Fra-nek, majtając Anetą, uczepioną jego ramienia, jak za-bawką.

Jacek jakimś cudem wyśliznął się spod silnego jak tur wielkoluda, podniósł na kolana i założył mu nelsona.

Zaparł się kolanem o plecy Franka i obejmując ramieniem szyję, pociągnął go w tył. Budowlaniec zaczął się dusić, nie mógł też dopaść przeciwnika. Sapał tylko i dyszał. Aneta odskoczyła od niego i otarła nos dygoczącą ze zgrozy ręką. Pierwszy raz od wielu lat uczestniczyła w bijatyce z pijakiem. Od czasów dzieciństwa, gdy musiały znosić wybryki szalejącego w alkoholowym amoku ojca. W jednej chwili wróciły demony przeszłości. Stare lęki, przerażenie i niepewność, nieprzespane noce, wypełnione wrzaskami i krzykami awanturującego się pijaka. A potem wstyd przed sąsiadami i dziećmi z podwórka. Wszyscy wiedzieli, że siostry Mazur mają ojca ochlapusa i łajzę. Śmiali się z nich lub przynajmniej okazywali im pogardę.

Poczuła, że gardło wypełnia jej rosnąca gula, oczy zaszkliły się łzami. To było okropne i poniżające. Wbiegła do domu, by uwolnić mamę, ale ta sama otworzyła drzwi i zaczęła schodzić na dół. Wpadły sobie w objęcia na schodach i obie wybuchnęły płaczem. Czuły to samo, dla obu powrócił ten sam koszmar.

– O nie – wycedziła Aneta, odsuwając się od mamy i ocierając wierzchem dłoni łzy. – Nie będzie powtórki z rozrywki.

– O czym mówisz, dziecko?

– Zadzwoniłaś na policję?

Mama opuściła głowę i pokręciła nią odmownie. To samo było wtedy, wiele lat temu. Mama nigdy nie odważyła się postawić pijakowi, zawsze skrzętnie ukrywała to, co się działo w domu. Pudrowała podbite oczy, siniaki i zadrapania, uspokajała córki, a zachowanie pijaka tłumaczyła jego przepracowaniem i nerwami. Gdy nie potrafił zwlec się rano do pracy, potrafiła pójść do jego kierownika i tłumaczyć męża niespodziewaną chorobą lub nagłymi rodzinnymi sprawami. Okazało się, że po latach nic się nie zmieniła. Teraz gotowa była tak samo udawać, że nic się nie dzieje, i chronić Franka.

– Daj spokój, pierwszy raz mu się zdarzyło. Przejął się wyjazdem Beaty, tym, że nie powiedziała słowa wyjaśnienia – rzekła staruszka. – Co też tej dziewczynie strzeliło do głowy, by tak po prostu sobie wyjechać? Zostawiła go samego z firmą i dziećmi. Dobrze, że choć ja mam jeszcze siłę i mogę pomóc mu z chłopcami. A tak w ogóle to wiesz, gdzie ona jest?

– Wiem i nie powiem – wypaliła Aneta, ostatecznie wycierając łzy z twarzy. – Prosiła, bym zachowała to w tajemnicy. Wiem tylko, że Franek czymś bardzo ją zdenerwował, do tego stopnia, że musiała się na jakiś czas ulotnić i wszystko przemyśleć.

– To w naszej rodzinie normalne, uciekamy przed kłopotami. Powiedziała przynajmniej, jak długo to potrwa? Bo widzisz, co się dzieje z chłopem, nie wytrzymuje napięcia.

– I to jest pretekst, by chlać od rana i robić awantury? – burknęła Aneta. – Żona wyjechała i od razu jest niezdatny do normalnego życia? Patrz, jak mnie ścisnął, będę miała siniaki, mało mi ręki nie złamał, dureń!

– Daj spokój, jest przepracowany...

I tak w kółko. „Mogę mówić jak do ściany, ona i tak wie swoje" – pomyślała Aneta i bez zastanowienia sięgnęła do kieszeni po telefon.

Wybiegła na zewnątrz, by zobaczyć, co się dzieje z obezwładnionym. Dzielnicowy siedział okrakiem na leżącym twarzą w trawie Frankiem i trzymał go tym razem za wykręconą na plecy rękę. Pijany szwagier rzucał się i złorzeczył, ale wyraźnie osłabł. Policjant sprawiał wrażenie poturbowanego, eleganckie spodnie miał ubrudzone ziemią i trawą, tak samo jak marynarkę. Wziął od niej telefon i wybrał numer. Wydał kilka rozkazów ostrym, nieznoszącym sprzeciwu tonem i się rozłączył.

Nie sprawiał już wrażenia miłego, dobrego misia. W jednej chwili zmienił się w surowego stróża prawa, który zdecydowanie zaprowadza porządek. Niepotrzebny był mu nawet mundur. Aneta obserwowała go z mieszanymi uczuciami, szczególnie gdy postawił Franka do pionu i w niewybrednych słowach go uspokoił, grożąc mu odsiadką za napaść na funkcjonariusza.

Na szczęście do komisariatu nie było daleko i podkomendni Jacka zjawili się po niecałych pięciu minutach. Musieli czuć respekt przed szefem, co widać było w postawie i sztywnym szacunku, z jakim go traktowali. Mimo lamentów rozpaczającej mamy, która wyszła na podwórko, Franek został zapakowany do radiowozu i wywieziony na dołek. Resztę dnia i noc miał spędzić w areszcie, gdzie sobie spokojnie wytrzeźwieje i będzie miał warunki skłaniające do przemyśleń.

Śledztwo zostało przerwane, Jacek wsiadł do samochodu razem z aresztowanym, obiecując jednak, że jeszcze się odezwie. Anecie zupełnie odeszła ochota na przeszukiwanie domu siostry, choć zaczęło ją nurtować pytanie – co tu właściwie zaszło? O jakiej Heni wspomniał Franek? Dlaczego niby miał ją sprowadzić do domu?

Jakby mało było zagadek, do tej związanej z zaginionym komputerem i tej dotyczącej zamurowanej nieboszczki dołączyła kolejna. Coś złego działo się w rodzinie siostry, to jedno było pewne. Całe szczęście, że tydzień powoli się kończył, bo gdyby miał dalej rozwijać się w ten sposób, strach pomyśleć, co mogłoby się jeszcze wydarzyć.

# Rozdział 9.

## BEATA.
## POWRÓT do domu

Kiedy samochód Beaty wjechał na parking przed fabryką, dziewczęta akurat stały pod daszkiem i paliły. Aldona w panice schowała papierosa do rękawa, a Ilona swojego zgasiła, wypuściła dym, a powstałą chmurkę rozwiała szybkimi machnięciami obu rąk. Właściwie nie robiły niczego złego, wyszły na przerwę całkiem legalnie, ale wszystkie reagowały na Większą Szefową atakami paniki. Groźnej władczyni nie było przez dwa tygodnie, ale pamięć o jej wrzaskach i piorunach miotanych wzrokiem wcale nie wyblakła, a wręcz przeciwnie. W momencie gdy szefowa niespodziewanie się pojawiła, wybuchła ze zdwojoną siłą.

Drzwi samochodu otworzyły się i trzasnęły, a Beata energicznym krokiem skierowała się do wejścia. Tym razem nie stukała obcasikami i nie pobrzękiwała bransoletami oraz wisiorami, nie ciągnęła się nawet za nią gęsta chmura mocnych perfum. Szła miękko i sprężyście.

Ubrana była na sportowo, w luźne spodnie i bluzę z kapturem, na nogach miała adidasy, a włosy zaczesane do tyłu i spięte w koński ogon. Nawet jej twarz wydawała się inna. Bez warstw podkładów i pudru, bez mocnego makijażu, sprawiała znacznie przyjaźniejsze wrażenie. Jednym słowem, z wozu wysiadła zupełnie inna kobieta.

Skinęła oniemiałym dziewczynom głową i weszła do firmy. Rozejrzała się po holu i zacisnęła usta w wąską szparkę. Była w firmie raptem od dwóch sekund, a już się wkurzyła. W ścianie bowiem ciągle ziała czarna dziura, oklejona policyjną taśmą, a rozwalone pustaki dziewczęta ułożyły w zgrabny stosik pod ścianą. Franek nie zjawił się, by je zabrać, nie wziął się też do uprzątnięcia pomieszczenia i przerobienia go na gabinet.

Miał na to dwa tygodnie! Jeśli zależało mu na żonie, powinien w tym czasie zamienić tajny pokój w elegancką komnatę. Byłoby to doskonałym sposobem na przeprosiny, na załagodzenie sytuacji. Co prawda nadal się na niego wściekała i nie zamierzała wybaczyć mu zdrady, przynajmniej nie tak szybko i nie tak łatwo, z czego pewnie zdawał sobie sprawę, ale mógłby wykonać jakiś pojednawczy gest. Jedyne, co zrobił w tym czasie, to wszczęcie pijackiej awantury i próba pobicia Anety, o czym doniosła jej z przejęciem siostra. Beata pokręciła głową.

Dwa tygodnie spędziła w ośrodku spa nad Jeziorem Zegrzyńskim. Wszystkie nadwyżki finansowe, zostawione na czarną godzinę, wydała na ekskluzywny hotel, prywatnego trenera, odnowę biologiczną z pełną kuracją odmładzająco-odchudzającą. Zdecydowała, że czarna godzina właśnie nadeszła i jeśli czegoś ze sobą nie zrobi, po prostu oszaleje lub coś sobie zrobi. Zdrada w wykonaniu Franka była tak potężnym ciosem, w dodatku bijącym głównie w ego Beaty, że omal zupełnie jej nie złamała. W najgorszych snach nie spodziewała się, że chłop może zrobić jej coś takiego. I to z kim! Szkoda gadać.

Przeszła zewnętrzną przemianę, zaczęła się odchudzać, zmieniła całkiem styl i sposób ubierania się. To oczywiście był widoczny objaw rewolucyjnej przemiany wewnętrznej, niejako jej efekt uboczny. Postanowiła, że skoro szok spowodowany zdradą nie zabił jej na miejscu, to znaczy, że ją wzmocnił. A skoro wzmocnił, to nie ma nad czym biadolić i załamywać rąk, trzeba rozpocząć życie na nowo. W spa zetknęła się z bogatymi damami, żonami milionerów, ale również takimi jak ona kobietami biznesu, regenerującymi siły, przechodzącymi kuracje lub sesje odświeżające. Napatrzyła się na kobiety z wyższych sfer, kilka nawet poznała osobiście. Spostrzegła, że wygląda przy nich niczym baba z bazaru, że jest kompletnym bezguściem i tandetą. Zarówno jej stroje i biżuteria, jak i tłuste dupsko. Na początek postanowiła zmienić wygląd, dostosować go do wyższych standardów. Zaczęła naśladować swoje nowe znajome, przynajmniej pod względem wyglądu, sposobu ubierania się i układania fryzury. Jako że wszystkie spędzały tam czas aktywnie, walcząc o poprawienie sylwetki lub o jej utrzymanie, dominujący był styl sportowy i taki też przyjęła Beata. Okazało się, że dresy są wygodne i praktyczne i dobrze się w nich czuje.

Weszła do sali konferencyjnej i położyła laptopa oraz torebkę na biurku, a potem wróciła do holu. Jej wygląd mocno się zmienił, przeszła też pewną duchową przemianę, ale głęboko w środku pozostała taka sama. Nadal była skłonna do błyskawicznego wpadania w gniew i wybuchania wściekłością. Nie zamierzała dłużej urzędować kątem i byle gdzie, to jej firma i chce mieć w niej swój gabinet. Teraz, natychmiast! Skoro ten cymbał, jej małżonek, nie pofatygował się, by go jej podarować, sama go sobie weźmie.

Zerwała policyjne taśmy, zmięła je w kulkę i cisnęła za siebie. Aldona i Ilona, które wracały po szybszym niż zazwyczaj wypaleniu papierosów, przystanęły i przyglądały się jej z ciekawością.

– Co się tak gapicie? – warknęła szefowa. – Przynieście ze składziku lampę halogenową z przedłużaczem i worki na śmieci. Zrobimy tam porządek.

Sama podłączyła ustawianą na statywie lampę i weszła z nią do gabinetu. W białym, ostrym świetle pomieszczenie robiło nieco upiorne wrażenie. Szczególnie biurko, rzucające długi, czarny cień na ścianę. Beata złapała je za blat i skinęła na Aldonę. Razem wyniosły mebel na zewnątrz. Ilona otworzyła główne wrota i mebel wylądował na placyku przed fabryką. Zostały im jeszcze cztery regały na dokumenty i gabinet był gotów do remontu.

Kiedy złapały pierwszy z regałów, niespodziewanie w drzwiach pojawił się umundurowany aspirant Stachowicz. Surowo zmarszczył brwi i uniósł rękę, jakby zatrzymywał do kontroli zbyt szybko jadący samochód.

– Co panie wyprawiają? Przecież pomieszczenie było ciągle opieczętowane przez policję. Nie zebrano jeszcze wszystkich śladów – powiedział.

– Czas minął – wycedziła Beata. – Nie będę czekała miesiącami, aż policja pofatyguje się, by obfotografować ten pokój.

– Ale łamie pani w ten sposób prawo! To niedopuszczalne! – Stachowicz się oburzył.

– Niedopuszczalne to jest to, że bezczelnie próbuje pan rozbić małżeństwo mojej siostry. Prosiłam, by pan więcej jej nie nachodził i nie mieszał jej w głowie. Przechodzi kryzys przez przedłużającą się nieobecność męża, a pan to niecnie wykorzystuje i molestuje ją pod przykrywką prowadzenia jakichś durnych śledztw. Co pan tu właściwie robi? Kto pana wpuścił do fabryki, co?

– Ach, to pani. Proszę wybaczyć, nie poznałem – bąknął zaskoczony Stachowicz.

– Pytałam o coś! Co pan tu robi, do cholery?! – Beata podniosła głos.

– Jechałem właśnie na komisariat, gdy przypomniałem sobie, że mam coś do powiedzenia Anecie...

– Jesteście już na ty? No ładnie. – Beata z oburzenia pacnęła dłonią w regał, aż zadudniło. – Proszę mnie posłuchać. W naszej rodzinie nie zdarzył się dotąd żaden rozwód i nie dopuszczę, by...

Zawahała się, bo nagle przed oczami stanął jej Franek z siedzącą mu na plecach panią Henią Baczewską. Co do tych rozwodów, w jednej chwili przestała być taka pewna. Mama użerała się z ojcem pijakiem i poddawała całą rodzinę torturom, bo nie wypadało się rozwodzić, to nie uchodziło, poza tym co by ludzie powiedzieli. Beata nie zamierzała znosić upokorzeń ze strony niewiernego małżonka z tego samego powodu.

– Nie wiem, czemu pani obsesyjnie powraca do tego tematu – powiedział zirytowany policjant, wchodząc do pomieszczenia. Dziewczyny cofnęły się pod ściany, zachwycone awanturą. – Rozumiem, że przywykła pani do opiekowania się młodszą siostrą, ale muszę przypomnieć, że Aneta jest dorosłą kobietą i zrobi, co zechce. Nie ma powodu wciskać nosa w jej sprawy i zaglądać do łóżka.

– Do łóżka?! To już do tego doszło? – Beata wybuchnęła gniewem. – Wyjechałam raptem na dwa tygodnie, a pan zdążył już wejść jej do łóżka? Nie wiem, na co pan liczy, ale jeśli ma nadzieję, że wżeni się w naszą rodzinę i dzięki temu przejmie nie wiadomo jaki majątek, to srogo się myli. Proszę zostawić tę dziewczynę w spokoju albo pogadamy inaczej! Nie pozwolę rozbijać mojej rodziny przez jakiegoś niewydarzonego łowcę posagów!

Ze złości ponownie trzasnęła w regał, tym razem pięścią. Odsunięty wcześniej od ściany przez Aldonę mebel zakołysał się. Beata pchnęła go w ataku furii. Huknął o podłogę z takim impetem, że sama sprawczyni tego czynu się wystraszyła. Aldona pisnęła, a Ilona zasłoniła oburącz uszy. Beata w jednej chwili ochłonęła. Właściwie to gliniarz miał trochę racji. Aneta była już dorosłą dziewczyną i starsza siostra nie mogła wiecznie jej kontrolować. Skoro chce sobie romansować z gliniarzem, to jej sprawa. Ale niech go chociaż nie sprowadza do firmy.

Aneta pojawiła się w drzwiach jak na zawołanie. Widocznie musiała być w laboratorium i przywołał ją łomot. Zamarła w progu, spoglądając to na Beatę, to na pobladłego Jacka. Policjant był w prawdziwym szoku, widząc

146

tak gwałtowny wybuch właściwie niczym niesprowo-kowanej furii. Doszedł do wniosku, że starsza z sióstr Mazur ma nie po kolei w głowie i powinna zobaczyć się z psychiatrą.

– Beata, to ty? Ledwo cię poznałam. Miałaś przyjechać dopiero jutro – bąknęła Aneta.

– Miałam, ale tak jakoś wpadłam przejazdem, zupeł-nie jak twój przyjaciel – odparła spokojnie Beata, w której emocje niemal zupełnie ostygły.

– Jacek? – Aneta spojrzała na niego, jakby go dopiero zauważyła. – Ach, pewnie zajrzałeś, by zezwolić nam na prace w tym pomieszczeniu.

– Wręcz przeciwnie. Chciałem zaprotestować przeciw nim – odparł policjant.

Beata machnęła niecierpliwie ręką i schyliła się, by podnieść kartkę leżącą na podłodze, w miejscu, gdzie stał regał. Odwróciła ją, by przyjrzeć się z bliska. To było pół przedartego zdjęcia. Patrzyła z niego trzydziestokilkulet-nia kobieta o pulchnych kształtach i mocnym makijażu. Ramieniem obejmował ją jakiś mężczyzna, po którym zostało tylko to ramię, resztę postaci bowiem oddarto.

Aneta z Jackiem coś mówili, ale Beata ich nie słyszała. Przyglądała się uważnie kobiecie ze zdjęcia. Czyżby to była Bożena? Sprawiała wrażenie sympatycznej, weso-łej dziewczyny. Lubiła kolczyki w tym samym stylu co Beata, długie i barwne. Twarz miała okrągłą i pulchną, nosiła obcisłą spódniczkę, kusząco opiętą na wydatnych biodrach. W ogóle były do siebie dość podobne. Chyba właśnie to tak przyciągnęło uwagę Beaty.

– Co tam pani znalazła? – spytał czujnie Stachowicz.

Beata nagle poczuła ochotę, by zatrzymać ten kawałek zdjęcia dla siebie. Zdawała sobie sprawę, że może być ono dowodem w sprawie, ale miała to w nosie. Skoro specjalna ekipa dochodzeniowa nie znalazła fotografii leżącej pod regałem i nie zdołała zakończyć oględzin miejsca znalezienia ciała przez całe tygodnie, to niech się wypcha.

– Nie pana interes, co podnoszę z podłogi na terenie budynku, którego jestem właścicielką – powiedziała i schowała połowę zdjęcia do kieszeni spodni. – Dziewczyny, wynieście regały i postawcie je tam. Zabiorą je chłopaki mojego męża, razem z cegłami. Ja jadę ich pogonić, by wreszcie wzięli się do roboty.

Ruszyła do wyjścia, ale Stachowicz zastąpił jej drogę. Stanęli twarzą w twarz i zmierzyli się wzrokiem. Beata uśmiechnęła się półgębkiem.

– I co, zamierza mnie pan przeszukać? Czy może wsadzi do paki jak mojego męża? – spytała.

– Pani mąż został tylko zatrzymany, by czegoś nie zrobił komuś lub sobie. Puściliśmy go, gdy wytrzeźwiał, nie stawiając żadnych zarzutów, na przykład napaści na policjanta. Pani tymczasem ukrywa dowody, być może w sprawie morderstwa. To znacznie poważniejsza sprawa.

– Znaczy napaść na policjanta jest mniej ważna? Jeśli zatem kopnęłabym pana kolanem w krocze, nie byłoby to tak ciężkie wykroczenie jak ukrycie dowodu? Skoro zatem i tak popełniam ciężką zbrodnię, może zdecyduję się dołączyć do niej również tę mniejszą?

– Beata, co robisz? Oszalałaś?! – zawołała z oburzeniem Aneta.

Jacek cofnął się, odruchowo zasłaniając ręką krocze. Teraz już był przekonany, że ma do czynienia z wariatką zdolną do wszystkiego. Szkoda było ryzykować dla jakiegoś walającego się po podłodze świstka, który wcale nie musiał być żadnym dowodem. Nie uśmiechało mu się szarpać z kopniętą babą. Odznaczenia za to nie dostanie, za to zrazi do siebie Anetę. Wycofał się zatem.

– Jadę do domu zobaczyć, co się tam wyprawia – oznajmiła siostrze Beata. – Wpadnę później do firmy sprawdzić, jak stoicie z robotą.

Wybiegła z firmy z uśmiechem na ustach. Małe zwycięstwo nad nadętym gliniarzem znacznie poprawiło jej humor. Z Anetą porozmawia później i postawi ją do pionu. Wsiadła do wozu i ruszyła z kopyta. Stwierdziła, że musi zmienić pudło na coś bardziej stonowanego i kobiecego. Nie była już wyperfumowaną blacharą, a wysportowaną, smukłą bizneswoman. Przynajmniej taką już się widziała w marzeniach. Będzie jeszcze musiała nad tym popracować, ale wszystko da się przecież osiągnąć, wystarczy tylko chcieć.

Zatrzymała się pod domem i przez chwilę siedziała z rękami na kierownicy. Trochę się bała i miała tremę przed spotkaniem z Frankiem. Nie wiedziała, co zastanie w mieszkaniu. O tym, co się działo podczas jej nieobecności, dowiadywała się z rozmów telefonicznych z Anetą. Najczęściej, co prawda, dotyczyły pracy, młodsza siostra nie miała bowiem pojęcia, co zrobił Franek po opuszczeniu celi. Wiadomo było tylko, że mama ciągle zajmuje się chłopcami, a ci mają się dobrze i nawet specjalnie nie pytają o nieobecną rodzicielkę.

Nie zdziwiłaby się, gdyby chłopcy w ogóle nie spostrzegli tego, że wyjechała. Ostatnimi miesiącami i tak niemal zupełnie nie poświęcała im uwagi. Babcia robiła za oboje rodziców, wyprawiała ich do szkoły, karmiła, prała ubrania i pilnowała, by się uczyły. Poza tym wychowywali się sami, oboje rodzice byli bowiem zajęci prowadzeniem biznesów.

Weszła do domu i znalazła mamę w kuchni. Staruszka najpierw zlustrowała ją uważnym spojrzeniem, ale nie skomentowała zmiany wyglądu. Potem przywitała ją litanią wyrzutów i napomnień. Oskarżała ją o rozbijanie rodziny swoim nieodpowiedzialnym zachowaniem.

– Chłop się przez ciebie rozpił, pobił Anetę i jakiegoś policjanta w cywilu, z którym tu przyszła – powiedziała.

– Kiedy wrócił z celi, bez słowa się spakował, załadował do furgonetki i pojechał. Powiedział tylko, że odezwie się w swoim czasie, a teraz musi zająć się niedokończonym zleceniem. Od tygodnia nie dał znaku życia, a wiem, że jest w mieście. Malinowska i Opatowa doniosły mi, że jego samochód parkuje zwykle pod domem Baczewskiej, wiesz, tej z gminy. Popatrz, do czego doprowadziłaś chłopa. Tak to jest, gdy kobieta nie zajmuje się domem ani swoim mężczyzną, gdy nie dba o rodzinę.

– Jak mam o nią dbać, gdy jednocześnie próbuję zarobić na spłatę kredytu? – Beata czuła, że znów zaczyna się gotować. Nie mogła dopuścić do tego, by po raz kolejny wybuchnąć gniewem. Odetchnęła powoli przez nos. Widziała kiedyś, jak Aneta ćwiczy te swoje bushido czy aikido. A może tai chi? Nieważne. Ponoć takie sapanie z zamkniętymi oczami działało. – Zresztą dlaczego mam czuć się winna? To przeze mnie Franek zalewa pałę i pieprzy starą wiedźmę? – Nie wytrzymała. – To, że jestem zapracowana, jest pretekstem do zdrady i robienia pijackich awantur? Czy mama nie przesadza? Ja wiem, że w dawnych czasach chłopu wolno było wszystko, pić, bić i rozrabiać. A wy, głupie baby, potrafiłyście jedynie płakać i kulić się ze strachu. Ja nie zamierzam spokojnie przyglądać się temu, co on wyprawia.

– Uspokój się, awantury tylko pogorszą sprawę. – Mama już miała załzawione oczy. Beata wiedziała, że za chwilę rodzicielka wybuchnie płaczem, co doprowadzało ją do jeszcze większej złości.

– Mam czekać, aż jaśnie pan łaskawie wróci do domu? – warknęła Beata. – A może powinnam kupić bukiet kwiatów i go przeprosić? – Mama pociągnęła nosem. Broda jej drżała. – Rozwodzę się! – zdecydowała Beata.

– Jezu Chryste! – Mama załamała ręce.

– Ciekawe, od jak dawna mnie zdradza? Mnie kadzi czułe słówka, jaka to jestem sexy, taka okrąglutka i mięciutka, a sam jeździ na całe dni do suchej, starej pokraki. Kłamca i zdrajca. Nie mogę żyć z kimś takim.

– Ale rozwód? Co ludzie powiedzą? Co z twoją karierą, dobrym imieniem rodziny, przyjaźniami z wpływowymi ludźmi? – Mama rozpaczała. – Wszyscy się od ciebie odwrócą.

– A gdzie tam! – burknęła Beata, zmierzając w kierunku schodów na górę. – Mama tyle czasu ogląda telewizję i nie wie, że to teraz modne? Kobiety z wyższych sfer rozwodzą się bardzo często, właściwie na okrągło zmieniają partnerów. Dopiero co poznałam taką, która miała

151

dwóch mężów prezesów, a teraz wychodzi za swojego trenera jazdy konnej. O dziesięć lat młodszego! Tak się żyje w wielkim mieście! Mama jest w innej epoce, ciągle myśli kategoriami małomiasteczkowymi. Wprowadzę do naszego zadupia powiew wielkiego świata swoim rozwodem, jeszcze wszystkie baby będą mi zazdrościć, zobaczy mama.

Zostawiła zszokowaną rodzicielkę w kuchni i zamknęła się w gabinecie. Franek zabrał swój komputer i skoroszyt z ostatnimi zamówieniami, z biurka znikły jego ulubiona popielniczka i ramka ze zdjęciem obu synów. To znak, że przeniósł się do Baczewskiej na dobre. Beata poczuła żal i smutek. Przykrość przebiła się przez gniew i odebrała jej siły. Usiadła ciężko za biurkiem i oparła głowę o blat. Powoli zapanowała nad rozpaczą. Wyprostowała się i wlepiła wzrok w ścianę, zbierając siły. Musiała pomyśleć o czymś innym, zająć czymś myśli. Najlepiej pracą albo…

Machinalnie wyciągnęła z kieszeni dresów przedartą fotografię. Patrzyła z niej uśmiechnięta Bożena Lubelska. Ta biedaczka miała jeszcze większego pecha. Może mąż jej nie zdradzał, ale i tak zamiast szczęścia znalazła tylko ból. I śmierć.

A wyglądała na tak pełną życia i szczęśliwą. Stała w słońcu ze swoim mężczyzną, prawdopodobnie na jakiejś budowie. W tle miała hałdę piachu z wykopu, sama stała w bucikach na szpilkach na stercie desek szalunkowych. Pewnie budowała dom, gniazdo dla siebie i swojego faceta. On sam obejmował ją silnym, umięśnionym ramieniem. Ciekawe, dlaczego fotografia została zniszczona. Zdradził ją i sama to zrobiła? Kto wie...

Może zniszczyła fotografię i rzuciła ją tak, że wpadła pod regał? Potem siedziała przy biurku, tak jak teraz Beata. Czy to on, ten mężczyzna ze zdjęcia, przyszedł ją zabić i zamurować? Kim był? Mężem czy kochankiem?

Beata wzdrygnęła się i wstała gwałtownie. Wrzuciła zdjęcie do szuflady biurka i wyszła z gabinetu.

# Rozdział 10.

# DOROTA.
# NIESpoDZiEWANE spoTKANiA

Dorota powoli zaczynała się czuć u Anety jak u siebie. Mniejsza Szefowa rezydowała co prawda w bloku, ale na nowym osiedlu, w dodatku miała naprawdę duże mieszkanie. Żyło się tu zupełnie inaczej niż na starym blokowisku u mamy. Nie tylko dlatego, że sąsiedzi stanowili raczej zamożne towarzystwo, nie było wśród nich szerokokarkich obwiesiów, emerytów i bezrobotnych, ale też dlatego, że lokal mieścił się na ostatnim piętrze i z przestronnego balkonu roztaczał się widok na całą okolicę.

Przez pierwsze dni Dorota prowadziła z niego obserwację terenu, szczególnie wieczorami. Wypatrywała znajomej sylwetki Alberta w przekonaniu, że były kochanek z pewnością wpadł na jej trop, śledzi ją i nadal planuje przejęcie władzy nad jej umysłem i życiem. Zanim Aneta pojawiała się w domu, Dorota starannie zamykała drzwi na wszystkie zamki i włączała alarm, nie rozstawała się

też z telefonem, gdzie miała ustawione szybkie połączenie z numerem policji.

Już pierwszego wieczoru po wprowadzeniu się
do młodszej siostry Mazur Dorota wszystko jej opowiedziała. Tak się rozkręciła, że nie pominęła nawet żalów
wobec swojej mamy, z czego jak dotychczas nikomu się
nie zwierzała. O dziwo, Aneta nie sprawiała wrażenia
zaskoczonej. Okazało się, że jej rodzicielka również nie
należała do ideałów. W przeciwieństwie do mamy Doroty, obdarzonej dominującym, mocnym charakterem,
matka sióstr Mazur była uległa i podporządkowana mężowi pijakowi, ale obie miały ze sobą wiele wspólnego. Zupełnie nie rozumiały swoich dzieci i zamiast je
wspierać, doprowadzały do białej gorączki nieżyciowymi
radami i wścibstwem.

Aneta nie miała doświadczenia w radzeniu sobie
z niechcianymi kochankami psychopatami, ale postanowiła wesprzeć przyjaciółkę. Stwierdziły, że najlepszą
metodą walki z Albertem będzie zebranie dowodów
na to, że ten dręczy Dorotę, i złożenie na niego do-
niesienia. Gdyby uprawiał stalking i atakował ofiarę
SMS-ami, e-mailami i telefonami albo łaził za nią i jej
groził, szybko dałyby mu radę. Niestety okazał się na to
zbyt inteligentny. Przez cały tydzień nie pojawił się
w pobliżu osiedla, jedynie raz Dorocie zdawało się, że
widzi go przez okno fabryki, między drzewami starego
parku, ale to mogło okazać się wyłącznie złudzeniem.
Czuła jednak, że gdzieś tam jest, że planuje kolejne kroki, by ją osaczyć i zdominować. Powoli to ona zaczęła
mieć obsesję na jego punkcie.

Któregoś wieczora, gdy wystawała przy zasłonie okna, zerkając zza niej jak żołnierz z okopu, Aneta głośno to powiedziała. Zachowanie Doroty zaczynało być absurdalne, szczególnie że Albert nie dawał jej do niego najmniejszego powodu. Mniejsza Szefowa zaczynała podejrzewać, że jej młodsza przyjaciółka wpadła w manię prześladowczą, i jeśli czegoś z tym nie zrobi, ta może przerodzić się w schizofrenię. Groziła jej paranoja, a to nie były przelewki. Obie postanowiły, że muszą to zmienić. Dorota zgodziła się mieszkać u Anety tak długo, jak będzie to konieczne do osiągnięcia równowagi psychicznej. Zadeklarowała również, że spróbuje zapanować nad lękiem. To mógł być jedyny sposób, by pokonać Alberta – wyrzucić go z myśli i zacząć nowe życie.

Rankiem Aneta wyruszyła w kolejową podróż do Gdańska, by wziąć udział w dorocznych dużych targach przemysłu kosmetycznego. Stella nie zamierzała tam otwierać stoiska, bo nie miała własnych produktów, ale Beata wcześniej wykupiła akredytację dla jednej osoby, by ktoś z firmy był obecny na wydarzeniu. Zaradna osoba mogła nawiązać wiele kontaktów lub nawet zorganizować kolejne zlecenia, zareklamować firmę, poznać kontrahentów, wreszcie posłuchać na towarzyszącym targom sympozjum o nowych trendach, modnych surowcach i rozwoju branży. Pierwotnie miała tam pojechać Beata, ale po powrocie z kurortu, w którym przeszła duchową przemianę, Większa Szefowa nie paliła się do wyjazdu. W końcu Aneta opowiedziała Dorocie o problemach rodzinnych siostry. Obie doszły do wniosku, że skoro Aneta przejęła już część obowiązków biznesowych, to musi wziąć na swoje barki także udział w targach. Spakowała zatem rzeczy na dwa noclegi i pojechała zdobywać świat kosmetyków.

Po powrocie z pracy Dorota zajęła się zwyczajowym krzątaniem po domu, napominając się kilka razy, by nie myśleć o Albercie. Nawet przez chwilę nie pozwolić swobodnie błądzić myślom, bo nieodmiennie prędzej czy później zaczynały oscylować wokół tego samego tematu. Zabrała się więc za szybkie odkurzenie mieszkania, rozładowała zmywarkę, nastawiła pranie, przygotowała sobie kolację, zerkając na włączony telewizor. Ten ostatni doskonale spełniał odmóżdżające zadanie, jego jazgotanie nie pozwalało skupić się dosłownie na niczym, atakując zmysły nachalnymi reklamami i ogólną durnotą. Nawet program informacyjny wydał się jej głupawy. Kiedy zjadła, zabrała się za prasowanie, śledząc losy serialowych postaci. Powoli przystosowała się do poziomu serwowanych przez telewizję dzieł i nawet przestała narzekać.

Późnym wieczorem w nagrodę za to, że ani razu nie zerknęła przez okno, postanowiła zrobić sobie długą, odprężającą kąpiel. Aneta nie miała niestety wanny, za to nowoczesny prysznic z hydromasażem, deszczownicą i biczami wodnymi. Dorota włączyła sobie wszystko naraz i stała długo w strumieniach gorącej wody. Kłęby pary otoczyły ją gęstą mgłą, a wodna ulewa skryła wśród milionów kropel. Wreszcie, chłostana i delikatnie masowana wodą, poczuła się odprężona i bezpieczna. Nieustannie napięte mięśnie wreszcie się rozluźniły, a towarzyszące jej od rana napięcie zniknęło bez śladu. Aż poczuła miękkość w kolanach i musiała przytrzymać się błyszczącej niklowaną stalą barierki. Wyglądało na to, że przez ostatnie dwa tygodnie cały czas była spięta, gotowa do ucieczki i walki o życie. To cud, że wytrzymała aż tak długo, że nie doznała jakichś trwałych zmian w mózgu lub po prostu nie zasłabła. Niesamowite, jak długo organizm przekonany o niebezpieczeństwie potrafi wytrzymać w napięciu.

Adrenalina wreszcie odpuściła i ciśnienie krwi zaczęło spadać. Dorota poczuła senność, aż ziewnęła. Wyłączyła prysznic i zaczęła się wycierać. Trochę pożałowała, że nie dorobiła się szlafroka, a piżamę zostawiła w pokoju gościnnym, gdzie miała łóżko. W mieszkaniu na szczęście było ciepło, zarzuciła więc mokry ręcznik na ramię i wyszła z łazienki. W salonie nadal jazgotał telewizor. Musiała zapomnieć go wyłączyć, zawróciła więc i ruszyła na poszukiwanie pilota.

Weszła do salonu i sięgnęła po leżące na przeszklonym stoliku urządzenie, po czym zamarła w bezruchu. W fotelu ktoś siedział. Mężczyzna. A ona stała przed nim zupełnie goła i bezbronna. W pierwszej chwili poczuła falę grozy. Albert! Włamał się, by ją zamordować! Zasłoniła się ręcznikiem niczym tarczą i skupiła wzrok na intruzie.

– Echem, przepraszam – chrząknął, wyraźnie zmieszany. – Nie spodziewałem się gościa. Proszę sobie nie przeszkadzać... A właściwie kim pani jest, jeśli można wiedzieć? Zdaje się, że nie zostaliśmy sobie przedstawieni.

Dorota nerwowo opatuliła się ręcznikiem, czując, jak fala rumieńca zalewa jej policzki i rozpełza się na dekolt.

Intruz nie był mordercą ani nawet włamywaczem, a jeśli już, to nadzwyczaj grzecznym. Najważniejsze, że nie był Albertem.

– Nie byliśmy, o ile mnie pamięć nie myli – przyznała.

– Jestem ciekawa, jak pan tu wszedł i co pan tu robi.

– Wszedłem drzwiami, całkiem tradycyjnie. A co robię? Właśnie odpoczywam po podróży – powiedział spokojnie.

– To miło. Ale dlaczego akurat w tym mieszkaniu?

– Bo należy do mnie, przynajmniej w połowie – powiedział bez urazy, za to z błądzącym na ustach uśmiechem.

Przyglądał się jej bezczelnie i bez najmniejszych skrupułów. Zdawała sobie sprawę, że mokry ręcznik niespecjalnie zakrywał jej wdzięki, poza tym i tak wkroczyła tu całkiem naga. Wszystko, co miała do ukrycia, zdążył już zatem zobaczyć. Choćby w przelocie.

– Jestem Piotrek Krypin, mąż Anety – powiedział, wstając i wyciągając rękę. – Proszę wybaczyć, zjawiłem się bez ostrzeżenia. Myślałem, że to moja żona bierze prysznic, chciałem zrobić jej niespodziankę. Głupio wyszło, jak wszystko, co wymyślę.

Uśmiech miał sympatyczny, chłopięcy i łobuzerski. Był wysoki, z pewnością wyższy od Doroty, choć mocno łysawy. W dodatku nosił krótko przyciętą, ostatnimi czasy bardzo modną, bródkę. Dorota nie przepadała za brodaczami, uważała, że zarost na twarzy jest mało higieniczny i jakiś taki z innej epoki. Piotrek jednak nie sprawiał wrażenia brudasa, hipstera czy innego wikinga. Był elegancki i schludny.

– Dorota Piętka – przedstawiła się i uścisnęła dłoń męża Anety.

Puszczony przy tym ręcznik opadł i odsłonił jej pierś. Znów poczuła palenie policzków, zasłoniła się szybko i niczym spłoszone dziewczę pognała do pokoju gościnnego.

– Korzystam z gościnności pana żony i pomieszkuję u niej kątem! – oznajmiła przez ramię. Przymknęła drzwi i zaczęła szybko się ubierać. I to nie w piżamę, ale w przeznaczone do prania dzisiejsze ciuchy, bo akurat leżały na wierzchu. – Jestem jej przyjaciółką, pracownicą. Właściwie jednym i drugim! Mieszkam u was od tygodnia, Aneta mnie zaprosiła, ratując z trudnej sytuacji!

– A gdzie ona jest? – spytał Piotrek.

– W Gdańsku, na targach. Nie wiedziała, że pan przyjeżdża.

– Specjalnie mnie to nie dziwi. Słowem nie wspomniałem, że wracam – odparł. – W firmie jest restrukturyzacja i wysłali mnie na przymusowy dwutygodniowy urlop. Tak z dnia na dzień.

– O, to chyba niedobrze?

– Nie wróży to niczego dobrego, ale właściwie nic nie wiadomo. Są plotki, że przenoszą biuro do Dubaju, inni mówią, że do Delhi. Wiadomo, że będą łączyli i likwidowali działy, z pewnością część ekipy wyleci. Ale może być różnie. Niewykluczone, że zrobią mnie szefem jakiejś nowej komórki. Może w Arabii Saudyjskiej, może w Anglii, a może w Japonii. Nigdy nie wiadomo.

– Jak to w korporacji – jęknęła, siłując się z wąskimi dżinsami, które nie chciały się wślizgnąć na wilgotną nogę.

– Szybko w górę, ale można też jeszcze szybciej polecieć w dół. Prosto na bruk – powiedział z uśmiechem.

– Napijesz się czegoś? Znalazłem w lodówce piwo.

– Poproszę – zgodziła się, choć nie przepadała za tym napojem.

Piotrek wyłączył telewizor, puścił za to jakąś nieprzeszkadzającą w rozmowie muzykę R&B. Rozsiedli się w fotelach, każde ze szklanką piwa, i spędzili resztę wieczoru na wspólnym narzekaniu na szefów. Dorota musiała się hamować, by nie jechać po siostrach Mazur przy mężu jednej z nich, nie mogła się jednak powstrzymać, by trochę nie poskarżyć się na wybuchowość i ordynarne zachowanie Beaty, a potem na chaos wytwarzany przez wiecznie niezorganizowaną Anetę.

– Nie musisz mi o tym mówić. – Piotrek machnął ręką. – Skoro mieszkasz z nią już ponad tydzień, pewnie zauważyłaś, że tak samo prowadzi dom. Zacznie sprzątać, coś wpadnie jej do głowy, to rzuci wszystko i pójdzie. To samo jest w kuchni: ile garnków i patelni spaliła, ile pieczeni poszło z dymem, gdy po włożeniu do piekarnika zapomniała o nich na śmierć! Najgorsze, że zdarza się jej zamyślić w trakcie prasowania, a nawet jazdy samochodem. Odpływa wtedy w inny kosmos, przestaje kontaktować, planując te swoje kremy lub podziwiając grę świateł w chmurach.

– Prawdziwa artystka. To rzadki dar. Inżynier, który łączy cechy naukowca i artysty, jest zdolny osiągnąć coś wielkiego, stworzyć epokowy wynalazek lub dzieło, które go przetrwa – powiedziała z pewnością w głosie Dorota.

– Ale ja nie wychodziłem za laureatkę Nagrody Nobla. Zresztą z tym jej roztrzepaniem szybciej dostanie

Nagrodę Darwina. Wiesz, przyznawaną idiotom, którzy w spektakularnie głupi sposób rozstali się z życiem.

Oboje parsknęli śmiechem. Dorota zorientowała się, że stoi na stanowisku obrońcy swojej szefowej przed narzekaniami jej własnego męża. Ciekawe, że babska przyjaźń w tym wypadku okazała się wierniejsza niż więzy związku małżeńskiego.

Przy trzecim piwie Piotrek powrócił do narzekań na Anetę i zszedł na grząski temat ich chwiejącego się w posadach małżeństwa. Ku zgrozie Doroty zaczął się jej zwierzać z rzeczy nazbyt intymnych i osobistych. Nie chciała słuchać o ich daremnych staraniach o dziecko, coraz mniejszej ochocie na wspólne spędzanie czasu czy wzajemnym braku zrozumienia. Stwierdziła, że musi to przerwać, przeprosiła więc gospodarza i oznajmiła, że musi jutro wcześnie wstać, by dopilnować wysłania tira z dwudziestoma paletami żelu do higieny intymnej.

Skomentował to stwierdzeniem, że skoro tak, to oczywiście powinna odpocząć. Płyny do czyszczenia bobrów nie mogą się spóźnić! Ostatni żart był na poziomie dowcipów, jakimi dziewczyny z produkcji przerzucały się z kierowcami ciężarówek odbierającymi towar, czyli nie najwyższych lotów. Dorota poszła spać z przekonaniem, że w każdym facecie, nawet pozornie niezwykle kulturalnym, gdzieś głęboko siedzi proste chłopisko.

Rankiem obudził ją przyjemny zapach smażonej cebulki i stukot naczyń dobiegający z kuchni. Kiedy przecierając oczy, wyszła z pokoju, okazało się, że Piotrek jest już ubrany, w dodatku zdążył przygotować dla nich śniadanie. Jak sam przyznał, przyzwyczaił się nieco do angielskiej kuchni, więc jadał obfite śniadania. Zrobił jajecznicę na cebuli i wrzucił do wrzątku parówki. Dorocie najwspanialsze wydało się jednak to, że zrobił również kawę. Rankiem było to coś, bez czego nie mogła wystartować i dotrzeć nawet do łazienki. Nie przejmując się więc swoją wymiętą osobą, z roztrzepaną fryzurą i zaspanymi oczami, usiadła w piżamie przy stole i wypiła kilka łyków wspaniałego, czarnego płynu.

– Niestety nie jest to prawdziwie wyspiarskie śniadanie – powiedział, stawiając przed nią obficie napełniony talerz. – Brakuje bekonu, fasolki w sosie pomidorowym i kaszanki.

– Trudno. – Uśmiechnęła się, prezentując wąsy z kawowej pianki. – Zwykle przed wyjściem i tak nic nie jem, nie mam czasu. Nie wiem, czy jak zapakuję w siebie takie danie, w ogóle wstanę z krzesła. Ale dlaczego tak mi się przyglądasz? Uśmiechasz się podejrzanie jak kot z Cheshire*.

– Lubię patrzeć na naturalne kobiety, nie do końca doskonałe. Zaspana, w wygniecionej piżamie, wyglądasz naprawdę apetycznie.

Dorota poczuła ciarki i by ukryć zmieszanie, wpakowała do ust porcję jajecznicy. Wywołała tym jeszcze szerszy uśmiech Piotrka; widocznie zaspana, rozczochrana baba z pełnymi ustami robiła na nim dodatkowo korzystniejsze wrażenie. Najgorsze jednak było to, że niebezpiecznie się jej to spodobało. Odpowiedziała mu

* Ang. *Cheshire Cat* – postać z książki *Przygody Alicji w Krainie Czarów* Lewisa Carrolla.

uśmiechem, choć czuła przy tym wyrzuty sumienia. Niegrzecznie było flirtować z mężem przyjaciółki, wykorzystując jej nieobecność. Zjadła więc szybko i uciekła do łazienki.

Nie wiadomo dlaczego ubrała się nie w znoszony sweter, ale w swoje najlepsze ciuchy. Obcisłe spodnie i modną bluzeczkę, z jedną niesymetryczną kieszenią i szerokim kołnierzem odsłaniającym ramię. Wyglądała młodzieżowo i nawet atrakcyjnie. Reakcja Piotrka upewniła ją w tym przekonaniu, bo znów się do niej wyszczerzył, a potem uparł się, że odwiezie ją do pracy samochodem Anety.

– Po południu oczywiście się wyprowadzę – powiedziała jeszcze w windzie.

– A dokąd? Tak ci u nas źle? – zdziwił się jej gospodarz. – Masz w ogóle dokąd się wynieść?

– Znajdę coś w Internecie, teraz wynająć mieszkanie lub pokoik to nie problem – odparła. – Co innego towarzyszyć Anecie, gdy była sama. Teraz czułabym się niezręcznie i nie na miejscu.

– Nie miałbym nic przeciwko. Zauważ, że za dwa tygodnie i tak prawdopodobnie wyjeżdżam i niewykluczone, że na drugi koniec świata. Aneta znów zostanie sama. Czułbym się spokojniejszy, gdybym wiedział, że jest tu ktoś, kto jej przypilnuje. Zadbasz, aby nie puściła mieszkania z dymem ani go nie zamknęła, a kluczy nie wyrzuciła do zsypu. Zastanów się. Skoro pozwoliła ci ze sobą mieszkać tak długo, widocznie bardzo cię polubiła. Nie spiesz się z decyzją. Dzisiaj zresztą i tak cię nie puszczę. Na wieczór zaplanowałem kolację w całości własnoręcznie przyrządzoną. Zobaczysz, jak bosko gotuję, mała!

Parsknęła śmiechem. Szczególnie zabawne wydało jej się nazwanie jej małą. Dorota potrafiła śmiać się z siebie samej, a kompleks wysokiego wzrostu nie oddziaływał negatywnie na jej poczucie humoru.

Wyszła z klatki w towarzystwie Piotra, śmiejąc się do niego, i stanęła twarzą w twarz z Albertem. Jej prywatny demon zatrzymał się na środku chodnika, z rękami w kieszeniach i ponurą miną. Kiedy ich spojrzenia się spotkały, uśmiech spełzł z jej twarzy w jednej chwili. Albert patrzył na nią wzrokiem pełnym smutku, wręcz rozpaczy. Skulił się na widok jej szczęścia, wyglądał teraz jak zbity pies. Dorota poczuła się, jakby przyłapano ją na jakiejś zbrodni, jakby zrobiła coś złego.

– Czego chcesz? – spytała.

– Porozmawiać. Przecież jeszcze nie wszystko stracone, prawda? – Zamrugał i wyprostował się, spoglądając na nią niepewnie. – Liczę na to, że kiedyś mi wreszcie wybaczysz.

– Obyś się nie przeliczył – odparła zimno. – Odejdź i nie próbuj mnie nachodzić, bo złożę skargę.

Wewnątrz aż dygotała z przerażenia. Odnalazł ją! Czyli nie myliła się, wiedziała, że będzie jej szukał i koszmar powróci. Piotrek obrzucił Alberta niechętnym spojrzeniem, oczywiście słyszał wymianę zdań. Przeszli razem na parking, gdzie otworzył przed nią drzwi samochodu. Albert stał ciągle na chodniku, nie spuszczając z nich spojrzenia.

– Co za oślizły typ – mruknął Piotrek. – Naprzykrza ci się?

– Trochę – bąknęła, zmieszana. Szybko jednak wzięła się w garść, nie pozwalając, by strach ją sparaliżował. – Będę musiała przyjąć twoje zaproszenie. Spędzę u was jeszcze noc lub dwie.

Piotrek skinął głową z uśmiechem. Odetchnęła. Nawet jeśli potwór ją odnalazł, nie odważy się jej nachodzić w domu obcych ludzi. Dopóki będzie mieszkała razem z Piotrkiem i Anetą, pozostanie względnie bezpieczna.

# Rozdział 11.

## ANETA.
## SPRZEDAWCY PIĘKNA

Aneta uniosła kubek z kawą i umoczyła usta w napoju. Był ledwo ciepły i niezbyt mocny, ale dobre i to. Mogła przynajmniej zająć czymś ręce w czasie przerwy w sympozjum. Właśnie skończyło się anglojęzyczne wystąpienie Niemca z chemicznej firmy, produkującej surowce kosmetyczne. Zachwalał nowe emolienty, czyli substancje pełniące w kosmetykach funkcję nawilżaczy. Aneta nie dość, że uważnie wysłuchała prezentacji, to jeszcze wzięła foldery reklamowe i kilkumililitrowe próbki surowców. W swoim laboratorium dokładnie je sobie obejrzy, a może nawet zamówi większe porcje. Stella powinna być firmą nowoczesną, wykorzystującą najnowsze osiągnięcia branży. Wtedy jej produkty przebiją jakością to, co oferuje konkurencja. Nawet Beata temu nie zaprzeczy.

– Hej, Aneta? Co za niespodzianka! – odezwał się pulchny facet w obowiązkowym garniturze, ale bez krawata.

Zamrugała, zaskoczona. Dopiero po chwili poznała kolegę ze studiów, który kończył tę samą specjalizację co ona. Jak wielu znanych jej chemików płci męskiej, zakochanych w kosmetykach, był rzecz jasna gejem.

– Leoś! – Ucieszyła się szczerze. – Widzę, że dobrze ci się powodzi.

Od czasów studenckich masa ciała Leopolda musiała wzrosnąć co najmniej dwukrotnie. Aneta pamiętała go jako filigranowego blondynka, a teraz stał przed nią rumiany grubasek kojarzący się z cherubinem.

– Aż za dobrze. Widzę, że ty za to wylaszczyłaś się, że dech zapiera. Wyglądasz jak prezesowa jakiejś firmy.

– Ze znawstwem zlustrował jej idealnie wyprasowaną garsonkę, krótką spódniczkę i szpilki. – Hej, a może faktycznie jesteś prezesową?

– Jakbyś zgadł – przyznała z uśmiechem. – Ale bardzo małą prezesową niewielkiej firmy.

– Jak większość obecnych na targach – odparł również z uśmiechem. – Nasz biznes to głównie niewielkie firmy, wręcz garażówki, w kraju musimy mieć ich ze dwieście. A może i więcej, kto to wie?

Aneta pokiwała głową. Po całym dniu rozmów i kręcenia się po targach sama to zauważyła. Spora część obecnych to tak jak ona przedstawiciele malutkich wytwórni. Zlecieli się tu niczym sępy szukające kontrahentów, którzy zleciliby im wytwarzanie kosmetyków. Wielu z nich rzeczywiście prowadziło produkcję we własnych domach, zaadaptowanych garażach lub przerobionych budynkach gospodarczych. Wyposażenie takich firm nieco różniło się od sprzętu używanego w Stelli. Kremy kręcili we własnoręcznie skonstruowanych homogenizatorach, tankach po mleku lub mieszalnikach zrobionych z paleto-pojemników. W przeciwieństwie do nich Stella oferowała naprawdę przyzwoite warunki sanitarne i produkcję zgodnie z wymaganymi w branży zasadami GMP, czyli według systemu jakości zapewniającego pełne bezpieczeństwo produktu. Ten atut wykorzystywała w każdej rozmowie, uparcie reklamując firmę. Rozdała już chyba z setkę wizytówek, więc kolejną natychmiast wręczyła Leosiowi.

– Stella Beauty Corporation – przeczytał, nie ukrywając pogardliwego uśmiechu. – Łoł! Widzę, że macie nie byle jakie aspiracje. Świat należy do was, co?

Przewróciła oczami, ale nie udało się jej powstrzymać parsknięcia. Nieco przerysowaną nazwę spółki wymyśliła Beata i zarejestrowała ją, nie konsultując się ze wspólniczką.

Po kilku minutach rozmowy przeszli holem hotelu, w którym odbywało się sympozjum, wyszli na zewnątrz i skierowali się do hangaru ze stoiskami targowymi. To tam toczyła się walka, puszenie się, nęcenie, zawiązywanie znajomości i wymiana kontaktów. Okazało się, że Leoś jest *product managerem* w naprawdę dużej firmie, w polskim przedstawicielstwie niemieckiej wytwórni. Na szczęście nie odbiła mu palma i mimo kariery w prawdziwej korporacji specjalnie się nie zmienił. Nadal był pogodnym, sympatycznym koleżką, który doskonale pamiętał wspólne studenckie przygody i czuł sentyment do dawnej przyjaciółki. Niemal odruchowo wziął ją pod swoje skrzydła i poprowadził między stoiskami, plotkując o mniejszych i większych firmach.

Łazili tak chyba przez godzinę, wreszcie poszli razem na obiad, gdzie temat rozmowy zszedł na sprawy prywatne. Jeszcze zanim skończyli przystawki, Aneta opowiedziała mu o problemach w małżeństwie, wybrykach szwagra, a nawet o przyjaciółce Dorocie, którą prześladuje jej były facet. Leoś zrewanżował się historiami ze swojego życia. Od dwóch lat trwał w związku z Fritzem, starszym od siebie o osiem lat Niemcem, również pracownikiem korporacji. Przez jakiś czas musieli ukrywać swój związek przed kolegami i koleżankami z pracy, bo niechętnie widziano romanse pomiędzy pracownikami, których łączyły zależności służbowe. Na szczęście Fritz niedawno został szefem zupełnie innego działu, więc ich związek mógł wyjść z podziemia. Leoś twierdził, że jest szczęśliwy i zamierza na stałe wprowadzić się do kochanka. Przedstawił go nawet rodzicom.

Po obiedzie wrócili do pracy, czyli do kręcenia się po hali targowej. Zatrzymywali się przy kolejnych stoiskach, wspólnie zagadując do wystawców. Szybko zaczęli bawić się tymi rozmowami, a potem obgadywaniem poszczególnych firm i ich przedstawicieli. Ku ich zadowoleniu okazało się, że z czasem nie zardzewieli i obojgu nadal dopisuje poczucie humoru. Szczególną radość sprawiało im złośliwe wyśmiewanie się ze strojów i zachowania najróżniejszego rodzaju laleczek i słodkich idiotek zatrudnianych przez firmy kosmetyczne.

Wreszcie zawędrowali do stoiska Pierwiosnka, jak się szybko okazało, firmy, z którą współpracowała również korporacja Leosia. Niestety krótko, bo okazało się, że mają różne podejście do biznesu, produktu i klientów.

Wszystkie firmy podkreślały, że najważniejsza dla nich jest jakość produktu i dbałość o zadowolenie i szczęście klientek, ale były to oklepane komunały, wałkowane od lat w reklamach i mające niewiele wspólnego z rzeczywistością. Wszystkim firmom na świecie, niezależnie od branży, w jakiej działały, zależało w pierwszej kolejności na zysku, zwiększaniu obrotów, szybkim wzroście i opanowaniu rynku. Liczyły się wyłącznie szybko pnące się w górę słupki w sprawozdaniach managerów, a nie czyjekolwiek szczęście czy piękno. Z tego doskonale zdawała sobie sprawę nawet bujająca w obłokach Aneta. Nie łudziła się, że jest inaczej. Okazało się jednak, że managerowie Pierwiosnka w swoim pędzie ku pieniądzom i podbojom są nazbyt pazerni i bezwzględni, nawet jak na standardy bezlitosnej korporacji zatrudniającej Leosia.

Kolega Anety nie chciał zdradzić nic więcej, a jej nie wypadało zbyt nachalnie ciągnąć go za język. Nawet w żartach nie mogli przekraczać pewnych granic. Byli dawnymi przyjaciółmi, którzy pozwalali sobie na zwierzenia o życiu prywatnym, ale tajemnice zawodowe musieli zachować wyłącznie dla siebie i w tej sferze zrezygnować z poufałości. Tak czy inaczej, Aneta dostała od Leosia czytelny i jasny sygnał – uważajcie na Pierwiosnka, to dranie!

Stali więc w pewnym oddaleniu od stoiska z logo przedstawiającym pęk kolorowych kwiatków i przyglądali się krzątaniu hostess rozdających ulotki i zaczepiających przechodzących ludzi. Wśród ślicznych dziewcząt brylował we własnej osobie Roman Musiał, dobry znajomy Anety, który już kilka razy odwiedzał Stellę i był w niej w feralnym dniu, kiedy znikł laptop. Wyróżniał się spośród innych przedstawicieli, szczególnie małych firm. Nie wbił się w sztywny garnitur, zamieniając w kolejnego z identycznych klonów snujących się po targach, ale nosił modną, elegancką marynarkę i jaskrawą koszulę bez krawata. Spostrzegł Anetę i zamachał do niej, uśmiechając się szeroko. Szepnął coś hostessie i ruszył w kierunku stojącej na uboczu pary.

– Idzie tu – mruknął Leopold. – Nie cierpię tego gada, nie chcę mieć z nim nic więcej do czynienia. Znikam. Spotkamy się później, skarbie, pa!

Grubasek zwinnie wbił się w tłum, tymczasem przy Anecie stanął rozpromieniony Roman. Szarmancko pocałował ją w dłoń i zaprosił do stoiska na herbatę i ciasteczka. Trudno było odmówić, zresztą Aneta nawet nie miała takiego zamiaru. Manager z Pierwiosnka reprezentował najważniejszego dla Stelli klienta i jej obowiązkiem było wręcz nagabywanie i zabawianie Romka rozmową z własnej inicjatywy. Nieco wytrąciło ją z równowagi zachowanie Leosia, ale nie miała czasu się nad nim zastanawiać. Przeszła na stoisko Pierwiosnka i usiadła przy wskazanym stoliku, przeznaczonym dla gości. Jedna hostessa natychmiast postawiła na nim talerzyki, półmisek ze słodyczami, a kolejna przyniosła herbatę w plastikowych kubeczkach. Aneta piła ją, parząc dłonie, a Roman wciągał ją w luźną towarzyską rozmowę, niedotyczącą pracy.

– Jak interesy? – Z żartów płynnie przeszedł do spraw zawodowych, ale nadal w formie przyjacielskiej rozmowy. – Widziałem cię z tym grubasem robiącym dla Niemców.

Dogadujecie z nimi jakieś zlecenie? Nie, nie odpowiadaj, to nie moja sprawa. Pytam, bo miałem z nimi do czynienia i wiem, co to za typy. Ostrzegę cię tak po znajomości. Szkopy mają kosmiczne wymagania i zrobią wszystko, by wydoić was do suchej nitki. Kompletnie nie rozumieją polskich realiów, żyją w swoim wyidealizowanym świecie. Nie potrafią się poruszać poza granicami wyznaczonymi przez ścisłe regułki, ich wewnętrzne procedury i przepisy. Wiesz, *Ordnung muss sein*. Klapki na oczach i do przodu. Żadnej giętkości czy skłonności do ustępstw.

– Zerwali umowę z waszej winy? – strzeliła Aneta.

– A wiesz, o co poszło? Zamówili u nas próbki kremu według ich receptury. Dziewczyny zrobiły piękny, biały kremik, a wtedy szkopy przyczepiły się, że jest zbyt jasny, z czego od razu widać, że nie dodaliśmy jednego ze składników aktywnych. Zaraz potem zerwali umowę, choć już zamówiliśmy surowce i opakowania do produkcji. Jeszcze musieliśmy im zapłacić karę umowną, chytre sukinkoty.

– Czego nie dodaliście? – spytała.

– Wyciągu z pestek winogron. – Roman wzruszył ramionami. – Kierownik nie zamówił, bo szkoda mu było sprowadzać odrobinkę składnika za dużą kasę. Wiesz, ile to kosztuje?

Aneta przez chwilę miała wrażenie, że rozmawia z Beatą. Nagle okazało się, że w dużej firmie też nikt nie wierzy w działanie składników aktywnych i uważa ich zakup za wyrzucanie pieniędzy. Lepiej przecież zaoszczędzić kilka tysięcy złotych na surowcu, to się dostanie pochwałę od szefa, a nawet premię na święta.

– Ale wyciąg z pestek jest prawie czarny, od razu widać, że go nie ma w kremie – powiedziała. – Jeśli zdecydowaliście się na fałszerstwo, trzeba było czymś zastąpić ten barwnik, może by się nie wydało.

– Czym? – spytał czujnie Roman.

– Choćby mocnym naparem z herbaty albo jeszcze taniej, naparem z kory dębowej. Też ma taniny obkurczające, tak jak składniki z pestek winogron, a zatem podobne działanie, a do tego taniny mają zbliżoną barwę.

– Och, jesteś świetna. Będę musiał powtórzyć to o herbacie i dębowej korze szefowej naszego laboratorium. Iwona jest niestety znacznie słabsza od ciebie.

– Spojrzał Anecie głęboko w oczy i przysunął się do niej odrobinę. – Powtórzę swoją ofertę. Zostaw Stellę i obejmij stanowisko głównego technologa w Pierwiosnku. Pensję możemy negocjować, naprawdę nie pożałujesz.

– Ha, gdybyś przyszedł z tą ofertą, zanim założyłyśmy spółkę z Beatą! Nie wahałabym się ani chwili. Niestety obecnie to nie wchodzi w grę, jestem zdecydowana rozwijać dalej Stellę. Związałam się z własnym biznesem na dobre i złe.

Romek rozłożył ręce i powtórzył po raz kolejny, że żałuje, a jego oferta jest ciągle aktualna.

– A to, co mówiłaś o fałszerstwie – po chwili wrócił do tematu – mam nadzieję, że nie było na poważnie. W Stelli chyba nie praktykujecie czegoś takiego? Szczególnie w przypadku kremów robionych dla nas?

– Oczywiście, że nie! Tylko rozważałam możliwości, jak przystało na naukowca! Nigdy nie sprzedałabym wam niedorobionego kremu! – Uderzyła się pierś, aż zadudniło.

Czuła, że policzki jej płoną, a ręce zaczynają dygotać. Wstyd i strach niemal zaparły jej dech. Że też ją podkusiło, by się wymądrzać! Musiała błysnąć wiedzą, rżnąć nie wiadomo jak sprytnego fachowca? Omal się nie wygadała, że sfałszowała krem z orchideą.

– Wiem, wiem. – Roman ją uspokoił. – Znam cię, jesteś uczciwą dziewczyną. Uczciwą aż do przesady. Weźmy choćby tę próbną partię kremu z orchideą. Wlałaś do niej tyle ekstraktu, że aż wyszedł beżowy. Myślałem, że trzeba będzie go wycofać, ale testowe klientki są zachwycone. Krem sprzedaje się jak świeże bułeczki. Chyba zadziałała poczta pantoflowa, to jest marketing szeptany. Klientki zachwalają go sobie nawzajem. To najlepsza reklama, o jakiej marzy każdy producent. Wygląda na to, że z tym produktem trafiliśmy w punkt!

– Znaczy, że możemy spodziewać się zamówienia na dużą partię? – Aneta się ucieszyła.

– Kto wie? Pewnie tak, dyrekcja musi zdecydować. Krem będzie miał moje pełne poparcie – powiedział Roman.

– Z próbnymi partiami kolejnych zamówionych przez was produktów? Wiesz, krem na noc i dla nastolatków… – przypomniała o projektach, które, opracowane niemal do końca, znikły razem z laptopem.

– Jeszcze nie ma decyzji. Jeszcze nic nie wiem – odparł Roman. – Może później, w następnym kwartale.

– A kolejne projekty? Kiedy zamówicie coś u nas do opracowania? – dociekała Aneta.

Jednak nic więcej nie udało się z niego wydobyć, jedynie mętne obietnice i zapewnienia, że są zachwyceni współpracą. Roman podpytywał ją jeszcze o wrażenia, próbował się dowiedzieć, czy nie załatwiła jakiegoś interesu lub nie podpisała obiecującej umowy. W końcu wypatrzył w tłumie kogoś równie interesującego i zakończył rozmowę, tłumacząc się koniecznością powrotu do pracy. Zupełnie jakby rozmowa z Anetą była rozrywkowym przerywnikiem w obowiązkach.

Wyszła przed halę z mieszanymi uczuciami. Roman z jednej strony ucieszył ją opowieścią o powodzeniu kremu z orchideą, a z drugiej zaniepokoił odłożeniem wytwarzania pozostałych produktów. Zdawała sobie sprawę, że to, co zwalał na opieszałość lub niezdecydowanie dyrekcji, zależało tylko od niego. To Roman był szefem od projektów strategicznych i to w jego rękach spoczywał wybór produktów i terminy ich realizacji. Aneta czuła, że coś kręcił. Miała złe przeczucia.

Zastanawiała się, czy nie wrócić do stoiska i nie skupić się na promieniującej od niego aurze, ale z drugiej strony w tym tłumie i harmidrze i tak nie mogłaby się skupić. Szalało tu zbyt wiele chaotycznych przepływów energii, zbyt wielu ludzi odczuwało tu mniej lub bardziej silne emocje, co powodowało wiry i zaburzenia aury. Nawet samozwańcza wróżka, za jaką coraz częściej uważała się Aneta, nie mogła z pewnością określić, czy faktycznie Romek kłamał ze złymi intencjami, czy naprawdę nie wiedział, o co chodziło z zamówieniami dla Stelli.

Przeszła na tyły hotelu, do przeznaczonego dla gości parku. Niestety zrobiło się chłodno i zacinała drobna mżawka. Pogoda nie zachęcała do spacerów i podziwiania przyrody. Mimo to Aneta przechadzała się parę minut wśród drzew, aż dotarła do oranżerii. Przez szybę dostrzegła kwitnące pięknie egzotyczne kwiaty. Na ich widok coś przyszło jej do głowy.

Wyciągnęła z torebki notatnik, wrzuciła go z powrotem, a po chwili grzebania odnalazła zasobniczek z wizytówkami. Powinien leżeć na biurku w laboratorium, ale pamiętała, że zgarnęła go razem z telefonem i notatnikiem, tak na wszelki wypadek. Otworzyła go i odnalazła wizytówkę z ładnym logo przedstawiającym różę. Wstukała w telefon odczytany z niej numer i wybrała połączenie.

– Czy rozmawiam z Arturem Barańskim z firmy Pinky Rose? – spytała.

– Tak, słucham – odparł miły głos.

Aneta przymknęła oczy. W usłyszanym głosie czuła wibrujące ciepło i jasną aurę. To dobrze rokowało. Jej rozmówcą był długowłosy jegomość, którego Dorota znalazła na giełdzie kwiatowej i który przywiózł im cały samochód zwiędłych kwiatów. Aneta widziała go wtedy w przelocie i nie zamieniła z nim ani słowa, całe szczęście, że Dorocie, do której strzelał oczami i się uśmiechał, zostawił wizytówkę.

– Aneta Mazur-Krypin ze Stelli. Braliśmy od pana transport orchidei.

– Pamiętam – odparł bez zastanowienia. – Czym mogę pani służyć?

– Dorota, moja pracownica, w czasie rozmowy z pańską matką dowiedziała się, że mają państwo w magazynie sporo cebulek tej rośliny. Chciałabym zamówić wyhodowanie dla nas kwiatów.

– Ach, tak? Nie żartuje pani? Dobrze, ale to potrwa. Jakieś trzy, cztery miesiące, zanim zakwitną – odparł handlarz.

– Nie da się tego przyspieszyć?

– Nadchodzi zima, ogrzewanie szklarni będzie bardzo kłopotliwe. Poza tym musielibyśmy użyć lamp dających ciepło i promieniowanie imitujące słońce. To będzie kosztowne, nie wiem, czy opłacalne.

– Kiedy moglibyśmy się spotkać, by to omówić i ewentualnie podpisać umowę na wyhodowanie dla nas kilku tysięcy kwiatów? – spytała rzeczowo.

– Choćby jutro po południu. Może pani do nas przyjechać, pokażę pani szklarnie – zaproponował.

Aneta przełożyła wizytę na dwa dni później. Musiała jeszcze wrócić z targów i pogadać z Beatą. Była z siebie dumna. Tym razem nie dość, że nie zapomniała o ekstrakcie, to jeszcze z dużym wyprzedzeniem zadbała, by mieć surowiec do jego samodzielnego, taniego wytworzenia. Możliwe, że będą potrzebowały bardzo dużo tego surowca, skoro krem tak świetnie się sprzedaje. Beata będzie musiała ją pochwalić za zapobiegliwość.

Nie dogadała żadnej umowy na targach, nie poznała ani jednego nowego kontrahenta, ale nie wróci z pustymi rękami. Krem z orchideą okazał się hitem i zapowiadał przyniesienie poważnych zysków. Stella musiała zadowolić się choćby takim sukcesem.

# Rozdział 12.

## BEATA.
## PRZEMOC DOMOWA

Beata nasłuchiwała, jak dziewczyny przekomarzają się i żartują w szatni, a potem wreszcie wychodzą do domów. Aneta z Dorotą pojechały jakiś czas temu do handlarza kwiatami zamówić orchidee i nie zamierzały już wracać do firmy. Większa Szefowa została sama. Było po szesnastej, wreszcie miała odrobinę spokoju, bo skończyło się telefonowanie po podwykonawcach, producentach opakowań i surowców czy firmach transportowych. Odetchnęła i przeciągnęła się, wstając od komputera. Bolał ją tyłek, plecy, a nawet kark. Krzesła w konferencyjnej nie były zbyt wygodne, a stół jedynie zastępował biurko. Wkurzało ją to coraz bardziej. Miała ochotę po raz kolejny opieprzyć Franka. Choć od kilku dni żyli w separacji, zgodził się łaskawie zrobić remont ukrytego pokoju i urządzić w nim gabinet. Nie zdążył jednak nawet przysłać swoich chłopaków, by uprzątnęli rumowisko. Drań!

Miał w nosie ją i jej gabinet. Odkąd zamieszkał u tej starej pudernicy Baczewskiej, żonę traktował z coraz większym lekceważeniem. Od dwóch dni nie dał znaku życia, kompletnie nie interesował się synami, żadnemu nie wysłał choćby SMS-a, ignorując ich próby nawiązania kontaktu. Beata była jednocześnie wściekła i zdruzgotana. Przeżyli razem kilkanaście lat i okazało się, że zupełnie go nie znała. Wydawało się jej, że jest innym człowiekiem. Porządnym chłopem, oddanym rodzinie, opiekuńczym i uczciwym. Okazało się jednak, że to nieczuły sukinsyn, skoncentrowany jedynie na sprawianiu sobie przyjemności. To, że ją zdradził i poniżył, nie bolało jednak tak mocno jak to, że wyrzekł się własnych dzieci. Miał je gdzieś tak samo jak swoją żonę.

Nad tym trudno jej było przejść do porządku dziennego. Nie umiała się pogodzić z haniebnym potraktowaniem jej przez Franka, ciągle to rozpamiętywała i cierpiała, ale odwrócenie się męża od własnych dzieci było po wielokroć gorsze. Zwyczajnie rozkleiła się, wybuchnęła płaczem, gdy młodszy syn, ośmioletni Andrzej, ze łzami w oczach spytał ją, czemu tata nie chce ich znać. Ona, twarda babka, dająca sobie radę w bezlitosnym świecie biznesu, zamieniła się w rozdygotaną galaretę. Opadła z sił, poddała się i oklapła.

Zachowywała się identycznie jak mama, gdy pijany ojciec wyzywał ją od najgorszych i zamykał w pokoju. Nie potrafiła walczyć, zdruzgotana zachowaniem ukochanego mężczyzny, który zamieniał się w potwora. Beata nie chciała być taka sama, nie chciała przeżywać tych samych koszmarów i pozostawać równie bierna. Niestety,

tak jak mama nie miała w nikim oparcia. Z przyjaciółkami dawno pozrywała kontakty, zajęta pracą i karierą,
Anecie również nie mogła się poskarżyć, bo siostrze
kompletnie odbiło. Młoda romansowała z policjantem,
i to pod nosem własnego męża, który niespodziewanie
wrócił z Londynu. O żaleniu się mamie nie było nawet
mowy, to kompletna strata czasu.

Postanowiła mimo wszystko się nie poddawać, nie
okazywać słabości, nie dać się stłamsić i pokonać prze-
ciwnościom losu. Dopiero co, raptem kilka dni temu,
w hotelu ze spa podziwiała silne i dumne kobiety sukcesu, więc w końcu postanowiła być taka jak one. Od tygodnia co rano biegała, a wieczorami jeździła na basen.
Uprawiała sport z prawdziwą wściekłością, wyładowując
w ten sposób gniew i żal. Zdążyła już nawet odrobinę
schudnąć, czuła się lżejsza i szybsza. Poza tym z pasją
oddawała się pracy, dzięki czemu nie topiła się w smutku
i nie miała czasu na użalanie się nad sobą.

Najgorsze były chwile takie jak ta, kiedy wir roboty
zwalniał i przychodziło zmęczenie. Cisza i spokój nie
służyły zapomnieniu. Skłaniały do rozmyślań i popada-
nia w zadumę, sprzyjały pogrążaniu się w żalu i słabości.
Beata wstała i przeciągnęła się po raz kolejny, a potem
szybko zrobiła kilka skłonów. Postanowiła, że od przyszłego tygodnia zapisuje się na jakieś zajęcia ruchowe,
najlepiej połączone z tańcem. Pora też zacząć rozwijać
się intelektualnie, może przyda się jej intensywny kurs
angielskiego? Stella za kilka lat stanie się na tyle silna,
że będzie szukała kontrahentów za granicą. Zacznie się
wydzwanianie nie tylko po kraju, ale i po całej Europie.

Wyszła na hol, w fabryce panowała nienaturalna cisza. Nie szumiały wentylatory, z produkcji nie dobiegał hałas, robiony przez dziewczyny i pracujące maszyny. Bzyczały tylko jarzeniówki, bulgotało coś w rurach centralnego ogrzewania. Beata weszła do swojego przyszłego gabinetu i włączyła lampę halogenową. Rozejrzała się po pomieszczeniu.

Na jednej ze ścian wisiał grzejnik, który musiał był podłączony do tego samego systemu centralnego ogrzewania co pozostałe. W ścianie tkwił włącznik światła, ale nie działał. Możliwe, że po prostu spaliła się żarówka. Beata wyruszyła do składziku i po paru chwilach wróciła z zapasową żarówką i krzesłem pod pachą. Wspięła się na nie i zmieniła żarówkę w zakurzonej lampie o stożkowym kloszu, wiszącej pod sufitem. Włącznik dalej jednak nie działał.

– Widocznie całe pomieszczenie jest odcięte – odezwał się ktoś stojący za jej plecami.

Aż podskoczyła z przerażenia. Nie słyszała, by ktoś otwierał drzwi ani szedł przez hol. Odwróciła się na pięcie i stanęła twarzą w twarz z mężem. Franek nie miał na sobie zwyczajowego kombinezonu czy roboczych spodni ogrodniczek. Nosił tweedową marynarkę, w której wyglądał dość groteskowo. Jakby kanciastego i niezgrabnego golema przebrano w garnitur.

– Powinniście zamykać drzwi, bo ktoś was napadnie – powiedział.

– To pewnie dziewczyny zostawiły – mruknęła. – Nie dałam im jeszcze kluczy. W przyszłości zrobimy wejście na kartę magnetyczną, z automatycznym zamkiem.

– I dobrze – przyznał, rozglądając się po pomieszczeniu. Jego wzrok zatrzymał się na śladach na podłodze, które zostały po biurku. – Ciekawe, że przy remoncie elektryk nie spostrzegł, że w głównej skrzynce są bezpieczniki od jeszcze jednego pomieszczenia.

– Kiedy kupiłyśmy zrujnowaną fabrykę, z własnej woli zobowiązałeś się doprowadzić ją do stanu używalności. Miałeś wszystkiego dopilnować, sam rozplanowałeś remont, sprowadziłeś elektryka – zauważyła.

– Ech, ten Wojtek. – Franek niedbale machnął ręką. – Czasami nie wie, na jakim świecie żyje. Pewnie wszystko mu się zgadzało, łącznie z liczbą bezpieczników. Za to zrobił instalację jedynie po kosztach, nie wziął za robociznę. Coś za coś.

– Taki z niego fachowiec jak i z ciebie. On przegapił tylko bezpiecznik i kilka kabli, a ty całe pomieszczenie – zauważyła Beata. – Przyjechałeś wreszcie się za nie zabrać?

– W tym stroju? Oszalałaś? – Wskazał na nowe, eleganckie odzienie.

Spodnie również miał prosto ze sklepu, tak jak buty. Beata zmarszczyła brwi, czując wzbierający gniew. Doskonale wiedziała, kto wybrał mu te ciuchy. Radna Baczewska nie mogła pokazywać się ze swoim zapuszczonym gachem, najpierw musiała go ogarnąć i ubrać jak człowieka na poziomie. To było okropne! Dla niej nigdy się nie stroił, nigdy nie zgodziłby się włożyć marynarki i błyszczących butów z czubkami w szpic. Zdrajca!

– To po cholerę tu przylazłeś? – warknęła.

– Przejeżdżałem i chciałem ci coś zakomunikować – powiedział, nawet na nią nie patrząc.

Jego oczy błądziły po pomieszczeniu, jakby było niezwykle interesujące. Nie zwrócił uwagi na młodzieżowy strój żony, zupełną zmianę w jej sposobie bycia, nową fryzurę i delikatny makijaż. Miał to zwyczajnie w dupie!

– Zakomunikować? Od kiedy to używasz takich słów? – spytała podniesionym głosem. – To ona cię ich uczy? Ta stara, chuda koza?

– Nie mów tak o Heni, to kobieta z klasą. Wreszcie trafił mi się ktoś na poziomie – odparł, również podnosząc ton. – W przeciwieństwie do ciebie to prawdziwa dama.

– Dama? Tę kościstą mumię o chytrych, rozbieganych oczkach nazywasz damą? Umie tylko pyskować na zebraniach i włazić w dupę wójtowi oraz staroście na zmianę. Wielka mi pani polityk, która karierę zaczynała jako sprzedawczyni w kiosku Ruchu!

– Zamknij się – wycedził Franek, zaciskając pięści.

– A może to nieprawda? Pamiętam doskonale! Potem miała sklepik z ciuchami przy budynku dworca, dopiero kiedy złapała posadę w urzędzie gminy, zaczęła piąć się po szczeblach kariery. Ciekawe, czemu tak szybko awansowała? Iluż urzędników musiało przewinąć się przez jej wyro!

Franek zazgrzytał zębami i zrobił krok w przód. Zatrzymał się tuż przed Beatą. Górował nad nią niczym goryl. Nie przeraził jej jednak, przez te wszystkie lata razem nigdy nie podniósł na nią ręki. Nawet w gniewie nie byłby do tego zdolny. Nie bała się go zatem, nie cofnęła się ani o centymetr. Oparła ręce o biodra, robiąc groźną minę.

– Niedługo dostaniesz wezwanie na rozprawę rozwodową – powiedział drżącym ze złości głosem. – Chcę, byśmy załatwili to jak najszybciej. Rozwód będzie z twojej
winy i nie będziesz tego utrudniać. Nowy mąż przewodniczącej rady musi być czysty i bez zarzutu. Zgodzę się
płacić alimenty na chłopców, ale w miarę rozsądne.

– Z mojej winy?! Czy to, kurwa, żart?! – wrzasnęła
mu prosto w twarz.

– Nie utrudniaj, załatwmy to po przyjacielsku, bez
awantur i szarpaniny. Nie życzymy sobie z Henią żadnych skandali – powiedział powoli, zaciskając wielkie
pięści. – Jeśli będziesz grzeczna, pozwolę wam trochę
jeszcze pomieszkać w moim domu. Powiedzmy, że
do czasu ukończenia przez chłopców liceum. Rozumiesz? Dam ci dom na dziesięć lat, ale pod warunkiem,
że będziesz grzeczna i zamkniesz tę swoją nieustannie
ryczącą gębę.

– Ja chyba śnię! Co za tupet! To ta wiedźma wszystko
wymyśliła, tak? Powiedz jej, że nigdy w życiu, że ją zniszczę. Zniszczę! – wrzeszczała, przy każdej sylabie dźgając
go palcem w pierś. – Zrobię taką awanturę w sądzie, że
będzie słychać w całej Warszawie. Postaram się, by każdy
w całym miasteczku dowiedział się o wszystkim. Będzie
tu skończona, niech sobie wybije z głowy polityczną
karierę! Myśli sobie, że może mi grozić i przekupywać
alimentami oraz domem, które zresztą i tak mi się praw-
nie należą!

– Ucisz się, przeklęta babo! – zadudnił Franek, oburącz łapiąc się za głowę. – Jeśli nie zrobisz tego, co
chcemy, natychmiast wypieprzaj z mojego domu! Won

na bruk! I nie zobaczysz ani grosza. Zadbamy też o to, by ta cholerna firma rozpadła się w kilka miesięcy. Gmina wypowie ci pozwolenie na działalność, naśle na ciebie kontrole sanitarne i skarbowe. Będziesz zrujnowana i bezdomna.

– Nie możesz mnie wyrzucić, cymbale. Mimo że nie spisaliśmy intercyzy i dom jest twój, wychowuję twoje dzieci! A teraz precz stąd! – ryknęła, wskazując drzwi.

– Gówno możecie mi zrobić, za to ja mogę załatwić was oboje na amen. Znam wszystkie twoje przekręty, zatrudnianie ludzi na czarno, wystawianie lewych faktur, szemrane koszty uzyskania przychodu. Jesteście siebie warci! Stara kurwa i wstrętny złodziej!

Franek niespodziewanie opuścił ręce i oburącz złapał Beatę za szyję. Jego wielkie łapska zacisnęły się, natychmiast pozbawiając ją tchu.

– Dlaczego wszystkie jesteście takie same? Dlaczego dręczycie człowieka, czepiacie się go i nie chcecie puścić? Chcesz skończyć tak samo jak Bożena? Uduszona i zamurowana w tym gabinecie? – mówił cicho, trzymając ją w stalowym uścisku.

Beata uczepiła się oburącz jego dłoni, ale nie zdołała poluzować nawet małego palca. Mroczki zaczęły krążyć jej przed oczami, ból miażdżonej krtani niemal pozbawiał ją przytomności. Mimo to walczyła, miotała się i wierzgała.

– Chciałem załatwić to po dobroci, bez awantur i tak, by wszyscy byli zadowoleni. Ale nie, jak zwykle jest to samo. Pijawki, pasożyty, przywry cholerne – mamrotał Franek, nie zwalniając uścisku. – Zostawiłaś otwarte drzwi, do środka wtargnął złodziej. Przyłapałaś go, więc w panice cię zadusił. To takie proste. Że też od razu na to nie wpadłem. Zdychaj, kwoko. Zdychaj!

Beata nic już nie widziała. Jej oczy wypełniły się łzami, zasnuła je mgła, pulsująca i coraz mroczniejsza. Przestała się bronić, straciła siły. Odpływała w nieświadomość, ginęła.

– Co pan wyprawia?! – rozległ się głos za plecami Franka. – Puść ją pan natychmiast!

Wielkolud cisnął bezwładną Beatę na podłogę i odwrócił się do intruza. Za jego plecami stał przerażony Grzegorz Grygiel, nowy pracownik produkcji. Na widok wykrzywionej gniewem twarzy Franka cofnął się, zaczepił nogą o kanciasty i nierówny otwór drzwiowy i runął na plecy. W tej samej chwili zaczął się czołgać po podłodze holu, daremnie próbując wycofać się przed wyciągającym do niego łapy wielkoludem.

– Już zadzwoniłem na policję! Zaraz tu będą! Odebrał sam dzielnicowy, który często przyjeżdża do pani Anety – ostrzegał młody mężczyzna. – Niech pan nie robi niczego głupiego! Kłótnia małżeńska to nie koniec świata, każdemu może się zdarzyć.

– Zamknij się, gówniarzu – wypalił Franek. – Powiedz tej świni, gdy oprzytomnieje, że ma czas, by sobie wszystko przemyślała. Jeśli nie chce wylądować na bruku, ma trzymać mordę na kłódkę. Ty też uważaj, bo nie chcesz mi podpaść. Mógłbyś nie mieć życia w tym mieście, jasne?

Pogroził leżącemu palcem, poprawił marynarkę i przyczesał nieco zburzoną, nażelowaną fryzurę. Potem ominął Grzegorza i wyszedł z firmy, trzaskając drzwiami na do widzenia. Chłopak poderwał się i wpadł do gabinetu. Beata siedziała na podłodze, łapczywie łapiąc oddech i masując szyję. Twarz miała jeszcze nabrzmiałą i czerwoną, a oczy załzawione, ale patrzyła przytomnie.

– Dzięki – wychrypiała do Grześka. – Naprawdę wezwałeś policję?

– Ze służbowego telefonu, który leży w laboratorium. W ostatnio wybieranych połączeniach był kontakt o nazwie „Dzielnicowy". Jest już w drodze.

Beata pokiwała głową. Tym razem przyjazd Stachowicza przyjmie z prawdziwą ulgą i po raz pierwszy będzie miła dla policjanta. Od dobrych kontaktów z aspirantem mogło teraz zależeć jej życie.

# Rozdział 13.

## DOROTA.
## Pośród ogrodów

Jeszcze w pracy Dorocie wydawało się, że Aneta jest jakaś nadąsana. Sprawiała wrażenie nieobecnej bardziej niż zwykle i przez całą drogę do szklarni się nie odzywała. Czy miała po prostu gorszy dzień, czy faktycznie coś ją trapiło, trudno było powiedzieć. Nieśmiałe próby zagajenia rozmowy spotykały się z milczeniem lub rzucanymi w roztargnieniu półsłówkami. Całe szczęście Aneta prowadziła w miarę uważnie i bez kłopotu dotarły na miejsce.

Czekał na nie syn właścicieli, Artur, ubrany w sztruksową kurtkę i zarośnięty zgodnie z obowiązującą hipsterską modą. Znów wydał się Dorocie jakoś niepodobny do handlarza, zdecydowanie nie sprawiał wrażenia człowieka utrzymującego się z pracy własnych rąk, w pewnym sensie uprawiającego rolę. Pasował jej bardziej na naukowca lub nawet artystę. Znów powitał ją z uśmiechem, żartując, że pewnie przyjechała wykorzystać zniżkę dla pięknych klientek.

– Niestety moich rodziców nie ma dziś w firmie. Oboje pojechali na targi ogrodnicze do Holandii, by wybrać cebulki. Tym razem mama nie puściła taty samego. Ostatnio wrócił z samochodem pełnym cebulek orchidei, jak się okazało, czarnych. Same panie wiedzą, jaki jest kłopot z ich zbyciem – powiedział, wprowadzając je do pierwszej szklarni. – Dziś zatem ja będę pełnił funkcję gospodarza. O, proszę, tu widzimy rabaty z różami przeznaczonymi na sprzedaż jako kwiaty cięte. Mają charakterystyczne długie łodygi, by dało się z nich robić duże bukiety. Kolejno mijamy poszczególne gatunki, oto różowa Queen Mary, czerwona Wilhelmina, biała Lady Snow i tak dalej. Nie pamiętam wszystkich nazw. Proszę zwrócić uwagę na nowoczesny system zraszania i te oto higrometry. Stała kontrola wilgotności powietrza pomaga zapanować nad tempem kwitnięcia i przedłużeniem życia kwiatów.

Dorota z przyjemnością patrzyła na równe szeregi rabat, ciągnące się dziesiątki metrów i wypełnione kwiatami obsypanymi pączkami, które lada chwila eksplodują. Aneta milczała, szła z zaciętą miną, nie zadając pytań. Próby żartowania w wykonaniu Artura trafiały w pustkę, bo Dorocie powoli udzielał się nastrój szefowej.

Niezrażony mrukliwym nastrojem i ponurymi minami klientek, gospodarz zaprowadził je do następnej wielkiej szklarni, wypełnionej kwiatami, które miały zakwitnąć przed dniem Wszystkich Świętych. Rosły tu głównie chryzantemy. Wypełniały także rabaty w kolejnych dwóch szklarniach. Następne dwa obiekty stały puste. Artur wprowadził kobiety do środka i zapalił lampy kwarcowe, zawieszone wzdłuż rabat przeznaczonych na cenniejsze kwiaty. Okazało się, że w razie złożenia zamówienia to tu mogą zostać wyhodowane czarne orchidee.

Doszło do ustalania warunków finansowych. Nie było to łatwe, bo szklarniarze musieli mieć zysk, poza tym obiekty trzeba było ogrzać i oświetlić. W czasie rozmowy o pieniądzach Aneta nieco się ożywiła i wzięła czynny udział w targach. Niestety wychodziło na to, że Stella musi zapłacić za kwiaty znacznie więcej niż za ostatni transport, który został kupiony jako odpady. Sytuacja zrobiła się patowa, bo Aneta nie mogła zgodzić się na wyższą kwotę, niż ustaliła Beata. Gdyby w przypływie rozrzutności lub niefrasobliwości ją poniosło, Dorota miała zaprotestować w imieniu Większej Szefowej. Takie przynajmniej dostała zadanie.

Sytuacja zatem stała się patowa, bo Artur z kolei nie mógł zejść poniżej pewnego pułapu. Nie mógł się zgodzić, by jego rodzice pracowali za darmo czy dokładali do interesu. Wyglądało na to, że umowa nie zostanie przypieczętowana. Wreszcie gospodarz zaproponował, że zostawi je same, by się zastanowiły i skonsultowały, a on pójdzie zrobić coś ciepłego do picia. Obie chemiczki ruszyły więc na samodzielny spacer po szklarniach, które mogły sobie oglądać, jak się wyraził Artur, do woli. Wróciły zatem do tej, w której było najprzyjemniej, wypełnionej rozkwitającymi różami.

– Widzę, że coś się dzieje – odezwała się Dorota. – Powiesz mi wreszcie, o co chodzi?

Aneta spojrzała na nią z chmurną miną. Chwilę mierzyły się wzrokiem, aż Dorota poczuła się nieswojo. Wreszcie Mniejsza Szefowa wypaliła:

– O ciebie. O ciebie i Piotra.

– Co masz na myśli? – Dorota poczuła dziwny niepokój i niepewność.

– Chyba dobrze wiesz co. I jak się domyślasz, wcale mi się to nie podoba.

– Wprawiasz mnie w zakłopotanie. Chyba nie uważasz, że my… – bąknęła niepewnie Dorota. – Ledwo co się znamy!

– No właśnie. Zdaje się, że nie marnujesz czasu. – Aneta zmrużyła oczy. – Dziś w laboratorium zadzwonił telefon, a jak wiesz, obie mamy takie same samsungi, które zwykle leżą po dwóch stronach naszego wspólnego biurka. Co prawda są z innymi melodyjkami, ale kto by je tam rozróżniał. W każdym razie gdy zadzwonił, odruchowo odebrałam. Usłyszałam głos Piotrka. Zwrócił się do mnie per Dorcia i spytał, o której kończę robotę. W pierwszej chwili nie wiedziałam, co zaszło, i powiedziałam, że jak zwykle po szesnastej. Wtedy zorientował się, że rozmawia ze mną, a nie z tobą. Bo przez roztargnienie odebrałam twój telefon! I co zrobił? Rzucił szybko „dzięki" i się rozłączył.

– Eee – jęknęła oszołomiona Dorota.

– Masz go zapisanego w kontaktach jako Piotruś Pan. Używacie pseudonimów, bym się nie zorientowała czy co? A ty w jego telefonie też występujesz jako jakaś bajkowa postać? Dorotka z *Czarnoksiężnika z Krainy Oz*?

– Nie! To nieporozumienie. Piotrek tylko mi się skojarzył z tą książkową postacią, bo mam do niej sentyment z dzieciństwa. Jest jak ten urwis z Nibylandii, tak samo przyleciał z odległej wyspy, narozrabiał i...

– I zabierze cię ze sobą? To ci obiecał?

– Aneta, za kogo mnie masz? Myślisz, że zrobiłabym coś takiego przyjaciółce? Poderwała jej męża i układała się z nim za jej plecami? – Dorota się oburzyła.

– Już sama nie wiem – westchnęła Aneta i ukryła twarz w dłoniach. – Mam wrażenie, że tak naprawdę nie znam was obojga. Jesteście dla mnie obcymi ludźmi.

– Przestań, proszę! Nie mów tak. Za twoimi plecami nie dzieje się nic złego. Może Piotrek zadzwonił akurat do mnie, bo planował dla ciebie jakąś niespodziankę? Chciał cię czymś zaskoczyć? Przecież obie wracamy razem z pracy. Jak miałby się umówić ze mną na schadzkę, kiedy przyjeżdżamy do domu razem i wspólnie spędzamy wieczory?

Aneta uniosła brwi z zaskoczenia. O tym akurat nie pomyślała, podejrzenie zdrady zupełnie odebrało jej zdolność logicznego myślenia. W dodatku uświadomiła sobie, że traktuje męża nie jak kochaną osobę, ale jak własność. Przecież już się nie kochają, ich związek usycha. Gdyby ją zdradził, zraniłby wyłącznie jej ego, jej pychę i poczucie własnej wartości. Nie dotknąłby jej uczuć, bo dawno wygasły. Dlaczego więc zachowywała się histerycznie? Może pragnęła, by było inaczej? Nie chciała kończyć małżeństwa, liczyła, że to da się jeszcze odbudować. Że warto spróbować od nowa. Może miłość znów zakwitnie, jeśli będą spędzali razem więcej czasu?

– Cholera – powiedziała, znów ukrywając twarz w dłoniach. Tym razem ze wstydu. – Dziś jest dwunasty października, prawda? To rocznica naszego ślubu.

Dorota zagryzła wargę i pokiwała głową.

– Czyli jednak chodziło o niespodziankę – mruknęła.

– Tak czy inaczej, dostałam właśnie wyraźny sygnał. Jestem zagrożeniem dla waszego małżeństwa, moja obecność w waszym domu budzi niezdrowe emocje, jakieś absurdalne podejrzenia. To się musi skończyć dla dobra nas wszystkich. Wyprowadzę się dziś wieczorem. Wrócę do mamy, przynajmniej na kilka nocy.

Aneta żachnęła się i przecząco pokręciła głową.

– Nie ma mowy. Ten twój wariat wcale nie odpuszcza, sama widziałam go wczoraj siedzącego na ławce przed naszym blokiem. W tym długim płaszczu wyglądał jak sęp czekający na ofiarę. Nie ma mowy, żebyś się wyprowadziła, dopóki sobie z nim nie poradzimy. Piotrek nagrywa go dopiero od dwóch dni, powiedział, że zbieranie dowodów nękania dla policji może potrwać. Do tej pory się nie wyprowadzisz, nic z tego – oświadczyła kategorycznie. – Nie rzucę cię na pożarcie szaleńcowi z powodu głupiej zazdrości. Nie darowałabym sobie do końca życia, gdyby coś ci się stało. Zostajesz z nami na dobre i złe. Nie chcę słyszeć o jakiejś wyprowadzce.

Dorota opuściła głowę. Poczuła łzy napływające do oczu i ucisk w gardle. Nagle, w jednej chwili, puściły jej nerwy. Od kilku dni przez nachodzącego ją Alberta żyła w stałym napięciu, w niekończącym się koszmarze. Spotykała prześladowcę w windzie i drodze do sklepu, witał się z nią grzecznie i prosił o spotkanie, o rozmowę i przebaczenie. Oczywiście jego starania przynosiły skutek odwrotny do zamierzonego: zamiast skłonić Dorotę do powrotu, wpychały ją w stan stałego podenerwowania. Wiedziała, że prędzej czy później jego cierpliwość się skończy i miłość płynnie przejdzie w nienawiść, która wybuchnie jakimś straszliwym czynem wymierzonym przeciw niej. Nie mogła przez to spać, zamieniła się w kłębek nerwów. Podejrzenia Anety o romans z mężem były dodatkowym ciosem, który ostatecznie ją załamał. Miała dość, marzyła już tylko o ucieczce jak najdalej, choćby na drugi koniec świata.

Aneta objęła ją i przytuliła. Szeptała jakieś pocieszające i uspokajające komunały, przyciskając znacznie wyższą przyjaciółkę do piersi. Dorota skuliła się i pochyliła, by ułatwić tulenie. W takiej właśnie pozycji, wśród setek róż, zastał je wracający Artur. Zatrzymał się i dłuższą chwilę podziwiał widok, nawet przechylił głowę, przyglądając się kobietom. Wreszcie go spostrzegły i odstąpiły od siebie. Dorota otarła rękawem oczy i nos.

– Przepraszam, chyba wróciłem nie w porę – zauważył kwiaciarz. – Nie mogłem przestać patrzyć, podsunęły mi panie pomysł na rozwiązanie projektu, z którym się męczę od jakiegoś czasu.

– Tak? Jaki to projekt, jeśli można wiedzieć? – spytała Dorota, która szybko doszła do siebie. – To coś z kwiatami?

– Można tak powiedzieć. Jestem artystą plastykiem, wykładam też na akademii sztuk pięknych. Właśnie kieruję zespołem studenckim, który opracowuje nowoczesną kampanię reklamową na konkurs. Poszukujemy rozwiązań estetycznych, motywu przewodniego dla serii plakatów, a właściwie billboardów. To musi być coś niebanalnego, miłego dla oka i odbiegającego od schematów używanych w światku reklamy.

– Coś takiego! To nie jest pan handlarzem? – wypaliła Aneta i natychmiast przyłożyła dłoń do ust.

– Nie na pełen etat. Właściwie handluję kwiatami z doskoku, gdy pomagam rodzicom w interesie. – Artur uśmiechnął się, niezrażony.

„Jednak artysta. Coś takiego?" – z zaskoczeniem pomyślała Dorota, która natychmiast zapomniała o własnych kłopotach.

– A właśnie! Wracając do kwiatów, to podjęły panie decyzję? – spytał. – Wydaje mi się, że rozmowa była mocno dramatyczna. Mam nadzieję, że jakoś dojdziemy do porozumienia.

– Dojdziemy – oznajmiła Aneta. – Podpiszemy umowę, że odbierać będziemy jedynie same kwiaty, bez reszty rośliny. Będziemy je zrywać bezpośrednio w szklarni, a orchidee dalej będą rosły i kwitły. Zdaje się, że można sprowokować kolejne kwitnienie, operując światłem i temperaturą, prawda? Jak często?

– Pewnie co dwa miesiące. – Artur wzruszył ramionami.

– Będzie więc miał pan stałego odbiorcę, zapewniającego odbiór towaru i pewny dochód – dodała Dorota.

– W zamian za to należy nam się upust, i to spory. Nie będziecie musieli inwestować w nowe cebulki, uprawiać roślin od zera, a tylko utrzymywać je przy życiu i zapewniać warunki do kwitnienia.

Artur podrapał szczecinę na brodzie, po czym uśmiechnął się szeroko.

– To brzmi interesująco, szczególnie obietnica stałego odbioru towaru. To jest problem, z którym ciągle się zmagamy. Nadwyżki kwiatów, brak klientów. Hm, myślę, że sama obietnica stałego odbioru orchidei skłoni nas do obniżenia ceny. Usiądźmy zatem, spiszmy umowę wstępną, dogadajmy zaliczkę i tak dalej. Zapraszam do domu, naszykowałem tam dla nas herbatę.

Aneta mrugnęła do Doroty i uśmiechnęła się do niej znacząco. Kiedy szły za Arturem do posiadłości jego rodziców, poklepała przyjaciółkę po plecach, niejako pieczętując swoje przeprosiny za niepotrzebne robienie wymówek.

# Rozdział 14.

## ANETA.
## NA TROPIE

Aneta stanęła przed lustrem i przyjrzała się krytycznie swojemu odbiciu. Ubrała się w jedyną wieczorową sukienkę, jaką miała: czarną, dość mocno przylegającą, w dodatku z dekoltem. Dobrze, że miała czarny biustonosz typu *push-up*, który podnosił trochę biust i ładnie formował dekolt. Bez niego wyglądałaby słabo ze swoimi niewielkimi cyckami, jednak dzięki wspomagającej bieliźnie prezentowała się nie najgorzej. Do tego zrobiła sobie lekki makijaż i użyła własnoręcznie zrobionego kiedyś kremu, rozjaśniającego i wygładzającego cerę. Ukrywał wszystkie przebarwienia i maskował zmarszczki, coś w sam raz na wieczór z facetem.

Właściwie nie wiadomo, dlaczego się stroiła, tak jakby mogła jeszcze oczarować Piotrka. Zresztą nie była przekonana, czy naprawdę jej na tym zależy. Nie mogła jednak włożyć na uroczystą kolację w porządnej restauracji jednego ze swoich swetrów. Jeszcze by jej nie wpuścili.

Wyszła z sypialni i stanęła przed krzątającą się w kuchni Dorotą.

– No i jak? – spytała, okręcając się wokół własnej osi.

– O jasna cholera, nie poznałam cię – powiedziała z uśmiechem Dorota. – Jak babcię kocham, myślałam, że wpadła do nas na herbatkę księżna Kate.

– Dobra, dobra. Nie podlizuj się, podwyżki i tak w najbliższym czasie nie będzie. – Aneta mrugnęła porozumiewawczo. – Chyba że Pierwiosnek zamówi u nas tonę kremu z orchideą. Ale dość fantazjowania, muszę lecieć, bo Piotrek się wścieknie. Wyszedł na parking już chyba z pół godziny temu.

– Bawcie się dobrze!

– Zamknij drzwi i nikomu nie otwieraj – nakazała Aneta jak małemu dziecku. – I nie czekaj na nas, bo wrócimy późno. Idź spać.

Zarzuciła płaszczyk, pomachała przyjaciółce, która odprowadziła ją do drzwi, i pognała w stronę windy. W połowie drogi się zatrzymała i wróciła, ale nie musiała nawet wchodzić do mieszkania, Dorota czekała już na nią i podała jej torebkę przez próg. Nawet nie skomentowała roztrzepania szefowej.

Kolacja z okazji rocznicy ślubu była właśnie tą niespodzianką, przez którą nieopatrznie zrobiła Dorocie awanturę. Nie miała po niej ochoty na świętowanie, ale nie mogła odmówić starającemu się mężowi. Widocznie on też próbował ratować ich małżeństwo, chciał je naprawić, a może z tej okazji zakomunikować jej coś ważnego? Na przykład że zmienia pracę i wraca do domu, że rezygnuje z kariery w wielkiej korporacji? Musiała go wysłuchać, może to była ich ostatnia szansa.

Siedział w samochodzie i nie wyglądał nawet na wkurzonego czy choćby zirytowanego jej spóźnieniem. Już to znaczyło, że się starał, bo zwykle gdy się ślimaczyła, przynajmniej robił jej wymówki. Ruszyli w drogę i po chwili wyjechali na obwodnicę, umożliwiającą szybkie dostanie się do Warszawy. Wtedy właśnie zadzwonił telefon. Ponieważ Piotrek prowadził, więc szybko odebrała. Dzwoniła Beata. Starszej siostrze łamał się głos, co właściwie nigdy się jej nie zdarzało. Aneta poczuła ciarki, bo nie przypominała sobie, by od dzieciństwa Beata okazywała wzruszenie.

– Co się stało, na litość boską? – spytała.

– Franek próbował mnie udusić. Zupełnie na trzeźwo, wyobrażasz sobie? Chciał mnie zamordować, pozbyć się, bym nie utrudniała mu rozwodu i wyjścia za Baczewską – powiedziała. – Boję się. Nie zasnę chyba, nie zmrużę oka. Co przejedzie jakiś samochód, dopadam okna i wyglądam, czy to nie on. Czy nie przyjechał, by dokończyć sprawę.

– Matko Boska – jęknęła Aneta. – Dzwoniłaś na policję?

– Stachowicz przyjechał na miejsce, potem odwiózł mnie do domu. Mama siedzi z chłopcami na dole, a ja koczuję w gabinecie z kijem bejsbolowym w garści. Jestem w proszku, Aneta. Zupełnie się rozsypałam.

– Zaraz przyjadę. Trzymaj się – powiedziała i się rozłączyła.

Piotr tylko na nią spojrzał i nie pytając, o co chodzi, skręcił w pierwszy zjazd, po czym skierował się z powrotem. O dziwo, nie czynił Anecie żadnych wymówek, słowem nie wspomniał o rezerwacji i zmarnowanym wieczorze. Zanim jednak dojechali do domu Beaty, oświadczył krótko i bez wstępów, że przyjął propozycję zostania szefem zespołu w nowej filii firmy w Rio.

– Gdzie? – spytała sztywno, czując wielki zawód.

– W Brazylii. Wchodzimy na rynek południowoamerykański – odparł głosem pozbawionym emocji. – Wyjeżdżam w przyszłym tygodniu. Na Boże Narodzenie raczej nie przyjadę, za daleko.

„I to tyle w kwestii mojego małżeństwa" – pomyślała ze smutkiem, patrząc nieruchomym wzrokiem w szybę. Ogarnęła ją fala żalu, aż musiała głębiej wcisnąć się w fotel. Zamyśliła się i pogrążyła w rozpaczy. Zdawała sobie sprawę, że ich związek właśnie ostatecznie wali się w gruzy.

– Po to zaprosiłeś mnie na kolację? By przy świecach i dobrym winie powiedzieć, że mnie opuszczasz? – spytała, pokonując dławienie w gardle.

– Nie dramatyzuj – odrzekł z niezadowoleniem. – Po prostu nasze życiowe drogi się rozchodzą, nie ma w tym nic nadzwyczajnego. Nie jest to wina ani twoja, ani moja.

– No ja myślę, że nie moja – prychnęła ze złością.

Musiała jednak natychmiast się uspokoić, bo wjechali przez bramę na podwórko przed domem Beaty. Oprócz bmw stał tam radiowóz. Na jego widok Anecie zaparło dech w piersiach. Beacie coś się stało!

Pognała do drzwi domu, omal nie zabijając się w szpilkach na wysypanym szutrem podjeździe. Wpadła do środka, wołając siostrę. Zamiast niej wypadli do niej dwaj siostrzeńcy. Andrzejek uzbrojony był w plastikowy karabin, a na głowie miał prawdziwą policyjną czapkę. Bartek wymachiwał kajdankami i dmuchał w gwizdek. Obaj próbowali aresztować ciotkę, a goniąca za nimi babcia usiłowała ich uciszyć, oczywiście potęgując harmider.

– Beata jest na górze z panem dzielnicowym – wyjaśniła babcia chłopców i zgarnęła ich z powrotem do salonu.

Aneta poczuła się dziwnie zmieszana. Nagle minął żal do Piotra, pojawiło się skrępowanie i wyrzuty sumienia. Nie mogła się oszukiwać – kiedy on siedział w pracy, ona bezwstydnie flirtowała z przystojnym gliniarzem. Jak teraz, w obecności swojego męża, spojrzy mu w oczy?

Poczekała na Piotra, który zaraz po wejściu został ostrzelany z plastikowych karabinów, a potem oboje weszli na górę. Aneta zapukała w drzwi gabinetu i nieśmiało weszła do środka. Beata stała przy oknie, trzymając w dłoni zdjęcie, a Stachowicz stał tuż obok, zerkając to na fotografię, to przez okno. Oboje odskoczyli od siebie, jakby przyłapano ich na czymś wstydliwym. Cała czwórka, oprócz Piotra, sprawiała wrażenie zakłopotanych.

– Beatka, ale się zmieniłaś! – Piotrek ucieszył się na widok szwagierki. – Wyglądasz jak laska z okładki kolorowego magazynu. I to dla sportowców!

– No co ty. – Beata aż wypięła pierś z dumy. – Nie wygłupiaj się, chudzielcu.

– Podobno wpakowałaś się w jakieś kłopoty? – powiedział lekko.

W jednej chwili Beacie zrzedła mina. Zaczęła nieco chaotycznie i w pośpiechu opowiadać, co się jej dziś przydarzyło. Kiedy mówiła, Aneta wymieniła się spojrzeniami ze Stachowiczem, który na widok jej sexy sukienki aż uniósł brwi. Opamiętał się na szczęście i w obecności Piotra darował sobie uwagi i komplementy. Kiwał tylko głową, przytakując dramatycznej opowieści Beaty. Okazało się, że po telefonie Grześka błyskawicznie przybył na ratunek, zabrał poszkodowaną na komisariat, a potem na pogotowie, gdzie zrobiono jej obdukcję. Na szyi miała paskudnie wyglądające siniaki, które już nabierały fioletowej barwy. Aneta na ich widok aż wstrzymała powietrze. Dotarło do niej, że siostra przeżyła naprawdę straszne chwile. To nie była byle pijacka rozróba w wykonaniu prostackiego szwagra, on naprawdę omal jej nie zabił, w dodatku na trzeźwo.

– Złożyłaś zawiadomienie o przestępstwie? Aresztowali go już? – spytała Aneta, zerkając na Jacka.

– Nie, postanowiłam się wstrzymać – mruknęła Beata, machinalnie masując bolącą szyję. – Nie ze strachu, co to to nie! Nie dam się zastraszyć, odpłacę mu z nawiązką. Tak przynajmniej postanowiłam. Nie jestem jednak żądną krwi wiedźmą, zdecydowałam, że dam mu czas na kolejny ruch. Może się opamięta i spróbuje mnie przeprosić? Nie chcę mu rujnować życia, robić wielkiej afery tylko dlatego, że go poniosło. Przyjechałam do domu, odpoczęłam, nawet postanowiłam się zdrzemnąć, ale nie mogłam zasnąć. Kiedy wreszcie przysnęłam, zaczęły mnie męczyć koszmary. Jacek mówi, że to szok pourazowy. Tak czy inaczej, gdy zapadałam w drzemkę, wydawało mi się, że jestem tą kobietą, którą znaleźliśmy zamurowaną w gabinecie. Brr, coś strasznego, mówię ci.

Oprzytomniałam, cała rozdygotana, i od razu do ciebie zadzwoniłam. Chyba popsułam wam wieczór, co?

– Zaoszczędzimy na tej kolacji. Kto by chciał wydawać fortunę w snobistycznych restauracjach? – prychnął Piotrek, niedbale machnąwszy ręką.

– Nic się nie stało – przytaknęła Aneta.

– To dobrze. Gdy się rozłączyłam i nieco otrzeźwiałam, uświadomiłam sobie coś ważnego – powiedziała Beata, po czym zrobiła teatralną przerwę. – Kiedy Franek mnie dusił, powiedział, że skończę tak samo jak Bożenka. Rozumiecie? Znał imię tej kobiety, wiedział, jak się nazywała. Zadzwoniłam do Jacka i okazało się, że faktycznie to była Bożena Lubelska.

Dzielnicowy pokiwał głową.

– Wyciągnąłem tę informację od kumpla z dochodzeniówki i zdradziłem ją wyłącznie Anecie. Mam nadzieję, że nikomu tego nie powtarzałaś?

Aneta przecząco pokręciła głową. Piotrek spojrzał na żonę z ukosa. Jego uwagi nie uszedł fakt, że obie siostry są w dość poufałych stosunkach z przystojnym gliniarzem. W dodatku zdradzał Anecie służbowe tajemnice. Ku własnemu zaskoczeniu Piotrek poczuł zazdrość i niepokój.

– Poprosiłam Jacka, by przyjechał – powiedziała Beata. – Kilka dni temu, gdy z dziewczynami wynosiłyśmy meble z gabinetu, wpadła mi w ręce ta połówka zdjęcia. Przypomniałam je sobie i obejrzałam dokładnie, chciałam, by zobaczył je również dzielnicowy. Spójrzcie, jest na nim ta kobieta. Stoi na placu jakiejś budowy, widać ramię obejmującego ją mężczyzny.

Podała zdjęcie Anecie. Piotrek spojrzał na nie przez ramię żony.

– Niebrzydka – podsumował. – Trochę pulchna, ale wielu panów lubi takie dziewczyny. Miała czym oddychać.

– Też skupiłam się na niej, oglądając pierwszy raz tę fotografię – powiedziała Beata. – Dopiero teraz przyjrzałam się dokładnie tłu. Widzicie te drzewa? To trzy świerki, za nimi widać całą ścianę lasu. A teraz wyjrzyjcie przez okno.

– No i co? – mruknął Piotrek.

– Lasu już nie ma, zbudowano tam osiedle i market, świerki jednak nadal rosną. Są oczywiście znacznie większe, ale to bez wątpienia one. Dwa blisko siebie, trzeci w rogu działki. – Beata wskazała ręką drzewa rosnące na terenie jej posesji. – Nie rozumiecie? To zdjęcie zrobiono tutaj, a Bożena stoi przed wykopem pod fundamenty mojego domu. Nie widzicie, że jestem do niej podobna? Franek wielokrotnie powtarzał, że taka mu się podobam, sam kupował mi tandetną biżuterię i nalegał, bym ją nosiła. W tysiąc dziewięćset dziewięćdziesiątym siódmym roku miał dwadzieścia pięć lat i już prowadził firmę budowlaną, budował dom. Ten dom, w którym właśnie się znajdujemy.

– Sądząc po zdjęciu, Bożena była od niego jakieś piętnaście lat starsza – westchnęła Aneta.

– Starsza, doświadczona kobieta, w dodatku bogata i wpływowa bizneswoman – przytaknął dzielnicowy. – To mogło imponować ambitnemu chłopakowi. Może mieli romans, a Franek budował dla nich gniazdko? Nie zdziwiłbym się, gdyby robił to za jej pieniądze. Coś poszło jednak nie tak, Bożenie powinęła się noga i musiała zamknąć firmę. Okazało się, że już nie jest tak atrakcyjna, a zauroczenie chłopaka minęło równie szybko, jak się pojawiło. Doszło do awantury w gabinecie, może z pieniędzmi w tle? Nie zapominajmy, że nigdy nie znaleziono gotówki za sprzedane maszyny produkcyjne. Franek ją zamordował i na miejscu zamurował. Miał przecież takie możliwości, był szefem firmy budowlanej.

– O Jezu – szepnęła Aneta.

– A siedemnaście lat później ja sama poprosiłam go o remont tego budynku. Nic dziwnego, że wówczas zamurowane pomieszczenie nie zostało znalezione – dodała Beata. – Franek po prostu kazał swoim chłopakom zostawić w spokoju ścianę, za którą się znajdowało. Gdyby nie wypadek spowodowany przez nasze kochane dziewczyny z produkcji, nikt nie znalazłby Bożeny przez kolejne dwadzieścia lat, a może i dłużej.

– Chryste – westchnęła Aneta.

– Zrobiłaś się bardzo religijna – sceptycznie zauważył Piotrek. – W porządku. Franek zamordował tę biedną kobietę, przynajmniej wiele na to wskazuje. Trzeba go aresztować.

– Właśnie z tym jest problem – westchnął dzielnicowy. – Nie ma jeszcze raportu z sekcji zwłok, nie mamy pewności, że Bożena faktycznie została zamordowana. Na razie posługujemy się hipotezami, domysłami i połówką fotografii. Ja nie mam uprawnień, by postawić mu zarzut morderstwa. Mogę zgłosić sprawę do dochodzeniówki, ale obawiam się, że prokurator nie zdecyduje się na aresztowanie. Brak jakichkolwiek dowodów, są tylko domysły. Gdyby chociaż był na tym zdjęciu! Ale to ramię może należeć do kogokolwiek. Zresztą sama fotografia nie świadczy o morderstwie.

– Jedyny sposób to sprowokować go, by się przyznał – oświadczyła z przejętą miną Beata. – Muszę znów doprowadzić go do furii. Wtedy zacznie gadać. Tylko jak to zrobić?

# Rozdział 15.

## DOROTA.
## NOCNE odwiedziny

Dorota posłuchała rady przyjaciółki i postanowiła położyć się jak najwcześniej. Przed pójściem do łóżka stoczyła codzienną, żmudną walkę z pokusą, by zajrzeć do lodówki. Przekleństwo bezlitosnych ataków wieczornego głodu i uporczywych nawrotów łakomstwa, na które cierpiało wiele kobiet, było także jej udziałem. Zwalczała je jednak z godnym podziwu samozaparciem, czasami wręcz heroicznym. Nie była jednak z żelaza i czasem ulegała pokusie, a to w nagrodę za ciężko przepracowany dzień pochłaniała na kolację kawałek pizzy lub frytki, a to na otarcie łez po ciężkich przeżyciach delektowała się kilkoma kawałkami czekolady. Zdarzało się jej nawet wypić jeden lub dwa kieliszki wytrawnego wina, niby niemal pozbawionego cukru, ale kryjącego w sobie potworną dawkę kalorii. Potem miała wyrzuty sumienia i w myślach podliczała, o ile przekroczyła dzienną porcję zapotrzebowania na energię. Czuła, jak każda nadmiarowa cząsteczka cukru i tłuszczu odkłada się pod skórą i jeszcze bardziej powiększa jej postać.

Walka o zachowanie wagi nie była spowodowana dbałością o zdrowie, a lękiem o to, by nie zmienić się w potwora. Te nieszczęsne sto osiemdziesiąt sześć centymetrów wzrostu odciskało wystarczające piętno na jej umyśle i nie zniosłaby, gdyby dołączyła do nich nadwaga. Była przekonana, że jeśli utyje, zmieni się w ogromne, tłuste monstrum. Stanie się wielką, gigantyczną babą, potężną jak góra, przytłaczającą rozmiarami wszystkich fajnych facetów. Kiedy zdarzało się jej zbytnio ulegać pokusie i sięgała do lodówki po zakazanej przez dietetyków godzinie dziewiętnastej, wyobrażała sobie, że staje się matką Grendela, wielką potworzycą pożerającą ludzi, na którą według mitologii nordyckiej polował dzielny Beowulf*. Wizja, że jest najstraszniejszą bestią, której bali się nawet wikingowie, nieodmiennie ją bawiła i pozwalała wybić sobie z głowy żądzę pochłaniania pokarmu.

Tego wieczora, gdy już wzięła prysznic i wbiła się w piżamę, jakaś niewidzialna siła zaciągnęła ją do kuchni i położyła dłoń na drzwiczkach lodówki. Należał się jej choć kawałek twardego sera i może kabanosik w nagrodę za pomyślne załatwienie dostaw orchidei. Miło będzie rozsiąść się przed telewizorem i spędzić tak kilka chwil przed snem – szeptał do ucha niewidzialny diabeł. Pokonała jednak pokusę, i to nawet bez wyobrażania sobie, że zamienia się w grubą bestię.

* Główny bohater epickiego poematu heroicznego nieznanego autora pod tym samym tytułem; Beowulf zabija także matkę potwora o imieniu Grendel.

Nie chciało się jej jednak spać, włączyła więc telewizor. Chwilę zmieniała kanały, a potem poderwała się i szybkim krokiem powędrowała do kuchni. Wyjęła ze stojaka butelkę wina i sprawnie otworzyła ją korkociągiem. Żreć nie będzie, ale kilka łyków wina słusznie się jej należy. Dzięki nim łatwiej zaśnie, bez lęków przed Albertem, w dodatku nie przyśnią jej się żadne koszmary. Jednym słowem: kieliszek wina potraktuje jako lekarstwo.

Gdyby mama ją na tym przyłapała, zaczęłaby ględzić, że tak właśnie zaczyna się choroba alkoholowa. Popijanie przy byle okazji, najpierw małych ilości, potem coraz większych i z coraz mniej istotnych powodów. Później pompowanie w siebie alkoholu już bez okazji, a z przyzwyczajenia, wreszcie niemożność funkcjonowania na trzeźwo. Równia pochyła. Dorota wzniosła toast za mądrość i życiowe rady rodzicielki, po czym podziękowała losowi, że naprowadził ją na siostry Mazur, bez których nigdy nie uwolniłaby się od matczynej opieki.

Potem jej uwagę przyciągnął jakiś ciekawy program dokumentalny. W efekcie nie wiedzieć kiedy osuszyła kolejny kielich. Zorientowała się, że szumi jej w głowie, wyłączyła więc telewizor z zamiarem położenia się do łóżka. Wtedy usłyszała skrobanie w drzwi. Zamiast wpaść w panikę lub chociaż skamienieć ze zgrozy, poderwała się na równe nogi i na palcach pomknęła do przedpokoju. Po drodze wzięła puszkę z gazem pieprzowym, prezent, który dostała od Piotrka na wypadek niespodziewanego spotkania z Albertem.

Nie zamierzała trząść się ze strachu z byle powodu. Dosyć dygotania, chowania się pod łóżko, płakania i użalania się nad sobą. Nie pozwoli się terroryzować i wpędzać w chorobę psychiczną przez jakiegoś popaprańca. Alkohol dodał jej animuszu i odwagi. Napełnił żyły bojową furią. Cokolwiek skrobało w drzwi, myszka, zabłąkany pies czy jakiś pijak, gorzko pożałuje, że burzy jej spokój i niepotrzebnie straszy.

Przekręciła klucz i gwałtownie otworzyła drzwi. Albert niemal wpadł do środka. Okazało się, że kucał na wycieraczce i majstrował przy zamku. Wsunął do niego cienki przewód, który Dorota wyszarpnęła mu z ręki, otwierając drzwi.

– Co robisz? Co to jest? – spytała ostro.

Gaz trzymała w opuszczonej ręce, ale z palcem wskazującym na spuście spryskiwacza. Albert klęczał u jej stóp z wyjątkowo głupią miną. Na jego twarzy najpierw malowały się zaskoczenie i strach, które przeszły w zadowolenie, a to zaś płynnie w nieme błaganie.

– Widzisz, do czego mi przyszło? – spytał. – Co miłość ze mnie zrobiła? Nie mogę bez ciebie żyć i skłonny jestem zrobić dosłownie wszystko, by cię odzyskać.

– Co to jest, pytam po raz ostatni! – wycedziła, szarpiąc za wystający z zamka przewód.

– Ostrożnie, to drogie urządzenie. Mikrokamera policyjna na światłowodzie – powiedział.

– Chciałeś mnie podglądać, ty oszalałeś!? – Dorota czuła, że wściekłość zupełnie przysłoniła jej lęk przed tym cholernym zboczeńcem.

– Musiałem sprawdzić, czy jesteś sama. Bardzo się bałem, że gdy przyjdę, mogę natknąć się na twojego, hm... kochanka? – Wstał z klęczek i otrzepał spodnie.

– Nawet jeśli Piotrek jest moim kochankiem, nic ci do tego. Zabieraj to ustrojstwo i odczep się wreszcie ode mnie! Nie rozumiesz, że nie chcę mieć z tobą nic wspólnego?! Czy to tak trudno pojąć?! – wrzasnęła.

Jej głos rozległ się echem w całej klatce schodowej. Piętro niżej otworzyły się drzwi jednego z mieszkań i jego czujny właściciel wyszedł na korytarz.

– Nie krzycz. Przecież nie robię niczego złego. Przyszedłem tylko porozmawiać. Zrozum, że cię nie zostawię. Nigdy. Jesteś tylko moja i będę tak długo się o ciebie starał, aż wreszcie to zrozumiesz i do mnie wrócisz. Im szybciej się to stanie, tym lepiej – mówił szeptem, spoglądając przez ramię na drzwi pozostałych mieszkań.

– Nigdy! – krzyknęła coraz bardziej bojowo nastawiona Dorota. – Nie jestem twoją własnością! Skończyłam z tobą i nigdy nie wrócę! A teraz wynoś się, idź do diabła!

– Opanuj się, nie ma powodu do krzyków – powiedział, kładąc ręce na jej ramionach.

Odepchnęła go z całych sił, zaciskając zęby. Miała ostatecznie dość oślizłego typa, który zrujnował jej życie. Zatoczył się, z trudem łapiąc równowagę. Przez ostatnie miesiące pracy w Stelli Dorocie znacznie wzrosła tężyzna fizyczna. Przestawianie beczek, przekładanie worów z surowcami oraz ich odważanie naprawdę ją zahartowały. Nie wyglądała na to, lecz była teraz nie tylko wysoka, ale także silna. Albert omal się nie przewrócił.

Zaklął bezgłośnie, widocznie opór Doroty, oprócz wywołania bólu fizycznego, przede wszystkim uderzył w jego dumę. Zmarszczył brwi i ruszył na nią, wyciągając błagalnie ręce.

– Wypieprzaj stąd, natychmiast! – krzyknęła Dorota, znów alarmując całą klatkę schodową. Wyciągnęła przed siebie rękę uzbrojoną w puszkę gazu pieprzowego.

– Nie zrobisz tego – szepnął błagalnie.

Okulary przekrzywiły mu się, nadając groteskowy wygląd. Spojrzała mu w oczy. Wcale nie sprawiały wrażenia, że jest pogrążony w rozpaczy. Patrzył czujnie i uważnie, mając wszystko pod kontrolą. Zrozumiała, że jego rozpaczliwe zachowanie to jedynie gra, że znów udaje emocje, tymczasem w rzeczywistości postępuje z zimną krwią. On przecież nie jest zdolny do odczuwania tęsknoty, rozpaczy, miłości. Wszystko sobie zaplanował i próbuje ją odzyskać, z pełną premedytacją udając beznadziejnie zakochanego człowieka. Widocznie była mu do czegoś potrzebna i zdecydował się, że tak czy inaczej ją zdobędzie.

Nacisnęła na spust gazu i strumień rozpylanej pod ciśnieniem substancji z sykiem bryznął w twarz Alberta. Ku zgrozie Doroty nawet nie mrugnął, ale po chwili zawył i zasłonił oburącz twarz.

– Wynocha! – wycedziła, ładując w niego cały zasobnik, a potem kopnęła go w pierś.

Nawet nie wiedziała, że potrafi tak wysoko podnieść nogę. Ze swoim pierwszym chłopakiem, sportowcem z AWF-u, chodziła krótko na lekcje karate, ale nie praktykowała sztuk walki od lat. Ciało zadziałało jednak instynktownie. Stopa Doroty trafiła Alberta w splot słoneczny i posłała kilka metrów w tył. Poleciał bezwładnie, wymachując rękami, i trafił prosto na schody prowadzące w dół. Stoczył się z nich z łomotem i stłumionym wrzaskiem bólu.

Dorota podeszła do krawędzi schodów, przerażona tym, co zrobiła. Albert leżał na dole, krztusząc się i prychając. Żył, na szczęście nie wyglądał również na połamanego. Miał szczęście, drań. Odetchnęła z ulgą, a wciągając powietrze do płuc, wchłonęła przy okazji rozpylony na klatce gaz. Zakrztusiła się, a jej oczy wypełniły się łzami. Po omacku cofnęła się do mieszkania, porażona własnym gazem pieprzowym, i zatrzasnęła drzwi.

Zamknęła je, kasląc i prychając, potem pognała do łazienki. Wsadziła twarz pod strumień wody z prysznica. Piekły ją oczy, usta wypełniał palący, metaliczny smak, a w gardle drapało nie do zniesienia. Kiedy doszła do siebie, wróciła do przedpokoju i wyjrzała przez judasza. Nic nie było widać, ale słyszała jakieś głosy. Albert chyba rozmawiał z kimś z dołu, może z ciekawskim, który na początku awantury wyszedł z mieszkania.

Dorota usiadła na podłodze, oparta plecami o drzwi, i myślała gorączkowo, co robić. W uszach huczała rozgrzana krew, ręce dygotały jej z emocji. Nie czuła już gniewu, za to ogarnął ją strach. O mało co go nie zabiła! Co on z niej zrobił, do czego doprowadził? Jedyna nadzieja, że tak sugestywnie wyrażony przekaz, że ma go dość, wreszcie do niego dotrze i skłoni do zostawienia jej w spokoju. Gorzej będzie, jeśli tylko go rozwścieczy.

Dorota bała się, że Albert nie zrezygnuje, a ten incydent wyłącznie zmotywuje go do wzmożonego wysiłku. Pewnie teraz stanie się ostrożniejszy, ale to, co przygotuje, z pewnością się jej nie spodoba. Tego mogła być pewna.

# Rozdział 16.

## ANETA.
## KObIETY NA skRAju zAŁAMANiA
## NERWOWEQO

Mimo że minęła połowa października, pogoda nadal
była wspaniała, niebo co dzień błękitne, a temperatura
zaskakująco wysoka. Anety nic tak nie cieszyło jak słońce
i ciepło, złota jesień sprawiała jej dużo przyjemności.
Nawet w dniu, w którym odwiozła Piotra na samolot,
nie wpadła w melancholię i nie pozwoliła się ogarnąć
żalowi po utraconej miłości. Przez ostatni tydzień w ogóle nie rozmawiali o rozpadającym się małżeństwie. Nie
musieli. Znali się na tyle dobrze, że wzajemnie rozumieli
się bez zbędnego gadania. Oboje przeszli nad faktem
nieudanego związku do porządku dziennego i zajęli się
swoimi sprawami.

Piotr, chociaż teoretycznie ciągle był na urlopie, nie
rozstawał się z komputerem i pozostawał w stałym kontakcie z firmą. Organizował zespół i przygotowywał biuro
w Brazylii, do którego właśnie wyruszył. Na pożegnanie

pocałował Anetę w policzek i obiecał, że odezwie się po dotarciu na miejsce. Słowem nie wspomniał o przewidywanym terminie powrotu, co miało znaczyć, że nawet się nad nim nie zastanawiał. Lub po prostu go nie przewidywał. Tak czy inaczej, to pożegnalne cmoknięcie na parkingu przed lotniskiem było nieformalnym zakończeniem ich związku. Bez zbędnych słów, niepotrzebnych kłótni, łez, żalów i złorzeczeń. Rozstali się w milczącej zgodzie, odkładając formalności rozwodowe na później, na bliżej nieustaloną przyszłość. Aneta pogodziła się z tym bez większych emocji i w myślach postawiła krzyżyk na ich małżeństwie.

Nawet nie czekała, aż Piotrek zniknie w hali odlotów. Odwróciła się na pięcie, trzasnęła drzwiami i odjechała. Po drodze do miasteczka otworzyła okno i pozwoliła chłodnemu, ale pachnącemu ciepłą jesienią, wiatrowi wypełnić samochód, potargać jej fryzurę i osuszyć jedną samotną łzę, którą wylała w żałobie po nieudanym małżeństwie.

Jadąc przez miasteczko, przypomniała sobie, że nie jadła śniadania, poza tym w domu straszy pusta lodówka. Zjechała więc na parking przed Biedronką i ruszyła na szybkie zakupy. Nie była miłośniczką dyskontów, ale też nic przeciw nim nie miała: były wygodne i zawsze pod ręką, zresztą kontrahenci jej firmy sprzedawali w nich towar, zatem tanim marketom zawdzięczała część dochodów.

Przeleciała z wózkiem przez sklep, z niepokojem zerkając na zegarek. Przez jazdę z Piotrem na lotnisko uciekł jej kawał dnia, a wypadałoby pojawić się w firmie.

Musiała skończyć kolejną technologię zamówioną przez Derminium – krem dla nieszczęśniczek cierpiących na trądzik różowaty. Postarała się zrobić jak najmniej śmierdzący, choć główne składniki aktywne, substancja ściągająca i leczniczy olej z egzotycznego indyjskiego owocu miały niezwykle intensywne zapachy, kojarzące się ze starą apteką. Z jednej strony dobrze, bo od razu czuć było, że to dermokosmetyk, czyli produkt medyczny, farmaceutyk udający kosmetyk. Z drugiej strony trudno było wytrzymać po wysmarowaniu się czymś takim. No cóż, Derminium w sposobie stosowania będzie musiało zalecić, by pacjentki używały tego produktu najlepiej na noc. Takie życie. Dla urody trzeba cierpieć!

Rozmyślania nad ostatnim wyrobem skierowały jej wzrok na półki z kosmetykami i środkami czystości. Odruchowo poprowadziła wózek w ten kącik sklepu i zahamowała gwałtownie. Przed nią, w displayu, leżały lśniące bielą słoiki z kremem zawierającym ekstrakt z orchidei. Och, jak miło było ujrzeć własny produkt na półce! Z dumą wzięła jeden słoiczek, oglądając go spod zmrużonych powiek. Miał logo Pierwiosnka, bo Stella robiła go dla nich i pod taką marką produkt trafił na półki. Nawet podane miejsce wytwarzania było nieprawdziwe, bo zawierało adres siedziby Pierwiosnka, a nie Stelli, ale nie było w tym nic nadzwyczajnego. To normalna praktyka. Wiele produktów wytwarzanych jest przez podwykonawców, a na ich etykietach znajdują się adresy firm matek lub korporacji firmujących produkt swoją marką.

Przyjemnie zobaczyć krem na półce, choć z tego, co mówił Romek z Pierwiosnka, wynikało, że wytworzona próbnie partia już dawno powinna się sprzedać. Przecież od początku była wielkim hitem, zachwalanym sobie nawzajem przez klientki. Aneta sprawdziła opinie w sieci i faktycznie: nawet na stronach kosmetycznych blogerek bardzo go chwalono. Skąd zatem nietknięte, pełne displaye tego kremu? Nie powinno być po nim śladu, za to do Stelli powinno trafić zamówienie z Pierwiosnka na kolejne pięćset kilogramów tego cudu.

Aneta poczuła niepokój. Jeśli krem się jednak nie sprzedaje, to niedobrze. Nie dość, że zamówiła część surowców do produkcji, to jeszcze zapłaciła zaliczkę Arturowi za obsadzenie całych dwóch szklarni czarnymi storczykami. Nie mówiąc o tym, że w magazynie miały jeszcze z dziesięć litrów ekstraktu, który im został po wyprodukowaniu pierwszej partii. Jeśli nie dostaną zamówienia na kolejne, popłyną finansowo na samo dno. Romek jednak nie składał zamówienia, nie odpisywał też na e-maile, a telefony od Beaty zbywał krótkimi i mętnymi tłumaczeniami, że jest zarobiony i później wszystko załatwi.

Aneta czujnie obejrzała słoiczek, potem kolejny i jeszcze jeden. Tak na wszelki wypadek, by sprawdzić, czy wszystkie są idealne. Największym ciosem byłoby, gdyby któryś okazał się fabrycznie pęknięty, niedokręcony lub upaćkany kremem. Klientka mogłaby zgłosić reklamację, co naraziłoby zarówno Pierwiosnka, jak i Stellę na utratę wizerunku i zapłacenie kar umownych dyskontowi. Teoretycznie nie wchodziło w grę, by coś umknęło wydziałom kontroli jakości kolejno wszystkich tych firm, ale w rzeczywistości mogły się zdarzyć różne rzeczy. Skoro już tu jest, to co szkodzi sprawdzić?

Obróciła słoiczek do góry dnem, by zobaczyć, czy data przydatności jest wyraźnie nadrukowana. Zamarła na parę dobrych chwil. Coś było nie tak. Numer serii: S0839. Stella nie miała takiej numeracji, Aneta była tego pewna. Razem z Dorotą nadawały numery poszczególnym partiom, wpisywały je do kart szarżowych, wyników badań i certyfikatów jakości, znała zatem wszystkie na pamięć. Numery serii w Stelli zaczynały się od litery P, a wartość liczbowa nie przekroczyła jeszcze pierwszej setki.

Na wszelki wypadek sprawdziła kilka słoiczków, a potem, kierowana impulsem, wrzuciła dwa do koszyka. Pognała do kasy, szybko zapakowała zakupy do samochodu, w biegu wyławiając z toreb krem z orchideą. Siedząc w aucie, najpierw odkręciła jeden i zerwała sreberko zabezpieczające masę kosmetyczną. Krem był śnieżnobiały, bez najmniejszej beżowej dominanty i o ciężkim, mocno kwiatowym zapachu. Nie ulegało żadnej wątpliwości, że nie został wyprodukowany w Stelli. Użyto innej, z całą pewnością tańszej kompozycji zapachowej oraz mniej intensywnego ekstraktu. Posmarowała dłoń. Produkt różnił się nieznacznie konsystencją, był cięższy i tłuściejszy. Jednym słowem: zdecydowanie gorszej jakości. Nic dziwnego, że nikt go nie kupuje!

Pomknęła do firmy, pędząc przez miasteczko nieprzyzwoicie szybko. Ręce jej się trzęsły z przejęcia, kiedy zmieniała biegi. Omal nie rozjechała zabłąkanego kota, a na koniec, przy skręcie, uderzyła tylnym kołem o krawężnik. Wyskoczyła z samochodu i odbiła się od zamkniętych drzwi firmy. Zapomniała, że wprowadziły surowy nakaz zamykania ich na zasuwę. Wcisnęła dzwonek i trzymała go wściekle chyba przez pół minuty, dopóki nie otworzyła jej zdyszana Ilona.

– Coś się stało, szefowo? – spytała.

– Wołaj Dorotę! – rozkazała Aneta, wpadając do środka. – Beata u siebie?

– Obie siedzą w laboratorium z tym przystojnym gliniarzem.

– Dzielnicowy jest tutaj? – zapytała ze zdziwieniem Aneta.

Miał się nie pojawiać, lecz dyskretnie obserwować Beatę, która nosiła ukryte w kieszeniach dyktafony i małą szpiegowską kamerkę na wypadek spotkania Franka. Pułapka trwała od tygodnia, ale szwagier się w nią jeszcze nie złapał. Chyba że stało się to właśnie dziś.

Wpadła z impetem do laboratorium, rzuciła „cześć" i omiotła spojrzeniem pomieszczenie. Dorota siedziała na stołku ze spuszczoną głową. Jacek opierał się tyłkiem o laboratoryjny stół i patrzył na nią z niewyraźną miną. Beata spacerowała w kółko z rękami w kieszeniach dresowych spodni. Na pierwszy rzut oka panował minorowy nastrój.

– Coś się stało? – spytała starsza siostra, gdy Aneta trzasnęła drzwiami.

– Kompletna bryndza. Zdradzono nas!

– Co ty powiesz... – mruknęła Beata. – Twój też się puścił?

– Co? Jaki mój? – Aneta potrząsnęła głową.

– Twój chłop! Zdradził cię? Z kim?

– Jaki chłop? Ach, Piotrek? Nie, nie on. Pierwiosnek nas zdradził! – oznajmiła i trzasnęła dwoma słoiczkami o blat. – A tu co się wyprawia? Dlaczego macie takie dziwne miny?

– Jacek przyjechał wręczyć Dorocie wezwanie na komendę – wyjaśniła Beata. – Wyobraź sobie, że Albert złożył na nią doniesienie.

– To poważna sprawa – wtrącił dzielnicowy. – Dorota może zostać oskarżona o zakłócenie porządku po pijanemu, wszczęcie burdy, naruszenie nietykalności cielesnej, uszkodzenie ciała, a w skrajnym przypadku, jeśli tak zdecyduje prokurator, nawet o próbę zabójstwa.

– To chyba jakiś kawał? Chodzi o ten wieczór, kiedy pogoniła Alberta?

– Pojechał prosto do szpitala, gdzie przeprowadzono obdukcję. Na policji zjawił się z orzeczeniem lekarskim, a do tego twierdził, że ma chętnego do zeznań świadka, waszego sąsiada z dołu. Wynika z nich, że Albert został napadnięty przez wrzeszczącą furiatkę, zaatakowany gazem, a potem zepchnięty ze schodów – wyjaśniał Jacek. – Nie wygląda to dobrze. Muszę rozpocząć postępowanie przygotowawcze, przesłuchać Dorotę i sporządzić raport, który trafi do prokuratury.

– Wyląduję za kratkami? – zapytała Dorota.

– Nie, nie musisz się tego obawiać. Prokurator mógłby zarządzić zatrzymanie i areszt na trzy miesiące, gdybyś sprawiała zagrożenie publiczne lub mogła na wolności mataczyć i utrudniać śledztwo. Nie byłaś jednak karana, masz stałą pracę na kierowniczym stanowisku i dobrą reputację, więc prokuratura raczej umorzy postępowanie, myślę, że nie dojdzie nawet do rozprawy – tłumaczył cierpliwie policjant. – Poza tym postaram się sporządzić raport ze sprawy tak, by ją zbagatelizować, przedstawić jako nieporozumienie skłóconych kochanków. Gdyby robić proces po każdej awanturze w konkubinacie, sądy nie miałyby czasu zajmować się niczym innym...

– Co za absurd, kłótnia kochanków, też coś! Przecież to ona była ofiarą. Wariat ją napadł w jej własnym mieszkaniu, a ona się tylko broniła. Widzisz, jaka sprawiedliwość? Jeśli już go lałaś, trzeba było wpieprzyć mu naprawdę porządnie – dodała Beata. – Tak porządnie, by wylądował w szpitalu.

– O nie. – Jacek pokręcił głową. – To zupełnie zmieniłoby kwalifikację czynu. Wtedy Dorota byłaby ścigana z urzędu za ciężkie uszkodzenie ciała. Możliwe, że prokuratura wystawiłaby nakaz aresztowania.

– O czym wy mówicie? Ja go nie napadłam ani nie pobiłam. To był wypadek! – Dorota się oburzyła. – Ten szaleniec próbuje mnie wrobić. Albo chce się zemścić i dać mi nauczkę, albo zamierza zastraszyć. Może zmienić zeznania, jeśli zgodzę się do niego wrócić.

– Chyba nie zamierzasz ulec? – spytała Beata.

– Nigdy w życiu. – Dorota wyprostowała się dumnie. Minę miała zaciętą, usta zacisnęła w wąską szparkę. – Wolę wylądować w celi, niż do niego wrócić. W więzieniu byłabym przynajmniej bezpieczna. I wreszcie miała święty spokój!

– Nie dramatyzuj. Nie trafisz do żadnego więzienia – oświadczyła uspokajająco Aneta. – Po pierwsze, nie jesteś sama, masz nas. Nie rzucimy cię na pożarcie psychopacie, nie ma w ogóle o czym mówić. Nie damy cię skrzywdzić. Spokojnie przeanalizujemy sytuację i znajdziemy jakieś rozwiązanie. A ty przestań tak łazić w kółko, bo wprowadzasz nerwową atmosferę! – upomniała ciągle spacerującą siostrę.

– Trener zalecił mi dużo ruchu – odparła Beata. – Ale masz rację, młoda. Musimy się uspokoić i jakoś ogarnąć problemy z chłopami. Mamy na karku dwóch niebezpiecznych drani. Mojego mężusia, zamieszanego w śmierć Bożeny, i gacha Dorotki, psychopatę i potencjalnego mordercę. Miałam nadzieję, że to nasze jedyne kłopoty, ale wspomniałaś coś o zdradzie Pierwiosnka.

Aneta odkręciła pierwszy ze słoiczków i pokazała go dziewczynom, opowiedziała też, skąd go wzięła.

– Romek z Pierwiosnka zrobił nas w balona – mruknęła Beata. – Przejął naszą technologię i zlecił wytwarzanie komuś innemu. Pewnie znalazł tańszego producenta. Ale dlaczego zachował to w tajemnicy? Nawet nie próbował z nami negocjować ceny.

– Ukradł wam coś? – spytał Jacek. – Zostałyście oszukane?

– Niezupełnie, właściwie trudno powiedzieć – westchnęła Aneta. – Pierwiosnek zamówił u nas opracowanie kilku produktów. Dzięki wykonaniu serii eksperymentów stworzyłam w laboratorium próbki tych kremów. Na koszt Pierwiosnka zostały przebadane dermatologicznie, zrobiono im testy konsumenckie i skierowano do produkcji. Umowa z Romkiem, przedstawicielem Pierwiosnka, była taka, że opracowane przez nas kremy będą wytwarzane w naszej fabryczce pod marką Pierwiosnka. Nasza firma świadczy właśnie taką usługę dla dużych kontrahentów. Opracowujemy dla nich produkt i go wytwarzamy. Zamawiający zajmuje się dystrybucją i sprzedażą. Korzyść jest obopólna. Oni nie muszą prowadzić działu badawczego i wdrażać do produkcji nowych technologii, co jest kłopotliwe i po prostu trudne. Poza tym ich działy produkcyjne zajmują się wytwarzaniem bieżących wyrobów i nie mają miejsca i czasu, by wdrażać kolejne. My z kolei nie musimy budować czy wynajmować wielkiego magazynu, a przede wszystkim tworzyć i utrzymywać działu marketingu, co zresztą po prostu by nas przerosło. Wyobrażasz sobie, że nasza fabryczka musiałaby zatrudnić cały tłum reprezentantów handlowych i pracowników zajmujących się reklamą, dystrybucją i kontaktami z hurtowniami i sklepami? Nie stać nas na to.

– Dobra, chyba zrozumiał – mruknęła Beata, krytycznie przyglądając się policjantowi.

Aneta zauważyła, że ta dwójka już nie skacze sobie do gardeł, a nawet sprawia wrażenie ludzi pozostających w pewnej zażyłości. Gliniarz wiele zyskał w oczach jej starszej siostry, przybywając na ratunek i rzetelnie zajmując się jej sprawą. Nie musiał się angażować, ale robił to, bo jest po prostu porządnym człowiekiem. To chyba wreszcie dotarło do Beaty i zrozumiała, że nie wypada na niego wrzeszczeć i obwiniać o podrywanie młodszej siostry.

– Coś tam zrozumiał – przytaknął Jacek. – Wiem już, o co chodzi w waszym interesie z Pierwiosnkiem. Z tego, co do mnie dotarło, rozumiem, że Romek zwyczajnie nie wywiązał się z umowy. Według niej opracowałyście dla jego firmy krem czy nawet kilka. Wyprodukowałyście pierwszą partię materiału, który trafił do sklepów. Pierwiosnek czekał na wyniki sprzedaży, by oszacować, jak wielkie ma zrobić u was zamówienie na kolejne partie towaru. Ale ich nie zamówił, tylko zlecił wytwarzanie komuś innemu...

– Bystry z ciebie chłopak – pochwaliła Beata. – Romek zwodził nas i kręcił, a w międzyczasie układał się z innym wytwórcą. Zamówiłyśmy już surowce do produkcji, szacując, że kolejne zamówienie to w przybliżeniu tona kremu. Trzeba było za ten towar zapłacić zaliczki, nie możemy go już nawet zwrócić. Lada dzień przyjedzie tu tir pełen beczek i worów ze składnikami, z którymi nie mamy co zrobić, a w których mamy zamrożoną sporą kasę.

– Postraszcie ich sądem – poradził Jacek. – Złamali umowę, prawda?

– Ech tam, tak nie załatwia się spraw w tym biznesie – żachnęła się Beata. – Zresztą umowy faktycznie nie złamał. Był w niej tylko punkt, w którym Pierwiosnek zobowiązał się do wytwarzania u nas opracowanych kremów. I zrobił to. Zamówił partię kremu? Zamówił.

– W umowie nie było wyszczególnione, jak wiele materiału musi u was zamówić – podchwycił Jacek. – Sprytnie. Znaczy, że ten Romek czy tam cały Pierwiosnek od początku planowali was po prostu wykorzystać. Chcieli, żebyście opracowali dla nich kremy, których technologię wytwarzania chcieli przejąć. Niezbyt rozumiem, jak im się to miało opłacać. Ile na tym zarobili? Sami nie mogli sobie tych kremów wymyślić, musieli je tak podstępnie kraść?

– Widocznie nie mogli, bo zatrudniają jako technologów same niemoty – odparła Aneta. – Głupie cipki, niemające pojęcia o chemii i fizyce, którym się jednak wydaje, że wielkie z nich fachury, bo potrafią dobrać krem do swojej cery. A wymyślenie i opracowanie kremu nie jest wcale proste i wymaga sporego doświadczenia, umiejętności i wiedzy. Do tego jeszcze potrzebne jest wyczucie i iskra boża. Znaczy to coś, co niektórzy nazywają talentem.

– Mhm – przytaknęła Beata. – Produkty, które zamówił Pierwiosnek, od początku miały być specyficzne, przeznaczone do dyskontów, czyli tanie, ale jednocześnie jak najwyższej jakości. By zaprojektować recepturę na produkt, który zachwyci specjów z Biedronki i jednocześnie będzie miał akceptowalną przez nich cenę, wymagane są naprawdę nie byle jakie umiejętności. Tak się składa, że jeden z najlepszych w Polsce technologów, który potrafi robić takie cuda, to właśnie ta pani. – Wskazała Anetę. – Pierwiosnek o tym wie i nieraz próbował ją podkupić.

– Nie udało się, więc zrobił u was oficjalne zamówienie, ale jednocześnie od początku planował wam te produkty podprowadzić – podsumował policjant. – Wreszcie wszystko jest jasne. Zostałyście oszukane, ale zgodnie z prawem. Zwyczajnie was wykorzystano, wpędzając przy okazji w kłopoty finansowe.

Dorota podeszła do Anety i pocieszająco położyła dłoń na jej ramieniu.

– Wiecie, że może chodzić o coś więcej niż podprowadzenie nam tych technologii – zauważyła. – Pierwiosnek mógł celowo nas zwodzić i przeciągać sprawę w czasie, by wpędzić nas w kłopoty finansowe, z których się nie wykaraskamy. Romek wyciął nam ten numer, by pogrzebać Stellę, by zniszczyć konkurencję. Kiedy ogłosimy upadłość, pewnie zgłosi się do Anety, składając jej propozycję nie do odrzucenia. Zaproponuje jej pracę w Pierwiosnku.

– Robił to już wiele razy – przyznała Aneta. – Może rzeczywiście doszedł do wniosku, że aby mnie skaptować, musi najpierw zniszczyć Stellę?

Beata zaklęła, i to całkiem głośno, walnęła przy tym pięścią w laboratoryjny stół, aż elektroda od pehametru wyskoczyła ze stojaka. Dorota i Aneta skoczyły ku niej jednocześnie, ratując cenne urządzenie przed upadkiem na podłogę.

– Przepraszam – bąknęła Większa Szefowa. – Wszystko się potwierdzi, jeśli w najbliższym czasie Romek dalej będzie nas zwodził, a tymczasem na rynku pojawią się kolejne zamówione u nas przez Pierwiosnka produkty. Przekazaliśmy im już dokumentację do produkcji kolejnych trzech kremów. Musimy teraz obserwować, co sprzedają. Jeśli w ofercie pojawią się te produkty, to znaczy, że wszystkie te podejrzenia są prawdą.

– Nic prostszego, jak zajrzeć na ich stronę i do internetowego sklepu – stwierdziła Dorota, siadając przed komputerem.

Natychmiast cała trójka stanęła jej za plecami, zerkając ciekawie w monitor. Po chwili Dorota przesuwała pasek z asortymentem Pierwiosnka.

– Jest krem z orchideą – zauważyła jako pierwsza.
– A to? Czy to nie nasz krem na noc, a to serum na dekolt?

Beata zaklęła po raz kolejny, nadzwyczaj szpetnie i plugawie, po czym pogroziła komputerowi pięścią. Nikt nie próbował jej uspokajać. Aneta wpatrywała się w ekran na przesuwające się produkty z kategorii „Nowość" i czuła, że z każdą chwilą jest coraz bardziej przerażona. Dostała gęsiej skórki chyba na całym ciele.

– Czekaj – wycedziła wreszcie, powstrzymując Dorotę przed zamknięciem przeglądarki. – Widzicie to? Żel do higieny intymnej. Otwórz zakładkę i pokaż jego INCI.

Dorota wykonała polecenie i przeczytała głośno, od razu tłumacząc na polski:

– Woda, betaina, gliceryna, guma ksantanowa, ekstrakt z kory dębu, ekstrakt z rumianku, pantenol, ekstrakt z kory brzozy, kwas mlekowy...

– Co to, do cholery? – wycedziła Beata.

– Żel identyczny z tym, który przez cały miesiąc robimy dla Derminium. Nawet składniki są podane w tej samej kolejności, zatem skład jest taki sam, kropka w kropkę – westchnęła Aneta. – Pokaż pozostałe produkty.

Ze zgrozą odkryły w nowościach odżywkę do włosów, krem dla pań 50+ i 60+, serum pod oczy, a nawet rozgrzewający krem do dłoni. Wszystko z takim samym składem, jaki pamiętała Aneta. To były produkty, które miała na dysku zaginionego notebooka. Opracowywane miesiącami dla różnych klientów lub po prostu zanotowane do późniejszego wykorzystania. Jednym słowem: Pierwiosnek nie tylko wykorzystał je i oszukał, ale zwyczajnie okradł z technologii.

– Czuję się brudna i zbrukana, w dodatku chce mi się rzygać – oświadczyła Aneta. – To oni ukradli mój komputer i wykorzystują opisane w nim receptury.

Z Beaty jakby ktoś spuścił powietrze. Usiadła ciężko na stołku i ukryła twarz w dłoniach. Dorota nie odrywała wzroku od monitora, kolejno otwierając zakładki z opisami produktów. Nie mogła uwierzyć własnym oczom, nawet przez myśl by jej nie przeszło, że w branży możliwe jest coś takiego. Bezpardonowa walka o klienta, o zlecenia, o rynek – owszem. Ale takimi metodami? To się w głowie nie mieściło.

– Jesteśmy ugotowane – oświadczyła uroczyście podniosłym tonem Aneta. – Już po nas i Stelli. Chyba że byśmy spróbowały walczyć. To co, dziewczyny? Wywieszamy białą flagę czy bijemy się do końca?

– Walczymy – stwierdziła krótko Dorota, nawet nie odrywając się od komputera.

Beata otarła twarz i spojrzała na siostrę.

– Jako kapitan tego statku zostaję na pokładzie do samego końca i w razie czego idę z nim na dno – powiedziała. – Boję się, żeby historia Bożeny się nie powtórzyła – firma padnie, a ja zostanę tu sama. Wtedy przyjdzie jakiś Franek i zamuruje mnie tak samo jak tamtą.

– Co ty wygadujesz? – Aneta podeszła do siostry i położyła dłonie na jej ramionach. – Tamtą biedaczkę spotkał tragiczny koniec, bo nie miał jej kto wesprzeć w potrzebie. Wspólnik ją porzucił, a mąż lub kochanek zamordował. Nasza sytuacja jest zupełnie inna. Mamy siebie. Weźmiemy się w garść i pokonamy przeciwności. Ta firma nie upadnie, ja nie pozwolę się zwerbować Pierwiosnkowi, a wy dwie nie dacie się swoim prześladowcom. Aby nam się to udało, musimy działać razem.

– Jak trzej muszkieterowie? – spytała Dorota, wyglądając zza monitora. – Wszyscy za jednego i tak dalej?

– W takim razie ja będę waszym D'Artagnanem – oświadczył z uśmiechem Jacek. – O ile pozwolicie mi przystąpić do kompanii...

Beata zmierzyła go wzrokiem od stóp do głów. Wykrzywiła usta w niechętnym grymasie, aż gliniarz poczuł się nieswojo, chrząknął nawet niepewnie.

– Przyda się – oświadczyła w końcu Większa Szefowa. – Nawet bardzo. Cieszę się, że cię poznałam, Jacku. Porządny z ciebie facet. To prawdziwa rzadkość w dzisiejszych czasach.

– Dzięki, Beata. – Skinął głową z wdziękiem, przyjmując niecodzienny komplement. – Choć zachowujesz się czasem jak wariatka, jesteś równą babką. Nie zostawiłbym was w potrzebie, nawet gdybyś się na to nie zgodziła.

– Uparty jak osioł – mruknęła.

– Kłótliwa i pyskata jak przekupka z targowiska – odparł.

– Widzę, że się polubiliście – przerwała im Aneta. – Dość tych żartów, musimy się zastanowić, jak wybrnąć z paskudnego położenia. Najpierw finanse. Jak długo zdołamy funkcjonować bez zamówień z Pierwiosnka, opierając się wyłącznie na Derminium?

Beata wstała ze stołka i wyszła do konferencyjnej po swojego laptopa. Na korytarzu wydarła się na dziewczyny, pałętające się po firmie bez celu, i w dwie sekundy ustawiła je do pionu. Aneta poszła do kuchni zrobić dla wszystkich kawę, a policjant wyszedł zadzwonić na komendę, by zapanować nad swoją robotą. Dorota została na chwilę sama, miała czas, by przeczytać SMS-a od Alberta, w którym proponował jej ugodowe spotkanie. Wykasowała wiadomość, nawet na nią nie odpowiadając.

A potem zaczęło się najważniejsze zebranie w działalności Stelli, na którym ważyć się miały dalsze losy nie tylko firmy, ale również trzech prowadzących ją kobiet.

# Rozdział 17.

## BEATA.
## PIERWSZA WOJNA KREMOWA

Tydzień minął szybko, a Beata w tym czasie ledwie ogarnęła podstawowe sprawy związane z planowaniem finansów. Jakby nie liczyła i nie zakładała nie wiadomo jakich oszczędności, wychodziło jej, że bez zamówień z Pierwiosnka firma nie pociągnie nawet pół roku. Po tym okresie po prostu straci płynność finansową. Nawet gdyby siostry zdecydowały się wziąć kredyt, licząc na to, że odbiją się od dna, groziło to jeszcze gorszą katastrofą. Wpadną w pułapkę rosnących odsetek, a po pewnym czasie nie zdołają spłacać nawet ich, aż w końcu nawiedzi je firma windykacyjna lub po prostu komornik, który opieczętuje maszyny i budynek. Skończą tak samo jak mydlarnia należąca do nieszczęsnej Bożenki.

Chyba że do tego czasu uda im się pozyskać nowego klienta. Potrzebowały na gwałt strategicznego partnera, który złoży w Stelli zamówienia. Z produkcji żelu dla Derminium nie zdołają się utrzymać, to nie wchodziło w grę. Beata robiła zatem, co się dało, by zainteresować kogoś z branży ich usługami. Niestety, konkurencja była ogromna, w kraju działała masa wytwórców podobnych do Stelli, poza tym kilka dużych firm zamiast zamawiać masy u podwykonawców, decydowało się rozwijać własne działy produkcyjne i wytwarzać kremy u siebie. Po tygodniu walenia głową w mur Beata stwierdziła, że szybko nic się nie da zrobić. Musiała liczyć na łut szczęścia lub przebić konkurencję niższymi cenami. Szacowanie, o ile mogą obniżyć koszty produkcji, też jednak nie nastrajało optymistycznie. Nawet balansując na granicy opłacalności, nie dadzą rady funkcjonować zbyt długo. Prędzej czy później pójdą z torbami. Potrzebowały ratunku, ale znikąd nie mogły na niego liczyć. Były zdane wyłącznie na siebie.

Rankiem z pomocą mamy wyprawiła chłopców do szkoły, po drodze spotykając listonosza, który wręczył jej list polecony. To było wezwanie na rozprawę rozwodową, przyszło bardzo szybko, widocznie sąd administracyjny w miasteczku działał bardzo sprawnie lub pomogły mu w tym wpływy radnej Baczewskiej. Dodatkowy cios, który omal nie dobił jej na miejscu. Jakkolwiek skończyłaby się rozprawa, z czyjej winy zostanie zarządzony rozwód, i tak znajdowała się w niewygodnej pozycji. Franek był z nią w stanie wojny i z pewnością zacznie się domagać, by opuściła jego dom. Że też pobrała się z nim, będąc głupią trzpiotką, i do głowy jej nie przyszło, by spisywać intercyzę. Do głowy jej jednak nie przyszło również to, że kochany Franuś może ją tak wystawić. Jeśli Stella nie wykaraska się z kłopotów, może skończyć się tak, że za kilka miesięcy Beata wyląduje na bruku z mamą i dwójką dzieci, a do tego bez grosza przy duszy i bez środków do utrzymania. Pozostanie jej chyba zamurować się w gabinecie Bożenki.

Zacisnęła zęby, spakowała do plecaka ciuchy na zmianę oraz ręcznik, a potem w dresie i sportowych butach pobiegła do firmy. Miała do pokonania cztery kilometry, akurat by się rozgrzać i spalić trochę tłuszczu. Dzięki ćwiczeniom i dręczącemu stresowi schudła już niemal dziesięć kilogramów. Czuła się dzięki temu młodsza, lżejsza i bardziej nabuzowana. Mimo utraty tkanki tłuszczowej nie brakowało jej energii, wręcz przeciwnie, wprost nią kipiała. Zostawiając za sobą nadmiarowe kilogramy, porzucała część trosk, rosła w niej wojowniczość i upór. Nie podda się, nie złoży broni.

Biegła szybko, nie oszczędzając się nawet odrobinę. Walczyła z własną słabością, ciężarem ciała, ale również z kłopotami, zdradą męża, przeciwnościami losu i z całym wszechświatem. Pędziła jak sprinterka na krótkim dystansie. Bez litości dla siebie, nie dbając o zachowanie rezerw. Już w połowie drogi zabrakło jej tchu i musiała zwolnić, ale nie zrezygnowała. Przebiegła przez środek miasteczka, nie zwracając uwagi na obserwujących ją przechodniów, w tym urzędniczki zdążające do gminy. Wiedziała, że jest spocona i czerwona z wysiłku, że wygląda niekorzystnie, jak wariatka, a nie szacowna bizneswoman. Miała to jednak w nosie.

Przestała dbać o wizerunek, zabiegać o łaskę miejscowej burżuazji, wchodzić w światek lokalnych wyższych sfer. Zrezygnowała nawet z daremnej walki o utrzymanie dobrego imienia rodziny. Pogodziła się z rozwodem, i to nie tylko swoim, ale także siostry. Aneta bowiem wczoraj oświadczyła jej, że rozstaje się z Piotrem. Beata przyjęła to bez zdziwienia i bez większych emocji. Sama była zaskoczona przeformowaniem swojej postawy życiowej. Ile to może zmienić się w człowieku w ciągu tak krótkiego czasu! Wystarczy przeżyć swoje, by całkiem wykrzywiła się perspektywa i sposób patrzenia na świat.

Dobiegła do fabryki, dysząc i sapiąc jak parowóz. Dziewczyny palące papierosy przed wejściem patrzyły na nią z autentycznym podziwem. Plotki o jej rozwodzie i pobiciu przez męża zrobiły na nich wszystkich wielkie wrażenie. Dorota donosiła, że przestały nabijać się z sióstr Mazur, choć kpiny z szefostwa były naturalną rzeczą wśród prostej załogi. Pracownice zaczęły im obu współczuć i kibicować.

– Świetnie wyglądas, sefowo! – rzuciła Mariola do czerwonej jak burak, zgiętej wpół Beaty. – Figurę mas jus jak dwudziestolatka!

– Jasne – wysapała szefowa. – A teraz pomóżcie dwudziestolatce wejść do środka, bo właśnie złapała ją kolka i nie ma siły się ruszyć.

Dziewczęta wzięły ją pod ramiona i zaciągnęły do kuchni. Usadziły na krześle i wręczyły szklankę wody. Beata nie miała dziś ochoty się na nie wydzierać i gonić do roboty. Kiedy odzyskała oddech, powlokła się do łazienki i wzięła prysznic, dziękując sobie za zapobiegliwość, która skłoniła ją do zmuszenia Franka, by w czasie remontu zainstalował w fabryce kabinę prysznicową.

Odświeżona i kipiąca wewnętrznym żarem oraz chęcią do walki, zasiadła w konferencyjnej i rozpoczęła kolejny dzień bojów o przetrwanie firmy. Od kilku dni nie musiała się zupełnie zajmować zamówieniami surowców, opakowań i transportu. Wzięły to wreszcie na siebie Aneta z Dorotą. Opracowały nawet grafik, według którego wzajemnie się kontrolowały. Miało to wyeliminować wszelkie błędy i możliwość zapomnienia o jakimś składniku lub przegapienia faktu, że ten się właśnie skończył i nikt nie odnotował tego w programie magazynowym. Beata miała więc wreszcie spokój w tej sferze i zupełnie przestała się nią interesować. Jej obecnym zadaniem było opanowanie finansów i walka o zdobycie nowych zamówień.

Nie wychodziła z sali konferencyjnej do południa. Przyjmowała w niej interesantki, znaczy wyłącznie Dorotę i Anetę, które też starały się jej zbytnio nie zawracać głowy. Dziewczęta z produkcji nie śmiały nawet zbliżyć się do konferencyjnej, a idąc na przerwę śniadaniową czy na papieroska, hamowały się przed głośnym jazgotaniem i śmiechami. Właściwie przed drzwiami sali konferencyjnej przemykały na paluszkach, wręcz wstrzymując oddechy. Aneta okazała się nawet na tyle miła, że przygotowała i przyniosła Beacie śniadanie. Dorota natomiast zajmowała się dostarczaniem co jakiś czas kawy. Mimo sporych pokładów energii Beata pompowała w siebie ten pobudzający napój bez opamiętania, by jeszcze bardziej podkręcić obroty. Wreszcie serce zaczęło jej kołatać i w przypływie emocji nawrzeszczała na kobietę z jednej z firm, która nie chciała połączyć jej z kierownikiem z działu zamówień.

Postanowiła dać sobie na wstrzymanie i wybrała się na spacer. Obeszła wkoło stary park, ze złością rozkopując spadłe liście. Jakoś nie działało na nią piękno przyrody, poza tym złota jesień ostatecznie się skończyła i aktualnie było szaro, ponuro i zimno. Nic, tylko zagrzebać się w łóżku przed telewizorem i nie wychodzić z niego przez resztę dnia. Niestety nie mogła sobie pozwolić na podobne luksusy. Będzie pracowała do nocy i zaśnie w nerwach, z poczuciem uciekającego czasu i zmarnowanej szansy.

Nagle zadzwonił telefon. To był oczekiwany sygnał od Jacka.

– Trzymacie się jakoś, dziewczyny? – spytał policjant.

– Jeszcze dajemy radę – powiedziała ponuro. – Nikt żadnej dziś nie napadł ani nie próbował zamordować, ale jest dopiero południe. Wiele się jeszcze może zdarzyć. Na początek pięknego dnia dostałam wezwanie na rozprawę rozwodową, a Dorota wezwanie na przesłuchanie w sprawie o naruszenie nietykalności cielesnej. Nie jest więc tragicznie, zawsze mogłoby być gorzej.

– Nie pękaj. Los się musi wreszcie odwrócić, wszystko się ułoży, zobaczysz – powiedział pewnym głosem.

– Akurat. Daj spokój, takie gadki możesz wciskać Anecie. Ona wierzy w podobne bzdury. Los, karma, dobra i zła aura, tra ta ta. Rzeczywistość nie jest jednak cukierkowa, nie ma w niej nawet odrobiny magii. Świat nie jest sprawiedliwy, dranie nie zostaną ukarani, a my możemy liczyć wyłącznie na siebie. Nie oczekuję zatem, że niebiosa ześlą nam anioła na pomoc, nie czekam na zmiłowanie, odwrócenie się losu czy podobne pierdoły. Uparcie próbuję przejąć inicjatywę i nie dać się pokonać. To jedyne, co może nas uratować.

W słuchawce zapadła cisza.

– Zatkało cię? – spytała.

– Nie. To znaczy tak. Chyba się w tobie zakochałem – powiedział.

Parsknęła śmiechem.

– Jesteś wyjątkowo tępym gliną, w dodatku podrywaczem od siedmiu boleści. Gdzie się uczyłeś czarować dziewczyny, w policyjnej szkółce? – Zaśmiała się, o dziwo, szczerze i z całego serca. – Jeszcze kilka dni temu robiłeś maślane oczy do mojej siostry, nagle stwierdziłeś, że ciekawsza jest jej starsza wersja? Czterdziestoletnia, gruba baba-taran, której gęba nigdy się nie zamyka? Też mi atrakcja dla przystojniaka w mundurze. Gadaj lepiej od razu, czego chcesz!

Znów milczał, jakby się zastanawiał lub zbierał w sobie. Tym razem go nie popędzała. Przystanęła pod wiekowym, zupełnie już pozbawionym liści kasztanowcem.

– Nie wiem, chyba szukam u was zrozumienia – powiedział wreszcie. – Jestem samotnym mężczyzną, który nie wie, co ma zrobić ze swoim życiem. Spędziłem kilka ostatnich lat, poświęcając się bez reszty pracy, a jedyne, co osiągnąłem, to szefostwo posterunku. Dotarło do mnie, że nic więcej w swoim zawodzie już nie ugram, mogę zatem wreszcie skupić się na sobie. Zacząłem więc szukać i spotkałem siostry Mazur.

– Dwie kopnięte baby – mruknęła Beata.

– Widocznie to moja karma, jakby podsumowała Aneta. – Taktownie nie zaprzeczył. – Nie ma co filozofować, pora wziąć sprawy w swoje ręce. Mam rację?

– Jasne. Zatem zastawiamy dziś pułapkę?

– Najwyższa pora, nie ma na co dłużej czekać. Przyjdę koło szesnastej i poczekam z tyłu budynku, aż wszyscy wyjdą – powiedział, pożegnał się krótko i rozłączył.

Beata poczuła przyjemne ciepło, rozpływające się w podbrzuszu i stopniowo wykwitające także na policzkach. To było niemal jak umawianie się na schadzkę, ale chyba jeszcze bardziej emocjonujące. Nie przeżywała podobnych przygód od niepamiętnych panieńskich czasów.

Wróciła do firmy, podekscytowana i ze znacznie poprawionym nastrojem. Do końca dnia nie tknęła kawy, odwiedziła za to produkcję i zamieniła kilka słów z Dorotą tak, by słyszeli wszyscy kręcący się w pobliżu pracownicy. Powiedziała kierowniczce produkcji, że trzeba naszykować homogenizatory pod nowy produkt zamówiony przez Derminium, do którego Aneta przygotowuje już karty szarżowe.

– Ach, nowy produkt! To wspaniale, bo już wszystkim nam się znudził ten żel do higieny intymnej – Dorota się ucieszyła. – Prawda, dziewczyny? Najgorsze jest robienie zawiesiny z gumy ksantanowej w glicerynie. Pyli się to cholerstwo, że trudno wytrzymać. Potem trzeba się jeszcze uporać z upierdliwie powolnym wlewaniem tej zawiesiny, można umrzeć z nudów.

– Jeszcze gorsze jest robienie roztworu rewopalu w gorącym glikolu – dodał Grzesiek. – Szczególnie wdychanie pary glikolu. Niby nie śmierdzi, ale po kilku godzinach potrafi być drażniący.

Beata porozmawiała parę chwil z załogą, na nikogo nie krzycząc ani nie robiąc żadnych wymówek. Wszyscy doszli do wniosku, że konieczne będzie poprawienie wentylacji i zamontowanie mocniejszych dmuchaw do rozpędzania tumanów pyłu i oparów. Dorota nawet zasugerowała, by w naważalni po prostu zainstalować wyciąg przeznaczony do kuchni przemysłowych.

Beata spędziła resztę dniówki, trochę rozmawiając z siostrą, a trochę nagabując znajomych o zlecenia. Nikt jednak się nie kwapił do ugadywania się ze Stellą. Zupełnie jakby nagle stały się pariasami w branży lub – co bardziej prawdopodobne – ktoś robił im kreicą robotę, rozsiewając paskudne pomówienia. Czarny PR mógł im robić zarówno Romek z Pierwiosnka, jak i sprzymierzony z nim Górnicki, sprzedawca sprzętu, który bywał we wszystkich dużych firmach w kraju.

Beata jednak nie nakręcała się nienawiścią i gniewem. Wiedziała, że nie pora i miejsce na wściekanie się i złorzeczenie. Zemści się, ale zrobi to z zimną krwią, całkowicie spokojna i opanowana. Pokaże im wszystkim, odpłaci za kłopoty z nawiązką.

Jakieś piętnaście minut po godzinie szesnastej w firmie nie było już nikogo. Aneta odjechała jako ostatnia, wcześniej gasząc światła i zamykając drzwi na dwie zasuwy. Beata została w ubikacji, przycupnięta na sedesie, przyczajona w całkowitej ciszy niczym drapieżnik czekający na ofiarę. Przeglądała parę minut wiadomości w smartfonie, wreszcie się znudziła i wyszła z kabiny. Potem, pilnując się, by odruchowo nie zapalać światła, przeszła do kuchni. To pomieszczenie nie miało okien, było więc w nim całkowicie ciemno.

Usiadła na krześle i zamknęła oczy. Nie miała wiele do roboty. Czekała.

Początkowo minuty wlokły się w nieskończoność. Minął jakiś kwadrans, zanim się uspokoiła i popadła w stan odrętwienia. Cisza, ciepło i ciemność. Nic, tylko spać. Po kolejnych kilku minutach jej oddech zwolnił i zapadła w drzemkę. Musiała być cholernie zmęczona nieustającymi nerwami, przeciągającym się stresem, skoro zwyczajnie zasnęła w trakcie akcji. Chrobot klucza i trzask przesuwanej zasuwy wyrwały ją ze snu. Omal nie spadła z krzesła i nie krzyknęła. Stłumiła przekleństwo, wstała ostrożnie i przywarła do ściany.

Drzwi od kuchni zostawiła uchylone tak, by widzieć cały hol i korytarz prowadzący do wejścia. Szpieg nie sprawiał wrażenia niepewnego ani przejętego wykonywaną misją. Szedł pewnym, spokojnym krokiem, nawet nie próbując się skradać. Beata wstrzymała oddech. Intruz skierował się do laboratorium, zgodnie z przewidywaniami. Przynęta w postaci opowieści o nowym produkcie dla Derminium zadziałała. Dał się na nią złapać.

Zgodnie z planem powinna wysłać telefonem sygnał do Jacka i na niego poczekać. Policjant czaił się gdzieś między drzewami na tyłach fabryki. Zamiast jednak zachować ostrożność i okazać cierpliwość, zacisnęła pięści i ruszyła za złodziejem. Miała ochotę udusić drania gołymi rękami. Wcale się go nie bała, wręcz przeciwnie, nie mogła doczekać się konfrontacji.

Kiedy weszła do laboratorium, Grzegorz Grygiel zdążył już włączyć oba komputery stacjonarne i czekając, aż się uruchomią, przeglądał zeszyt z ręcznymi zapiskami

Anety. Szukał danych o nowym produkcie. Beata aż zagotowała się ze złości. Doskoczyła do niego, złapała za włosy z tyłu głowy i napierając całym ciężarem ciała, przycisnęła jego twarz do blatu. Mężczyzna wylądował nosem w przeglądanym notatniku.

– Coś tu zgubiłeś, Grzesiu? – spytała, szepcząc mu prosto do ucha.

Krzyknął z przerażenia i wierzgnął całym ciałem, ale już siedziała mu okrakiem na plecach. Nie udało mu się oswobodzić, tkwił przyciśnięty do biurka, przywalony całym ciężarem ciała kobiety.

– Ja tylko czegoś zapomniałem… Ja chciałem tylko… – jęczał.

– Skąd masz klucze od wejścia, skąd znasz hasła do komputerów?! – spytała.

– To nie tak, to nieporozumienie…

Uniosła jego głowę, ciągnąc go za włosy, a potem trzasnęła nią o blat, aż zadudniło. Na szczęście uderzył o biurko czołem i – oprócz chwilowego oszołomienia – nic mu się nie stało. Beata powtórzyła uderzenie jeszcze dwa razy.

– Ty sukinsynu! Wiedziałam, że mamy kreta, gdy dziewczyny odkryły pierwiosnkową podróbkę żelu do cipek! – wrzasnęła mu prosto w ucho. – Receptury na inne produkty zostały skradzione przez Romana razem z notebookiem Anety, ale żelu w nim nie było. Wszedł do produkcji już po kradzieży laptopa, zatem przepis na niego musiał wynieść ktoś z firmy. O, ja głupia, dlaczego wcześniej się nie zorientowałam, że to ty? Koleś, który pojawił się znikąd i niby kiedyś pracował w Pierwiosnku. Ty cały czas dla nich pracujesz, Roman celowo cię tu przysłał! Jesteś pieprzonym, pierwiosnkowym szpiegiem!

Dla podkreślenia wagi swoich słów jeszcze raz trzasnęła jego głową o blat.

– Zatłukę cię, draniu! – ryknęła.

– Może nie tu, bo jego krew zapaskudzi całe laboratorium – odezwał się męski głos.

Dzielnicowy Stachowicz stanął w drzwiach. Był ubrany po cywilnemu, w spodnie plamiaki i czarny golf. Na rękach miał skórzane rękawiczki. Uśmiechnął się do Grzesia samymi kącikami ust tak złowrogo, że chłopak załkał ze zgrozy.

– Ludzie, co wy?! Ja tylko ukradłem kilka plików z komputera. Nikogo nie skrzywdziłem! – powiedział nerwowo.

– Zaprowadźmy go do pokoju Bożenki – powiedziała Beata. – I tak czeka na remont, poza tym ten gnojek nie będzie pierwszą osobą, którą tam zamordowano.

– Ale dlaczego pani mi to robi? Przecież uratowałem pani życie! Szefowo, miej litość! – rozpaczał jeniec.

Puściła go niespodziewanie, robiąc miejsce Jackowi. W dłoni policjanta pojawiły się kajdanki, które z wprawą zostały założone na wykręcone do tyłu ręce Grzesia. Stachowicz złapał go za ramię i wyciągnął z laboratorium na korytarz. Beata za plecami szpiega mrugnęła porozumiewawczo do Jacka. Odpowiedział uśmiechem.

– Przynieść nóż z kuchni czy wystarczy kabel przedłużacza? – spytała niewinnie.

– Kabel. Będzie mniej krwi – odparł policjant.

– Nieee! Czyście poszaleli? Ludzie, na pomoc! – Grzegorz wpadł w panikę.

– Daruj sobie. Ten budynek ma ponad sto lat, mury są grube i solidne – powiedziała Beata. – Kto wie, czego były świadkiem? Jesteśmy na uboczu, nikt w okolicy nic nie usłyszy, choćbyśmy żywcem obdzierali cię ze skóry.

– Ale za co? Jestem niewinny. Zmusili mnie do tego!

Wprowadzili go do ponurego gabinetu po Bożence i posadzili na krześle przyniesionym z kuchni. Jacek zapalił budowlaną lampę halogenową i jej oślepiająco biały snop światła skierował wprost w twarz jeńca. Grześ skulił się i zacisnął powieki. Dygotał ze strachu, chyba naprawdę uwierzył, że jego prześladowcy są zdolni do wszystkiego.

– Gadaj – zarządziła Beata.

– To był pomysł Romka – powiedział natychmiast. Zawahał się, przełknął ślinę i spojrzał jednym okiem na oprawców, ale stali za lampą, byli więc niewidoczni. – Jestem pracownikiem produkcji w Pierwiosnku, tak jak mówiłem. Pracuję tam od dziewięciu lat, od trzech jako brygadier, znaczy pomocnik kierownika zmiany. Mam żonę i dwójkę dzieci, a pensję niewielką. Wiecie, jak jest na produkcji w dużych firmach. Człowiek haruje jak wół, zostaje za darmo po godzinach, a na koniec dostaje marne grosze. Potrzebuję kasy, bo żona trafiła na bezrobocie. Muszę utrzymać rodzinę, poza tym spłacam kredyt.

– Jak my wszyscy. Cała Polska żyje na kredyt, ale na szczęście nie każdy z tego powodu kradnie – burknęła Beata.

– Łatwo pani powiedzieć. Jest pani na swoim, ma wsparcie bliskich i z pewnością nie przymiera głodem. Czy zdarzyło się pani odliczać każdą złotówkę, by starczyło do wypłaty, kupować tylko najtańsze rzeczy, wyłącznie z przeceny, i tłumaczyć dziecku, że musi chodzić w przymałych rzeczach po bracie, bo tatuś nie ma pieniędzy na nowe spodnie czy buciki?

– Nie próbuj wzbudzać we mnie litości! – warknęła Beata. – Nie nabiorę się na to. Połowa kraju żyje na granicy ubóstwa, ukrywa się przed komornikiem i haruje za marne grosze. To nie moja wina. Nie pozwolę się z tego powodu okradać i wpędzać w ruinę. Bieda nie usprawiedliwia kradzieży!

– Łatwo to mówić z perspektywy bogacza... – westchnął Grzegorz.

– Załatwmy go. Nie mam cierpliwości. – Beata zazgrzytała zębami.

– Dobrze, już mówię. Romek zaproponował mi szpiegostwo przemysłowe. Mówił, że w dzisiejszych czasach to nic nadzwyczajnego i nikomu nie robię tym krzywdy. Przecież tylko umożliwiam obieg informacji. W dodatku nie dość, że dostaję jedną pensję od was, drugą od Pierwiosnka, to jeszcze otrzymuję dolę za każdą wyniesioną recepturę lub technologię. Na koniec, gdy już uda się wysłać Stellę na dno, mam wrócić do Pierwiosnka na stanowisko kierownika zmiany. Rozumiecie? Awans, wreszcie, po tylu latach. Nie możecie mi się zatem dziwić, każdy na moim miejscu nie posiadałby się ze szczęścia, otrzymawszy taką ofertę. Zresztą nie mogłem się nie zgodzić. Gdybym tylko zaczął kręcić nosem, wyleciałbym na bruk, a Romek zadbałby o to, bym nie znalazł pracy nigdzie w branży. On potrafi oczerniać i niszczyć ludzi, uwierzcie.

Beata zacisnęła pięści, a z jej gardła wyrwał się stłumiony warkot. Jacek położył jej uspokajająco dłoń na ramieniu.

– Skąd wziąłeś hasła dostępu i klucze? – spytał.

– To było proste. Początkowo po wyjściu dziewczyn po prostu ze dwa czy trzy razy zostałem w firmie. Ukrywałem się a to na produkcji, a to w kiblu lub składziku. Przeszukiwałem laboratorium i salę konferencyjną, a potem wychodziłem oknem, które zamykałem po przyjściu rano do pracy. Już za drugim razem znalazłem zostawioną przez roztargnioną Anetę torebkę z kluczami do fabryki. Wystarczyło skoczyć z nimi do galerii handlowej, gdzie jest punkt dorabiania kluczy, a pół godziny później oryginały odłożyć na miejsce. Z hasłami było jeszcze łatwiej, znalazłem je napisane na karteczce przyklejonej do monitora Doroty. Do wszystkich komputerów w firmie jest jedno i to samo: Stella2014.

– O nie – jęknęła Beata.

Jacek ostrzegał je wcześniej przed skandalicznym brakiem zabezpieczeń i niedbałością. Uniknęłyby tego wszystkiego, gdyby go posłuchały i natychmiast założyły monitoring i alarm.

– Uduszę cię, gnojku – wycedziła i ruszyła przed siebie z zaciśniętymi pięściami.

Jacek złapał ją wpół i przez chwilę szarpali się, szurając i sapiąc. Było to trochę udawane, a trochę nie. Umówili się wcześniej, że w wypadku złapania szpiega

Beata zagra w czasie przesłuchania złego gliniarza, a Jacek dobrego. Jedno będzie straszyć, a drugie łagodzić i obiecywać. Stara metoda wymuszania zeznań, o której wszyscy słyszeli, ale i tak jej ulegali. Beata jednak nie musiała udawać złej, wściekłość i żądza mordu przyszły jej same z siebie, i to całkowicie naturalnie. Chwilami Jacek naprawdę musiał ją powstrzymywać, obejmował ją mocno w pasie, wreszcie przycisnął wijącą się kobietę do piersi.

– Puść – sapnęła, odwracając się do niego przodem.

Przycisnął ją jeszcze mocniej, spojrzał w oczy i pocałował. Przez ułamek sekundy zaciskała usta, potem przyjęła pocałunek, i to nadspodziewanie chętnie. Po chwili uniosła głowę i odpowiedziała na pieszczotę. Wtuliła się w gliniarza i złapała go za pośladek. Twardy i sprężysty. Jacek był przyjemnie umięśniony i harmonijnie zbudowany. Nie to co ten stary, gruby tur, Franek. Pan aspirant miał atletyczną budowę ciała, poza tym był zaskakująco delikatny, nawet w szarpaninie i wymuszaniu pocałunków. Prawdziwe ciacho.

– Co się dzieje? Jesteście tam? – spytał Grzegorz, ciągle oślepiony halogenową lampą.

Beata mruknęła niczym zadowolona kotka i klepnęła Jacka w pośladek. Policjant sprawiał wrażenie lekko oszołomionego.

– Udało mi się przekonać panią Mazur, że trzeba dać ci szansę – powiedział. – Oboje pamiętamy, że uratowałeś jej życie. Byłeś tu, gdy zaatakował ją mąż, kręciłeś się pewnie, by ukraść jakieś dane, ale słysząc, co się dzieje, zaryzykowałeś wpadkę i ruszyłeś Beacie z pomocą.

Gdybyś pozwolił Frankowi dokończyć dzieła, Romek pewnie by cię za to wynagrodził. Bez szefowej firma szybko by upadła i Aneta przyjęłaby ofertę pracy w Pierwiosnku.

– Nie jestem takim sukinsynem, by pozwolić na morderstwo – odparł jeniec. – Powiedziałem przecież, że szpieguję was dla pieniędzy, ale nie z chciwości, a dlatego, że nie mam innego wyjścia. W Stelli mi się podoba, dziewczyny są sympatyczne, a szefowe ludzkie i gdyby nie to, że mam nóż na gardle, nie robiłbym wam żadnych świństw.

– Żałujesz choć trochę? – spytała Beata, kierując lampę na ścianę.

Grzegorz zamrugał, zaskoczony.

– Miałem wyrzuty sumienia, zanim jeszcze zacząłem to robić, i nie opuszczają mnie nawet na chwilę – powiedział. – Na żale jednak nie mogę sobie pozwolić, dopóki muszę utrzymywać rodzinę.

Beata pokiwała głową.

– Kim jest twoja żona z wykształcenia? – spytała.

– Polonistką – powiedział. – Pracowała jako asystentka zarządu kolejno w trzech firmach. Zwolnili ją, gdy wróciła z urlopu macierzyńskiego.

– Sekretarka, tak? – mruknęła Beata. – Powiedzmy, że przyjdzie do mnie jutro na rozmowę, zobaczymy, czy się nada. Jeśli tak, przyjmę ją na swoją asystentkę.

– Co pani chce w zamian?

– Będziesz pracował dla nas – powiedziała. – Słyszałeś o podwójnych agentach? Romek ma być przekonany, że nic się nie zmieniło, nadal szpiegujesz na rzecz

Pierwiosnka. I tak będzie, ale zaczniesz przekazywać technologie i informacje, które specjalnie przygotujemy.

– Chcecie robić sabotaż, wciskając im jakieś podejrzane receptury? Ale to się prędzej czy później wyda – powiedział. – Romek wywali mnie z roboty!

– A myślałeś, że naprawdę zrobiłby cię kierownikiem? Zakładał, że twoje szpiegostwo nie wyjdzie na jaw aż do upadku Stelli? – prychnął Jacek. – Mnie się wydaje, że zrobił z ciebie kukułcze jajo, ale nie zamierzał przyjmować z powrotem, bo i po co? Skoro szpiegowałeś dla niego, jesteś zdolny sprzedawać informacje każdemu, kto zapłaci. Derminium, Doktor Annie Rossie, Piękno Group, Medofamie czy diabli wiedzą komu jeszcze. Stałeś się niebezpieczny jak każdy szpieg. Po wykonaniu roboty lepiej dla wszystkich będzie po prostu się ciebie pozbyć. Twoje miejsce w Pierwiosnku pewnie już jest zajęte przez zaufaną osobę.

– Może też posłużyć się tobą do szpiegowania innej firmy, a potem kolejnej – dodała Beata. – Nigdy już nie zaznasz spokoju. Jeśli wydaje ci się, że odwalisz tę brudną robotę i zajmiesz się spokojnym wytwarzaniem kosmetyków, to się mylisz. Romek ci na to nie pozwoli.

– Och, przestańcie – westchnął, opuszczając głowę. – Zgoda. Będę podwójnym szpiegiem, macie mnie.

Beata mrugnęła do Jacka, a ten posłał jej buziaka.

– Ale w zamian za to pozwolicie mi po prostu u siebie pracować, gdy ta wojna już się skończy – powiedział.

– Wojna? Pierwsza wojna kremowa, co? – parsknął Jacek.

– Jesteś dobrym pracownikiem, Dorota jest z ciebie bardzo zadowolona – powiedziała Beata. – Proponowała nawet, by zrobić cię brygadzistą i pozwolić skompletować załogę mężczyzn do naważania i obsługi fizycznej surowców. Zamierzamy powiększać produkcję i przydałby się nam kiedyś kierownik mężczyzna.

– Nie znajdziecie nikogo lepszego. – Grześ spojrzał na nią z nadzieją. – I wierniejszego.

Jacek rozkuł jeńca i schował kajdanki do kieszeni. Grzegorz wstał i przeciągnął się, prostując skostniałe ręce. Minę miał niepewną.

– Od jutra zaczynamy kontrofensywę przeciw Pierwiosnkowi – oznajmiła Beata. – A teraz wynocha do domu.

Ukłonił się jej niezgrabnie i ruszył do wyjścia.

– Aha, zabieraj podrobione klucze – rzuciła, zanim wyszedł. – Pamiętaj, że masz zachowywać pozory dalszej pracy dla wroga.

Zasalutował jej i znikł. Beata wyciągnęła telefon i wysłała do Anety i Doroty wiadomość. Obie wiedziały, co się szykuje, ale Jacek radził, by nie uczestniczyły w akcji. Operacja przejęcia szpiega jest skomplikowana i trudna, a nadmiar przesłuchujących i wywierających presję mógłby jej zaszkodzić.

Jacek zamknął za wychodzącym drzwi i wrócił do holu. Beata schowała telefon i spojrzała na niego pytająco. Podszedł do niej, uśmiechając się niepewnie, z lekkim zażenowaniem.

– Na czym to skończyliśmy? – spytał.

– Na tym? – upewniła się, znów chwytając go za pośladek.

Objął ją i pocałował. Zanurzyła się w jego ramionach i odpowiedziała z prawdziwą radością i entuzjazmem. Niemal z furią, jak wszystko, co robiła.

# Rozdział 18.

## DOROTA.

## JEDYNY RATUNEK

Dorota czytała kolejny z blogów poświęconych kosmetykom, popijając jednocześnie herbatę. Za oknami panowała już ciemna noc, hulał listopadowy wiatr, chłostając wściekle deszczem o szyby. Siedząc w ciepłym mieszkanku, w spokoju i ciszy, aż miło było jeszcze trochę popracować. Śledzenie internetowych opinii o produktach kosmetycznych Dorota uważała za dodatkowe służbowe zajęcie. Co prawda nikt jej go nie zlecił ani nikt jej z niego nie rozliczał, w dodatku siostry Mazur zupełnie to zajęcie bagatelizowały, ale ona nie ustawała w wysiłkach i raz na kilka dni cierpliwie przeglądała wszystko, co się dało znaleźć na ten temat w sieci.

Utworzyła sobie nawet konto na portalu społecznościowym, by łatwo i wygodnie posegregować wszystkie blogi i fora poświęcone branży i mieć je w jednym miejscu, w swoim internetowym kąciku. Do zakładki z ulubionymi pododawała wszystkie blogerki kosmetyczne i ustawiła powiadomienia o aktualizacjach ich stron. To samo dotyczyło forów o pielęgnacji urody i produktach kosmetycznych. Nie było tego wiele i na niektórych panowało dyletanctwo lub wszechwładza kosmetolożek, dziewczyn zajmujących się dbaniem o urodę, a nie produktami, ale mimo wszystko miała jakiś podgląd tego, co działo się na rynku. Szkoda, że w kobiecej blogosferze królowały kulinaria i moda, sporo też było o książkach, ale znalazło się również coś o kosmetykach.

Dziwiła się, że siostry Mazur są takie niedzisiejsze i zupełnie nie doceniają daru, jakim jest Internet. W tej otchłani niepotrzebnej informacji i zwykłych śmieci, wśród filmików o śmiesznych kotkach i uroczych bobasach, w zalewie infantylności i bzdur można było dogrzebać się ciekawych i przydatnych rzeczy. Choćby dowiedzieć się, co konsumentki myślą o produktach. Nie trzeba było płacić za badanie rynku, dało się go w pewnym stopniu wysondować, po prostu czytając wpisy na blogach.

Dorota ciągle mieszkała u Anety, już ponad dwa miesiące. Zadomowiła się wreszcie, czuła się jak u siebie. Jej gospodyni i przyjaciółka wyjechała w interesach i Dorota miała wolną chatę. Rozparła się w fotelu z laptopem na kolanach i czytała kolejno recenzje kremów i komentarze czytelniczek. Nawet z wypowiedzi dziewczyn odwiedzających blogi można było coś wyłowić.

Nie przerwała przeglądania sieciowych informacji, nawet słysząc kroki na korytarzu. Nie bała się teraz samotności, od czasu dostarczenia zawiadomienia o wezwaniu Albert nie dość, że przestał się kręcić w okolicy, to jeszcze zupełnie nie dawał znaku życia. Powoli zaczynała się nawet łudzić, że zrezygnował. Może szykował kolejną zasadzkę? To się jeszcze okaże. Tak czy inaczej, przestała się go bać. Wiedziała, że w razie czego poradzi sobie z tym wariatem i po prostu go spierze. Kupiła nawet kolejną puszkę gazu. Tym razem użyła swojej chemicznej wiedzy i wyszukała sobie coś odpowiedniejszego. Rozpylane ekstrakty pieprzu były skuteczne, ale zdecydowała się na zestaw paraliżująco-duszący. Jeśli tym razem zostanie napadnięta, potraktuje napastnika surowiej. Obezwładni i wezwie policję. Wtedy nie będzie mógł odwrócić kota ogonem i pozwać ją o napaść.

Potrząsnęła głową, bo myśl o Albercie rozproszyła ją i oderwała od lektury. W końcu znalazła coś ciekawego. Otworzyła plik z arkuszem kalkulacyjnym, w którym w tabelkę wklejała ciekawe linki i znalezione w nich fragmenty dotyczące interesujących ją produktów. Dodała kolejny wpis poświęcony kremowi z orchideą. Rysował się wyraźny trend. Właściwie na podstawie internetowych komentarzy, łącznie z opiniami klientek sklepów wysyłkowych z kosmetykami, mogła z całą pewnością powiedzieć, że próbna seria tego kremu, wytworzona w Stelli, naprawdę była prawdziwym hitem. Po wypuszczeniu kolejnych serii triumf obrócił się w klęskę. Klientki nie dały się oszukać. Pierwsza partia była bardzo wysokiej jakości i wykazywała zauważalne działanie odmładzające i wygładzające skórę. Ujędrniała ją i odżywiała. Kolejne, pierwiosnkowe partie były zwykłym, tanim kremem. Nie najgorszym, ale za tę cenę zasługującym najwyżej na trójkę z plusem.

Dorota już wiedziała, co zaszło. Pierwiosnek wykonał podróbkę zasadniczo według receptury, zastępując kompozycję zapachową tańszym zamiennikiem, zmniejszył ponadto liczbę substancji aktywnych. Użył również jakiegoś podlejszego oleju, możliwe, że olej sojowy zastąpił parafiną. To dlatego ich krem oceniany był jako tłusty i ciężki, ponadto niezbyt przyjemnie pachnący.

Tajemnica powodzenia leżała jednak w użytej substancji aktywnej. Pierwiosnek zastosował gotowy ekstrakt, kupiony w hurtowni. Z pewnością standaryzowany i z certyfikatami, ale dał go mniej, bo substancja była droga. One nie dość, że same zrobiły stężony ekstrakt, to jeszcze wlały go do kremu dużo, właściwie wbrew regułom. Dorota pamiętała, jak to było. Obie z Anetą miały wyrzuty sumienia i by je uspokoić, nie zastanawiając się zbytnio, wlały szacunkowo cztery razy tyle ekstraktu, ile należało. Skoro użyły oleju rzepakowego zamiast sojowego, to niech klientki cieszą się choć większą ilością orchidei. I to nie zwykłej, a czarnej. To mógł być kolejny powód powodzenia. Skoro czarna orchidea ma więcej ciemnego barwnika, może ma także więcej wielocukrów i polifenoli, odpowiedzialnych za pozytywne działanie na skórę. Czyli nie dość, że wlały ekstrakt w większej ilości i stężeniu, to jeszcze uzyskały go z rośliny różniącej się od używanych w standardzie.

Wygląda na to, że niechcący stworzyły doskonały, bardzo aktywny produkt. Eliksir młodości! Krem doskonały. Niedrogi i wykazujący aktywne działanie. Mimochodem i trochę przez roztargnienie oraz niedbałość udało się im stworzyć kompozycję kosmetyczną, jakiej szukają technolodzy na całym świecie.

Z szoku aż wylała sobie na laptopa i nogi herbatę. Na szczęście już ostudzoną. Rzuciła przekleństwem usłyszanym od Beaty i pognała do kuchni po szmatę. Wracając do komputera, sięgnęła po telefon, by zadzwonić do Anety. Musiała jej powiedzieć, że odkryła korelację między składnikami, że kluczem do doskonałego kremu jest odpowiedni olej i mocny ekstrakt. Musiała ją powstrzymać przed tym, co zamierzała zrobić. Mniejsza Szefowa wyruszyła bowiem na biznesowe spotkanie właśnie w sprawie orchidei. Nie mogły działać aż tak pochopnie, musiały to przedyskutować i przemyśleć.

Zanim jednak wybrała numer, komunikator internetowy zakwilił sygnałem powiadomienia. Zerknęła na ekran i aż uniosła brwi. To był Piotrek. Przesyłał jej wiadomość z prośbą o możliwość rozmowy. Nieczęsto kontaktowali się z nią mężczyźni, szczególnie z Brazylii, i do tego przystojni. Właściwie nigdy. Szkoda byłoby przegapić taką okazję. Bezwiednie rzuciła więc smartfona na fotel i pognała z powrotem do łazienki. Spojrzała na siebie w lustrze i syknęła z niezadowolenia. Była już ubrana w piżamę, jak zwykle nie miała makijażu, a łeb w diabły rozczochrany. Właściwie nic nowego, Piotrek nieraz widział ją w tym stanie, w dodatku nawet twierdził, że ten styl ma coś w sobie. Jest rozczulający czy coś takiego. Z pewnością mówił to przez kurtuazję. Zresztą nadal był mężem jej przyjaciółki. Kto wie, może zaczął za nią tęsknić i zamierzał pogodzić się z Anetą? Dorota nie mogła myśleć o nim zbyt poufale, nie wypadało. Nade wszystko znajdował się bardzo daleko: na innym kontynencie, a nawet na innej półkuli. Przeczesała więc włosy dłonią i wróciła biegiem do komputera. Przesunęła laptopa tak, by nie znajdować się w ostrym świetle lampki nocnej, a w półcieniu. Może litościwie zamaskuje niedoskonałości.

Wybrała połączenie i czekała. Wpatrywała się w okienko z jej własną twarzą, łapaną przez kamerkę internetową w monitorze laptopa. No nie, wyglądała kompletnie do kitu. Jak ostatni kocmołuch. Przesunęła się odrobinę, ale to nic nie dało. Wykrzywiła usta i pokazała sobie język.

– Cześć! To jakieś nowe powitanie? – spytał znajomy głos, zniekształcony nieco przez komputerowy głośnik.

Cholera, połączenie już się nawiązało, ale chwilowo nie widziała obrazu Piotra. No tak, nie włączyła go w pośpiechu. Ciekawe, od jak dawna ją obserwował? Kliknęła odpowiednią zakładkę i większą część ekranu wypełniło okno z Piotrkiem, siedzącym za biurkiem. Uśmiechał się bezczelnie, widocznie domyślał się, że go nie widziała. Miał na sobie rozchełstaną pod szyją koszulę z podwiniętymi rękawami. Na oparciu krzesła, na którym siedział, wisiała marynarka. Za jego plecami widać było przepierzenie biurowego boksu. Oczywiście w Brazylii było jakieś sześć godzin wcześniej i siedział w pracy!

Zanim odpowiedziała, oszacowała widoczną za plecami Piotrka ściankę z dykty, urywającą się kawałek nad jego głową. Dalej widać było paskudne jarzeniówki wiszące na wysokim suficie. Całość sprawiała wrażenie obskurnego korpobiura, jak z amerykańskiego filmu. Wyglądało to, jakby Piotr siedział w wielkiej hali podzielonej na setki maleńkich boksów. Niczym pracownik jakiegoś strasznego *call center*, fabryki wypompowującej z ludzi pracę, ich czas i życie. Wyobrażała sobie, że jako szef wydziału będzie miał swój własny gabinet w jakimś wieżowcu z oszałamiającym widokiem na Rio.

– Zamurowało cię? – spytał po paru chwilach milczenia.

– Tak jakby – powiedziała, a potem potrząsnęła głową, wracając na ziemię. – Gdzie jest Chrystus z rozłożonymi rękami? Myślałam, że widać go z każdego punktu w Rio.

– Jest z nim tak samo jak z betonowym Chrystusem w Świebodzinie. Widać go z wielu kilometrów, ale pod warunkiem, że się stanie w odpowiednim miejscu. Inaczej domy i drzewa zasłaniają – powiedział. – Jedyne, co tu widać na każdym kroku, to biedota i uzbrojona w karabiny policja. Niezbyt przyjemne widoki.

– Już tęsknisz za ojczyzną?

– Żebyś wiedziała. Może to brzmi dziwnie, ale tak – skinął głową. – Właściwie nie wiem dlaczego. I tak nie mam czasu na prywatne życie, siedzę całymi dniami przy kompie, zupełnie jak w domu. Niby nie powinienem widzieć i odczuwać różnicy, ale czuję ją na każdym kroku. Dali mi tu po dupie. Okazało się, że szef sekcji w tej filii na końcu świata, by ogarnąć bajzel, musi zapieprzać pięć razy więcej niż jego podwładni. Siedzę w tym tekturowym pudełku od rana do nocy, wysłuchuję żalów i użeram się z miejscowymi pracownikami, a ci, których ściągnąłem z Europy, bez końca knują przeciw mnie. Jak to w korporacji, by awansować, muszą się naprawdę wykazać. Najłatwiej jest to zrobić, wskazując nieudolność przełożonego i po prostu zająć jego miejsce.

– Żadnych rozrywek?

– Ależ są oferowane na każdym rogu. Mogę kupić każdy narkotyk, jaki jest znany ludzkości, albo skorzystać z usług trzynastoletniej prostytutki. Ale to nie wszystko...

– Wracaj zatem – przerwała mu narzekanie.

– A co z karierą? Porzucić ją w diabły i znów zaczynać od zera? – westchnął. – W Polsce? Litości! To walenie głową w mur.

– Twój wybór. Kariera i pieniądze lub życie w kraju, we własnym domu z własną żoną.

– Ech, właściwie nie mam już żony – mruknął. – Wszystko przez pęd do kariery, zdaję sobie z tego sprawę. Ale mniejsza z tym, nie dzwonię po to, by się żalić i truć ci przez cały wieczór o swoim żałosnym życiu. Wiesz, co pomyślę o Polsce, a ostatnimi dniami zdarza się to coraz częściej, to właśnie widzę ciebie. W piżamie, w której właśnie siedzisz, krzątającą się rankiem w kuchni z kubkiem kawy w ręce.

Uśmiechnęła się szeroko. Właśnie w takich okolicznościach spotykali się codziennie przez tydzień, który Piotrek spędził w domu. Robili razem śniadanie, gadali o głupotach i nabijali się ze śpiącej Anety. To były niezmiernie miłe chwile, które Dorota też wspominała z przyjemnością. Trochę jej ich brakowało. Uśmiechów i ocierania się o siebie w ciasnym pomieszczeniu, robienia sobie kawy i kanapek, żartów i rzucanych przez Piotrka komplementów.

Starała się o tym zapomnieć, wyrzucić z głowy, ale się nie dało. Tęskniła za tamtymi chwilami, beztroską radością i przyjemnością bycia razem.

– Wracaj zatem – powtórzyła bezwiednie i aż drgnęła, zorientowawszy się, co mówi.

– Nie mogę. Kontrakt jest bezlitosny. Będę tu siedział jeszcze przynajmniej kilka miesięcy – powiedział. – Ale przejdźmy do rzeczy. Nie dzwonię tylko po to, by na ciebie popatrzeć, choć to też przyjemność. Zrobiłem właśnie kilka zrzutów ekranu, jeśli nie masz nic przeciw...

Parsknęła śmiechem. Po co mu były jej fotki w piżamie?

– Pomyślałem, jak mógłbym ci pomóc, bo nie zapomniałem, że odleciałem za ocean, zostawiając cię w potrzebie – mówił dalej. – Mam przez to wyrzuty sumienia. Nie mogłem jednak zostać, by cię chronić i rozprawić się z tym wariatem, który cię prześladuje. Wiem z e-mailów od Anety, że teraz sprawia wrażenie spokojniejszego. Nie nachodzi was i nie straszy, nie licząc tego nieszczęsnego pozwania o naruszenie nietykalności.

– Nie nachodzi, to prawda – przytaknęła. – Za to zamieszkał z moją mamą...

– Co takiego? – Piotrek zrobił wielkie oczy.

– Rozpoczął inną fazę uprzykrzania mi życia. Skoro nie dawał sobie rady w bezpośrednim kontakcie i nie pomaga straszenie mnie więzieniem, zaczął sączyć truciznę do umysłu mojej matki. Spodobał się jej od samego początku. Potem, gdy go odrzuciłam, zaczął ją odwiedzać, przynosząc drobne prezenty. Samodzielnie upieczone ciasto, dobrą herbatę, ciasteczka i takie tam.

Przesiadywał z nią godzinami, wysłuchując plotek i nudziarstw z życia klatki schodowej. Wyobrażasz sobie? Przychodzić do obcej baby i godzinami słuchać ględzenia nudnego jak flaki z olejem?

– Musi być naprawdę szaleńcem, skoro to wytrzymuje i jeszcze robi z własnej woli – przyznał Piotrek. – Co w ten sposób osiągnął?

– Nastawił ją przeciw mnie, to znaczy kompletnie ją omotał i przekabacił. Stała się marionetką w jego rękach, w tym jest dobry – powiedziała Dorota. – Mama cierpi na chorobę stawów, utrudniającą jej poruszanie się. Oczywiście to wykorzystał. Robił jej zakupy, zawoził do lekarza i czekał w kolejce. W końcu sama mu zaproponowała, by się do niej sprowadził. By zajął mój pokój! Wyobrażasz to sobie? Po co ma płacić za wynajem mieszkania, skoro może siedzieć u przyszłej teściowej? Oboje bowiem nie wyobrażają sobie, że mogłoby być inaczej. Mama jest przekonana, że przechodzę coś w rodzaju młodzieńczego buntu, że siostry Mazur namieszały mi w głowie i przetrzymują jako niewolnicę. Trzeba mi pomóc, codziennie nękając telefonami, dwa razy nawet przyczłapała do firmy!

– Aha! A to cwaniak! – Piotrek poruszył się niespokojnie. – Próbuje zmusić cię do kapitulacji kolejnym sposobem. Ale jak wytłumaczył twojej matce, że rozprawa sądowa o naruszenie nietykalności ma być dla ciebie korzystna?

– Wmówił jej, że to jedyna metoda na wyrwanie mnie spod skrzydeł sióstr Mazur. Może nie będą chciały zatrudniać kierowniczki mającej wyrok, nawet w zawieszeniu? Znajdę się na bruku, sama i porzucona, a zatem skruszona wrócę do niego na kolanach.

– I twoja matka temu przyklasnęła?

– Sama byłam zaskoczona. Ciągać córkę po sądach dla jej dobra? To przecież szaleństwo, nawet w telenowelach nie ma takich akcji. Trzeba przyznać, że Albert jest naprawdę niesamowity. Pokonał jej strach przed najważniejszym – tym, co ludzie powiedzą! Tego mama boi się najbardziej, a wyobrażasz sobie, co powiedzą sąsiadki, gdy córka dostanie wyrok za zepchnięcie gacha ze schodów?

Piotrek zamilkł, kręcąc głową. W pole widzenia jego kamerki internetowej weszła kobieta o śniadej cerze, położyła mu jakiś papier na blacie i coś zaczęła mówić po portugalsku. Przytaknął jej z uśmiechem. Spojrzała z dezaprobatą w jego monitor i coś burknęła z przyganą, widząc otwarte okno komunikatora.

– To była moja szefowa – powiedział, gdy już sobie poszła. – Herod-baba, jeszcze gorsza niż Beata.

– Beata ostatnio złagodniała i w ogóle się zmieniła. Rozkwita w ramionach nowego mężczyzny – zdradziła Dorota.

– Coś mnie zatem ominęło. Jakoś nie mogę sobie wyobrazić szwagierki rozkwitającej.

– Są razem już miesiąc. Skoro tak długo z nią wytrzymał, to musi być miłość – oświadczyła z udawaną powagą Dorota.

Piotrek prychnął z niedowierzaniem. Nie miał nic przeciw szwagierce, właściwie to nawet ją lubił, choć zawsze miał ją za nieokrzesaną i pyskatą, a do tego dość prymitywną dresiarę.

– Nie mam niestety więcej czasu na ploty. Szefowa mnie przyłapała na marnowaniu służbowego czasu na prywatne sprawy i z pewnością poleci mi po punktach przy ocenie kwartalnej. Będzie mnie to kosztowało kawałek premii.

– Przykro mi. Dzięki zatem, że się odezwałeś, miło było cię zobaczyć – powiedziała Dorota, wyciągając rękę, by kliknięciem przerwać połączenie.

– Czekaj! Nie odezwałem się wyłącznie na pogaduchy. Mam ci coś ciekawego do przekazania. Wymyśliłem, jak mógłbym ci pomóc uporać się z Albertem. Doszedłem do wniosku, że trzeba czegoś na niego poszukać. Z pewnością ciągną się za nim jakieś brudy, których można użyć do obrony przed tym draniem. Sprawdziłem go zatem w sieci, uruchomiłem też kumpli z Londynu. Siedziałem tam przecież kilka ładnych miesięcy i poznałem sporo fajnych ludzi. Sam wiele bym nie zdziałał, szczególnie z Brazylii, ale wspólnie tego i owego się dogrzebaliśmy.

– Coś znaleźliście? – zapytała zdziwiona Dorota.

– Albert jest wyjątkowo ostrożny. Pilnował zawsze, by w necie nie pojawiało się zbyt wiele informacji na jego temat. Nie zostawiał śladów, prywatność jest dla niego święta.

– Sam nic nie rozsiewał. Nie ma żadnych kont na Twitterze, Instagramie czy Facebooku, nie wypowiada się w sieci i nic tam nie zamieszcza. Jedyne, co można znaleźć, to kilka jego artykułów w pismach branżowych, widocznie zaczął robić doktorat i zamierza zbierać punkty. Znaleźliśmy jednak co innego. Opuścił Polskę, wyjeżdżając do pracy w firmie telekomunikacyjnej. Mówił ci, że nadal w niej pracuje, że ta posada to początek jego wielkiej kariery managera.

– Wziął bezpłatny urlop ze względu na mnie – przyznała. – Nie mógł już wytrzymać i musiał na czas odzyskania mojej miłości zawiesić karierę. Chce mnie w ten sposób wpędzić w kompleksy, wywołać wstyd. Jak mogłam pozwolić, by tak długo cierpiał i z mojego powodu nie rozwijał się i nie podbijał świata? Jednym słowem, robi to, co zwykle, stawia się w roli ofiary, odwraca kota ogonem.

– Ale tym razem zasadniczo mija się z prawdą. Nie pracuje już w tej korporacji, został z niej wyrzucony po sześciu tygodniach pracy. Właściwie oficjalnie odszedł na własną prośbę, ale moi kumple z Londynu ustalili, że wyleciał z powodu molestowania stażystki. Konkretnie mówiąc, upatrzył sobie wśród asystentek zarządu dziewczynę i próbował ją poderwać. Na różne sposoby, ale nie wychodziło. Zaczął więc ją szykanować, by usunąć ją sobie z drogi, a w międzyczasie zajął się kolejną ofiarą, następną dziewczyną z otoczenia managerów wyższego stopnia. Chyba chciał zrobić sobie z którejś z nich szpiega w zarządzie, by szybciej wspiąć się po szczeblach korporacji. Obie dziewczyny zgłosiły skargę z powodu molestowania, a ta pierwsza dodatkowo o uprawianie mobbingu. Szefostwo firmy prawdopodobnie nie chciało dopuścić do skandalu i zwyczajnie kazało mu się zabierać. Dziewczyny nie były mściwe i nie rozdmuchiwały sprawy.

– O matko! – jęknęła Dorota. – Próbował znaleźć sobie służebnicę na moje miejsce, ale poniósł porażkę. To dlatego wrócił jak zbity pies i błagał o przebaczenie.

Piotrek skinął głową.

– To nie wszystko. Chłopcy namierzyli jego skrzynkę elektroniczną i choć nie mogą się na nią włamać, bo byłoby to naruszeniem prawa, ustalili numer IP, z którego się łączy z siecią. Obserwują jego aktywność, podesłali mu na skrzynkę trojana, który śledzi jego aktywność w sieci. Znaczy kontrolujemy, jakie strony odwiedza.

– Piotrek, ty go szpiegujesz! To legalne?

– A skąd! Ale czy to, co on robi, jest w porządku? Jak widzisz, z draniem trzeba grać jego metodami. Inaczej nie da się go pokonać – stwierdził i rozłożył ręce w teatralnym geście. – Wiemy, że lubi strony poświęcone psychologii, komunikacji, wpływaniu na ludzi. To nic zaskakującego. Z konieczności pilnie śledzi wszelkie ogłoszenia o pracę dla managerów niższego stopnia. Strony *headhunterskie*, prowadzenie naborów i takie tam. Wiadomo, szuka pracy, i to jednak w Polsce. Widocznie doszedł do wniosku, że tu lepiej sobie radzi. To jednak nie koniec. Odwiedzał także strony poświęcone kryminalistyce, wiesz, zarówno opisy głośnych spraw, wyczyny morderców, jak i sposoby zbierania śladów, gromadzenia dowodów i tropienia przestępców. To już bardziej niepokojące.

– Zdecydowanie bardziej. – Dorota poczuła ciarki na całym ciele. Odruchowo zerknęła ku drzwiom.

– Boję się, że szykuje coś paskudnego. Po co studiuje o zbrodni i morderstwach? Na kogo się szykuje? – zastanawiał się Piotrek. – Boję się, że powoli godzi się z tym, że nie da się ciebie przekabacić. Zamierza dalej robić karierę w kraju, a ty wiesz o nim bardzo dużo. O jego świństwach, donosach i różnych takich. Może doszedł do wniosku, że skoro nie może cię mieć, musisz zamilknąć...

– ...na wieki – dokończyła Dorota. – Całkiem możliwe, że masz rację.

– Grozi ci niebezpieczeństwo, Dorcia. Ten wariat albo zmusi cię do uległości, albo zabije. Nie wiadomo, co zrobi i co mu chodzi po łbie. A ja nie mogę cię chronić – powtórzył z poważną miną. – Jedyne, co mi przyszło do głowy, to że musisz wyjechać.

– Uciec? Ale dokąd?

– Do mnie – rzucił niedbale, z lekkim uśmiechem. – Mogę zarezerwować dla ciebie bilet na przyszły tydzień, szybciej się nie da za rozsądną cenę. Czekaj, nie odpowiadaj! Posłuchaj, nie musisz martwić się o pieniądze, ja wszystko załatwię. Zamieszkasz u mnie, wiesz, że nie jestem potworem, nie zjem cię. Spróbuję ci zorganizować pracę w mojej firmie, a jeśli nie będzie ci to odpowiadać, poszukamy na miejscu czegoś związanego z chemią kosmetyczną. Coś się dla ciebie znajdzie.

– Ale ja... To zbyt szybko... – bąkała Dorota.

– Dorcia, do cholery! Uciekaj do mnie, zanim ten wariat cię dopadnie i zabije. – Piotrek pochylił się w stronę monitora. – Wiem, że daleko mi do ideału, ale na razie nie proponuję ci małżeństwa, tylko schronienie. Wyciągam pomocną dłoń, chcę cię ocalić, a nie mogę tego robić z odległości kilku tysięcy kilometrów. Och, do diabła, idzie to wściekłe babsko, muszę kończyć.

– Piotruś! – Wyciągnęła do niego rękę, by jeszcze przez sekundę się nie rozłączał. – Doceniam, co robisz, jestem ci bardzo wdzięczna. Muszę wszystko przemyśleć, to nie takie proste. Nie mogę tak zwyczajnie wsiąść do pociągu byle jakiego i zniknąć. Twoja żona i jej siostra na mnie polegają i wiele im zawdzięczam. Byłoby nie fair wobec nich, gdybym zostawiła je teraz, gdy są kłopoty...

– Ty też masz kłopoty. Stella poradzi sobie nawet bez ciebie, ale ja nie zniosę, gdy coś ci się stanie – powiedział, kładąc dłoń na klawiaturze. – Przemyśl to na spokojnie. Pa!

Nie zdążyła nic powiedzieć, bo znikł. Siedziała oniemiała i patrzyła w monitor, na którym w małym okienku wyświetlał się obraz z jej kamery. Patrzyła na nią kobieta w piżamie, z bardzo głupią miną.

Z tego wszystkiego zupełnie zapomniała o kremie z orchideą i że miała zadzwonić w tej sprawie do Anety.

# Rozdział 19.
## ANETA.
## Eliksir młodości

Aneta czuła się skrępowana. Po raz pierwszy w życiu zdarzyło się jej zaprosić mężczyznę na kolację, co prawda biznesową, ale cała sytuacja wydawała się jej niezręczna. Artur Barański zdecydowanie nie był wymagającym gościem. Nalegał, by spotkanie odbyło się w jakimś bistro, a nie w gwiazdkowej restauracji, bo do takiego lokalu mogliby go nie wpuścić z powodu braku krawata lub ogólnie nieciekawego wyglądu. Odetchnęła z ulgą. Zależało jej na nieprzesadzaniu z rachunkiem, oprócz tego jej też byłoby niezręcznie w eleganckim lokalu oznajmić kontrahentowi tak przykrą rzecz. Musiała mu bowiem powiedzieć, że Stella nie zdoła odebrać zamówionej czarnej orchidei. Zapłaci mu oczywiście karę umowną, ale za miesiąc lub dwa, gdy kwiaty dojrzeją w szklarniach Artura, jej firma nie będzie ich potrzebowała. Siostry Mazur doszły bowiem do wniosku, że nie ma co liczyć na Pierwiosnka. Roman nie zamówi u nich kremu z orchideą. Wykorzystał je do opracowania receptury, ale nigdy nie zamierzał na poważnie zlecać im wytwarzania tego produktu. Zresztą zależy mu na doprowadzeniu Stelli do bankructwa, nie można było zatem liczyć na jakiekolwiek zlecenia z jego strony.

Spotkali się wreszcie z Arturem mniej więcej w połowie drogi między Stellą a jego gabinetem w akademii sztuk pięknych. Wypadło na centrum handlowe i jedną ze znajdujących się w nim kafejek. Było tu tłoczno i gwarno, ale udało im się wepchnąć w ciemny kącik w głębi pomieszczenia, gdzie mieli nieco spokoju. Artur przyniósł ze sobą wielką tubę, w której trzymał projekty plakatów wykonywanych na zlecenie jakiejś firmy. Nosił skórzaną kurtkę, a pod szyją miał zawiązaną czerwoną chustkę. Zdziwiła się, że za pierwszym razem uznała go za pracownika fizycznego, przecież na pierwszy rzut oka wyglądał jak artysta. Z niedbale związanym kucykiem, w wytartych dżinsach, naturalną niedbałością w gestach i dystansem do całego świata.

Ależ był intrygujący! Z jednej strony twórca sztuki, nawet nauczyciel młodych artystów, a z drugiej hodowca kwiatów, pomagający rodzicom w starym rodzinnym biznesie. Łączył w sobie cechy wrażliwego i czułego na piękno artysty, a jednocześnie pragmatycznego, przywykłego do fizycznego wysiłku rolnika. Tak, rolnika! Osoby żyjącej z uprawy ziemi. Co z tego, że ziemi do kwiatów? Nie na darmo giełda kwiatowa, na której sprzedawał plony, leżała na terenie wielkiej hurtowni rolniczej.

Aneta wyczuwała w aurze popijającego kawę mężczyzny ciepło i przyjazne nastawienie do wszystkiego, co żyje. Promieniał blaskiem, jaki przypadał w udziale wyłącznie twórcom, osobom obdarzonym iskrą bożą. Domyślała się, że czym aktualnie by się nie zajmował, czy to uprawą roślin, czy tworzeniem sztuki, robił to z taką samą radością i przyjemnością. Wszystko, co wychodziło spod jego rąk, było obdarzone tą cząstką boskiej mocy. Zamiast zatem przejść do rzeczy i oświadczyć mu o zerwaniu umowy, zaczęła gadać o procesie tworzenia i przyjemnościach z nim związanych.

– Tak, ma pani rację – przytaknął, zerkając na nią z ciekawością. – Sam akt kreacji jest czymś niezwykłym. Zupełnie jakby Bóg, zezwalając nam na niego, niejako obdarzał nas cząstką swojej mocy. Nie da się ukryć, że tworząc coś pięknego, ocieramy się o absolut. Nic dziwnego, że przez wieki artyści byli stale pod lupą Kościoła, a potem także powołanej przez niego inkwizycji. Twory ich rąk mogły mieć potężny wpływ na odbiorcę i przekazywać niebezpieczne wartości lub bluźnierstwa. Inaczej mówiąc, dotkniętego przez Boga artystę trzeba było pilnować, by nie pobłądził i nie wykorzystał źle otrzymanego daru.

– Mówi pan o artystach, a czy hodowla kwiatów też nie jest sztuką, aktem kreacji?

– Nie, bo do zasadzenia cebulki i jej podlewania nie jest wymagana siła umysłu. Nie używa się do tego wyobraźni, tego czegoś ulotnego i co posiadają nieliczni...

– Talentu?

– Otóż to. Jako handlarz jestem jedynie chłopakiem mechanicznie podlewającym i przesadzającym kwiatki. Oczywiście wymaga to wysiłku, wiedzy i doświadczenia, ale nie ma w tym nic nadzwyczajnego. A wie pani, kto z kwiaciarzy jest pomazańcem bożym, takim jak artyści?

– Chyba nie kwiaciarki z targowiska? – Uśmiechnęła się niepewnie.

– To naukowcy ze stacji hodowli roślin, którzy projektują nowe gatunki kwiatów. Kiedyś robili to, żmudnie krzyżując je ze sobą, szczepiąc i stosując sztuczki znane ogrodnikom i rolnikom od setek lat. Ostatnio nauka dała im do ręki nowe narzędzia, możliwość ingerencji w roślinę na poziomie genetycznym.

– Mówi pan o GMO? – Uniosła brwi, zaskoczona wyznaniem. – Porównuje pan genetyków do artystów?

– A czy nimi nie są? Dokonują aktu kreacji niczym Bóg. Tworzą nowe gatunki roślin, i to pomijając dziesiątki lat żmudnego krzyżowania ich między sobą. Dokonują tego kilkoma laboratoryjnymi zabiegami! I tak z nędznej różyczki, która więdnie z byle powodu, tworzą piękną roślinę odporną na przymrozki, nieczułą na pasożyty i zdolną do kwitnienia na okrągło. To przecież wspaniałe! Niczym się nie różni od aktu tworzenia dokonywanego przez artystów. Mało tego, jest znacznie wartościowsze, bo produktem ich pracy nie jest pojedynczy obraz, który ma cieszyć oko czy wywoływać emocje, ale nowy gatunek! Nowa istota!

– Wszyscy bronią się przed produktami ich pracy rękami i nogami – powiedziała Aneta i wypiła łyk cappuccino. – W mojej branży skrót GMO, organizm zmodyfikowany genetycznie, jest uważany za słowo niecenzuralne, wręcz wstydliwe. Klienci domagają się certyfikatów potwierdzających, że do otrzymania danego kremu lub serum nie została użyta zmodyfikowana roślina. Na produktach nawet często umieszcza się znaczek potwierdzający, że krem jest wolny od GMO.

– A czy składniki, te z GMO i te bez GMO, faktycznie czymś się różnią? – spytał.

– Z punktu widzenia chemii różnica jest nieistotna, a z punktu widzenia kosmetologii absolutnie pomijalna. Nie ma znaczenia, czy olej został zrobiony z rośliny zmodyfikowanej, czy nie, to wyłącznie substancja chemiczna. Różni się za to ceną. Roślinę niezmodyfikowaną trudniej wyhodować, jest więc droższa. Klientki płacą zatem więcej za krem bez GMO, ale nie dostają dzięki temu lepszego produktu, lecz bardziej snobistyczny – powiedziała. – To samo dotyczy znaczka świadczącego o tym, że kosmetyk nie był testowany na zwierzętach. Unia Europejska zakazała testów na zwierzętach, zatem każdy kosmetyk ma symbol lub napis, który to potwierdza. Niemniej produkt przed wprowadzeniem na rynek trzeba sprawdzić. Nie można tego zrobić na zwierzętach, więc bada się go od razu na ludziach. Klientka jest zadowolona, że przy badaniach nad jej kremem nie ucierpiała żadna myszka, nie wie jednak, że smarowało się nim ileś biednych kobiet, które wynajmują się do testów za pieniądze.

Tym razem Artur uniósł brwi ze zdziwienia.

– Czy pani, projektując kosmetyki, też zleca takie badania? To jest legalne?

– Oczywiście. To zwykłe badania konsumenckie pod kontrolą dermatologa – powiedziała. – Są instytucje, które odpłatnie się tym zajmują. Mają swoją bazę probantek...

– Myszek laboratoryjnych?

– ...które używają kosmetyku, obserwują skórę, a potem opiniują produkt. To nic strasznego. Wszyscy są zadowoleni, wszyscy na tym zyskują. Myszki laboratoryjne mogą sobie dorobić, a jedyne, czym ryzykują, to nabawienie się alergii lub utrata włosów w przypadku testowania nieudanego szamponu. Zyskuje klinika dermatologiczna, producent kosmetyku i wreszcie klientki, które otrzymują sprawdzony, bezpieczny produkt. Nikomu nie dzieje się krzywda, a ile prawdziwych myszek dzięki temu uratowano!

Nagle zadzwonił telefon Anety. Sięgnęła po niego odruchowo, sprawdziła, że to dzwoni Dorota, i odrzuciła połączenie. Nie wypadało odbierać w trakcie rozmowy biznesowej, to byłoby niegrzeczne. Uśmiechnęła się przepraszająco do Artura.

– Nie sądzę, że zaprosiła mnie pani na kawę, by rozmawiać o akcie tworzenia i eksperymentach na ludziach – powiedział. – Oczywiście nie mam nic przeciw takim rozmowom, dziś już mi się nie śpieszy i mogę siedzieć tu do późna, ale podejrzewam, że pani ma wiele innych spraw na głowie...

– O tak. Na głowie to ja mam tyle spraw, że gdyby nie Dorota, dawno bym się w nich pogubiła. O, znowu dzwoni! Nie dociera do niej, że jestem zajęta? – Rozłączyła się drugi raz.

Zaczynała robić się nerwowa. Niezbyt jej się uśmiechało oświadczyć tak prosto z mostu, że nici z ich współpracy i będzie musiał wywalić kilkaset roślin, które ponoć doskonale się rozwijały i rokowały na świetne kwitnienie. Dla firmy Artura okaże się to niczym cios w plecy, bo nie dość, że z rodzicami zainwestowali w uprawę tyle, że kara umowna nawet w ułamku nie pokryje ich strat, to jeszcze na poczet przyszłych dochodów kupili w Holandii całą furę cebulek czarnej orchidei. Jak ma mu powiedzieć, że firma jego rodziców znajdzie się w poważnych kłopotach? Nie mogła się pogodzić z myślą, że aby ratować Stellę, musi pociągnąć na dno inną firmę. Musi skrzywdzić porządnych, miłych ludzi. Co miała jednak zrobić?

Milczała, udając, że delektuje się kolejnymi łykami cappuccino, a tak naprawdę biła się z myślami. Nieświadomie zaczęła się wiercić. Miała ochotę po prostu wyjść z siebie i kopnąć się w tyłek. Co też ją podkusiło, by tak pochopnie zamówić te cholerne orchidee? A była tak dumna z tego interesu! Jednak gdy Beata usłyszała, ile dały zaliczki na poczet kwiatów, omal nie rzuciła się jej do gardła. Kiedy wspólnie doszły do wniosku, że przez cholernego Pierwiosnka muszą zerwać ten kontrakt, załatwienie sprawy spadło na Anetę.

Może trzeba było wysłać e-maila? Nie musiałaby patrzeć Arturowi w oczy. Kto wie, jak zareaguje? Może wybuchnie gniewem, może zagrozi jej sądem? Albo, co gorsza, ze smutkiem pokiwa głową i wyjdzie? Da jej do zrozumienia, że przez nią musi zrezygnować z artystycznej kariery, by poświęcić się ratowaniu interesu rodziców. Przez nią nie będzie mógł już tworzyć, oświetlać tego świata iskrą bożą.

Aneta miała cichą nadzieję, że ona też została obdarzona tym darem, że też jest twórcą. Czasem, układając nowe receptury, czuła, jak spływa na nią energia wszech-świata, rozjaśniając umysł i odblokowując dar kreacji. Zamieniała się wtedy w artystkę, pozwalała nieść wyobraźni i talentowi w dal. W otchłań nieodkrytej wiedzy, tam, gdzie wśród białych plam czekają na odkrycie wynalazki i cudowności. Zamiast więc powiedzieć o finansowej klęsce i zerwaniu kontraktu, opowiedziała Arturowi o swoich wyobrażeniach.

Ku jej zdumieniu nie roześmiał się, a nawet kiwał głową i obserwował ją błyszczącymi, jasnymi oczami. Czuła, że ją rozumie, że myśli podobnie. To było szokujące! Dotychczas nikt jej nie rozumiał! Dorota jedynie przewracała oczami, Beata otwarcie szydziła z tendencji siostry do bujania w obłokach, nawet Piotrek potrafił złośliwie kpić z jej uduchowienia i górnolotnych marzeń. A może szczególnie Piotrek? Z pewnością w wykonaniu męża było to najboleśniejsze.

Dorota zadzwoniła po raz trzeci. Akurat wtedy, gdy Artur przyznał, że niewykluczone, iż są pokrewnymi duszami. Artystami, którzy przez życie zostali zmuszeni do parania się przyziemnością. On do pracy na roli, ona do tworzenia kremów na pryszcze. Tak naprawdę on powinien zajmować się tworzeniem dzieł sztuki, a ona poszukiwaniem eliksiru młodości – świętego Graala kosmetologów.

– Czuję, że oboje jesteśmy przeznaczeni do rzeczy wielkich – powiedziała, myślami bujając ogromnie daleko nie tylko od spraw związanych z finansami Stelli, ale ogólnie daleko od ziemi.

– I obojgu nam niewiele brakuje, by wreszcie odważyć się to zrobić. Ruszyć w drogę na szczyt – poparł ją Artur, który z gorąca i emocji zerwał z szyi chustę i otarł nią czoło. – Och, pani Aneto, nie spodziewałem się, że to spotkanie będzie aż tak inspirujące. Zadziałała pani jak najwspanialsza muza, natchnęła mnie. Miałem zająć się projektami plakatów wyborczych, które mam w tubie, kolejną fuchą za marne grosze. Przez takie rzeczy marnuję talent. Zamiast tego zajmę się dziś w nocy projektem, który kiedyś zarzuciłem i który czeka na dokończenie.

– A cóż to takiego, jeśli można wiedzieć? – spytała.

– Obraz wykonany ręczną, tradycyjną techniką. Zwykła, banalna pastela. Konkretnie portret kobiety patrzącej w zwierciadło. Kobiety wymyślonej, nieistniejącej. O twarzy pospolitej, ale jednocześnie przyciągającej wzrok. To miał być obraz wyidealizowanej postaci, łączącej w sobie cechy niezmiernie przyziemne, jak i niezwykłe – powiedział. – Obraz stanowił niedokończony fragment mojej pracy dyplomowej, na którą składała się seria portretów kobiecych. Wspólnie tworzyły przekrój przez życie. Kobiety w różnym wieku i o różnej urodzie, wykonujące mniej lub bardziej prozaiczne czynności. Żyjące w czasie nieokreślonym, w niewiadomej epoce. Po prostu będące.

– Uch, chciałabym zobaczyć ten cykl – jęknęła Aneta.

Jej telefon zadzwonił po raz kolejny. Znowu Dorota.

– Może to coś naprawdę pilnego? – powiedział Artur. – Proszę odebrać, nalegam.

– A cóż to może być pilnego o tej godzinie? – prychnęła lekceważąco. – Mordują ją czy co?

W tym momencie na chwilę oprzytomniała. Mordują? Matko Boska, a co jeśli do mieszkania wtargnął ten wariat

Albert i faktycznie chce ją zabić? Może zabarykadowała się w pokoju i od jakiegoś czasu rozpaczliwie wzywa pomocy, a szaleniec właśnie rąbie drzwi siekierą jak Jack Nicholson w filmie *Lśnienie*?*

Chyba jej twarz wyrażała to, co czuje, bo Artur spytał, czy wszystko w porządku, i z troską chwycił ją za dłoń. Zabrał natychmiast rękę, oboje spojrzeli na siebie, spłoszeni. Aneta bąknęła, że musi jednak oddzwonić, i wyszła z telefonem w garści do toalety.

– Co się dzieje, Dora? – spytała, gdy przyjaciółka odebrała.

– Zerwałaś już kontrakt na orchideę? – spytała Dorota.

– Właśnie się do tego przymierzałam, gdy nagle zadzwonił telefon – odrzekła zmieszana Aneta. – Wiesz, to nie takie proste powiedzieć człowiekowi, że przez własną głupotę wpędza się całą jego rodzinę w finansowe kłopoty.

– To mu tego nie mów. Myślę, że nie powinniśmy wypowiadać umowy, ta orchidea może nam się przydać.

– Do czego?

– Do kremów! A do czego mogą przydać się setki czarnych kwiatów?

– Na pogrzeb albo do dekoracji przy kręceniu gotyckiego horroru lub chociaż teledysku kapeli gothic-metalowej – odparła bez zastanowienia Aneta.

– Mnie jednak chodzi o niesamowite własności ekstraktu z tego kwiatu. Mam podejrzenie, że robiąc próbną serię nieszczęsnego, ukradzionego przez Pierwiosnek kosmetyku, niechcący wpadłyśmy na coś niezwykłego. Najtrudniejsze było odkrycie, że to faktycznie się stało,

* *Lśnienie* (ang. The Shining) – horror z 1980 roku, ekranizacja powieści Stephena Kinga pod tym samym tytułem, reż. Stanley Kubrick.

wyłapanie informacji, że wyprodukowałyśmy niemal eliksir młodości. Teraz pozostanie odpowiednie użycie tej wiedzy – wyjaśniła nieco chaotycznie Dorota. Potem chrząknęła i w miarę składnie opowiedziała przyjaciółce o swoich podejrzeniach względem wyprodukowanej wspólnie kompozycji. O wpływie oleju rzepakowego i sporej dawki stężonego ekstraktu z orchidei. Ten ostatni nie dość, że w tak dużym stężeniu nie powodował ujemnych działań, na przykład uczulenia, to jeszcze wykazywał wręcz cudowne właściwości.

– Świetnie, mamy zatem obiecującą recepturę, którą mogę jeszcze usprawnić, ale co z tego, co z nią zrobimy? – westchnęła Aneta.

Dorota milczała znacząco. Wreszcie, nie doczekawszy się reakcji Anety, oznajmiła:

– Wypuśćmy na rynek swój własny firmowy krem. Pod marką własną Stella Beauty Corporation.

Aneta z wrażenia z gwizdem wciągnęła powietrze do płuc.

– Pomysł świetny, ale to zupełna utopia – powiedziała, gdy już się odpowietrzyła. – Nie możemy sobie pozwolić na tak trudną i ryzykowną operację. Najmniejsze potknięcie zupełnie zniszczyłoby nas finansowo.

– Przecież Stella i tak stoi nad przepaścią. Jeśli nie wykona odważnego skoku, i tak spadnie na samo dno – zauważyła Dorota. – Jedyna szansa na ratunek to zaryzykować i...

– Zrobić coś wielkiego – dokończyła Aneta.

Podziękowała Dorocie i w przypływie radości ucałowała telefon. Jak na skrzydłach wróciła do stolika i rozpromieniona usiadła przed zdumionym jej przemianą Arturem. W drodze z ubikacji podjęła decyzję, możliwe, że najważniejszą w historii działalności firmy Stella.

– Czy wszystko w porządku? – spytał Artur.

– W jak największym. Nadeszła po prostu pora, by przejść do interesów – powiedziała oficjalnym tonem. Przełknęła ślinę, a potem wypaliła: – Chcę zaproponować ci zostanie partnerem strategicznym Stelli. Czy zgodzisz się zostać naszym wspólnikiem?

– Ja? Jako artysta czy kwiaciarz? – Artur zamrugał, zaskoczony.

– Jedno i drugie – powiedziała. – Potrzebujemy wsparcia finansowego firmy twoich rodziców, chodzi o to, żebyście rozłożyli płatności. Mówiąc wprost, przejęli na siebie większą część kosztów wyprodukowania orchidei. Po prostu nie zdołamy wam za to zapłacić. Nic, ani grosza. A potrzebujemy kwiatów jak diabli. Do tego będę potrzebowała twoich umiejętności jako artysty grafika. Ktoś musi zaprojektować logotypy i etykiety, a w końcu banery i plakaty reklamowe do naszego nowego produktu. Do naszego wielkiego dzieła, najwspanialszego aktu kreacji, który wykonamy razem. Ty i ja.

Artur był autentycznie wstrząśnięty, patrzył na nią z otwartymi ustami.

– O czym właściwie mówisz? – Nie wiadomo kiedy przeszli na ty, ale oboje zrobili to odruchowo i naturalnie.

– Chcę, abyś w zamian za udział w zyskach przystąpił do mojego wielkiego projektu – powiedziała. – Do stworzenia eliksiru młodości.

# Rozdział 20.

## BEATA.
## NIECH OGIEŃ WZNIECI WOJNĘ

Beata na pożegnanie pocałowała Andrzejka w czoło, choć chłopczyk wykrzywił się z niesmakiem, a potem rozejrzał czujnie, czy nikt nie widzi. Stali przed szkołą i nie wypadało, by matka okazywała mu publicznie czułości jak lalusiowi z zerówki. Miał osiem lat, był już niemal dorosłym mężczyzną! Kumple nie mogą zobaczyć go obściskiwanego przez starą. Beata jeszcze poczochrała mu czuprynę i ruszyła truchtem w stronę furtki. Znów ubrana była na sportowo, ale jako że panowały listopadowe chłody, do dresów założyła czapkę i rękawiczki. Co za obciach! Żadna z matek nie ganiała po mieście jak kompletnie szurnięta. Andrzejek machnął ręką i pognał za Bartkiem. Starszy brat przytomnie zniknął już w szkole, by oszczędzić sobie matczynych czułości.

Beata gnała jak na skrzydłach, oddychając równomiernie przez nos. Kolejny miesiąc codziennych treningów przynosił rezultaty. Nie dyszała już jak miech kowalski i nie wpadała do firmy spocona jak mysz. Zgubiła kolejnych kilka kilogramów, złapała kondycję i potrafiła bez większej zadyszki pokonać cały odcinek pomiędzy domem a Stellą. Dziś, jako że mama gorzej się poczuła, zdecydowała się odprowadzić chłopców do szkoły. Straciła przez to trochę cennego czasu, który postanowiła nadrobić, pędząc do firmy na pełnych obrotach. Wypadła więc ze szkolnej bramy i przyspieszyła, gdy drogę zastąpił jej jakiś goguś w okularach. Uśmiechał się durnie i przymilnie, rozkładając ręce, jakby chciał ją złapać. Zatrzymała się z trudem, omal go nie taranując.

– Pani Beata Mazur, prawda? – zapytał miłym głosem. – Proszę mi wybaczyć to obcesowe zatrzymanie, ale bałem się, by pani nie uciekła. Pani pozwoli, jestem Albert Antosiewicz, reprezentuję pani męża.

– Reprezentuję? – sapnęła zupełnie zaskoczona Beata.

– Jestem jego pełnomocnikiem – sprecyzował goguś, pedantycznie poprawiając okulary.

Teraz rzeczywiście wyglądał jak prawnik. Beata przyjrzała mu się dokładniej. Nosił elegancką, modną marynarkę, a pod nią sweterek z wystającym kołnierzykiem koszuli. Spodnie też miał kupione w jakimś stylowym sklepie, ozdabiały je dwie łaty na kolanach, nadające mu lekko niedbały i familiarny wygląd. Ogólnie ze swoim uśmiechem i przymilną postawą budził zaufanie. Szkoda, że pracuje dla Franka.

– Czego pan sobie życzy? – spytała.

– By poświęciła mi pani pięć minut. Wiem, że jest pani zapracowaną osobą, ale niezmiernie nam zależy na pani uwadze. To w związku ze zbliżającym się procesem

rozwodowym – powiedział i rozejrzał się po okolicy.
– Chciałbym zaprosić panią na herbatę lub kawę, ale zdaje się, że w okolicy nie ma żadnej kafejki.

– Szczególnie czynnej przed ósmą rano – mruknęła.

– Może mnie pan odprowadzić kawałek. Więcej czasu nie mogę panu poświęcić.

Skinął głową i ukłonił się, przepuszczając ją i wskazując łaskawie miejsce na chodniku. Ruszyła przed siebie szybkim krokiem, zmuszając intruza do wzmożonego wysiłku. Takie tempo nie ułatwiało rozmowy, ale miała to w nosie. Liczyła na to, że pełnomocnik tego drania, jej męża, przynajmniej się spoci.

– Czego ode mnie chcecie? – spytała z rosnącą irytacją.

– Nadal tego, o czym ponoć już rozmawiała pani z mężem. Przyzna pani w sądzie, że to pani zawiniła i rozpad małżeństwa jest z pani winy. Chcemy, by sąd orzekł pani winę, chodzi wyłącznie o dobre imię przyszłego męża pani Baczewskiej. Mój klient zobowiązuje się płacić zarządzone alimenty, pozwoli też pani mieszkać w swoim domu do czasu ukończenia szkoły przez chłopców.

Prychnęła ze złością i jeszcze bardziej przyspieszyła.

– Mam się ukorzyć i publicznie poniżyć, by zyskać pozwolenie jaśnie pana na wychowywanie jego synów bez prześladowań? – wycedziła. – Zresztą co mi po alimentach od człowieka, który nie zdoła ich płacić jako kompletnie zrujnowany więzień...

– Więzień?

– Odsiadujący wyrok za udział w morderstwie Bożeny Lubelskiej – rzuciła przez ramię do zostającego z tyłu mężczyzny.

– Ależ co też pani opowiada! – parsknął okularnik. – Nie ma pani żadnych dowodów na jego znajomość z tamtą panią, nie mówiąc już o jakimś morderstwie! To absurdalne i śmieszne!

Zatrzymała się gwałtownie i wymierzyła palec w pierś gogusia.

– Słuchaj, gnojku. Nie wiem, z jakiego rynsztoka wyciągnął cię ten drań, ale sądzę, że musisz być niezłą szumowiną, skoro się zgodziłeś robić dla niego kolejne świństwa. Powiązałam go z Bożeną w oczywisty sposób, ponieważ sam się przyznał, że ją udusił, i obiecał, że ze mną zrobi to samo! Dowód też się znajdzie, choćby fotografia, na której widać Bożenę stojącą na budowie mojego domu. Ciekawe, jak się z tego wytłumaczy policji. Powiedz mu zatem, że ma się trzymać z daleka i być grzeczny, inaczej dopilnuję, by wylądował w kiciu i odpokutował za dawne świństwa, a ponadto zrujnuję również wizerunek jego nałożnicy.

Odwróciła się i ruszyła biegiem, szybko nabierając tempa. Uśmiechnęła się do siebie, zadowolona z miny, jaką zrobił okularnik. Przycięła palanta, powiedziała mu, aż otworzył gębę ze zdumienia. Nie pozwoli sobą pomiatać.

Nagłe szarpnięcie za ramię zatrzymało ją w miejscu. Z trudem utrzymała równowagę, machając ręką w powietrzu, za drugą trzymał ją ktoś mocno, boleśnie zaciskając palce na jej ramieniu. Wrzasnęła z bólu, a zdyszany okularnik potrząsnął nią, wykrzywiając usta w lodowatym uśmiechu. Ze zgrozą spojrzała w jego zimne, pozbawione emocji oczy i uświadomiła sobie, że ma do czynienia z sadystą. Pobladła ze strachu, bo zorientowała się, że znajdują się na granicy parku leżącego na uboczu i sąsiadującego z ogródkami działkowymi, kompletnie wyludnionymi o tej porze roku. Znalazła się oko w oko ze zbirem nasłanym przez Franka.

Albert Antosiewicz syknął i przyłożył palec do ust, sugerując, by była cicho. Puścił ją i sięgnął do kieszeni. Wyjął z niej kilka fotografii, które wetknął jej w dłoń.

– Jeszcze nie skończyliśmy, wredna suko – powiedział, nie bawiąc się już w grzeczności. – My też mamy kompromitujące cię zdjęcia. Obejrzyj je sobie.

Na odbitkach znajdowała się Beata przyłapana w objęciach Jacka. Na jednej fotce stali na ulicy i policjant całował ją w usta, na innej tulili się do siebie w samochodzie, ostatnie dwie zrobiono przez okno jego mieszkania. Niestety Stachowicz mieszkał na parterze i wystarczyło znaleźć lukę w zasłonie, by go podejrzeć. Przyłapano ich w łóżku. Beata aż westchnęła, widząc ostatnie ujęcia. Powoli rozpalał się w niej gniew, tłumiąc strach przed sadystą.

– Co to ma być? – wycedziła.

– Dowód na to, że jesteś tanią dziwką. Że zdradzałaś męża i przyczyniłaś się do rozpadu małżeństwa z własnej winy. Wepchnęłaś się do łóżka lokalnego szefa policji, by ugrać coś w sprawie szemranych interesów swojej firmy, pewnie chciałaś, by przymknął oko na jakieś nieścisłości lub łamanie prawa. W czasie rozprawy tak właśnie cię przedstawimy: jako pozbawioną moralności sukę, wykorzystującą biednego Franka. Dopilnujemy, by odebrano ci prawa rodzicielskie, przekazując opiekę nad synami ojcu. Zniszczymy cię, wyrzucimy z domu i odbierzemy dzieci. Tego chcesz?

Beata zacisnęła zęby i szybkimi, gwałtownymi ruchami podarła fotografie na strzępy. Cisnęła ich skrawki w twarz okularnika. Uśmiechnął się tylko, i to w taki sposób, że ciarki przebiegły jej po grzbiecie.

– To jedynie odbitki, idiotko – powiedział. – Można je powielać w nieskończoność. A teraz słuchaj...

Nagle błyskawicznie doskoczył do niej, złapał jedną dłonią za brodę i pchnął przed siebie. Przyparł ją do pnia najbliższego drzewa. W jego drugiej dłoni pojawiło się ostrze, przesunął nim przed twarzą Beaty. To był myśliwski lub wojskowy nóż, paskudny i wyglądający naprawdę groźnie.

– Mam powoli dość podchodów. Wszystkie zaczynacie robić się nieznośne, nic do was nie dociera. Moja cierpliwość się kończy, od dziś przestaję się bawić w dobrego i grzecznego dżentelmena – powiedział. – Zrobisz to, co chce Franek, wiele cię to przecież nie będzie kosztowało. Przyznasz tylko w sądzie, że jesteś głupią dziwką, co jest zasadniczo zgodne z prawdą. Pozwolisz również, by obarczono cię winą za nieudane małżeństwo, to nic wielkiego. A dziś, natychmiast po powrocie do firmy, zwolnisz z pracy Dorotę. Jasne?

Beata zmarszczyła brwi, zaskoczona ostatnim żądaniem. Co miała do tego Dorota?

– Nie udawaj, że nie domyślasz się, kim jestem, przecież nie jesteś aż taka głupia. Chcę, by Dorota znalazła się bez środków do życia, by wylądowała na bruku. Zadbasz też, by twoja siostra wyrzuciła ją z domu, i to im szybciej, tym lepiej. Jeśli zaczniecie coś kombinować i dalej będziecie się stawiać, zadbam, by którejś z was stała się krzywda. Nie wiadomo której, kiedy i w jaki sposób. Pokiwaj głową na znak, że rozumiesz.

Beata nie mogła nic powiedzieć, bo boleśnie mocno ściskał jej brodę. Dygnęła zatem posłusznie. Teraz była jednocześnie wściekła i przerażona. Miała ochotę kopnąć go w krocze, ale dotykał zimnym ostrzem jej policzka. Czuła, że jest silniejsza, sukinsyn był dość delikatnej budowy ciała, więc dałaby mu radę, ale wolała nie ryzykować okaleczenia. Wiedziała, że się nie zawaha i w razie czego zwyczajnie ją potnie. Kiwnęła więc posłusznie głową.

– Zrobicie, co chcemy, lub zamienimy wasze życie w piekło. Ten niedorobiony szeryf od siedmiu boleści nic wam nie pomoże. Na niego zresztą też się coś znajdzie, noga może mu się powinąć na wiele sposobów. Zostałyście same, słabe i bezbronne. Jeśli chcesz przeżyć i dalej bawić się w robienie kremów, grzecznie zrobisz wszystko, czego od ciebie wymagam. Pokiwaj głową. Ładnie. Wydaje mi się, że się rozumiemy. Teraz cię puszczę. Zrobisz, co powiedziałem, lub nasze następne spotkanie zakończy się mniej przyjemnie. Będzie więcej bólu i pojawi się krew...

Puścił ją i odsunął się kilka kroków, nie spuszczając z niej wzroku. Bała się choćby drgnąć. Oddychała ciężko, ciągle opierając się plecami o drzewo. Albert odwrócił się i odszedł bez słowa, spokojnym krokiem, jakby był na przechadzce. Beata zadrżała, pomasowała obolałą szczękę, a potem ramię, odprowadzając go wzrokiem.

Sięgnęła po telefon i wybrała numer Jacka, ale się rozmyśliła i nie zadzwoniła.

Ruszyła biegiem do firmy, gnała szybko i energicznie, napędzana adrenaliną. Wysiłek pozwolił jej zapanować nad przerażeniem i zebrać myśli. Gdy dobiegła do Stelli, wszystko zdążyła sobie poukładać w głowie. Wpadła do konferencyjnej po ciuchy na zmianę i ręcznik, po czym ruszyła do łazienki, by wziąć prysznic. Stała dość długo pod strumieniami ciepłej wody, powoli odzyskując spokój. Obejrzała paskudny krwiak na ramieniu, gdzie zacisnęły się palce Alberta. Potem obmacała obolałą twarz. Tu śladów nie miała, ale czuła rękę tego sukinsyna.

Prosto spod prysznica pomaszerowała do laboratorium, w którym zastała skupione Anetę z Dorotą. Obie siedziały przy komputerach i pracowicie coś w nie wstukiwały.

– Ten twój prześladowca Albert ma na nazwisko Antosiewicz? – spytała bez wstępu Dorotę.

– Tak. Skąd wiesz?

– Miałam właśnie przyjemność go poznać – powiedziała i podciągnęła rękaw, by pokazać solidną opuchliznę.

Obie poderwały się na równe nogi i zaczęły gadać ze zgrozą i paniką, jedna przez drugą. Beata uciszyła je niedbałym machnięciem ręki i przysiadła na biurku.

– Nie zachowujcie się jak kury w czasie ataku lisa na gospodarstwo – powiedziała. – Bez paniki. Nie możemy pozwolić się zastraszyć i oszołomić tym sukinsynom. Najbardziej mnie zastanawia, jak się dogadali, jak na siebie wpadli?

– Jestem przekonana, że Albert obserwuje nas wszystkie i stara się systematycznie i na zimno znaleźć drogę do osiągnięcia celu – powiedziała Dorota. – Pewnie sam zgłosił się do Franka i zaproponował mu przymierze. Przecież wcześniej się nie znali, pochodzą z innych środowisk, innych światów. Przykro mi, dziewczyny, ale to ja ściągnęłam na was tego wariata. Nie spodziewałam się, że do tego dojdzie, że zacznie grozić nam wszystkim.

– Nie jęcz, tylko nie jęcz – ostrzegła srogo Beata. – Pod żadnym pozorem nie zaczynajcie lamentować i załamywać rąk. Nie pozwalam. Mamy kłopoty, owszem, ale te nie są w tej chwili największe…

– Jak to nie? – zapytała zdziwiona Aneta. – To może być coś poważniejszego od gróźb pozbawienia życia?

– Nie groził mi śmiercią, ale krzywdą – powiedziała Beata. – Zresztą to nieważne, nawet jeśli złożę na niego skargę, może się wszystkiego wyprzeć, nie mam przecież świadków, a siniak nie jest żadnym dowodem. Obróci kota ogonem i stwierdzi, że to ja próbuję go zastraszyć, by cofnął pozew przeciw Dorocie. To spryciarz, w mordę…

– Może Jacek coś doradzi? – rzuciła rozpaczliwym tonem Aneta. – Na co czekasz? Dzwoń do niego! Złóżmy oficjalną skargę na policji, wynajmijmy ochronę i prawnika. Trzeba wezwać wsparcie i się ukryć, może gdzieś wyjechać, nie wiem! Nie siedźmy tak, na litość boską!

– Opanuj się! – krzyknęła Beata. – Obie macie tendencję do pochopnych działań pod wpływem impulsu. Miałam was porządnie obsztorcować za to, co wczoraj zrobiłyście. Podjęłyście strategiczną dla firmy decyzję bez mojej wiedzy: ani się ze mną nie konsultując, ani nie pytając o zgodę. Co też wam strzeliło do przemądrzałych głów, by pchać firmę w tak wariacki projekt? Krem pod własną marką? A niby kto go wprowadzi na rynek i sprzeda? Skąd mamy wziąć pieniądze na tak ogromny projekt? Jeśli powinie nam się noga i to nie wypali, zostaniemy na lodzie, bez firmy, źródła dochodów i dachu nad głową. Groźby w wykonaniu wariata z brzytwą to przy tym pikuś. Co zrobię, jeśli nie będę miała czym wyżywić rodziny ani możliwości zapewnienia dzieciom normalnego życia?

Dorota i Aneta porozumiały się wzrokiem. Podejmując decyzję za plecami Beaty, spodziewały się wymówek, a właściwie awantury, ale nie przewidziały, że dojdą do tego problemy z prześladowcami. Że sytuacja się skomplikuje. Rankiem balansowały na linie nad przepaścią, teraz się okazało, że na jej dnie jest pełno krokodyli, a lina niebezpiecznie się chwieje. Jeden nieostrożny krok i wszystkie wylądują na dole bez szans na ratunek. Zagrożone były ich finanse, a przede wszystkim życie.

– Cóż, zatem wywiesimy białą flagę? Poddamy się? – spytała Aneta.

Beata przewróciła oczami.

– Miałabym wyznać w sądzie, że to ja zdradzałam męża, a nie odwrotnie? I wywalić Dorotę z pracy? Pozwolić, by dopadł ją psychopata? Zerwać kolejną umowę z kwiaciarzami? Poddać się Pierwiosnkowi? Przyznać Romanowi, że jesteśmy do dupy, i zamknąć firmę? – wyliczała, zerkając to na siostrę, to na Dorotę. – Nigdy!

– Będziemy walczyły, od razu wiedziałam. – Dorota się uśmiechnęła. – Własny krem to jedyna szansa

289

na uwolnienie się od Pierwiosnka i wystrychnięcie go na dudka. Ale jak poradzimy sobie z Albertem i Frankiem?

– Wyjdzie w praniu. – Beata wzruszyła ramionami.

– Wszystko po kolei. Trzeba pokonywać trudności systematycznie. Najważniejsze to wreszcie uniezależnić się finansowo, mając forsę, poradzimy sobie z wariatami. Będzie trudno, ale mamy szczęście, że jesteśmy we trzy i możemy wspierać się nawzajem.

– Razem damy radę – przytaknęła z uśmiechem Aneta. – Zatem zgadzasz się, siostrzyczko, na nasz własny krem?

– Bogaty w wypasione składniki, substancje aktywne i ogólnie wycacany? A przez to pewnie nieopłacalny? – upewniła się Beata.

– Wiem, że robiąc produkt z wyższej półki, ponosimy znacznie większe ryzyko. Więcej zainwestujemy w surowce, a zatem jeśli towar się nie sprzeda, będziemy więcej stratne, ale w razie powodzenia... – wyliczała Aneta.

– Zarobimy kupę kasy – podsumowała Beata. – I o to chodzi. Trzeba ryzykować. Postawimy wszystko na jedną kartę. Albo czarna orchidea wyciągnie nas z kłopotów, albo pośle na dno.

Zamilkły i chwilę wszystkie trzy zbierały myśli. W laboratorium czuć było napięcie i emocje. Powietrze niemal od nich iskrzyło. Zrobiło się naprawdę gorąco. Aneta odwróciła się do okna i otworzyła je na całą szerokość.

– Jest jeszcze jedna możliwość – odezwała się Dorota. – Możemy jednocześnie spróbować uderzyć w Pierwiosnka. To będzie wymagało poświęceń i wyrzeczeń, ale jeśli się uda, pozwoli nam przetrwać do czasu osiągnięcia pierwszych zysków ze sprzedaży kremu z orchideą.

– Co masz na myśli? – spytała Beata.

Dorota powiedziała, ściszając głos niemal do szeptu. Siostry pochyliły się ku niej, nadstawiając ucha. Plan był iście diabelski i przewrotny. Wszystkie trzy zachichotały jak wiedźmy na sabacie.

Pracownice zebrały się w sali konferencyjnej. Nie usiadły przy stole, lecz stanęły przy ścianie. W równym szeregu, w identycznych fartuchach prezentowały się niczym wojsko, niczym kosmetyczny oddział specjalny. Sepleniąca Aldona stała ramię w ramię ze swoją największą przyjaciółką i konkurentką w miłosnych podbojach, Iloną. Tym razem ani się nie kłóciły, ani nie chichotały z byle durności. Obok nich garbiła się pani Krysia, jak zwykle wyglądająca na dramatycznie zmęczoną życiem. Dalej mełła coś w ustach pulchna Ewa, której na ucho szeptała Mariola, dziewczyna z dredami, ostatnio upiększona o dwa błyszczące kolce w dolnej wardze i kolejny kolczyk w nosie. Ostatnią ścianę podpierała blondynka Madzia o podkrążonych oczach, nieustannie żująca gumę. Całość zamykał Grzegorz, jako jedyny sprawiający wrażenie niezbyt przejętego sytuacją.

Dorota stała naprzeciw załogi i przyglądała się jej z troską. Nieraz miała ochotę gołymi rękami wydusić całe to niezdyscyplinowane i wiecznie niezadowolone towarzystwo, ale w sumie po namyśle musiała przyznać, że właściwie się do nich przyzwyczaiła i wszystkich lubiła. Nie irytowała jej już nawet pani Krysia z nieustającymi narzekaniami na cały świat i trapiące ją dolegliwości. Przez tych kilka miesięcy stworzyli zgrany zespół, który umiał współpracować i dobrze sobie radził w stresowych sytuacjach. Dziewczyny nie pękały pod presją i nawet wrzaski Beaty nie zdołały ich rozproszyć. Szkoda było się z nimi rozstawać.

Większa Szefowa weszła do sali energicznym krokiem jak generał na odprawę sztabu przed ważną bitwą. Niczym cień tuż za nią kroczyła Aneta, wierny adiutant i doradca. Obie stanęły obok Doroty, swojego dzielnego sierżanta. Beata zmierzyła surowym wzrokiem zwarte szeregi kosmetycznej armii, a potem zaczęła krótkie i treściwe przemówienie. Już wcześniej wśród załogi krążyły plotki o podupadających finansach firmy. Dziewczyny same zauważyły, że ostatnio miały mniej roboty, czyli że spadała liczba zamówień. Nic dziwnego, że z każdym słowem Beaty bladły. Większa Szefowa oświadczyła im wprost, że stanęły na skraju bankructwa i jedyną szansą na przetrwanie Stelli są drastyczne posunięcia.

– Zdecydowałyśmy się podjąć największe wyzwanie, na jakie może poważyć się tak mała firma jak nasza – mówiła Beata. – Zrobimy swój własny krem i same spróbujemy go sprzedać. Wejdziemy na rynek jako Stella, a nie anonimowy podwykonawca. To jedyne wyjście z sytuacji, w jakiej się znaleźliśmy, czyli bez nowych zleceń. Zaangażowanie się w tak wielki projekt wymaga sporych nakładów finansowych, na które nas za bardzo nie stać. Znaleźliśmy na razie jednego partnera strategicznego. – Spojrzała na Anetę, jakby to była jej wina, że ten partner, czyli kwiaciarz Artur Barański z rodzicami i ich firmą Pinky Rose, są niezbyt zasobni, więc ich udział nie wystarczy. – To jednak zbyt mało. Musimy podjąć drastyczniejsze kroki. Wszyscy członkowie zarządu niniejszym rezygnują z pensji do czasu wyjścia firmy na prostą. Wystawiamy na sprzedaż nieużywany sprzęt z magazynu, pozbędę się również samochodu, swojej kochanej beemki, i cały dochód zainwestuję w projekt. Aneta zrobi to samo ze swoimi ruchomościami. Jednym słowem: wszystko to, co mamy, stawiamy na jedną kartę. Firma musi zachować płynność finansową do czasu otrzymania pierwszych zysków z nowego kremu. Nie potrafimy przewidzieć, kiedy to może nastąpić. Obawiam się, że do tego czasu nie będziemy mogły utrzymać tak dużej załogi. Zabraknie nam na pensje dla wszystkich. Nie możemy was prosić o pracę za darmo, musimy więc po prostu zwolnić połowę załogi…

Zapadła grobowa cisza. Dziewczęta wstrzymały oddechy, pani Krysia przestała pochrząkiwać, Ewa mlaskać, a Madzia żuć gumę. W podwarszawskich miasteczkach nie było łatwo o pracę dla niewykwalifikowanych robotnic, a takie zatrudniała Stella – dziewczyny bez wykształcenia i jakiegokolwiek zawodu. Nie zarabiały tu wiele, ale wszystkie mieszkały w okolicy, nie wydawały więc na dojazdy, miały blisko do domu i ostatecznie dostawały jakieś pieniądze. Poza tym praca nie była nazbyt ciężka, w Stelli traktowano pracowników po ludzku. Wszystkim zatem niezbyt się uśmiechało opuszczać siostry Mazur. Jakiekolwiek by były, dawały im źródło utrzymania, i to w godziwych warunkach.

– Nie da się obciąć kosztów w inny sposób? – spytała Ilona.

– Może zamiast wyrzucać połowę z nas, zmniejszyć wszystkim pensję? – zaproponowała Mariola, machinalnie skubiąc jeden z kolczyków w wardze. – Na czas wdrożenia kremu po prostu wszystkie zaciśniemy pasa.

– To z pewnością by coś dało – przyznała Aneta, patrząc pytająco na Beatę.

– Nie wiem – westchnęła Większa Szefowa. – Naprawdę nie wiem...

– Jedyne wyjście to jeszcze bardziej zacisnąć pasa – odezwała się Dorota. – Przytniecie pensje naszym pracownicom, a do tego zwolnicie kierownika produkcji.

– Ale to ty nim jesteś, Dora – zauważyła przytomnie Aldona.

– Nie mogę pracować za darmo, poza tym dostałam ciekawą propozycję, z której w takiej sytuacji nie mogę zrezygnować. Dla Stelli jedna duża pensja mniej będzie sporą ulgą, możliwe, że kluczową w tym projekcie. Odejdę z firmy, poradzicie sobie beze mnie.

– To wykluczone! – kategorycznie oświadczyła Aneta. – Nie zgadzam się!

– Już postanowiłam. Byłabym dla was ciężarem. W tak trudnej sytuacji nie stać was na utrzymywanie inżyniera. – Dorota spuściła głowę, unikając spojrzenia przyjaciółki.

– Zostawiasz nas w trudnej sytuacji – protestowała Aneta. – Potrzebujemy cię! Ktoś musi nadzorować produkcję, przypilnować załogi, uzupełniać dokumentację i dbać, bym nie bujała w obłokach! Nie wolno ci tak po prostu zniknąć! Nie teraz.

Dorota nie odpowiedziała, w milczeniu pokręciła głową, nie patrząc na Anetę. Beata poruszyła się niespokojnie, a potem stanęła przed wysoką panią inżynier w bojowej postawie, z rękoma na biodrach.

– Szczury jako pierwsze opuszczają tonący okręt – wycedziła. – Żegnamy zatem panią. Proszę natychmiast opróżnić biurko i szafkę w szatni. I bez zwłoki opuścić teren zakładu. Żegnam oziębłe.

Dziewczyny zaczęły szemrać, oburzone i przerażone wydarzeniami. Patrzyły na siebie szeroko otwartymi oczami i komentowały wyjście Doroty. Ta posłusznie, z opuszczoną głową, niczym skarcony uczeń, wyszła z konferencyjnej i powędrowała do laboratorium, by się spakować.

– To daje nam pewne możliwości manewru – stwierdziła Beata. – Jeśli zgodzicie się przez jakiś czas pracować za mniejszą stawkę, nikt nie zostanie zwolniony. Ach, mieliśmy jeszcze porozmawiać o zatrudnieniu twojej żony, Grzegorzu. To miła dziewczyna i bardzo chciałabym ją widzieć u nas w firmie, ale możemy ją zatrudnić dopiero za kilka miesięcy. Sam rozumiesz.

– Rozumiem – przytaknął. – Myślę, że zdecydujemy się poczekać, aż Stella stanie na równe nogi.

– Świetnie! – Beata klasnęła w dłonie. – Dostaniecie zatem jutro rano do podpisania aneksy do umowy o pracę. Cieszę się, że załoga jest tak jednomyślna. Bo rozumiem, że zgadzacie się na nowe warunki?

– Tak, zgadzamy – przemówiła Aldona w imieniu całej ekipy.

Nie miały o czym dyskutować. Żadna nie paliła się do porzucenia roboty i szukania nowej. Pod sam koniec roku, przed zbliżającymi się świętami, znalezienie jakiegokolwiek zajęcia graniczyło z niemożliwością. Nie miały zatem innego wyjścia, niż pracować nawet za połowę stawki.

Wyszły z sali, przybite i wyciszone. Straciły fajną kierowniczkę i sporą część dochodów, to nie było miłe. Pani Krysia pociągała nosem i otwarcie ocierała łzy. Nie wiadomo, czy w żałobie po Dorocie, czy po swojej pensji.

## Rozdział 21.

## DOROTA.
## PO STRONIE WROGA

Trzy dni później Dorota spakowała swoje rzeczy i wyprowadziła się od Anety. Obie ostentacyjnie znosiły torby i pudło z książkami do samochodu, tak by dać czas Albertowi na zauważenie, że jego żądania wobec Beaty są spełniane. Co prawda w zasięgu wzroku nigdzie nie widziały prześladowcy, ale zakładały, że są stale obserwowane. Aneta nie była zachwycona, właściwie nalegała, by przyjaciółka zmieniła decyzję, ale Dorota się uparła. Do Franka i Alberta miał pójść przekaz, że kobiety się poddały i poszły na współpracę z wrogiem.

Załadowały się wreszcie do wozu Anety i wyruszyły w drogę. Najpierw jechały niespiesznie, klucząc uliczkami miasteczka i nieustannie zerkając w lusterko wsteczne. Musiały zgubić ewentualny ogon, by Albert nie dowiedział się zbyt szybko, gdzie teraz zamieszka Dorota. To da jej cenny czas na ułożenie sobie życia i obronę. Przynajmniej przez kilka nocy będzie spała spokojnie. Wreszcie wyjechały na autostradę, gdzie Aneta dodała gazu, prując, ile wlazło, przed siebie. Nikt za nimi nie pędził, obie uznały więc, że nikt ich nie śledzi. Aneta zjechała najbliższym zjazdem i zawróciła, by bocznymi dróżkami dojechać do sąsiedniego miasteczka, gdzie znajdował się przytulny pensjonat. To tam Dorota postanowiła zahaczyć się na kilka nocy. Co prawda nieco je to kosztowało, ale nie miały innego wyjścia. Dorota nie mogła wynająć mieszkania, bo zaraz nawiedziłby ją Albert. W publicznym miejscu, jakim był pensjonat, nie odważy się jej nachodzić. Było tu zbyt wielu świadków.

Kolejne dwa dni siedziała jak na szpilkach, niemal nie opuszczając pokoju. Późnym wieczorem łączyła się przez Skype'a z Piotrkiem i gadała z nim do nocy. Dla obojga były to najmilsze chwile. Czekali na nie z niecierpliwością. Urządzali sobie randki na odległość, które dla obojga były czymś więcej niż czczymi pogaduchami. Piotrek przyznał, że zamiast go uspokoić, powodowały wzrost tęsknoty za krajem i marzenia o powrocie. Dorota również w czasie rozmów, a także potem, czuła niespełnienie i rozdrażnienie. Kontakt przez komputer okazywał się zbyt ubogi, podkreślał wyłącznie brak drugiego człowieka. Nie było czuć jego zapachu ani ciepła, okienko na monitorze wypełniał jedynie ruchomy obraz, w dodatku wyświetlany z opóźnieniem w stosunku do dźwięku, a zniekształcony przez komputer głos Piotrka powiększał pragnienie, by usłyszeć go na żywo. Komunikator zapewniał im najwyżej substytut randki, jej elektroniczną imitację.

– Na kiedy zatem mam bukować dla ciebie bilet do Rio? – pytał za każdym razem.

Zawsze odmawiała, choć z dnia na dzień jej opór stawał się coraz mniejszy. Gdyby znikła, rozwiązałoby się kilka jej kłopotów. Uwolniłaby też Beatę od Alberta, a jemu samemu dała prztyczka w nos.

– Nie mogę. Nie teraz – odpowiadała. – To byłoby dezercją. Porzuceniem przyjaciółek w potrzebie.

– Przecież już to zrobiłaś – stwierdził.

Nie chciała o tym rozmawiać. Cała ta sytuacja była dostatecznie nerwowa bez ciągłego o niej gadania. Nad ranem zatem kładła się spać z tęsknotą za facetem, którego znała właściwie wyłącznie z internetowych pogaduszek. Już nawet zapomniała, jak pachnie. Poza tym nigdy go nie dotykała, nie całowała. Ich dziwny związek był do kitu!

Kolejnego ranka wreszcie zadzwonił do niej Romek z Pierwiosnka. Kazał trochę na siebie czekać, ale zgodnie z przewidywaniami złapał przynętę. Nie mógł tak po prostu przejść do porządku dziennego nad faktem, że ze Stelli odszedł inżynier produkcji. Musiał ją upolować. Każdy fachowiec z doświadczeniem i mający w głowie lepiej poukładane niż dziewczyny z laboratoriów Pierwiosnka był na wagę złota. Już w drugim zdaniu zaproponował jej pracę, tak ogromnie był podekscytowany. Widocznie dopiero teraz zdobył do niej namiary. Z pewnością uzyskał je od Grzesia lub od którejś z dziewczyn. Siostry Mazur odegrały dramatyczną farsę o jej odejściu na wszelki wypadek, gdyby okazało się, że oprócz Grzegorza mają w firmie jeszcze jednego kreta. Niczego nie można było wykluczyć w wojnie szpiegowskiej. To dlatego wszyscy pracownicy musieli być przekonani, że Dorota naprawdę odeszła ze Stelli. Wyglądało na to, że się udało.

Pojechała do siedziby firmy i stanęła przed bramą, podziwiając fabrykę. Wielkości Pierwiosnka nie dało się nawet porównać do Stelli. Sama portiernia była niemal tak wielka jak zakład, w którym niedawno co pracowała. Zameldowała się funkcjonariuszowi straży przemysłowej i weszła do poczekalni, z której odebrał ją osobiście Romek. To się nazywa ochrona i dbałość o bezpieczeństwo! Obowiązywały tu zupełnie inne standardy niż w Stelli. Stąd nikt nie wyniósłby laptopa.

Przeszli do biurowca, kilkupiętrowego gmachu, za którym widać było hale produkcyjne i magazynowe. Na dachu budynku lśniło wielkie logo firmy z charakterystycznym kwiatkiem. Dorota czuła się trochę przytłoczona rozmiarami zakładu. Jak w ogóle Stella śmiała konkurować z czymś tak wielkim? Siostry Mazur, liczące każdy grosik i tnące i tak nędzne pensje pracowników, przy tej firmie były niczym pchełki.

Niezwykle uprzejmy i grzeczny Romek zabrał ją do gabinetu, znajdującego na ekskluzywnym ostatnim piętrze i zaopatrzonego w wielkie, panoramiczne okna, wychodzące na pierwiosnkowe królestwo. Sekretarka, wyglądająca jak hostessa na imprezie tylko dla panów, przyniosła im dzbanuszek herbaty i znikła. Romek zaczął roztaczać przed Dorotą wizję wspaniałej współpracy, mamił ją obietnicami błyskawicznej kariery i naprawdę godziwych zarobków, które przypadają w udziale uzdolnionym fachowcom. Mówił tak ładnie i zachęcająco, że Dorota zaczęła mu wierzyć. W jej sercu zakiełkowało zwątpienie, które rosło z każdą chwilą.

Może zaufać przystojniakowi i poprzysiąc wierność Pierwiosnkowi? Wyprzeć się ostatecznie Stelli, zapomnieć o przegranych siostrach Mazur? Przecież u ich boku nic jej nie czeka. Nigdy nie zarobi tam porządnej kasy, nie zrobi kariery jak w prawdziwej korporacji, ale od rana do nocy będzie zapieprzała na produkcji, pilnując rozgadanych pracownic i mieszalników pełnych gorącej masy kosmetycznej. A tu mogła zawędrować na sam szczyt. Za kilka lat mieć gabinet na najwyższym piętrze, rządzić całą produkcją i obracać konkretną forsą.

Pokusa była naprawdę wielka, a wzrosła jeszcze bardziej, gdy Romek zabrał ją na przechadzkę po firmie i pokazał produkcję. Wszystko tu lśniło nowością i profesjonalizmem. Pracownicy chodzili równo i grzecznie jak roboty. Na konfekcji nikt nie gadał i się nie śmiał, a pracownice pakujące słoiczki uwijały się jak w ukropie. Wszyscy zasuwali w skupieniu, poruszali się szybko i zdecydowanie. To było coś zupełnie innego niż harmider panujący w Stelli.

Pracownicy czuli respekt innego rodzaju niż przed wrzaskami Beaty. Panował tu zapieprz, i to nie byle jaki, w dodatku wymuszony przez bezwzględne przepisy i regulaminy, odgórnie narzucone normy i zimnych jak lód brygadzistów oraz kierowników. Romek z dumą jej opowiadał, że wprowadzili takie same reguły jak w wielkich fabrykach na całym świecie. Pracownicy traktowani są z szacunkiem, ale eksploatowani, ile wlezie. Wyciska

301

się z nich każdą kroplę potu. Ich pensja uzależniona jest od wyrobienia normy, przez co wielu rezygnuje z przerw na posiłek, by nie przerywać pracy. Nie trzeba na nikogo krzyczeć, przywoływać do porządku ani poganiać. Ludzie sami zamieniają się w zdyscyplinowane maszyny, nie mają innego wyjścia, jeśli chcą pracować i zarobić tyle, ile się należy.

Z jednej strony było to imponujące i godne podziwu, z drugiej trochę przerażało Dorotę. Panował tu zupełnie inny klimat niż w kameralnej, domowej Stelli. Standardy korporacyjne były zimne i bezlitosne, liczyły się jedynie rosnące wykresy wydajności i zysków. Produkcja sprowadzała się do zapewnienia standardu postępowania z procedurami i systemem jakości. Nie było miejsca na jakiekolwiek odstępstwa czy improwizację. Aż dziw brał, że Romek sprowokował, by produkcja sfałszowała tu krem z orchideą. Sam z rozbrajającą szczerością zwierzył się Dorocie, że zmusił kierowniczkę produkcji do obniżenia ceny materiału przez zmniejszenie liczby drogich składników lub zastąpienie ich tańszymi zamiennikami.

– Ale to zasadniczo obniżyło jakość kremu – zauważyła Dorota.

– No właśnie. A tego się nie spodziewałem – oznajmił. – Nikt mi nie powiedział, że klientki mogą się zorientować, że sprzedaje się im towar o nieco obniżonej jakości. Myślałem, że się nabiorą na ładne opakowanie i famę, która się rozeszła po serii wyprodukowanej przez was. Wtedy zrozumiałem, że potrzebuję prawdziwych fachowców, którzy odpowiednio zmodyfikują dla mnie technologie, tak by uczynić je jak najekonomiczniejszymi, a równocześnie bez straty jakości. Zdaje sobie pani sprawę, że obniżenie kosztów produkcji o jeden głupi grosik na słoiczku przy milionie słoiczków zamienia się w konkretną sumkę?

Pokiwała głową, z zadumą patrząc na taśmę transportową, którą na konfekcji jechała nieskończona linia białych słoików z kremami. Romek wziął ją pod ramię i zaciągnął z powrotem do gabinetu. Przy kolejnej herbatce zgodziła się na współpracę i podpisała umowę o zachowaniu poufności. Romek miał już ją przygotowaną i podsunął jej właściwie natychmiast. Ledwie złożyła podpis, obrócił ku niej ekran laptopa i pokazał otwarty dokument. To była technologia nowego produktu dla Derminium, opracowanego przez Stellę, a konkretnie przez Anetę, i niby podstępem wyniesionego przez Grzegorza.

– Spójrz, proszę – powiedział, uśmiechając się tajemniczo. – Nie pytaj, skąd to wziąłem, niech to pozostanie tajemnicą. Tak, receptura została skradziona z twojego poprzedniego zakładu, tak samo jak wszystkie, nad którymi pracowałyście przez ostatnie dwa miesiące.

Kiedyś jako nastolatka Dorota chodziła na kółko teatralne i zagrała kilka rólek w amatorskich przedstawieniach. Teraz musiała wykorzystać kilka zapamiętanych sztuczek i odegrać przedstawienie. Na jej twarzy najpierw odmalował się szok, potem zdziwienie, a wreszcie podziw. Nie było łatwo, ale się udało. Roman zresztą był tak zachwycony swoją osobą i okazanym sprytem, że nie musiała się specjalnie przykładać. Zadufanie skutecznie przytępiło jego czujność.

– Aneta jest świetnym technologiem, ma niezwykły dar do komponowania receptur – mówił. – Nie rozumiem, dlaczego te ostatnie jakoś jej nie wychodzą. Nie udaje się nam ich odtworzyć nawet w laboratorium. Ten ostatni żel wychodzi za gęsty, a gdy zmniejszamy ilość zagęstnika, zwyczajnie się rozwarstwia. W dodatku strasznie zapowietrza się w czasie mieszania, a barwnik rozchodzi się nierównomiernie. Dziewczyny siedzą nad tym dzień i noc. Nie jedzą i nie śpią, ale ciągle się im nie udaje. Muszę mieć te ostatnie produkty, żel do higieny dla kobiet w ciąży i drugi, dla nastolatek. Muszę!

– Czasem nie wystarczy wierne odtworzenie przepisu, trzeba to zrobić umiejętnie – powiedziała Dorota. – Myślę, że potrafiłabym udoskonalić te przepisy i wykonać je w skali przemysłowej.

– Będę nosił cię na rękach, kochana! – Roman się ucieszył. – Musimy wypuścić te produkty na rynek przed świętami, bo dodałem je już do naszej oferty, a prezes je przyklepał. Zamówiliśmy nie tylko surowce do produkcji, ale też opakowania oraz etykiety. Świąteczne opakowania! Wpompowaliśmy w nie kupę szmalu. Muszę mieć te żele w dużej liczbie, najpóźniej za dwa tygodnie pierwsze serie mają trafić do dyskontów.

– A co z kremem z orchidei?

– Ach, tym nieudolnie przez nas podrobionym? Zapomnij o nim, to zamknięty projekt. Zarząd uznał go za nieudany. Nie będzie kolejnych serii.

– Dobrze. Poprawię wam te dwa żele, mogę też ogarnąć inne receptury, z którymi się borykacie – powiedziała. – Kiedy zaczynam?

– Dziś! Natychmiast! – zawołał gorączkowo Roman.

Oznajmiła mu ostrożnie, że mogłaby zacząć od jutra, ale ma problem z mieszkaniem. Pomieszkuje teraz w pensjonacie, ale musi się wyprowadzić i zająć poszukiwaniem nowego lokum. To zajmie jej co najmniej tydzień.

– O, nie ma mowy! – Oburzył się jej nowy szef. – Zajmiemy się tym natychmiast. Mamy kilka służbowych mieszkań dla gości i kontrahentów. Trzy apartamenty w Warszawie i cztery skromniejsze kawalerki po sąsiedzku, właściwie na terenie firmy.

– Och, na terenie?

– W budynku przy portierni. O tam, na piętrze. Są bardzo wygodne, w dodatku nie trzeba się kłopotać niechcianym sąsiedztwem i miejscem do parkowania. Klucze dostaniesz za piętnaście minut.

Dorota uśmiechnęła się z zadowoleniem. Będzie miała mieszkanie strzeżone przez straż przemysłową! To prawdziwy cios dla Alberta, gdy wreszcie ją tu namierzy. Nie ma szans, by się do niej zbliżył, nie mówiąc nawet o obserwacji. Cała firma i okolica są objęte monitoringiem.

– W porządku! Zgoda, zaczynam od rana – powiedziała i uścisnęła dłoń Romana.

– Ale jestem szczęśliwy! – Wyszczerzył się pierwiosnkowy krętacz. – Będziemy mieli poprawione wszystkie żele i kremy! To cudownie.

– O, tak. – Dorota też się uśmiechała. – Już ja wam je poprawię, nie ma obawy.

„Aż wam w pięty pójdzie, złodzieje. Tak je poprawię, że długo popamiętacie" – dodała w myślach.

# Rozdział 22.
## ANETA.
## Eliksir z orchidei

Za oknem panowała ciemna, grudniowa noc. Wietrzna i deszczowa, zdecydowanie nieprzyjemna i mało świąteczna. Aneta zerknęła w okno, gdy załomotały w nie krople, po czym wróciła do pracy. Cały dzień spędziła w laboratorium, szlifując ostatecznie swoje największe dzieło. Od dwóch tygodni próbowała udoskonalić krem z orchideą, wytwarzając kolejne próbki masy. Korzystała z laboratoryjnego homogenizatora, w który musiała każdorazowo załadować materiału przynajmniej na pół kilograma nastawu, by masa wyszła prawidłowo wymieszana. Dzięki temu miała już cały regał śniadaniowych pojemników, kupionych w markecie i wypełnionych kolejnymi wersjami kremu. W sumie zgromadziła blisko trzydzieści kilogramów masy kosmetycznej. Każda kolejna była coraz lepsza, ale Aneta wciąż nie była zadowolona. Miała poczucie, że coś jest nie tak, że czegoś im jeszcze brakuje.

Och, jaka szkoda, że nie ma z nią Doroty! Jakże brakowało jej przyjaciółki! Po pierwsze, nie miała z kim gadać i konsultować swoich wyrobów, po drugie, nie miał kto zapanować nad chaosem, który powstawał, gdy tworzyła receptury. W efekcie przynajmniej połowa otrzymanych próbek była niepodpisana lub podpisana w taki sposób, że nie dało się ustalić, która wersja masy znajduje się w pojemniku. Niestety, wszystkie musiały trochę wytrzymać, jeszcze tydzień lub dwa, aż plan wystawienia Pierwiosnka przyniesie pierwsze owoce. Wtedy Dorota będzie mogła się wycofać z terenu wroga i wrócić na swoje miejsce.

I tak Dora wytrzymała już długo. Minął miesiąc, odkąd wykonywała kreci robotę u konkurencji. O dziwo, ponoć nie żyła w strasznym napięciu, twierdziła, że ryzyko wpadki nie jest duże. Sprawiała wrażenie usatysfakcjonowanej wypełnianym zadaniem.

Przyjaciółki nie kontaktowały się telefonicznie ani przez pocztę elektroniczną, lecz wyłącznie osobiście. Doszły do wniosku, że muszą zachowywać się profesjonalnie i pod żadnym pozorem nie lekceważyć przeciwnika. Roman mógł nakazać obserwację cennej specjalistki, dysponującej tajną wiedzą. Spotykały się zatem, gdy Dorota wychodziła z fabryki po pracy na zakupy. Zawsze w centrum handlowym, najczęściej w ubikacji. Aneta pojawiała się tam wcześniej starannie przebrana i wychodziła po opuszczeniu budynku przez Dorotę. Raz ucharakteryzowała się na damę w okularach, innym razem na sportsmenkę wracającą z treningu, a kiedyś na muzułmankę w burce zasłaniającej twarz. Używała peruki lub dresów pożyczonych od Beaty, ciemnych okularów i kapelusza.

Obie czuły się jak agentki wywiadu w trakcie niebezpiecznej operacji. W sumie szpiegostwo przemysłowe i dywersja, którą właśnie uprawiały, rzeczywiście były balansowaniem na granicy legalności. Zamykały się zatem w ubikacji i w ciągu kilku minut, by nie budzić podejrzeń, wymieniały się informacjami. Dorota zapisywała rady i wskazówki Anety, dotyczące zmian w technologiach i recepturach, a po powrocie do Pierwiosnka natychmiast wprowadzała je do dokumentacji. Co dziwne, Dorota twierdziła, że nie czuje żadnych wyrzutów sumienia. Wcześniej bała się, że zbyt zaprzyjaźni się z nowym szefem i dziewczynami z laboratorium i będzie ich jej szkoda, ale okazało się, że po bliższym kontakcie miała wręcz przeciwne uczucia. Twierdziła, że osobnicy zajmujący w Pierwiosnku kierownicze stanowiska to same korporacyjne szczury, pozbawione sumienia i przyzwoitości, skupione wyłącznie na karierze i pogardzające podwładnymi. Wszystkim im należał się solidny kopniak w dupę!

Aneta była zaskoczona postawą przyjaciółki, która stała się twarda i zdecydowana. Już nie była roztrzęsioną dzierlatką, drżącą przed napastującym ją Albertem. Na pytanie przyjaciółki, czemu zawdzięcza przemianę, odparła szczerze, że Piotrkowi. Przyznała, że od jakiegoś czasu pozostaje z nim w stałym kontakcie i czuje, że ma w nim oparcie. Nawet na odległość.

– Jednak jest coś między wami? – upewniła się Aneta, przebrana wtedy za sprzątaczkę w drelichowym fartuchu i z chustą na głowie. – Nie myliłam się...

– Myliłaś się – odparła Dorota. – Nigdy cię nie zdradziliśmy. Jesteśmy tylko przyjaciółmi.

– Nie mam nic przeciw waszej przyjaźni. Wybacz, że wtedy zareagowałam wybuchem bezsensownej zazdrości, teraz to już nie ma znaczenia. To dobrze, że Piotrek trafił właśnie na ciebie – powiedziała, czując dziwną ulgę i zadowolenie.

Aż sama była zaskoczona swoją postawą. Odetchnęła, słysząc, że Piotr sobie kogoś znalazł, i tą osobą jest jej najbliższa przyjaciółka. Teraz nie będzie czuła się podle, dzwoniąc z byle powodu do Artura, niby w celu ustalenia szczegółów dotyczących orchidei i projektów etykiet. Na koniec ucałowała więc zaskoczoną Dorotę i oświadczyła, że życzy im jak najlepiej.

Teraz, stojąc w laboratorium nad załadowanym homogenizatorem, uśmiechnęła się do siebie na wspomnienie tamtego wydarzenia. Machinalnie włączyła termostat, ustawiając grzanie na osiemdziesiąt stopni, i zaczęła nazywać kolejne składniki, odhaczając je w zabazgranej i pokreślonej tabelce. Ledwie zdążyła nalać wody do zbiornika, gdy zadzwonił telefon. To był Artur, ponoć stał przed drzwiami. Przyjechał, jednak przyjechał!

Niemal zapiszczała jak podlotek. Pofrunęła niczym niesiona przez wiatr prosto do drzwi fabryczki, by mu otworzyć. Już dawno umawiali się, że musi kiedyś przyjechać i obejrzeć dokładnie firmę, której stał się wspólnikiem. Ciągle jednak odkładał wizytę, tłumacząc się brakiem czasu. Wreszcie wygospodarował wolny wieczór, by odwiedzić Anetę i towarzyszyć jej w pracy.

Stał w drzwiach z szerokim uśmiechem i pękiem różyczek w garści. Zatrzepotała rzęsami, nie mogła się przed tym powstrzymać, i wpuściła go do środka. Zostawił kurtkę w szatni, po czym wybrali się na przechadzkę po firmie. Aneta przebrała gościa w biały fartuch, czepek i ochraniacze na buty, by mógł wejść do Strefy Białej. Potem przeszli do laboratorium, po drodze robiąc sobie herbatę w kuchni.

– Przerwałem ci robotę, prawda? – powiedział. – Nie powinienem przeszkadzać, skoro od tego zależą finanse zarówno twojej, jak i mojej rodziny.

– Ach, zaczęłam finalną próbę naszego kremu. Wydaje mi się, że już wszystko jest dograne i będzie idealny. Czegoś mi ciągle w nim brakowało, tej lekkości idącej w parze z istnieniem odczuwalnej warstwy na skórze, zapewniającej długotrwałe poczucie nawilżenia. Stwierdziłam, że nieco podwyższę koszty, dodając najnowszy emolient upolowany na targach kosmetycznych. Nie mogę jeszcze zdecydować się na kompozycję zapachową, ale to już drobiazg. Hm… – powiedziała, otwierając szufladę z próbkami zapachów.

– Skoro to finalna próba, tym bardziej muszę zostawić cię samą. Potrzebujesz spokoju i skupienia.

– Już nie. Wszystko już zostało wymyślone, teraz wystarczy zrobić krem. To proste. Pomożesz mi, wspólniku.

Artur poprawił zatem fartuch i stanął obok niej przy homogenizatorze. Wlana wcześniej przez Anetę woda zdążyła się mocno zagrzać i parowała intensywnie.

– Krem to po prostu jeden z dwóch rodzajów emulsji. Jest zawiesiną kropelek oleju w wodzie lub odwrotnie

– kropelek wody w oleju. Nas interesuje ta pierwsza wersja. Sprawa jest zatem prosta, jedyne, co musimy zrobić, to połączyć wodę z olejem w taki sposób, by to, co powstanie, było trwałe i się nie rozwarstwiło – wyjaśniła Aneta, podając mu zlewkę z przezroczystą, gęstą cieczą.

– Wodę już mamy, teraz dolej do niej glicerynę, najpopularniejszą substancję nawilżającą, która doskonale rozpuszcza się w wodzie. Świetnie. Fazę wodną mamy właściwie załatwioną. Teraz dorzucimy fazę olejową i poczekamy, aż wszystko się podgrzeje.

Artur z poważną miną wlewał podawane kolejno oleje, przy okazji dowiedział się, że jedne z nich pełnią funkcję emolientów, czyli nawilżaczy, inne stabilizatorów lub składników kondycjonujących skórę.

– A to na olej mi nie wygląda – stwierdził, biorąc od Anety naczynie pełne białych granulek.

– Bo to nie olej, lecz alkohol cetostearylowy, najpopularniejszy alkohol kosmetyczny. Substancja stała, która pełni także funkcję konsystencjotwórczą, a na skórze tworzy warstwę okluzyjną, czyli utrudniającą odparowanie wody. Mamy tu jeszcze kilka podobnych, a ten alkohol jest nie tylko zagęszczaczem, ale i emulgatorem.

– Alkohol? Nie wygląda na zdatny do picia – mruknął artysta.

Aneta parsknęła śmiechem.

– Alkohole to nazwa grupy substancji chemicznych mających w cząsteczce grupę hydroksylową. Tylko jeden z miliardów tych związków nadaje się do spożycia. Etanol. W kosmetyce używamy długołańcuchowych alkoholi, które nawet nie są cieczami. Nadają kremom odpowiednią lepkość i gęstość.

– Ach, emulgatorem? – mruknął Artur, robiąc mądrą minę.

– By powstały micele, układy tworzące strukturę emulsji, potrzebne jest coś, co połączy składniki fazy wodnej z fazą olejową. Są to substancje, których jedna część cząsteczki wykazuje powinowactwo do wody, a druga część cząsteczki do oleju. To takie łączniki, które pozwalają powiązać się wodzie z olejem. Mostki, które zespalają jedno z drugim. Bez nich krem by nie powstał lub szybko się rozwarstwił.

– Jasne. Ale tu mamy jeszcze białe kuleczki, a tu płatki.

– To kolejny emulgator, a to kwas stearynowy. Nasz krem będzie miał ponad dwadzieścia składników, w tym trzy emulgatory. To naprawdę porządny produkt. O, ten emulgator to hit na rynku, naprawdę dobry, choć kosztowny. A te dwa olejki znalazłam na ostatnich targach kosmetycznych, to najnowszy produkt chemii kosmetycznej. Antyalergiczne, niezwykle lekkie nawilżacze. Sprawią, że krem pozostawi wrażenie lekkości, a warstwa, którą utworzy na skórze, utrzyma się przez wiele godzin. Dzięki temu skóra ciągle będzie nawilżona i elastyczna.

– To są te składniki, za które siostra ciosa ci kołki na głowie? – upewnił się.

– Zwiększają koszty produkcji. Są nowoczesne i wspaniałe, a przez to drogie. Będziemy musiały ustalić naprawdę wysoką cenę za ten krem lub zmniejszyć swój dochód. Jeśli cena będzie zbyt wysoka, towar się nie sprzeda. Jeśli zbyt niska, nie zarobimy tyle, co konieczne, i zbankrutujemy.

– Czemu zatem nie zastąpisz ich czymś tańszym?

– Ten krem na być produktem z wyższej półki, towarem wysokiej jakości. Tak postanowiłyśmy po długich bojach i przekomarzaniach. Ułożyłam zatem recepturę na bogato! A co, raz się żyje.

– To dlatego uparłaś się, by był w szklanych, eleganckich słoiczkach...

– A ty musisz zrobić etykietę zapierającą dech w piersiach.

Pokiwał głową z powagą i wsypał ostatnią zlewkę do homogenizatora. Aneta zamknęła pokrywę i zatrzasnęła klamry. Stali, patrząc na rosnącą na wyświetlaczu temperaturę wsadu i gadając o kolorze etykiety. Aneta chciała czarną z białym konturem kwiatu i wypukłą czcionką z logotypem i nazwą kremu. Beata proponowała różową etykietę z czarnym kwiatem, a Dorota białą z cieniem czarnej orchidei. Wszystkie zgadzały się jedynie co do tego, że na produkcie powinien być rysunek orchidei.

– Kolorem roku ciągle jest enigmatyczny fiolet i to on narzuca się jako motyw przewodni – powiedział Artur. – Ale nie wiemy, jaki kolor stanie się obowiązujący od stycznia. Trzymają to w tajemnicy. Zrezygnowałbym zatem z kierowania się trendem i postawił na własne wyczucie. Zaufaj mi i pozwól zrobić projekt bez sugerowania czegokolwiek.

– Najwyższa pora, byś coś wymyślił, bo jeśli ta próbka wyjdzie i przejdzie próbę przyspieszonego starzenia, rozpoczniemy produkcję, nie czekając na wyniki badań dermatologicznych – powiedziała Aneta. – Och, mamy temperaturę powyżej siedemdziesięciu pięciu stopni. Teraz emulgatory działają najlepiej. Zacznijmy zatem homogenizację. Proszę, możesz włączyć urządzenie.

Artur wcisnął wskazany przycisk i noże mieszadła zaczęły wirować coraz prędzej, by po chwili osiągnąć prędkość kilku tysięcy obrotów na minutę. Masa w naczyniu kotłowała się wściekle. Oboje patrzyli na to w skupieniu. Na ich oczach miało powstać wielkie dzieło.

Wreszcie Aneta wyłączyła homogenizację i przełączyła przewody doprowadzające wodę do płaszcza wymieniającego ciepło. Zaczęło się szybkie chłodzenie masy.

– Teraz, gdy temperatura spadnie, co nie może się stać zbyt szybko, bo powstaną grudki, dodamy konserwant i wrażliwy na ciepło silikon nawilżający, a potem to, co najważniejsze, nasze substancje aktywne. Pierwszy będzie tokoferol, znaczy witamina E.

– Chlup! – powiedział Artur, wlewając zawartość podanego, maleńkiego naczynka.

– Zestaw ceramidów.

– Ciach!

– I dzieło nas wszystkich, ekstrakt z kwiatów czarnej orchidei!

Artur uniósł pod światło podaną zlewkę i chwilę podziwiał ciemny płyn, zupełnie niczym smakosz oceniający barwę wina. Następnie cienkim strumyczkiem powoli wlał ekstrakt do mieszającego się, już gęstniejącego kremu.

Pozostało odpowietrzanie masy. Aneta zamknęła homogenizator i włączyła pompę próżniową. Wyjaśniła, że w czasie homogenizacji mieszanina łapie powietrze, które wchodzi w krem i zostaje w nim pod postacią brzydkich pęcherzyków. Krem nie jest wtedy jedwabisty i gładki, a chropowaty i nieładny. Pod ciśnieniem jednej dziesiątej bara po kilku minutach powietrze zostało usunięte.

– I gotowe – powiedziała z uśmiechem Aneta, otwierając urządzenie.

Spojrzeli na błyszczącą masę o lekko beżowym zabarwieniu. Teraz powinno się dolać do niej kompozycję zapachową, ale ta nie została jeszcze wybrana. Aneta pobrała bagietką* odrobinę kremu, ściągnęła rękawiczkę i posmarowała sobie wierzch dłoni. Po chwili zastanowienia wtarła krem w policzek. Następnie dotykała skóry w skupieniu i z zamkniętymi oczami. Artur wstrzymał oddech.

– I jak? – spytał szeptem, gdy milczenie się przeciągało.

– To jest to – powiedziała, a jej twarz rozjaśnił rosnący uśmiech. – Mamy go!

Artur wybuchnął śmiechem i porwał ją w ramiona. Zapiszczała, a potem skoczyła na niego, objęła rękami za szyję, a nogami w pasie. Złapała go oburącz za głowę i pocałowała w usta. Chyba był zaskoczony tym, jak gwałtownie przejęła inicjatywę, ale szybko się pogodził z sytuacją. Całował ją, kręcąc się wokół własnej osi. Wreszcie wylądowali na biurku, zwalając na podłogę

* Tu: przyrząd laboratoryjny w formie prostego pręta szklanego, niekiedy z jednej strony zakończonego małą rączką, a z drugiej małą łopatką.

zeszyty i długopisy. Gdy zdarła z siebie fartuch i cisnęła go na oślep, ten skosił ze stołu laboratoryjnego wszystkie szklane zlewki, które roztrzaskały się z hukiem o podłogę. Nie zwrócili na to najmniejszej uwagi, byli zbyt zajęci sobą.

# Rozdział 23.

## BEATA.
## WRÓG U bRAM

Przed budynkiem sądu administracyjnego zatrzymał się policyjny radiowóz. Wyskoczyła z niego Beata, niczym wystrzelona z procy. Była spóźniona, i to na własną rozprawę rozwodową. Pognała przed siebie, wymachując torebką, by utrzymać równowagę. Mimo że na chodniku zalegała warstwa śniegu, na nogach miała buty na wysokim obcasie, a do tego spódnicę do kolan. Ubrana była może nieodpowiednio do pogody, ale za to elegancko, jak przystało na poważną bizneswoman. Na nosie miała okulary, co prawda ze szkłami zero dioptrii, bo nie cierpiała na najmniejszą wadę wzroku, ale Jacek powiedział, że dodają jej powagi. Nawet sam je kupił i dał Beacie w prezencie. Dzielnicowy towarzyszył jej ubrany w służbowy mundur, by w razie czego wesprzeć ją powagą pełnionej funkcji. Była nadzieja, że sąd nie da się nabrać na matactwa Franka, w każdym razie Beata

317

nie zamierzała rezygnować bez walki. Nie zamierzała też ulec presji, mimo straszenia i nagabywania.

Jacek dogonił ją, gdy dotarła do schodów, i uratował przed kalectwem, łapiąc za ramię na sekundę przed widowiskowym upadkiem. Schody były bowiem z imitacji marmuru, idiotycznie gładkiego, co w zestawieniu z posypanym solą śniegiem, który zamienił się w wodnistą breję, przeistaczało je w śmiertelnie groźną pułapkę. Dotarli jakoś do środka i utkwili tym razem na bramce z wykrywaczem metalu. Pilnowało jej dwóch grubych strażników, na których nie wywarł wrażenia nawet mundur dzielnicowego. Pewnie bez mrugnięcia wpuściliby go, gdyby prowadził Beatę skutą kajdankami, czyli przybył do sądu służbowo, ale nie, gdy tylko prywatnie jej towarzyszył. Musiał zatem odpiąć pas i odłożyć go na bok, co i tak nie pomogło, bo dalej piszczał, maszerując przez bramkę. Miał stalową klamrę pasa i metalowe szlufki w butach. Beata zaczęła warczeć ze złości. Jeśli spóźni się na rozprawę, wyjdzie na nieodpowiedzialną idiotkę, a tak właśnie chciał pokazać ją Franek. Odepchnęła zatem Jacka i przemknęła obok strażników.

Pognała korytarzem, szukając drzwi z numerem podanym w wezwaniu na rozprawę. Cały korytarz pełen był ludzi oczekujących na swoją kolej, musiała zatem kluczyć i przepychać się między nietypowymi indywiduami. Nie wiadomo dlaczego tuż przed świętami wyznaczono tyle rozpraw, może by zaspokoić żądnych sprawiedliwości ludzi lub by odwalić zaległą robotę i podnieść na wykresach słupki ze skutecznością i wydajnością placówki. Petenci, oskarżeni i świadkowie siedzieli na krzesłach jak w poczekalni, przechadzali się lub toczyli ustne boje pomiędzy sobą i strażą. Jeden z adwokatów przyniósł togę w wymiętej reklamówce z Lidla, wytrzepał ją niedbale z okruszków chleba i próbował się w nią wcisnąć, nie przerywając rozmowy z klientem. Omal nie wybił Beacie zębów łokciem, w ostatniej chwili udało się jej zrobić unik. Tuż obok młody więzień hałaśliwie żegnał się z narzeczoną, która uwiesiła się mu na szyi. Jeden policjant odciągał kochanka, a drugi jego wybrankę. Przed następną salą jakaś liczna rodzina kłóciła się pomiędzy sobą głośno i z zaczerwienionymi z gniewu twarzami. Z pewnością przyszli na sprawę spadkową, pozostawało współczuć sędziemu, który będzie musiał sprawiedliwie przeprowadzić podział majątku.

Wreszcie Beata stanęła przed swoją salą, przed którą na ścianie wisiała elektroniczna tablica z wokandą. Jacek dogonił ją po paru chwilach. Ciągle szamotał się z paskiem od spodni, którego nie zdążył jeszcze zapiąć. Beata odszukała swoją sprawę i odetchnęła z ulgą. Spóźniła się co prawda, i to już piętnaście minut, ale rozprawa się jeszcze nie zaczęła. Było opóźnienie, ciągle trwał wcześniejszy proces, też zresztą rozwód. Rozejrzała się zatem, podejrzewając, że Franek jest gdzieś w pobliżu. Faktycznie: siedział na krześle dosłownie kilka kroków od niej, w towarzystwie radnej Baczewskiej, i szeptał jej coś z uśmiechem na ucho, udając, że nie dostrzega żony. Zmarszczyła groźnie brwi, bo widok rozpromienionej pary podziałał na nią niczym czerwona płachta na byka. Jacek chwycił ją za ramię i niemal siłą odciągnął na bok. Stanęli pod oknem, opierając się o parapet.

– Co robisz, kobieto? – syknął. – Jak chcesz wygrać proces, skoro sam widok tego drania doprowadza cię do szału? Przecież nawet jeszcze nie zaczął cię prowokować, a ty już dajesz się złapać. Wystarczy, że choć raz wybuchniesz w czasie rozprawy, i po zawodach!

– Przepraszam – wycedziła. – Nie wiedziałam, że widok tej obrzydliwej, starej baby u jego boku tak na mnie podziała. Wiem, że powinnam się z tego śmiać, ale po prostu mnie roznosi. To odrażające i nadal dla mnie niezrozumiałe. Co on w niej widzi, do diabła?

– A co cię to obchodzi? Nie wystarczy ci, że woli to stare babsko od ciebie? Niech sobie gruchają jak gołąbki, tobie już nic do tego. Rozumiem, że ucierpiała twoja duma, poza tym nie możesz się pogodzić, że przez tyle lat żyłaś z człowiekiem, o którym właściwie nic nie wiedziałaś. Teraz odsłonił swoje prawdziwe oblicze i próbuje cię zniszczyć, chce wykorzystać. Musisz być silna, by wygrać. A siła leży w spokoju, w tym, że zachowasz zimną krew.

– Wiem, wiem! Przerabialiśmy to sto razy. Zdaję sobie z tego wszystkiego sprawę i doskonale rozumiem, że masz rację. Staram się nad sobą zapanować, ale to nie takie łatwe. Jestem furiatką, wybuchowym babskiem. Mam to po babci.

Nagle zadzwonił telefon Jacka, policjant przewrócił oczami i odebrał. Gdy rozmawiał, Beata spojrzała z ukosa na Franka. Też trzymał telefon przy uchu i patrzył na nią. Kiedy ich spojrzenia się spotkały, mrugnął i uśmiechnął się z wyższością. Wydawało mu się, że triumfuje, że ma ją w garści! Beata zmrużyła oczy, ale otrząsnęła się i powstrzymała gniew. Musiała coś ze sobą zrobić, przecież jeszcze nawet nie weszli do sali sądowej, a ona już szaleje. Co będzie w trakcie rozprawy? Z pewnością spróbuje ją sprowokować, wybić z równowagi. Pokona ją, wykorzystując jej słabość. Najgorsze, że zdawała sobie z tego sprawę. Uświadomiła sobie, że nie ma szans. Nie pohamuje się i nie zachowa zimnej krwi. Wybuchnie, wpadnie w szał, rzuci się na Franka lub jego wybrankę. Pewnie straż sądowa porazi ją paralizatorem i odda w łapy policji. To będzie straszna klęska.

Żeby nie wpędzać się w rozpacz, ruszyła na spacer korytarzem, zostawiając Jacka pochłoniętego rozmową. Obserwowała chwilę oczekujących na rozprawy, podziwiała stojącą w kącie choinkę, zastanawiając się, kiedy z synami uda się jej ubrać własną. Wreszcie zadzwoniła do Anety, dziś w pojedynkę zawiadującej firmą. Siostra długo nie odbierała, wreszcie niecierpliwie spytała, o co chodzi.

– Jak idzie robota? – rzuciła Beata.

– Właśnie skończyła się homogenizacja pierwszego nastawu – odparła podekscytowana pani inżynier. – Na razie wszystko gra. A co u ciebie? Pokonałaś już Franka?

– Jeszcze się nie zaczęło – bąknęła Beata. – Trzymaj się i nie pozwól dziewczynom niczego spieprzyć. Nie mamy forsy, by kupić surowce na powtórne próby.

– Wiem, wiem – przytaknęła Aneta. – Ten krem robimy za twoją beemkę. Twój samochodzik nie zostanie zapomniany, tak samo jak twoja ofiarność. Krem będzie tak dobry, jak to możliwe. Przykładam się do niego całym sercem. Ale nie myśl teraz o kremie, lecz skup się na Franku. Trzymam za ciebie kciuki, starsza.

– Byle mocno, bo jak przegram i orzekną moją winę, chyba krew mnie zaleje – mruknęła Beata. Cmoknęła w słuchawkę i się rozłączyła.

Trochę było jej żal kochanego bmw, ale z drugiej strony ostatnio i tak rzadko nim jeździła, namiętnie uprawiając bieganie. Lepiej więc było pozbyć się pudła i za otrzymaną kasę kupić surowce do produkcji autorskiego kremu z orchideą. Musiała poświęcić ulubiony samochodzik, to było konieczne. Jeśli krem się uda, za rok lub dwa może stać ją będzie na nowy model bmw, a co!

Jacek podszedł do niej, w zakłopotaniu drapiąc się po głowie. Minę miał zadumaną, ewidentnie myślał o czym innym.

– Wydarzyło się coś dziwnego – powiedział. – Ktoś włamał się do mojego mieszkania i podłożył ogień. O mało co nie puścił z dymem całego bloku. Na szczęście sąsiadka w porę zauważyła dym walący przez otwarte drzwi i sama ugasiła pożar. Złodziej podpalił moje łóżko. Wyobrażasz to sobie? Sąsiadka, pędząc do pożaru, złapała to, co miała pod ręką, a konkretnie kocią kuwetę. Zagasiła pożar żwirkiem nasączonym kocimi sikami. Świetnie. Właśnie to ona dzwoniła, by mnie przeprosić za to ostatnie. Uch, już to sobie wyobrażam. Smród spalonego materaca i uwędzonych kocich odchodów.

– Coś takiego! – zawołała zdumiona Beata. – Kto to mógł zrobić?

– Wiesz, jestem dzielnicowym, czyli najgorszym z psów. Oczywiście dla różnego rodzaju typów z marginesu, których muszę trzymać za pysk. Taka praca. Często odwiedzam komunalne czworaki, gdzie mieszkają patologiczne rodziny. Wyłapuję tam skubańców, którzy nie wrócili na odsiadkę z przepustki albo są poszukiwani za kradzieże lub rozboje. Nie jestem w tym środowisku popularny, nieraz mi grożono. Może wreszcie któryś z ostatnio zatrzymanych darmozjadów postanowił się zrewanżować?

– Okropne. Przecież mógł spalić cały blok! – Beata pokręciła głową.

– Gdyby zostawił zamknięte drzwi, to pewnie tak mogłoby się stać, ale zostawił je otwarte na oścież, czyli chciał mnie tylko nastraszyć. Nie ma o czym mówić.

– Jedź – powiedziała, zerkając przez ramię na Franka i krzywiąc się z niesmakiem. – Zajmij się mieszkaniem i złap żartownisia, który to zrobił. Ja dam sobie radę.

– Nie zostawię cię w potrzebie. W domu nie miałem nic przesadnie cennego, a sprzątanie żwirku może poczekać. – Wzruszył ramionami. – Nie pozwolę sobą manipulować, zresztą odpowiedzialnego za ten żarcik i tak szybko namierzę. Wystarczy przycisnąć tego i owego. Jest kilku gagatków z półświatka, którzy mają wobec mnie dług wdzięczności.

– Ale wieczorem masz pociąg. Co z wyjazdem do mamy?

Jacek westchnął i chwycił się za głowę. Zapomniał, że miał na dziś wykupiony bilet, daleko na Dolny Śląsk, niemal pod niemiecką granicę. Obiecał przed świętami odwiedzić matkę i umówił się z nią, że przyjedzie dzisiaj. Starsza pani nie ruszała się z sanatorium, gdzie leczyła

się z ciężkiej choroby płuc. Będzie ogromnie rozczaro-
wana, jeśli nie zobaczy syna przed Wigilią, a dziś był
ostatni dzwonek, by to zrobić. Święta obiecał spędzić
z Beatą i jej dziećmi. Jacek nie zamierzał rezygnować
z tej obietnicy.

– Dam sobie radę – powiedziała Beata. – Nie zjedzą
mnie tu przecież. Jedź, powiedziałam! No już!

Żachnął się na ten obcesowy ton, ale uśmiechnęła
się do niego szeroko i ostentacyjnie pocałowała w usta.
Tak, by Franek mógł dobrze to sobie obejrzeć. Po chwili
została sama. Naprzeciw niej siedzieli wrogowie, mąż
ze swoją kochanką, którzy już całkiem otwarcie się jej
przyglądali i komentowali coś do siebie kpiąco. Beata
zacisnęła zęby, starając się myśleć o czym innym i wzy-
wając na pomoc moce, których zwykle używała jej siostra
– energię wszechświata, yin-yang i takie tam. To jednak
jak zwykle zupełnie nie działało. Zaczęła zatem spacerować wzdłuż korytarza, starając się uporządkować myśli
i powtarzając po raz kolejny to, co powie przed sądem.
Nie ufała wynajętemu przez Jacka adwokatowi, który
pobieżnie się z nią przywitał i teraz siedział przy stoliku,
prowadząc z kimś niezwykle absorbującą rozmowę przez
telefon. Togę miał niedoprasowaną, czerwone policzki
i czuprynę w kolorze świński blond. Zdecydowanie nie
wzbudzał zaufania. Jeśli rozprawa nie przebiegnie po
myśli klientki, nie będzie się tym przejmował dłużej
niż dwie minuty. No cóż, jaka płaca, taka praca. Nie
było jej stać na skorzystanie z usług dobrej kancelarii
adwokackiej, więc zdała się na wybór Jacka. Oczywiście
by zaoszczędzić na nowy krem.

Westchnęła, spoglądając w sufit, a kiedy przeniosła wzrok z powrotem na tłum, stanęła twarzą w twarz
z Romanem Musiałem z Pierwiosnka, który szedł w jej
kierunku w towarzystwie Alberta Antosiewicza. Obaj
panowie rozmawiali ze sobą jak dobrzy znajomi. Beata stanęła jak wmurowana i zamrugała z zaskoczenia.
W ostatniej chwili powstrzymała się, by nie otworzyć ust
z zaskoczenia i nie gapić się na nich z opadniętą szczę-
ką. Co ci dwaj tu robili? Jakim cudem byli w zażyłych
stosunkach? Czyżby wrogowie Stelli sprzymierzyli się
i ruszyli do ataku wspólnymi siłami?

W pierwszej chwili chciała odruchowo się wycofać
i uciec stąd jak najdalej. Schować się choćby w toalecie
i spokojnie zastanowić. Jaki interes miał Roman w tym,
by wziąć udział w jej sprawie rozwodowej? Dlaczego
przyszedł w towarzystwie tego szubrawca, Alberta? Za-
ciągnęli go tu siłą? Co to wszystko ma znaczyć?!

Nie byłaby sobą, gdyby tak po prostu uciekła. To
w stylu Anety, a nie jej. Ona zawsze brała byka za rogi.
Uśmiechnęła się więc i jakby nigdy nic podeszła wprost
do nadchodzących, zachodząc im drogę do sali rozpraw.

– Dzień dobry, panie Romanie! Co za niespodzianka!
– powiedziała z uśmiechem.

Romek jak gdyby nigdy nic pocałował ją w dłoń, po
czym obsypał komplementami jej nowy styl i na nowo
odkrytą urodę. Sprawiał wrażenie całkowicie naturalnego i wyluzowanego, jakby rzeczywiście miało tu miejsce zupełnie przypadkowe spotkanie. Jakby przybył tu
w zupełnie niewinnej sprawie z jak najlepszymi intencjami. Beata musiała przyznać, że sukinsyn był świetny

w tego typu grze i wodzeniu przeciwnika za nos. Co się dziwić, manager wyższego stopnia w korporacji z pewnością przeszedł szkolenia w manipulowaniu ludźmi i stosowaniu technik psychologicznych wręcz wyjętych ze szpiegowskich powieści.

– Czyżby też zamierzał pan uczestniczyć w jakiejś rozprawie? – spytała niedbale, zupełnie ignorując Alberta.

Cholerny psychopata stał dwa kroki dalej, bezczelnie słuchając każdego słowa. Łypał blisko osadzonymi oczkami zza okularów, aż miało się ochotę strzelić go w ten szczurzy pysk. Beata doskonale pamiętała, jak próbował ją zastraszyć i przyłożył chirurgiczne ostrze do jej twarzy, pamiętała i nie zamierzała mu tego darować. Z trudem stłumiła gniew, ciesząc się wyczuwalną irytacją mężczyzny. Widocznie ignorowanie go strasznie grało mu na nerwach.

– Ach, tak. W pani rozprawie rozwodowej – odparł z uśmiechem Roman.

– Co proszę? A w jakim charakterze, jeśli można wiedzieć? – spytała nieco ostrzejszym tonem.

– W charakterze świadka pani męża – powiedział lekko.

– Czy mogę z panem porozmawiać na osobności? – spytała, znacząco spoglądając na Alberta.

Roman skinął głową i w elegancki sposób przeprosił psychopatę, odchodząc z Beatą na bok. Nie pozostawił Albertowi żadnych możliwości manewru, więc ten, zgrzytając zębami, podszedł do Franka. Obaj patrzyli teraz z niepokojem na Beatę i Romana, powarkując do siebie.

– Przykro mi, pani Beato, ale złożono mi propozycję nie do odrzucenia. Brat pani męża był niezmiernie przekonujący. Zaproponował, że w zamian za poświęcenie godzinki na udział w rozprawie zdradzi mi nader ciekawe fakty dotyczące pani firmy. Fakty kluczowe dla Pierwiosnka, dodajmy – powiedział Roman z uśmiechem.

– A jakież to mogą być fakty?

– Ponoć niezwykle ważne i dotyczące naszej współpracy. Rozumie pani, że jestem nimi wielce zainteresowany, bo ponoć są to informacje o przełomowym znaczeniu i ogromnej wartości – powiedział. – Postanowiłem zaufać panu Albertowi i zdecydowałem się na współpracę.

– Podał się za brata mojego męża? Franek nie ma brata, jest jedynakiem – powiedziała przytomnie Beata. – Zatem już na wstępie został pan przez nich zrobiony w konia. Naprawdę uważa pan, że oferowane przez nich informacje są aż tak kluczowe? A cóż ci dwaj mogą wiedzieć o Stelli i Pierwiosnku?

– Ponoć coś kompromitującego, co może rzutować także, a nawet przede wszystkim, na wizerunek i dobrą markę Pierwiosnka. Mogę zgadywać, ale podejrzewam, że chodzi o jakiś przekręt z zamówieniami dla nas, które robiła Stella. Możliwe, że mają dowody na to, że sfałszowałyście krem z orchideą.

– Proszę mnie nie rozśmieszać! Przecież wykonana przez nas partia tego kremu była prawdziwym przebojem na rynku. To wy zrobiliście tanią podróbkę, przez co pogrzebaliście markę i produkt – prychnęła coraz mocniej zirytowana Beata.

Roman wcale nie wyglądał na zmieszanego, z uśmiechem wzruszył ramionami. Widocznie Albert mu wcisnął, że naprawdę ma coś mocnego, coś, co może pogrzebać Stellę lub boleśnie uderzyć w Pierwiosnka. Jeśli chodziło o to drugie, Beata łatwo mogła domyślić się, o co chodzi. Albert z Frankiem odkryli, że Dorota jest kretem i skrycie kontaktuje się i wymienia informacjami z Anetą.

– Zagrajmy w otwarte karty, panie Romanie – powiedziała szczerze. – Pan powie, po co właściwie pana tu ściągnęli, a ja w zamian dam panu naprawdę cenną informację. Zaznaczę jedno: wiem, że Pierwiosnek od początku współpracy ze Stellą był nastawiony na jej zniszczenie i usunięcie z rynku...

Obróciła się na pięcie, bo drzwi sali rozpraw się otworzyły i ze środka zaczęli wychodzić ludzie biorący udział w zakończonym właśnie procesie. Zostały zatem ostatnie chwile. Zaraz zacznie się proces rozwodowy Beaty i Franka.

– Zgoda – powiedział krótko Roman. Widać było, że jest człowiekiem przywykłym do podejmowania szybkich i często ryzykownych decyzji. – Ci dwaj, podający się za braci, obiecali, że po pierwsze, przysłużę się do pogrążenia pani w naprawdę paskudnych kłopotach, co złamie panią i skłoni do ostatecznej rezygnacji z kosmetycznego biznesu, a po drugie, zdradzą mi tę niezwykle cenną informację. W zamian muszę zeznawać przeciw pani. Właściwie nawet niezbyt dużo kłamać, opowiedzieć, jaką straszną pani jest furiatką, jak traktuje pracowników i własną siostrę. Sam przecież byłem świadkiem, gdy robiła pani awantury w Stelli, i to o byle co. Potem jeszcze odpowiem na inne pytania, zadawane przez adwokata pani męża. Z pewnością zapyta mnie, jak odbieram panią jako współpracowniczkę i człowieka. Oczywiście mam powiedzieć, że jest pani nieszczera i niesłowna, nie można na pani polegać, ma pani skłonność do mataczenia i knucia, złośliwości i wybuchów agresji. Jednym słowem: zostanę użyty do udowodnienia pani niepoczytalności i niemożności sprawowania opieki nad dziećmi.

– O jasna cholera – sapnęła Beata.

Sala rozpraw została opróżniona i do środka weszła asystentka sędzi mającej prowadzić sprawę Beaty i Franka. Otworzyła szerzej drzwi i zaprosiła czekających. Franek i Baczewska wstali i weszli do środka w towarzystwie swojego adwokata. Albert został na zewnątrz, z uwagą patrząc na Beatę i Romana.

Beata czuła, że podłoga płonie jej pod nogami. Za chwilę rozstąpi się pod nią i wyląduje na dnie piekła. Działo się coś okropnego. Została tu sama, zupełnie sama, i to bez żadnego wsparcia. Nie miała nikogo, kto mógłby jej pomóc. Osaczyli ją, dopadli i poszczuli psami, a właściwie jednym, o imieniu Roman. Ciekawe, że nie udało im się zdobyć większej liczby świadków. Nie przekonali do zeznawania przeciw niej nikogo ze Stelli, żadna z dziewczyn nie była obecna w sądzie. Nie udało się im również nakłonić mamy do zmiany frontu, choć Franek próbował ją przekupić obietnicą pozostawienia w domu, tym, że nie wyrzuci jej z wnukami na bruk. Mama na szczęście wykazała się zaskakująco zdecydowaną postawą. To było do niej niepodobne, ale postawiła się facetowi i twardo stanęła po stronie córki.

Zostały im wyłącznie zeznania Franka i Baczewskiej, ale tych dwoje walczyło po tej samej stronie barykady, ich mataczenia można zatem będzie zakwestionować. Nie da się tego zrobić w przypadku Romana. Był człowiekiem z zewnątrz, managerem o nieposzlakowanej opinii, który będzie zeznawał jedynie w trosce o prawdę. Beata musiała go powstrzymać. Za wszelką cenę, a miała na to dosłownie sekundy. Ostatnią chwilę, zanim wejdzie do środka i drzwi sali się zamkną.

– Mam dla pana propozycję – powiedziała szybko. – Wycofa się pan z udziału w tym przedstawieniu, a w zamian powiem panu coś naprawdę mocnego. Zdradzę informację, którą dla pana mają ci dwaj, ale podam szczegóły, których oni nie znają. Nie mogą ich znać, to niemożliwe.

– Czy to informacja, która dotyczy bezpośrednio Pierwiosnka?

– Bardziej bezpośrednio już się nie da. Jeśli jej nie zdradzę, poniesiecie naprawdę poważne straty, a w Pierwiosnku posypią się głowy. Podejrzewam, że pierwsza będzie pańska...

Roman, który już zmierzał w kierunku sali rozpraw, zatrzymał się i uważnie spojrzał na Beatę.

– Mam wrażenie, że działa pani pod presją i próbuje mnie powstrzymać, wymyślając coś na poczekaniu. Mogę się jednak mylić. Na wszelki wypadek zaryzykuję. Przysięgam, że jeśli uznam pani informacje za kluczowe i warte wystarczająco wiele, natychmiast stąd odejdę. Słowo harcerza!

Beata westchnęła głośno. Nie miała wyjścia, sprawy zabrnęły już za daleko. Musiała zagrać *va banque.*

– Dorota ciągle pracuje dla nas – wyrzuciła z siebie. – Robi u was dywersję, jest agentem po stronie wroga, naszym Konradem Wallenrodem albo, jak pan woli, Hansem Klossem. Wszystkie rzekomo usprawnione przez nią technologie zostały zmodyfikowane pod dyktando Anety. Ładnie wyglądają ulepszone kremy i żele, prawda? Słyszałam, że świąteczne serie są już na półkach w Biedronce, a z magazynów wyjeżdżają kolejne produkty. Dorota dwoi się i troi, to doprawdy pracowita dziewczyna.

– Roman nie odpowiedział, zastygł z rozdziawioną gębą. O, jak przyjemnie było patrzeć na gogusia po raz pierwszy zupełnie zbitego z tropu, wytrąconego z równowagi i niewiedzącego, jak zareagować. – Moja siostra i nasza dzielna przyjaciółka odwaliły kawał świetnej roboty. Ich produkty są niebywałe, niech pan uwierzy – kontynuowała Beata. – Tłumaczyły mi, o co chodzi, ale to zrozumiałe chyba wyłącznie dla chemików. Dotarło do mnie, że użyły emulgatorów w nieodpowiedniej ilości i wymieszały ze sobą te wchodzące w reakcję. Ponoć nie można przy produkcji kremów używać dowolnych emulgatorów, trzeba uważać, jakie się stosuje. One uważały, i to aż za bardzo. Zestawiły ze sobą te nieodpowiednie. Wyszły wspaniałe kremy, prawda? Jaka szkoda, że za kilka dni zaczną się rozwarstwiać, micele utworzone przez cząsteczki emulgatora lawinowo się rozpadną i emulsja straci stabilność. W sam raz na Wigilię, gdy obdarowane tymi kremami kobiety użyją ich po raz pierwszy. Ale będą rozczarowane, gdy po otwarciu eleganckiego słoiczka znajdą w środku wodę z pływającymi w niej brzydkimi okami olejów. Brejowaty rosół. Fuj! Ja bym się wściekła. – Roman wciągnął powietrze ze zgrozy. Na korytarzu zostali już tylko on i Albert. – Ale to nie koniec, mamy jeszcze kilka ton żeli do higieny intymnej! – przypomniała Beata. – Mieliście problem, by osiągnąć w nich odpowiednią lepkość, by z dozownika wypływał ładny, zwarty żel o jednolitej barwie i konsystencji. Otóż proszę sobie wyobrazić, że zapakowaliście do butelek ciecz nienewtonowską. Cokolwiek to znaczy, brzmi niezmiernie naukowo, nie? Aneta twierdzi, że to jedna z zagadek nauki, bo nie sposób przewidzieć, kiedy dana mieszanina będzie zachowywała się jako ciecz nienewtonowska, a konkretnie ulegnie tajemniczemu zjawisku tiksotropii. Wie pan, co to znaczy? Oczywiście, że nie, ja też jeszcze niedawno nie miałam o tym pojęcia. Otóż ciecz tiksotropowa jest gęsta i lepka jedynie w trakcie mieszania, a gdy jakiś czas postoi, ulega rozrzedzeniu. Wlaliście więc do butelek żel, który po kilku dniach zmienił się w ciecz o konsystencji wody. Mogę gwarantować, że klientki będą masowo składały reklamacje. – Roman złapał się za serce. Wyglądał, jakby miał na miejscu paść trupem. Właśnie dotarło do niego, jak ważne są te wiadomości. Reklamacje klientów to gwóźdź do trumny, jeśli chodzi o całą wielką umowę z Biedronką. Ta firma nie toleruje jakichkolwiek odchyleń od zadeklarowanej jakości. Reklamacje, szczególnie masowe, są równoznaczne ze śmiercią dostawcy. Pierwiosnek straci kontrakt, zostanie zmuszony do odbioru wadliwego towaru i zutylizowania go na własny koszt. Do tego zapłaci karę umowną, setki tysięcy złotych. Romanowi przed oczami wyświetliły się kwoty, które już stracili. Koszty surowców, energii, robocizny, opakowań, magazynowania i transportu. Do tego brak zysków i odszkodowania. To były już nie setki tysięcy, a miliony złotych. – Zdaje się, że Dorota właśnie produkuje kolejne partie jakiegoś wyjątkowo kosztownego kremu, prawda? – upewniła się Beata. – Podejrzewam, że on też po pewnym czasie się rozwarstwi albo zacznie śmierdzieć, a może zmieni się w dym? Nie wiadomo, co wymyśliła moja siostra, a jak pan wie, ta dziewczyna jest niezwykle uzdolnionym chemikiem.

– Zapłacicie mi za to – wycharczał, luzując krawat pod szyją.

– A ja uważam, że jesteśmy rozliczeni – powiedziała. – To riposta na wasze próby posłania nas na dno. A teraz radzę panu dotrzymać słowa i zabrać się stąd. Jest jeszcze szansa, by ograniczyć straty, choćby powstrzymać Dorotę przed wyprodukowaniem kolejnej porcji materiału, który nadaje się jedynie do wylania do kanału...

– Chryste... – Zwykle błyskotliwy manager wyglądał na całkowicie zdruzgotanego.

– Możecie jeszcze wycofać produkty ze sklepów. Powiedzcie, że doszły was niepokojące wieści o surowcu użytym do ich wytworzenia, zrzućcie winę na wytwórcę półproduktów kosmetycznych. Unikniecie reklamacji i zapłaty kar. Za to powinien mi pan podziękować. Dałyśmy wam nauczkę, ale wyciągamy rękę na zgodę – powiedziała Beata, wyciągając dłoń.

– Zemszczę się – wycedził Roman, odwracając się na pięcie. – Wszystkie trzy gorzko tego pożałujecie!

Ostatnie słowa wykrzyczał na cały korytarz. Odwrócił się i ruszył biegiem do wyjścia. Albert natychmiast skoczył za nim, w przelocie posyłając Beacie wrogie spojrzenie. Pokazała mu język, a potem ruszyła do sali rozpraw. Odetchnęła w duchu. Wysokim kosztem, ale udało się jej wyrównać szanse w czasie procesu.

Zanim zamknęła drzwi, wyciągnęła jeszcze z torebki telefon i wybrała numer.

– Dorotka, odbierz – syknęła. – Odbierz, na litość boską!

# Rozdział 24.

## DOROTA.
## UCIECZKA Z KRAINY OZ

Pompy membranowe strzelały, tłocząc krem z mieszalnika do dwóch dozowników. Po chwili włączyły się także same dozowniki i rozpoczął się proces konfekcjonowania. Dorota przyglądała się z mimowolnym uśmiechem sprawnym i wyćwiczonym ruchom pracownic produkcji, które obsługiwały maszyny. Poruszały się tak zwinnie, jakby całe życie nie robiły nic innego oprócz pakowania kremu do słoików. Nikt nie gadał, nie rozlegał się śmiech ani muzyka z radia, które w Stelli było obowiązkowym elementem wyposażenia Strefy Białej i ryczało całymi dniami na pełen regulator. W Pierwiosnku panowały skupienie i napięcie. Nikt nie marnował tu czasu na gadanie, nikt nie śmiał rozpraszać się choćby na chwilę, nawet ruchy pracownic były oszczędne i zaplanowane. Najważniejsze było wyrobienie normy. Miały dziś zapakować minimum piętnaście tysięcy opakowań i choćby

335

się paliło i waliło, robota nie zostanie przerwana przed osiągnięciem zadanej wydajności.

W kieszeni Doroty zadzwonił telefon, ale go zignorowała. Na produkcję nie wolno było wnosić komórek, zabraniała tego procedura. To na wypadek, by nic nie wpadło do masy i jej nie zanieczyściło. System jakości chronił bowiem produkt przed wszelkimi możliwymi zagrożeniami, nawet tak mało prawdopodobnymi. Pracownice nie mogły wchodzić na produkcję w biżuterii, zakazane były również obrączki, mile widziano nieużywanie kosmetyków. Nie wolno było także wnosić drobnych narzędzi, które mogłyby zginąć, a już pod żadnym pozorem na produkcji nie mogły znaleźć się przedmioty wykonane ze szkła, drewna oraz papieru. Szkło mogło się potłuc i wpaść do masy kosmetycznej, tak samo jak drzazgi czy skrawki papieru. Kierownicy pilnowali zatem tych zakazów z pełną powagą i surowością. Dorota, mimo zajmowanego stanowiska technologa, nie mogła więc tak po prostu wyciągnąć telefonu z kieszeni. Musiała przejść do szatni lub chociaż do śluzy i zrobić to poza strefą.

Komórka piszczała natarczywie. Dorota z ciekawością spojrzała na ekran, by sprawdzić, kto miał coś tak pilnego. Beata! Było to właściwie złamanie ustalonych zasad. Miały pod żadnym pozorem nie kontaktować się telefonicznie, a wyłącznie osobiście w umówionym miejscu. Mogły wszak być podsłuchiwane, Romek był zdolny do wszystkiego, również podłożenia pluskiew lub zmuszenia informatyków z firmy, by założyli jej podsłuch w telefonie. Skoro jednak Beata zdecydowała się złamać regułę, musiało wydarzyć się coś ważnego. Dorota zatem nie czekała, aż spotkana w szatni brygadzistka wyjdzie, lecz natychmiast odebrała połączenie.

– Jesteś spalona, Dorotka – oznajmiła bez wstępów Większa Szefowa. – Musiałam cię wydać Romkowi, nie miałam wyjścia. Potem ci opowiem, jak do tego doszło. Teraz nie ma czasu. Romek z Albertem już jadą do Pierwiosnka, boję się, że mogą ci coś zrobić. Obaj są wściekli, cała ich złość może skupić się na tobie. Musisz wiać!

– Ale jak to mnie wydałaś? Znaczy co? Powiedziałaś im, co tu naprawdę robię? – wydukała zaskoczona Dorota.

– Tak, do cholery! – wycedziła Beata stłumionym szeptem. – Muszę kończyć. A ty ratuj tyłek. Zostało ci dosłownie kilka minut. Biegnij!

Połączenie zostało przerwane. Dorota zastygła na kilka uderzeń serca, z rosnącym przerażeniem wpatrując się w komórkę. Wiedzieli, że jest sabotażystką. Nie mogli jej zaskarżyć o łamanie punktów umowy o pracę dotyczących lojalności, bo nie podpisała z Pierwiosnkiem zwykłej umowy o pracę, a jedynie umowę-zlecenie. Romek był tak chytry, że próbował zaoszczędzić nawet na pensji najcenniejszej pracownicy, a ona nie oponowała, bo praca na umowę-zlecenie czyniła ją wolną, w przeciwieństwie do sytuacji, w której podpisałaby umowę o pracę w ramach pełnego etatu. Nie złamała też umowy o poufności, mało tego, na życzenie Romana zmieniała już zatwierdzone i przyklepane procedury. Przed zarządem Pierwiosnka zatem to właśnie on będzie odpowiadał za katastrofalne właściwości nowych kremów.

Przygotowanie tak perfidnych bubli nie było proste i Aneta stanęła na głowie, by opracować ich receptury. Plan zadziałał, Pierwiosnek otrzyma niezmiernie kosztowną i bolesną lekcję. Skoro operacja została zakończona, i to tak gwałtownie, Dorocie nie pozostało nic innego, niż czym prędzej stąd zniknąć. Skoro wściekłego Romana wspierał Albert, lepiej byłoby, żeby nie złapali jej na terenie fabryki. Psychopata i rozgniewany manager na własnym terenie to była zbyt niebezpieczna mieszanka. Mogli ją zwyczajnie zamordować, a ciało ukryć. Na wielkim terenie fabryki nikt nie mógłby już jej znaleźć. Wystarczy, by wrzucili trupa do jednej ze studzienek kanalizacyjnych lub po prostu zakopali gdzieś pod płotem.

– Kierowniczka wychodzi? – spytała czujnie brygadzistka, gdy Dorota zerwała z siebie fartuch.

– Muszę do ubikacji – powiedziała, mając nadzieję, że to wytłumaczy jej pośpiech. – Wrócę za pięć minut.

Przebiegła przez śluzę i pognała korytarzem do wyjścia. Po drodze zapanowała nad paniką i z hali wyszła już spokojnym krokiem, jakby zupełnie nigdzie się jej nie spieszyło. Dzięki temu nikt nie zwracał na nią uwagi: ani dwaj strażnicy, ani przechodzące chłopaki z magazynu. Dorota weszła do biurowca i wjechała windą na piętro, na którym znajdowały się laboratoria i jej gabinet. To było dwa piętra niżej niż gabinety dyrektorów, w tym Romana. W hierarchii zatem daleko jej jeszcze było do managerów.

Zgarnęła z biurka notatnik i pendrive'a, na którym zapisywała kopie dokumentacji. Miała tu prawdziwą bombę, materiały kompromitujące Pierwiosnka na całej linii. Oszukańcze receptury, których składy różniły się od tych zadeklarowanych na etykiecie, oraz kilka innych dokumentów, mogących zupełnie pogrążyć Romana, między innymi jego e-maile z wyraźnymi poleceniami oszczędzania na składnikach lub nawet zamiany receptury. Dorota chuchnęła na przenośną pamięć i schowała ją do kieszeni.

Teraz mogła wiać, właściwie powinna pędzić ile sił w nogach, by uratować życie. Zamiast tego w windzie zawahała się przed wyborem przycisku i zamiast wcisnąć parter, zdecydowała się na ostatnie piętro. Czuła mrowienie w brzuchu i drżenie kolan. Stała nieruchomo, wpatrując się w swoje oblicze w lustrze wmontowanym w jedną ze ścian w kabinie windy. Zdecydowała się pójść na całość, skoro już i tak balansuje na krawędzi. Czy tak czują się szpiedzy przed akcją? O cholera, to coś okropnego!

Uśmiechnęła się, idąc po czerwonym dywanie wprost do gabinetu Romana. Pewnym krokiem weszła do pierwszego pomieszczenia, gdzie za biurkiem siedziała lalkopodobna sekretarka. Na monitorze miała otwartą przeglądarkę ze stroną sklepu z perfumami. Nie przerwała ich oglądania, w przelocie zerkając na Dorotę bez najmniejszego zainteresowania. Nowa kierowniczka produkcji często przychodziła do szefa coś tam mu raportować, nie było więc powodu, by się nią przejmować.

– Hej! Szef przysłał mnie po sprzęt – rzuciła Dorota. – Sama znajdę.

Lalka wzruszyła ramionami i uśmiechnęła się odruchowo. Na tym przeważnie polegała jej praca. Dorota

339

weszła do gabinetu i zamknęła za sobą drzwi. Odetchnęła nerwowo, po czym rzuciła się do poszukiwań.
Roman któregoś dnia chwalił się jej tym trofeum, na-
pawał się nim niczym pucharem za zwycięstwo w zawodach. Udało się, po minucie znalazła poszukiwany
przedmiot w ostatniej, najniższej szufladzie biurka.
Skradziony Anecie notebook leżał tam sobie i czekał.
Przy okazji natknęła się na gruby notatnik pełen jakichś
tajemniczych zapisków. To mogło być cenniejsze niż
pozostałe materiały razem wzięte, wetknęła go zatem
pod pachę razem z laptopem. Wyszła z gabinetu bez
pośpiechu i wymieniła się sztucznymi uśmiechami
z lalką. W windzie chyba cztery razy wcisnęła przycisk
parteru, jakby to mogło coś przyspieszyć. Kiedy jechała
w dół, jej kolana dygotały już tak intensywnie, jakby
miała tropikalną gorączkę.

Pomaszerowała do budynku portierni i weszła na piętro, do mieszkań służbowych. Otworzyła swoje i zaczęła
się ruszać naprawdę szybko. Wyciągnęła spod łóżka torbę
i wrzuciła do niej rzeczy z łazienki. Wszystkie ubrania
były już spakowane, bo Dorota nieustannie pozostawała
w pełnej gotowości do ewakuacji. W torbie wylądowały
również zdobyte przedmioty. Po chwili Dorota przer-
zuciła ją sobie przez ramię i wyszła, zostawiając klucz
w otwartych drzwiach.

W portierni stało dwóch znudzonych strażników
w mundurach. Obaj byli wąsatymi mężczyznami po
pięćdziesiątce, na szczęście zajętymi rozmową o łowie-
niu ryb. Dorota jak zwykle powiedziała im z uśmiechem
„dzień dobry". Odruchowo się jej ukłonili, a ten starszy

nawet szarmancko otworzył przed nią drzwi. Nie zainteresowali się, dlaczego opuszcza firmę w środku dnia i co niesie w dużej torbie. Powinni skontrolować jej bagaż, ale potraktowali ją jak swoją. Okazało się, że okazywanie im grzeczności i uprzejmości przyniosło rezultaty w kluczowym momencie.

Idąc chodnikiem wzdłuż muru fabryki, ciągle wstrzymywała oddech. Zerkała do tyłu, by przekonać się, czy jej nie gonią, i ciągle powstrzymywała się przed rzuceniem się do panicznej ucieczki. Szczególnie nerwowo spoglądała na mijające ją samochody. W każdym wszak mógł jechać wkurzony Roman z gotowym na wszystko Albertem. Na pustym chodniku była wystawiona jak na dłoni. Wystarczy chwila, by wciągnęli ją do wozu lub wepchnęli do bagażnika i wywieźli w jakieś ustronne miejsce. Musiała iść szybciej.

Mur ciągnął się w nieskończoność, z drugiej strony ulicy były tylko jakieś chaszcze i paskudne ogrodzenia samochodowych warsztatów oraz podobnych zakładów. Żadnego miejsca, gdzie można się schować. Żeby choć jakaś boczna uliczka! Dorota powoli zbliżała się do zatoczki z wiatą autobusową. Siedziała tu jakaś staruszka, poza nią nie było żywej duszy. Dorota zerknęła na rozkład, choć odjeżdżały stąd wyłącznie PKS-y w przeciwnym kierunku niż ten, w którym zmierzała, w dodatku – jak się okazało – zaledwie dwa dziennie. Jeden rano i jeden po południu. Co za pech!

W oddali dostrzegła nadjeżdżający od strony miasta srebrny wóz. To mogła być służbowa toyota Romana. Taką właśnie przyjeżdżał na wizyty do Stelli. Dorota przez chwilę rozglądała się w panice. Schować się za wiatą? Wypatrzą ją.

Wtedy staruszka gwałtownie się poderwała i zamachała ręką przed nadjeżdżającym busem. Samochód wjechał na zatoczkę. To była prywatna linia kursująca pomiędzy trzema sąsiednimi miasteczkami. Trasa kursu była Dorocie zupełnie nie po drodze, ale nie wahała się ani chwili. Pomogła staruszce wejść do środka i sama weszła za nią. Płacąc kierowcy za przejazd, nie odrywała wzroku od okna. Srebrna toyota minęła ich, nawet nie zwalniając. Dorota nie dojrzała kierowcy, ale na miejscu pasażera z pewnością siedział Albert.

Aż zadygotała z przejęcia. Nie widzieli jej! Uciekła! Odetchnęła i zajęła miejsce w busie. Kolana ciągle jej dygotały, tak samo jak dłonie. Wyciągnęła z kieszeni telefon i wybrała numer Anety.

# Rozdział 25.

## ANETA.
## Cisza przed burzą

Co za dzień! Oszaleć można – pomyślała Aneta, biegnąc do samochodu i zawijając na szyi imponująco długi szal. Jej wiekowe subaru stało się teraz służbowym samochodem, jedynym, jakim dysponowała firma. Oprócz transportowania próbek do pracowni mikrobiologicznej i do placówki dermatologicznej, służyło też do przewożenia surowców z hurtowni i oczywiście do dowozu Mniejszej Szefowej do pracy. Nawet teraz w przestronnym bagażniku leżały dwa wory z kwasem stearynowym, których Grzegorz od rana nie miał czasu wypakować.

– Pani Aneto! – Jedyny mężczyzna w firmie wybiegł z fabryki, goniąc za szefową.

– Czegoś zapomniałam? – spytała, odruchowo szukając kluczyków od wozu i telefonu.

– Nie. – Grzegorz dogonił ją kilkoma susami i rozejrzał się uważnie po zupełnie pustym parkingu. – Przed chwilą zadzwonił do mnie Roman. Pytał, czy do firmy nie przyjechała przypadkiem Dorota i o to, co aktualnie robisz. Dopytywał się też, ile dziewczyn jest dziś w pracy i co mamy zaplanowane. Był strasznie wkurzony, pierwszy raz słyszałem, by przeklinał. Rzucał kurwami co drugie słowo, jakby go coś opętało. Kazał mi pozostać w kontakcie i pilnie wszystko obserwować. Ze trzy razy podkreślał, by koniecznie dać znać, jeśli Dorota pojawi się w Stelli.

– W porządku! – rzuciła Aneta, jakby spodziewała się tego, co jej zameldował. – Przechodzimy w stan najwyższego pogotowia. Musimy uważać na każde słowo i ruch. Ważne, by cię nie zdemaskował, jeszcze nie teraz. Roman musi być przekonany, że nadal jesteś jego agentem. Rób, co ci każe, i nic się nie martw, jakoś z tego wyjdziemy. Powiedz mu, że wyjechałam gdzieś w pośpiechu, a dziś jest zaplanowane wyłącznie przygotowywanie masy do konfekcji. Nic więcej nie wiesz.

– Rozumiem. – Grzegorz skinął głową. – Czy dzieje się coś złego? Co znaczy, że przechodzimy w stan najwyższego pogotowia?

– To, że wróg może nam się dobrać do tyłków i musimy mieć się na baczności. Miej oczy szeroko otwarte i nikogo nie wpuszczaj do fabryki – powiedziała i wskoczyła do samochodu.

Pomknęła w kierunku autostrady, ale wcześniej wjechała w wąskie uliczki i po paru minutach kluczenia zatrzymała się przed osiedlowym sklepem w starej robotniczej dzielnicy, w której za PRL-u mieszkali robotnicy z pobliskiej fabryki przemysłu ciężkiego. Ze sklepiku wyszła ukrywająca się w środku Dorota, rozglądając się ostrożnie na boki. Aneta machnęła do niej ponaglająco i przyjaciółka doskoczyła do wozu kilkoma susami. Wrzuciła cenną torbę na tylne siedzenie i trzasnęła drzwiami. Ruszyły, jakby gonił je sam diabeł.

– Mam wrażenie, że są wszędzie – powiedziała Dorota. – Każdy facet w okularach to Albert, a gogusie w garniturach wyglądają niczym Roman. No dobra, dokąd jedziemy? Może powinnam wyjechać? Piotrek nalega, bym dołączyła do niego w Brazylii. Myślę, że to dobry pomysł...

– Oho, już zaprasza cię do Rio? – Aneta uniosła brwi.

Dorota poczuła się nieswojo. Chyba niepotrzebnie o tym paplała, ale to było silniejsze od niej. Z nerwów gadała, co jej ślina na język przyniosła. Aneta ciągle mogła być zazdrosna o męża. Przyjaciółka jednak tylko się uśmiechnęła, patrzyła na drogę, bo uliczki były tu wąskie, ale ruchliwe.

– Nie rób takiej spłoszonej miny, mnie to naprawdę cieszy. Wiem, że się zawsze dogadacie i jedno nie skrzywdzi drugiego. Czuję, że wasze aury są niemal identyczne, ciepłe i pozbawione fałszu, możliwe, że jesteście po prostu dla siebie stworzeni – odezwała się Aneta dopiero wtedy, gdy wyjechali na główną szosę. – To dobrze, że Piotr trafił właśnie na ciebie. Nie mam dzięki temu wyrzutów sumienia. Wiesz, że ja i Artur... Mamy taką samą artystyczną wrażliwość. Jest między nami to coś, czego nie było między mną a Piotrem. Teraz, gdy ty z nim... Mogę poświęcić się swojej nowej miłości w pełni, nie martwiąc się o męża.

Dorota pokiwała głową. Los kierował je wszystkie dziwnymi ścieżkami, ale na razie całej trójce przynosił

szczęście. Oby tylko jakoś udało się uwolnić od prze-
śladowców. Ciągle wydawało się, że jedyną szansą
na przetrwanie będzie ucieczka. Najlepiej z kraju,
uniknęłaby wtedy poniżającego procesu o pobicie.
To straszne, że chociaż to ona jest ofiarą, zostaje zmu-
szona do ucieczki z ojczyzny, i to nie tylko przed prze-
śladowcą, ale także przed wymiarem sprawiedliwości.
Czy będzie musiała ukrywać się do końca życia? I to
w Brazylii, niczym niemieccy zbrodniarze wojenni?
Ale z drugiej strony czeka tam na nią miłość. Może
to i lepiej?

– Nie pozwolimy cię wygnać na drugi koniec świata
– odezwała się Aneta, jakby czytała przyjaciółce w myślach. – Skoro poważyłyśmy się na takie numery jak
szpiegostwo przemysłowe i sabotaż, musimy pociągnąć
sprawę do końca. Jedziemy do Stelli.

Dorota pobladła. Fabryka była najbardziej oczywistym
miejscem, w którym będą ich szukać. Możliwe, że już
się tam na nią zasadzili.

– Boję się – przyznała krótko. – Boję się, że Albert
został przyparty do muru i zdecydował się przekroczyć
granicę. Zamierza mnie zamordować. Zrozumiał, że nie
da się mnie zmusić do uległości, że stałam się zbyt śmiała
i zdecydowana. Jestem teraz dla niego zagrożeniem.

– Musisz stanąć naprzeciw swojego demona – powiedziała Aneta. – Inaczej będzie cię prześladował do końca
życia, on sam lub jego cień. Nawet w Brazylii będziesz
w każdym okularniku widziała szaleńca z nożem. Teraz
nadarza się okazja, by ostatecznie zrobić z tym wszystkim porządek.

– Szansa? Uch, no dobrze. Postawmy wszystko na jedną kartę – niechętnie zgodziła się Dorota. – Jedziemy do Stelli.

Dzięki parkowi teren starej fabryki wyróżniał się już z daleka. Korony starych drzew górowały nad okolicą, mimo że zimą pozbawione były liści. Budynek z czerwonej cegły tkwił między nimi jak władca otoczony przyboczną gwardią. Na niewielkim parkingu przed fabryką stała srebrna toyota, obok której kręcili się dwaj mężczyźni.

– Tylko spokojnie – powiedziała Aneta. – Dziewczyny akurat wyszły na papierosa, w razie czego nam pomogą. – Wskazała Aldonę i Ilonę otoczone chmurkami dymu i ciekawie przyglądające się przybyłym mężczyznom.

Dorota wysiadła jako pierwsza, od razu zakładając na ramię torbę z rzeczami. Roman dobiegł do niej jako pierwszy. Albert został nieco z tyłu, wyglądał niczym wilk kryjący się za plecami większego kolegi i czekający na okazję, by bezkarnie ugryźć ofiarę.

– Dorota, zdaje się, że przywłaszczyłaś nie swoje rzeczy, opuszczając laboratorium! – powiedział głośno Roman. – Żądam natychmiastowego zwrotu!

– Chodzi ci o notebooka, którego ukradłeś z biurka Anety? – spytała równie głośnym tonem Dorota.

Szła pewnie przed siebie, z uniesioną wysoko głową. Jedną rękę schowała do kieszeni, zaciskając dłoń na puszce z gazem paraliżująco-duszącym. Była gotowa zaaplikować przystojniaczkowi cały pojemnik prosto w twarz, jeśli tylko jej dotknie.

– Co za impertynencja! Co za bezczelność! – krzyczał gorączkowo Roman. – Nie ujdzie ci to płazem! Zapłacisz za wszystko, co zrobiłaś, zwrócisz każdą złotówkę, którą Pierwiosnek straci przez twoje intrygi.

– Ja tylko wykonywałam twoje polecenia, szefie – powiedziała. – Niczego więcej mi nie udowodnisz. Za to będziesz musiał wytłumaczyć się przed wszystkimi z fałszerstw i wprowadzania na rynek podrobionego towaru. Myślę, że sprawa rychło wyląduje w prokuraturze. Zapowiada się ciekawy proces, rzadkość w naszej branży. Z pewnością wszyscy będą dokładnie go śledzili i myślę, że niezależnie od wyniku będziesz w tym biznesie definitywnie skończony. A teraz proszę zejść mi z drogi, naszą współpracę uważam za zakończoną.

– Ja z kolei, jako członek zarządu Stelli, zrywam umowy pomiędzy naszymi firmami – wtrąciła Aneta. – Dopilnuję, by wszyscy dowiedzieli się o pańskich szachrajstwach, przede wszystkim pańscy szefowie. Kradzież dokumentacji to szczyt wszystkiego! Proszę teraz opuścić teren naszego przedsiębiorstwa, bo będę musiała wezwać policję.

Z Romana jakby ktoś spuścił powietrze. Ramiona mu opadły, a mina wyrażała totalną porażkę. Niewiele brakowało, by wybuchnął płaczem. Zamiast tego skrzywił się w nieładnym, złym grymasie.

– Nie zostawię tego – wycedził. – Zniszczę was, wstrętne suki.

– Proszę się liczyć ze słowami! – warknęła Aneta. – Precz stąd, natychmiast!

Roman cofnął się do samochodu, ale wtedy za Dorotą ruszył Albert.

– Dora, poczekaj. Nie rób tego, bo wszystko zniszczysz. Zastanów się, masz jeszcze szansę wszystko cofnąć – powiedział. – Nie widzisz, co robisz takim postępowaniem? Rujnujesz życie wielu ludziom, już nie tylko mnie i sobie, ale także postronnym nieszczęśnikom. Opamiętaj się! Przypomnij sobie, jaką kiedyś byłaś dobrą i ciepłą kobietą. Nie rób tego, przecież wiem, że jest w tobie dobro.

Złapał Dorotę za rękę, chcąc ją zatrzymać. Obróciła się, wyciągając gaz z kieszeni. Wycelowała pojemnik w jego twarz, zastygając w bezruchu.

– Nie dotykaj mnie – powiedziała. – Nigdy więcej mnie nie dotykaj.

– Strzel, a jeszcze dziś wylądujesz w celi – wycedził.

– Przemoc niczego nie rozwiązuje.

Aneta objęła ją ramieniem i pociągnęła za sobą.

– Idziemy, Dorota – powiedziała. – Czeka nas dziś jeszcze wiele pracy.

Weszły do fabryki, w drzwiach spotykając się z wracającymi z przerwy na papierosa dziewczętami. Aldona uśmiechnęła się do Doroty, a Ilona poklepała ją po ramieniu.

– Wiedziałyśmy, że wrócisz, kierowniczko – powiedziała Aldona.

Aneta zamknęła drzwi i dokładnie przekręciła wszystkie zamki. Rzuciła się do okna, by sprawdzić, czy intruzi się wynieśli. Odetchnęła dopiero, gdy srebrna toyota odjechała.

Beata przyjechała do Stelli taksówką. Trzasnęła drzwiami samochodu, po czym widząc siostrę i Dorotę wyglądające przez okno, zakręciła nad głową młynka torebką. Wyszczerzyła zęby w uśmiechu i ruszyła do fabryki krokiem zdobywczyni i pogromczyni.

– Chyba wygrała – stwierdziła ze zdumieniem Aneta. – Patrz, jaka jest z siebie zadowolona.

– Może przynajmniej jej się poszczęściło – mruknęła Dorota.

– Nie przesadzaj, moja droga. – Aneta niecierpliwie machnęła ręką. – Nie jest źle. Co prawda tkwimy tu niczym w oblężonej twierdzy, ale na razie to my jesteśmy górą.

Beata została wpuszczona do firmy przez Aldonę i Ilonę, które asekurowały się nawzajem, jakby broniły twierdzy przed hordami wroga.

– Co macie takie miny? Nie bójcie się, nie zjem was. Przynajmniej nie dzisiaj. – Beata uśmiechnęła się do pracownic.

– Jakichś dwóch typów tu się kręci – powiedziała Ilona. – Grozili szefowej i kierowniczce, a teraz jeden z nich włóczy się po parku.

– Który? – warknęła Beata.

– Albert – powiedziała Dorota, wchodząc do szatni, gdzie rozbierała się Większa Szefowa. – Co prawda nie zbliża się do budynku, ale patrzy na nas przez lornetkę. Czy mogłabyś poprosić Jacka, by przyjechał?

– Niestety, ale nic z tego. Właśnie czeka na pociąg na dworcu centralnym. – Beata rozłożyła ręce. – Ale zaraz do niego zadzwonię, może przyśle tu patrol z posterunku.

– Czekaj! – rzuciła Aneta, zaglądając do szatni. – Może lepiej nie płoszyć Alberta?

– Nie płoszyć? Musicie mi opowiedzieć, co tu się właściwie dzieje. Domyślam się, że miałyście przeprawę z Romanem? – mówiła Beata, zdejmując buty na obcasie. Założyła gumowe chodaki, używane w Strefie Szarej. Paskudne, ale wygodniejsze od męczących szpilek. – Żałujcie, że nie widziałyście jego miny, gdy mu powiedziałam, jakiego wycięłyśmy mu psikusa!

– Co on właściwie robił w sądzie? – mruknęła Aneta.

– Ale może lepiej najpierw opowiedz, jak ci poszło.

– Było ciężko, ale co to dla mnie. Miałam takiego adwokata, że po rozprawie powiedziałam mu kilka cierpkich słów i poradziłam, gdzie może sobie wsadzić prawnicze dyplomy i aplikacje. Franek próbował mnie sprowokować do wybuchu, opowiadał niestworzone rzeczy i kłamał jak z nut. To straszne, że jest zdolny do czegoś takiego. I dla kogo to robi? Dla tej starej paskudy! – Beata mówiła coraz głośniej. Chyba gromadzone przez cały dzień napięcie szukało ujścia. – Niewiele brakowało i rozdarłabym ich oboje na strzępy, ale myśl o dzieciach pozwalała mi jakoś się pohamować. Tylko raz zanadto podniosłam głos i sędzia zwróciła mi uwagę.

– A jaki był werdykt? – spytała Dorota.

– Żaden. Przesłuchanie obu stron trwało i tak dwa razy dłużej, niż przewidywał to czas przeznaczony na całą rozprawę. Sędzia stwierdziła, że musi wyznaczyć termin kolejnej rozprawy. Wyrok zapadnie pod koniec stycznia, znaczy po Nowym Roku.

Przyjaciółki przeszły do kuchni, gdzie Aneta z Dorotą przedstawiły Beacie obraz sytuacji. Roman po awanturze odjechał, ale Albert został i stale obserwuje firmę.

Dorota wyraziła nadzieję, że przynajmniej go porządnie przewieje i może drań chociaż się przeziębi. Tak czy inaczej, były obserwowane, i to nie tylko przez jednego psychopatę. Niedawno dziewczyny znów widziały przez okno srebrną toyotę. Poza tym do Grzegorza ciągle dzwonił Roman i wypytywał o sytuację w firmie, a także kazał mu meldować szczegółowo o zabezpieczeniach, czyli o tym, czy są zamontowane alarm i monitoring. Wreszcie zażądał, by Grześ przed wyjściem do domu otworzył okno w męskiej ubikacji.

– Planują włamanie – stwierdziła Beata. – Liczą, że materiały kompromitujące Romana zostawicie w firmie.

– Lepiej zatem je od razu zapakujmy i wywieźmy, dopóki jest w miarę jasno – powiedziała Dorota. – Zaraz zapadnie ciemna noc, dziewczyny pójdą do domu, a fabryka leży na uboczu. Pora się stąd ewakuować. Już zamurowano tu jedną kobietę i nikt niczego nie widział ani nie słyszał.

– Ale biedna Bożenka była sama, a my jesteśmy we trzy – przypomniała Beata. – Jeden parszywy okularnik nic nam nie zrobi, przecież sama dałaś sobie z nim radę.

– Byłam pijana – przypomniała Dorota. – I chyba kompletnie go zaskoczyłam. Gdy jest gotowy i zdesperowany, nie pójdzie z nim tak łatwo. Sama się przekonałaś. To wariat, nieobliczalny i zdolny do wszystkiego. Wezwijmy policję, mówię wam.

– I dalej będziemy się ukrywały i trzęsły przed tymi gnojkami? – mruknęła Aneta. – Uważam, że powinnyśmy wykorzystać sytuację...

– Sytuację? To, że zostaniemy same w starej fabryce, a w ciemności czai się przynajmniej jeden psychopata? – zapytała oburzona Dorota. – A jak to mamy wykorzystać? Nakręcimy o tym horror?

Zapadła cisza. Obie siostry spoglądały na Dorotę zagadkowo, obie się nad czymś zastanawiały. Chociaż tak znacznie się różniły, miały podobne pomysły.

– Myślisz o tym samym? – spytała Beata Anetę.

– Dorcia świetnie się nada – przytaknęła siostra.

– Na co się nadam? – jęknęła Dorota.

– Na przynętę.

# Rozdział 26.

## DOROTA.
## MYSZ W PUŁAPCE

Grudniowa noc była ciemna i ponura. Śnieg zdążył całkiem się roztopić i świat pogrążył się w mroku. Zaczął kropić deszcz i zerwał się wiatr, dodatkowo potęgując nieprzyjemną atmosferę. W oddali co prawda świeciły miejskie latarnie, ale leżąca na uboczu fabryczka tkwiła w nieprzeniknionym morzu ciemności. Dorota przestała nawet zerkać w okna, bo i tak nie dało się wypatrzyć niczego oprócz własnego odbicia, a co dopiero mówić o spostrzeżeniu skradającego się Alberta. To, że on gdzieś tam jest i się zbliża, było bardziej niż pewne.

Dorota spojrzała na zegarek. Minęła dziewiętnasta. Siedziała tu całkiem sama od godziny, a wydawało się jej, że minęło ich co najmniej kilkanaście. Czas dłużył się niemiłosiernie, w dodatku zaczęła się zastanawiać, co będzie, jeśli przez całą noc nic się nie wydarzy. Właściwie nic poza tym, że zwyczajnie zarwie noc, bo nie było szans, by choćby zmrużyła oko. Usiadła przed komputerem w laboratorium i zerknęła na status Piotrka na Skypie. Ciągle był niedostępny, widocznie zajmowała go praca. No cóż, nie mogła wymagać, by rzucił robotę i wirtualnie trzymał ją za rączkę.

Podeszła do okna i stała w nim dłuższą chwilę. Oczywiście widziała wyłącznie ciemność, nic się nie zmieniło, ale chodziło o to, by ten, kto się w niej czai, sobie na nią popatrzył. To mogło doprowadzić go do szału i sprowokować do pochopnych działań. Oby nie okazało się, że oberwie cegłą. Choć tego chyba nie musiała się obawiać, Albert nie zniżyłby się do tego poziomu, nawet w gniewie.

Pim! Komunikator zasygnalizował, że Piotr połączył się przez Skype'a. Doskoczyła do biurka i odebrała połączenie. Uśmiechnęła się, widząc znajomą twarz. Piotrek oczywiście siedział w biurze, w swoim koszmarnym tekturowym boksie.

– I skąd wezmą tu informatyka z moimi umiejętnościami? – Niedbale machnął ręką. – Zresztą niech wywalają, może tak będzie lepiej? Ale nie połączyłem się, by gadać o swojej robocie. Słuchaj. To, co robicie, nie ma większego sensu. Oni nie dadzą się nabrać na tak prosty numer. Dlaczego mieliby uwierzyć, że zostałaś całkiem sama w leżącej na odludziu fabryce? Przecież to nie ma sensu.

– Zadbałyśmy, by uczynić to jak najprawdopodobniejszym – odparła. – Wszystkie informacje, niby uzyskane przez podsłuchiwanie naszych rozmów, na bieżąco przekazywał im Grześ. Nie mają powodu, by mu nie wierzyć. Nadal uznają go za swojego szpiega. Dzięki temu dotarła

355

do nich wieść, że bagatelizujemy całą sprawę i nie wierzymy, że oni byliby zdolni coś nam zrobić. A dlaczego zostałam sama? Bo nie mam gdzie się podziać. Beata musiała wracać do domu, zająć się dziećmi, Aneta zaś nie może mnie dziś gościć, bo przyjmuje na kolacji swojego nowego chłopaka… Uch! – Położyła dłoń na ustach.

– Wiem o nim. Sama mi powiedziała. – Piotrek znowu machnął ręką. – To jakiś artysta, ktoś w sam raz dla niej. A wracając do rzeczy, to niby nocujesz w fabryce, bo wolisz to od mieszkania w hotelu?

– Nie stać mnie na hotel. Aneta ani Beata też nie mogły mnie poratować, bo są bez grosza. Cała kasa została zainwestowana w produkcję kremu z orchideą.

– Aha, to ostatnie to chyba nawet prawda. Aneta całkiem ogołociła nasze konto.

– Widzisz zatem, że wszystko ma ręce i nogi. Jestem całkiem sama w fabryce, lepsza okazja nie mogła się im nadarzyć. Roman zrobi wszystko, by odzyskać kompromitujące go materiały, a przede wszystkim swój notatnik, w którym ma zapisane liczne szachrajstwa. Jestem przekonana, że skoro współpracuje z Albertem, namówi go do ataku, na co mój osobisty demon z pewnością przystanie. Pewnie sam też nie mógł wymarzyć sobie lepszej sposobności.

Piotrek pokręcił głową.

– Bym zapomniał! Dzwonię także, by powiedzieć, że znalazłem coś ciekawego, potwierdzenie tego, co mówiła Beata.

– Znaczy czego?

– Oni są braćmi! – oświadczył z przejęciem. – Franek i Albert naprawdę są braćmi. Co prawda przyrodnimi, ale jednak. Ojciec Franka zaliczył skok w bok i zrobił dzieciaka pewnej młodej dziewczynie, matce Alberta. Ona nieszczęśliwie zmarła przy porodzie, zaś Albert trafił do domu dziecka. Chłopcy nie powinni się poznać ani nawet zaprzyjaźnić, zresztą Franek jest dziesięć lat starszy, ale jednak na siebie wpadli. Możliwe, że już przed laty. Sądząc po twoich opowieściach o tym psychopacie, nie zdziwiłbym się, gdyby się okazało, że ci dwaj mają niejedno na sumieniu, łącznie ze wspólnym mordem na Bożenie.

– Skąd to wszystko wiesz?

– Moi kumple włamali się do cyfrowych archiwów i znaleźli w kartotece sierocińca nazwisko ojca Alberta. Reszty można się domyślić, bazując na tym, co już o nim wiemy...

Nagle w fabryce zgasło światło, a równocześnie wyłączył się komputer. Laboratorium na sekundę pogrążyło się w ciemności, po chwili jednak napięcie wróciło i światła znów rozbłysły. Dorota odetchnęła z ulgą, bo chwilowa przerwa w dopływie energii nieźle ją wystraszyła. Widocznie to było tylko jakieś przepięcie.

– Nieźle, ale to niedokładnie tak jak mówi twój nowy przyjaciel – odezwał się Albert.

Dorota wrzasnęła i poderwała się od biurka. Jej prześladowca stał w drzwiach laboratorium i uśmiechał się ponuro. Miał na sobie czarne ubranie, z jego przemoczonych ciuchów kapały na podłogę krople wody. Włosy przylepiły mu się do czoła, a okulary zaparowały. Zdjął je i zaczął przecierać.

– Przepraszam, ale musiałem na chwilę wyłączyć bezpiecznik, by przerwać wam tę pasjonującą rozmowę

– powiedział. – Nie mogłem pozwolić, by przypadkiem zarejestrowała mnie internetowa kamerka. Usiądź lepiej, nie miotaj się bez celu. Możemy pogadać jak ludzie, w normalnych warunkach. – Dorota zastygła, a po chwili usiadła ciężko na krześle. Uspokoiła się. Nie została przecież bez wsparcia, wystarczy, że wyśle przez telefon sygnał do Anety i po chwili przybędzie pomoc. – Zdolny jest ten twój gach, faktycznie jestem bratem Franka. Nasz tata zbałamucił moją mamę, a po jej śmierci wyparł się mnie i pozwolił oddać do sierocińca. Dopiero po kilku latach ruszyło go sumienie i zaczął mnie odwiedzać, a potem zabierać do domu. Czasami, czyli wtedy, gdy nie było jego żony. Mama Franka nie mogła mnie bowiem znieść, sam fakt mojego istnienia był dla niej niczym uderzenie w policzek. Nie tolerowała bękarta i już. Za to Franek przyjął moje istnienie do wiadomości i na polecenie ojca czasem się ze mną bawił. Po kilku latach przyzwyczaił się do mnie i nawet polubił. Okazało się, że łatwo się dogadujemy i dobrze czujemy w swoim towarzystwie, choć od zawsze wiele nas dzieliło. On jest tępym, nieskomplikowanym wielkoludem, ja zawsze byłem intelektualistą.

– Który z was zabił Bożenę? – spytała Dorota.

Włączyła dyktafon, gdy tylko usłyszała znajomy głos. Urządzenie miała ukryte w kieszeni fartucha. Musiała być cierpliwa i wykazać się nie lada odwagą. Cała intryga polegała bowiem na próbie sprowokowania psychopaty do zeznań. To była jedyna szansa, by go pogrążyć i wreszcie się od niego uwolnić. Gra była niebezpieczna, ale warta ryzyka.

– Och, tę okropną babę? Ja, oczywiście – powiedział.

– Nie mogłem znieść tego, w co zamieniła mojego braciszka, jedynego człowieka, na którym mi zależało. Widzisz, od zawsze byłem zaborczy. Nie tylko wobec ciebie, nie jesteś zatem wyjątkiem. Franek był moim bratem, musiałem o niego zadbać. Ta baba dopadła go i owinęła sobie wokół palca. Trafił się jej dużo młodszy chłopaczek, który pozwalał sobą manipulować. Rozkochała go w sobie, omamiła obietnicami, wspólnymi planami. Równie niedorzecznymi jak cała ich miłość. Zaczął budować dla niej dom, wpadł przez to w długi, zaczął się staczać. Widziałem, jak to babsko ciągnie go za sobą na dno. Musiałem coś zrobić, inaczej Franek zmarnowałby sobie życie. No cóż, okazja nadarzyła się sama. Bożena powiedziała mu, że sprzedaje maszyny i odbiera za nie gotówkę. Zaczaiłem się w parku, zupełnie tak jak dzisiaj. Wszedłem do środka podobnie, przez niedomknięte okno, i zwyczajnie udusiłem babsko. Potem wezwałem Franka, stawiając go przed faktem dokonanym. Najpierw wpadł w rozpacz, a później się wściekł. Wydawało mu się, że naprawdę ją kocha. Udało mi się jednak przemówić mu do rozumu. Wziął pieniądze, dzięki którym spłacił długi i dokończył budowę domu, a ciało ukrył w dość prosty sposób. Nie chciał go nawet dotykać, bojąc się, że tego nie zniesie, więc je zwyczajnie zamurował.

– Zabiłeś człowieka, Albercie! Jak możesz mówić o tym tak lekkim tonem? – wykrzyknęła oburzona Dorota.

– Myślałem, że mnie znasz. Ludzie nic dla mnie nie znaczą, to tylko liczby w statystykach. To dlatego jestem tak dobrym ekonomistą i managerem, klienci są dla mnie wyłącznie słupkami na wykresach. Równie beznamiętnie mogę pozbawić ludzi życia, szczególnie jeśli są przeszkodą, która stoi mi na drodze – mówił, przechadzając się po laboratorium. Tak samo przechadzał się, gdy planował kolejne kroki swojej kariery. Dorota miała niemal *déjà vu*, wydało jej się, że znów mieszkają razem, a on zmusza ją do uczestniczenia w swoich intrygach. Że też wtedy nie dostrzegała, z kim naprawdę ma do czynienia. – Kochałem tylko dwie osoby. Swojego brata i ciebie. Franek, po tym, co się stało, odsunął mnie, nie chciał więcej widzieć, kazał mi odejść i nigdy nie wracać. Uległem mu, przynajmniej początkowo, i jak to się dla mnie skończyło? Cierpieniem, pustką i bólem samotności. Dopiero gdy poznałem ciebie, odzyskałem brakującą część duszy. A potem stało się coś złego i odeszłaś. Wróciły stare męki, ale nie zamierzałem ponownie ich przechodzić. Robiłem wszystko, co w mojej mocy, by cię odzyskać. Nie udało się. – Westchnął i ukrył twarz w dłoniach. – Odzyskałem jednak brata. Minęło już tyle czasu, zdążył zapomnieć o tym, co się stało kilkanaście lat temu. Dawne żale wyblakły i przestały mieć znaczenie. I bardzo dobrze, nie zniósłbym dłużej samotności. Muszę mieć kogoś, kogo mogę kochać.

– Na kim możesz żerować – powiedziała chłodnym głosem Dorota. – Jesteś pasożytem wysysającym z ludzi emocje i uczucia. Sam jesteś ich pozbawiony niczym zimny trup, niczym upiór.

– Przykro mi, że tak to widzisz. – Wzruszył ramionami. – Mam to jednak w nosie. Domyślasz się pewnie, że mówię to wszystko na pożegnanie, bo nie ma już znaczenia, co zrobisz z tą wiedzą. Uwolniłem się od ciebie, już cię nie potrzebuję. Mam inne obiekty, na których mogę, jak to powiedziałaś, żerować. Teraz jesteś dla mnie jedynie mięsem, mięsem, które będę musiał usunąć z drogi...

Dorota sięgnęła po leżący na biurku telefon. Nagrała już, co trzeba, pora wezwać pomoc. Wystarczy, że dotknie ekranu i połączenie zostanie nawiązane.

Albert okazał się szybszy. Skoczył do przodu i porwał smartfona, po czym trzasnął nim z impetem o podłogę. Huknęła gruchotana obudowa, urządzenie rozpadło się na kilka części. W dłoni mężczyzny pojawił się myśliwski nóż wyciągnięty z kieszeni kurtki. Dorota poderwała się i uniosła krzesło, zasłaniając się nim jak tarczą.

– Wiele ryzykujesz! Budynek jest obserwowany, nie wyjdziesz stąd tak po prostu – powiedziała. – Nie pójdzie ci tak łatwo jak z Bożeną!

Wolną ręką wymacała wreszcie puszkę z gazem w kieszeni fartucha. Wyciągnęła go i wymierzyła w przeciwnika.

– To morderstwo nie ujdzie ci na sucho. Zresztą jest zupełnie niepotrzebne, możesz zabrać rzeczy Romana i odejść – dodała.

– Po tym, co powiedziałem? Oszalałaś? Zresztą wcale nie jest niepotrzebne, potrzebuję go, i to bardzo. Po pierwsze, wykreślę cię z mojego życia, co będzie oczyszczeniem się ze słabości i zamknięciem pewnego etapu. Po drugie, to włamanie zlecił mi Roman, mój przyszły szef. Zaproponował mi bowiem kierownicze stanowisko w Pierwiosnku, będę szefem departamentu dermokosmetyków. Dobry manager, potrafiący budować zespół i nim kierować, poradzi sobie niezależnie od profilu firmy. Myślę, że kariera w przemyśle kosmetycznym też będzie ciekawa i perspektywiczna. W sumie czy to ważne, gdzie za kilka lat zostanę CEO?* Tak czy inaczej, Romana mam w garści. Nigdy mnie nie zdradzi ani nie wystawi, bo wydam go jako zleceniodawcę morderstwa.

– Nic z tego nie będzie, jeśli zostaniesz złapany na gorącym uczynku – powiedziała Dorota. Ręka, którą trzymała krzesło, zaczynała jej omdlewać z wysiłku. – Zaraz będą tu siostry Mazur. Obie są w pobliżu i obserwują budynek.

– Z tego, co wiem, właśnie toczą przemiłą rozmowę z Frankiem. Mój drogi braciszek też bierze w tym udział, nie dałem mu wyboru. Dostał zadanie zatrzymania siostrzyczek, by dać mi niezbędny czas na wykonanie zadania. – Uśmiechnął się, obchodząc Dorotę wokół. – Nie jesteśmy głupcami. Domyśliliśmy się, że ta niebywała okazja może być pułapką. Zadziałałaś wspaniale jako przynęta, ale niestety przeliczyłyście się. Nawet we trzy nie dacie nam rady.

Zmrużył oczy. Wiedziała, że szykuje się do ataku. Za chwilę odepchnie krzesło i zada jej cios nożem. Z pewnością uderzy w szyję. Dorota czuła, że dygoce ze zgrozy. Znalazła się tu sam na sam z uzbrojonym psychopatą.

– Nie jesteś na tyle głupia, by psiknąć tym świństwem w zamkniętym pomieszczeniu – powiedział.

---

* CEO – *Chief Executive Officer* – dyrektor generalny.

– Sądzisz, że nie będę się broniła, tak jak nie zrobiła tego Bożenka? – spytała, po czym nacisnęła spust.

Strumień gazu wystrzelił z głośnym sykiem, ogarniając białą chmurą postać Alberta. Ten nie stał bezczynnie, lecz skoczył do przodu i wyrwał jej krzesło z ręki. Dorota nie przerywała chemicznego ataku. Wciągnęła powietrze i wstrzymała oddech. Nie mogła pozwolić, by toksyna neurologiczna dotarła do jej płuc i poraziła układ nerwowy, powodując paraliż mięśni. To nic, że będą piekły oczy. By wyjść z tego pomieszczenia żywa, musi wytrzymać.

Ciął z zamachu znad głowy, zupełnie jak szermierz rąbiący szablą. Zasłoniła się odruchowo ręką. Poczuła uderzenie w przedramię i zimny dotyk stali zagłębiającej się w ciele. Nóż rozpłatał ubranie i przeciął skórę. Powstrzymała się przed wrzaskiem lub choćby wciągnięciem powietrza. Kopnęła na oślep i desperacko rzuciła w mordercę pojemnikiem po gazie.

Zamachnął się do kolejnego ciosu, ale w tej chwili zaczął się krztusić i kasłać. Gaz wreszcie zadziałał. Całe laboratorium było nim wypełnione, ale w większości wylądował na jego twarzy. Zgiął się wpół, nie mogąc opanować skurczów mięśni. Odepchnęła go i wybiegła do holu, trzymając się mocno za krwawiącą rękę.

Wytoczył się za nią, plując i charcząc. Środek bojowy okazał się na niego za słaby i nie zdołał go powalić. Spojrzał na Dorotę załzawionymi oczami i rzucił się do ataku. Wiedziała, że być może dobiegnie do drzwi, ale nie potrafi otworzyć wszystkich zamków. Albert zaszlachtuje ją tam bez litości.

– Na pomoc! – wrzasnęła, cofając się.

Wrota prowadzące do działu produkcji otworzyły się na oścież i wyjechał przez nie elektryczny widlak. Za jego sterem z zaciętą miną siedziała Aldona. Pędziła z maksymalną prędkością. Oszołomiony Albert nie zdążył uskoczyć i widły pojazdu ścięły go z nóg, przewracając na podłogę. Próbował się poderwać na równe nogi, ale ledwie zdążył usiąść, gdy dopadła go Ilona. Dziewczyna założyła mu na głowę i ramiona otwarte pudło na kartoniki zbiorcze, przeznaczone na kilkadziesiąt słoiczków z kremem. Rozerwałby tekturę, gdyby do akcji natychmiast nie wkroczyły Mariola z Madzią. Obie były uzbrojone w pistolety pakowe ze szpulami szarej taśmy jako amunicją. Wprawnymi ruchami, wyćwiczonymi przez długie godziny zalepiania kartonów, zaczęły owijać Alberta. Taśma furkotała i po chwili morderca znalazł się w tekturowo-foliowym kokonie. Przewrócił się na bok, wierzgając nogami. Aldona usiadła na nim okrakiem i złapała je oburącz. Dziewczyny natychmiast owinęły je taśmą, zupełnie unieruchamiając mordercę. Uwięziony wyglądał teraz jak mumia.

Dorota parsknęła histerycznym śmiechem. Ilona podbiegła do niej z gazą wyciągniętą z apteczki. Po chwili kierowniczce został założony prowizoryczny opatrunek. Właśnie wtedy do fabryki dotarły siostry Mazur. Obie były wściekłe i jednocześnie wystraszone, do tego Aneta dyszała, jakby ukończyła właśnie maraton. Beata dzięki ćwiczeniom tylko się rozgrzała i była gotowa do walki. Miała ochotę skopać leżącego Alberta, rzuciła się nawet na niego, wykrzykując przekleństwa, ale została powstrzymana przez dziewczyny. Siostry spóźniły się, bo Franek zablokował je na parkingu pobliskiego marketu, na którym czekały na sygnał od Doroty. Zastawił drogę swoją budowlaną furgonetką, uniemożliwiając odjazd. Zdążyły tylko mu powiedzieć kilka brzydkich słów i ruszyły biegiem na odsiecz, wezwały również policję, ale bez Jacka gliniarze specjalnie nie spieszyli się z przybyciem na ratunek.

– Całe szczęście, że dziewczyny były chętne, by zostać po godzinach – powiedziała Dorota.

– I jakimś cudem siedziały cicho przez dobre dwie godziny – dodała Beata. – To musiało być dla nich niezwykle trudne.

– Wszystkim należy się podwyżka! – oznajmiła Aneta. – Oczywiście wypłacimy ją natychmiast, gdy będziemy miały pieniądze.

– Czy to nie przesada? – mruknęła pod nosem Beata, ale nie zaoponowała.

Dorota po raz kolejny parsknęła śmiechem, tym razem już bez histerii.

# Rozdział 27.
## Kwitnąca orchidea

Fabryka lśniła. Każdy centymetr kwadratowy powierzchni, każda maszyna i urządzenie zostały pieczołowicie wyszorowane, nawoskowane i wypucowane. Przygotowania do audytu trwały dwa tygodnie. I przez te dwa tygodnie dziewczęta z produkcji zajmowały się doprowadzaniem wytwórni do stanu absolutnej doskonałości. Szlifowanie diamentu, jakim była Stella, zaczęło się w połowie stycznia i trwało aż do pierwszego lutego, kiedy to w fabryce pojawiło się dwóch mężczyzn i kobieta. Dwoje audytorów było Niemcami, a trzecim okazał się dawny przyjaciel Anety ze studenckich czasów, Leopold. Ten coraz pulchniejszy blondynek z czasem robił się także coraz pogodniejszy. Nie zajmował się skrupulatną kontrolą dokumentów i procedur, lecz zabawiał mocno zestresowaną Anetę opowieściami z młodzieńczych czasów.

Wokół Niemców dwoiła się i troiła Beata, z uporem próbując zabawiać ich rozmową, choć jej angielski był dość słaby i toporny. Nadrabiała za to miną i zaangażowaniem. Ubrana elegancko jak bizneswoman, nie różniła się zbytnio stylem od audytorki Henrietty, z którą mimo bariery językowej szybko doszły do porozumienia. W fabryce co chwilę dźwięczały ich donośne śmiechy. Rozładowywały napięcie, ale i tak wszystkie pracownice siedziały jak na szpilkach.

– A co tam właściwie u ciebie słychać? – Leopold niespodziewanie zmienił temat.

Roztrzęsiona Aneta nawet nie dosłyszała pytania. Nie spuszczała spojrzenia z ostatniego audytora, surowego i skupionego Niemca. Jeśli Stella nie wypadnie pomyślnie, Niemcy nie podpiszą z nią kontraktu, od którego zależało być albo nie być firmy. Krem z orchideą udało się im na razie sprzedać zaledwie kilku aptekom z dermokosmetykami i kilku salonom piękności. Co z tego, że był naprawdę świetnym produktem w cenie, którą dało się znieść? Aby Stella zachowała płynność finansową, musiały jak najszybciej sprzedać całą pierwszą serię kremów. Jedyną nadzieją było podpisanie kontraktu z firmą, w której pracował Leopold. Już samo zainteresowanie molocha małym polskim wytwórcą i jego wyrobem graniczyło z cudem, ale dzięki wsparciu dawnego przyjaciela udało się tego dokonać. Orchidea przypadła do gustu ich testerom i Niemcy byli gotowi wziąć ten produkt do swoich sklepów. Pod warunkiem że Stella spełni wszystkie niezwykle wyśrubowane wymagania ich systemu jakości.

– Co mówiłeś? – zapytała Leopolda.

– Pytałem, jak żyjesz.

– Ach, świetnie. Właśnie się rozwodzę.

– O, przykro mi.

– Nie ma powodu, bo bardzo się cieszę. Moje małżeństwo przestało istnieć już jakiś czas temu, teraz jedynie to przypieczętowujemy – powiedziała z uśmiechem i wzruszyła ramionami. – Zresztą to u nas rodzinne. Moja siostra już się rozwiodła.

– Także z radością?

– Można tak powiedzieć. Mąż chciał ją wyrzucić na bruk i odebrać dzieci. Skończyło się tak, że wylądował w celi za współudział w morderstwie, a jego dom przeszedł na własność Beaty.

– No cóż, widocznie niepotrzebnie zadarł z siostrami Mazur – podsumował Leopold, nie okazując zdziwienia.

– Powiedziałaś, że siedzi za morderstwo?

– Za współudział w zbrodni, która miała miejsce w tej fabryce kilkanaście lat temu. Sprowokował morderstwo, choć nie przyłożył do niego ręki, później jednak ukrył ciało. Przeleżało w ukryciu kilkanaście lat, natrafiono na nie przypadkiem i wybacz, ale nie powiem ci gdzie. Lepiej, żebyś nie wiedział. Sekcja zwłok wykazała, że ofiara została uduszona, ale policja nie odnalazłaby sprawców, gdyby nie my. To jednak długa i zawiła historia, może opowiem ci ją wieczorem przy kieliszku, teraz lepiej chodźmy do audytorów. Może już pora zaproponować im przerwę obiadową?

– Jeszcze nie, niech się zmęczą i zgłodnieją – powiedział Leopold. – Może zaczną się spieszyć i przeoczą jakieś niedociągnięcia? Warto ich trochę podręczyć, audytor musi czuć, że przeprowadził gruntowną kontrolę.

Aneta zgodziła się i podeszła do Niemca oglądającego właśnie bibliotekę próbek. Choć nie znał polskiego, zażyczył sobie spisu wszystkich zgromadzonych pojemników i zabrał się za sprawdzanie, czy można szybko odnaleźć daną próbkę. Aneta cierpliwie tłumaczyła mu na angielski opisy z pojemniczków i wyjaśniła sposób kodowania. Podkreśliła chyba ze trzy razy, że jest zgodny z całym systemem jakości.

– I jak? – spytała na osobności Leopolda. – Podoba im się? Cholera, nie mogę się zorientować, co myślą, bo oboje są po prostu grzeczni.

– Duże wrażenie wywarła na nich czystość, jaka panuje w firmie – powiedział. – Macie też duży plus za sprawnie działający system jakości. Nieco zaniepokoił ich fakt, że krem z orchideą stworzyłyście zaledwie trzy miesiące temu. To zbyt mało czasu, by wykonać wszystkie testy starzeniowe oraz badania dermatologiczne.

– Ale są zrobione przyspieszone starzenia, badania konsumenckie też mamy za sobą. Zostały przeprowadzone przez certyfikowaną placówkę i zatwierdzone przez dwóch niezależnych dermatologów!

– Wiem, już im to tłumaczyłem – powiedział Leopold. – Aha, a co to za tajemnicze pomieszczenie?

Wskazał na dziurę w ścianie, która co prawda została już wyrównana i wstawiono w nią framugę przeznaczoną na drzwi, ale na razie nadal prowadziła do ciemnego pokoju.

– Miałyśmy tam urządzić gabinet Beaty, ale moja siostra się rozmyśliła – powiedziała Aneta. – Stwierdziłyśmy, że skoro jest blisko przejścia na produkcję, urządzimy tam pomieszczenie kwarantanny. Zamontujemy lampy ultrafioletowe i będziemy przechowywały nieużywane urządzenia produkcyjne.

Leopold pokiwał głową. Przeszli do laboratorium, gdzie Dorota czekała z prezentacją dokumentacji. Tu Niemcy mieli prawdziwe używanie, przez kolejne trzy godziny wnikliwie kontrolowali wszystko, co się dało. Wreszcie Beata, nie pytając nikogo o zdanie, zarządziła przerwę obiadową. Zdecydowała, że wywiezie audytorów do restauracji, Aneta zaś będzie jej towarzyszyć jako wsparcie. Dorota miała zostać w firmie i przejąć dowodzenie na czas ich nieobecności, bo w trakcie kontroli trwała zwyczajna produkcja. To był podstawowy warunek audytu: Niemcy chcieli obejrzeć firmę w codziennym działaniu.

– Dobrze, właściwie i tak już skończyliśmy – powiedziała Henrietta po angielsku z mocnym niemieckim akcentem. – Dostaniecie wynik audytu w ciągu tygodnia. – Zapadła cisza. Wszystkie trzy dziewczyny ze Stelli zamarły, patrząc na Niemkę wyczekująco. Powie coś jeszcze czy zostawi je w niepewności przez kolejny tydzień?

– Tak naprawdę nie jestem pracownicą działu zapewnienia jakości, jak się przedstawiłam – rzekła Henrietta po teatralnej przerwie. – Jestem członkiem zarządu, wiceprezesem i właścicielką części udziałów… – Beata aż syknęła z wrażenia. Henrietta okazała się nie byle managerem, a dziedziczką potężnej rodziny przemysłowców, prawdziwą biznesową księżniczką. Tu, w zapadłej dziurze, taka persona! Ale dlaczego? Same jej torebki były więcej warte niż Stella razem z całym wyposażeniem i pracownikami.

– Lubię mieć czynny wpływ na dobór produktów, które oferujemy klientkom – mówiła dalej Henrietta. – Takich ofert jak od waszej firmy mamy naprawdę sporo i zwykle nie są warte uwagi. Wasz krem jednak jest naprawdę wyjątkowy i intrygujący. Ta mieszanina olejów rzepakowego z sojowym i naprawdę imponujący dodatek ekstraktu z orchidei to coś zaskakującego. Najciekawsze, że to współgra i naprawdę działa. Produkt jest nie tyle dobry, ile wręcz wybitny, a do tego interesujący ekonomicznie. Sama wytwórnia spełnia wszelkie wymogi. Poza kilkoma drobiazgami do systemu jakości nie mamy właściwie uwag. Cóż mi zatem pozostaje? Muszę wam pogratulować. Najszybciej, jak się da, podpiszę umowy przygotowane przez naszych prawników. Więc od przyszłego miesiąca widzę krem z orchideą na półkach niemieckich sklepów. – Aneta pisnęła z radości. Beata zamiast uścisnąć wyciągniętą rękę Henrietty, wzięła ją w ramiona i zaczęła podskakiwać. Dorota roześmiała się i poklepała Anetę po plecach. Mniejsza Szefowa musiała wyciągnąć z kieszeni chusteczkę i otrzeć łzy. – Pogratulujcie ode mnie także waszemu grafikowi – dodała Henrietta, gdy udało się jej uwolnić z uścisków Beaty. – Miał naprawdę świetny pomysł, by przedstawić na etykiecie twarz kobiety namalowaną akwarelami, a do tego zastosować logotyp w postaci odręcznego pisma. Dzięki temu każdy słoiczek wygląda jak ręcznie malowane dzieło sztuki. Przyciąga wzrok i zapowiada coś intrygującego. Sądzę, że produkt będzie się świetnie sprzedawał. Myślę, że powinniście szykować kolejną partię materiału. Jakieś sto tysięcy słoików.

– Sto tysięcy?! – Beata złapała się za serce.

– Rynek niemiecki jest większy od polskiego, ale musimy zacząć powoli. Poza tym proszę myśleć o kolejnym produkcie z tego cyklu. Jeśli chcecie stworzyć silną markę, musicie wprowadzać następne kosmetyki, najlepiej współgrające ze sobą.

– Słyszałaś? Etykiety są super – powiedziała Aneta do siostry. – Artur dał na nie swoje ostatnie dzieło, część swojej pracy doktorskiej. A tak kręciłaś nosem...

– Coś ci się chyba pomieszało – odparła niewinnie Beata. – Od razu podobał mi się ten obrazek. Ach, nie nadymaj się. Ucałuj ode mnie tego swojego artystę. I powiedz, by sadził kolejne kwiaty, jak najwięcej!

Obie wybuchnęły śmiechem i padły sobie w ramiona.

Dorota przyglądała się siostrom z uśmiechem. Potem odprowadziła Anetę i gości na nieodśnieżony parking przed fabryką, na którym czekały już dwie taksówki. Beata została w firmie, tylko Aneta towarzyszyła Niemcom. Samochody ruszyły i odjechały w kierunku jakiejś eleganckiej restauracji. Aneta zapłaci rachunek ostatnimi groszami, a przez resztę miesiąca obie siostry będą zaciskały pasa. Na szczęście w marcu zgodnie z umową powinny wpłynąć zaliczki z Niemiec. Orchidea nakarmi je wszystkie.

Dorota skinęła głową przechodzącemu dzielnicowemu Stachowiczowi, ubranemu po cywilnemu, który skończył służbę i gnał do Beaty. Od niedawna mieszkał u niej i aklimatyzował się jako przybrany ojciec jej synów. Po pracy zawsze wpadał po swoją ukochaną i do domu wracali na piechotę, czasem uprawiając po drodze jogging. Dziś Jacek trzymał w garści bukiet kwiatów, pewnie prezent dla uczczenia sukcesu. Musiał założyć, że audyt się uda, lub w ostateczności mógł go wręczyć na otarcie łez, gdyby jednak się nie udał. Dzielnicowy uśmiechnął się w przelocie do Doroty, ale nawet nie spytał jej o efekty wizytacji. Chyba chciał o nich usłyszeć bezpośrednio od Beaty.

Zanim wróciła do środka, wszystkie dziewczyny wyszły na zewnątrz. Przepracowały w spokoju cały dzień pod okiem audytorów, więc nic dziwnego, że musiały odreagować. Aldona jeszcze w drzwiach wetknęła papierosa w usta i zaciągnęła się głęboko, jakby czekała na ten moment całymi latami.

– I jak będzie, kierowniczko? – spytała Ilona.

– Będzie dobrze. Może w marcu dostaniemy normalne pensje – powiedziała. – A potem już tylko podwyżki i podwyżki. A ty, Grześ, pewnie będziesz mógł od kwietnia przyprowadzić żonę do pracy.

– Nie mogę się doczekać – mruknął, ale uśmiechnął się nieznacznie. – Będę ją miał i w domu, i w robocie. Dwadzieścia cztery godziny razem. Bosko.

Wszystkie dziewczyny zachichotały, a Dorota uśmiechnęła się szeroko. Grześ udawał zniechęcenie, ale tak naprawdę cieszył się z tego, że będzie razem z żoną. Szczęściarz. Dorota im zazdrościła, nie mogła się powstrzymać przed tym niezbyt chwalebnym uczuciem.

– Może zapalisz, by uczcić sukces? – spytała Mariola, wyciągając do niej paczkę papierosów.

Dorota przecząco pokręciła głową.

– Macie dziesięć minut, robota czeka – rzuciła srogim tonem i ruszyła do środka. – Poza tym zimno jak cholera. Co za przyjemność tu sterczeć?

Już miała zatrzasnąć za sobą drzwi, gdy kątem oka dostrzegła ruch na pokrytym śniegiem parkingu. Zatrzymała się z ręką na klamce. Przez sięgający do łydek biały puch przedzierał się mężczyzna w wiatrówce i z podróżną torbą przerzuconą przez ramię. Był jeszcze daleko. Zapadała już wieczorna szarówka, przez co wydawał się tylko ciemną sylwetką na jasnym tle. Mimo to, a może właśnie dlatego, Dorota czujnie zmarszczyła brwi.

– Nie wierzę – szepnęła do siebie, a potem wyszła przybyszowi naprzeciw.

Paląca papierosy załoga umilkła, obserwując zbliżające się do siebie sylwetki. Kobieta i mężczyzna brnęli uparcie, walcząc ze śnieżnymi wydmami i ostrym wiatrem. Z każdym krokiem szli coraz szybciej, wzbijając tumany białego puchu. Wreszcie mężczyzna rzucił torbę i ruszył biegiem. Dorota również rzuciła się przed siebie, ale po paru krokach potknęła się i upadłaby, gdy Piotrek nie zdążył dobiec i w ostatniej chwili złapać jej w ramiona. Uklęknęli oboje w śniegu.

– Przyjechałeś – stwierdziła, ciągle nie mogąc uwierzyć w to, co widzi.

Dotykała go i przytulała, jakby chciała sprawdzić, czy nie jest tylko snem.

– Sto razy bardziej wolę klęczeć z tobą w śnieżnej zaspie, niż spacerować po brazylijskiej plaży – oznajmił krótko.

A potem ją pocałował.

Dziewczyny pod fabryką zaczęły wiwatować i gwizdać. Dorota chciała wiedzieć, co z pracą Piotra, czy całkiem ją porzucił, co teraz będzie, co zamierza robić. Chciała mu powiedzieć, że może zamieszkać u niej w kawalerce, którą wynajmuje, że jakoś dadzą sobie radę. Zaczęła pytać nieskładnie, a on zamiast odpowiedzieć, znów ją pocałował. Chyba nie miało to znaczenia. Nie teraz. Nie po to pędził do niej przez ocean, by zastanawiać się nad tym, jak zarobi na życie i gdzie będzie mieszkał. Liczyło się tylko to, że są razem, że trzyma ją w ramionach.

Właściwie ona też nie potrzebowała niczego więcej.